Excalibur

Herausgegeben von
Melissa Andersson
und
Gerd Rottenecker

Die letzte Rune im Droemer Knaur Verlag:

1. *Das Ruinentor*
2. *Der Fahle König*
3. *Der Runensteinturm*
4. *Die Flammenfestung*

Mark Anthony

DIE LETZTE RUNE

2

Der Fahle König

Ins Deutsche übertragen von
Andreas Decker

Knaur

Die amerikanische Originalausgabe erschien 1998
unter dem Titel »The Last Rune: Beyond the Pale, Part 2«
bei Bantam Books, New York

Besuchen Sie uns im Internet:
www.droemer-knaur.de

Deutsche Erstveröffentlichung 10/99

Umschlagkonzept: Melissa Andersson
Umschlaggestaltung: Agentur Zero, München
Umschlagillustration: Keith Parkinson/Dieter Jüdt, Trier
Karte: Detlev Henke, Bielefeld
Lektorat: Ralf Reiter
Satz: Ventura Publisher im Verlag
Druck und Bindung: Clausen & Bosse, Leck
Printed in Germany
ISBN 3-426-70144-8
4 5 3

Für Carla Montgomery,
die die Gabe besitzt.

Für Christopher Braun,
ein wahrer Ritter-Hüter.

Und für Sean A. Moore,
der wußte, welche Magie in Kreisen liegt.

KARTE

DAS WINTERMEER
Ur-Torin
DIE FROSTEBENE
TORINGARTH
Fal Imbri
IMBRIFALE
Das Runentor
Fal Threndur (Eisenzahnberge)
DIE SCHATTENKLUFT
Burg Todesfaust
Der Fluß Fellgrim
(MALACHOR)
EMBARR
DIE ÖDNIS
Kelcior
Barrsunder
Der Winterwald
Der Schlangenschwanzfluß
Der Fluß Farwander
KÜSTE
Der Weiße Turm
Spardis
EREDANE
Fal Erenn (Morgenrotberge)
PERRIDON
Galt
Erendel
GALT
Westwald
Der Dämmerwald
Der Graue Turm
DIE STURM-
Fal Sinfath (Zwielichtberge)
Calavere
Ar-Tolor
DAS MEER DER MORGENRÖTE
CALAVAN
Der Königsinnenpfad
Der Fluß Dimduorn
TOLORIA
Der Schwarze Turm
Borelga
DIE FREIEN STÄDTE
Der Fluß Kelduorn
Gendarra
Weißsteingipfel
Der Große
BRELEGOND
Die Schleierberge
Nach Tarras
DAS SOMMERMEER
DIE DOMÄNEN
und Umland
Meilen
0
25
50

ERSTER TEIL

Steinkreise

1

Am letzten Tag des Monats Sindath, dem Tag, bevor der Rat der Könige zusammentreten sollte, traf eine seltsame Reisegesellschaft am Tor von Calavere ein.

Aryn überbrachte die Nachricht ihrer Ankunft; die Baronesse fand Grace im Ostflügel des Schlosses, wo sie sich mit Durge aufhielt. Eine Woche war vergangen, seit Grace sich bei dem Fest in den stürmischen Gewässern von Macht und Politik verloren gefühlt und der Ritter Durge ihr seine Hilfe zugesagt hatte. Inzwischen hatte Grace viel über die Kunst der Intrige gelernt.

»Die wichtigste Regel bei jeder Auseinandersetzung lautet: Wartet nie, daß Euer Feind zu Euch kommt. Kommt ihm zuvor und geht zu ihm«, hatte der Ritter am Morgen nach dem Fest in Graces Gemach gesagt.

Grace, die auf und ab ging, war wie angewurzelt stehengeblieben und hatte den Ritter angestarrt. »Selbst, wenn man im Nachteil ist?«

Durge sah sie mit seinem üblichen Ernst an. »Erst recht, wenn man im Nachteil ist. Wenn Ihr schon sterben müßt, so habt Ihr doch zumindest den Ort selbst bestimmt.«

Grace unterdrückte den Drang, sich mit einem Schrei Luft zu machen. Sie würde die anderen Adligen niemals bei ihrem eigenen Spiel bezwingen können. Eigentlich hätte sie gleich das Wort Anfänger auf ihr Gewand sticken können. Aber wenn sie Durges Ratschläge nicht annahm, blieb ihr nichts anderes übrig, als König Boreas mitzuteilen, daß sie ihm beim Rat nicht helfen konnte. Und wenn Grace eines noch mehr angst machte als ihre Tätigkeit als Spionin, dann der Zorn des mächtigen Königs von Calavan.

Also hatte sie einen Seufzer von sich gegeben, der an einen Verurteilten ohne jede Aussicht auf Gnade denken ließ. »Fangen wir an?«

Tatsächlich machte diese eine Woche aber einen Unterschied. In den Tagen seit jenem Morgen voller Unsicherheit war Graces Selbstvertrauen gewachsen – erst zaghaft, dann in immer größeren Schritten.

Durge und sie hatten nacheinander jeden der am Rat teilnehmenden Adligen befragt – die Höflinge, die Berater, die Seneschalle. Sie warteten immer auf den günstigsten Moment, in der Regel, bis ihr Opfer allein war, dann schlugen sie zu. Für Durge war es vielleicht so etwas wie ein Krieg, für Grace unterschied es sich nicht sehr von der Medizin: beobachte, erstelle eine Diagnose, dann operiere mit einem scharfen Skalpell. Sie durfte die Adligen eben nicht als Menschen ansehen, sondern als Fälle, die behandelt werden mußten, dann unterschied sich ihre Tätigkeit kaum von einer Schicht in der Notaufnahme des Denver Memorial Hospitals.

An jenem Nachmittag hatten sie es auf Lord Sul abgesehen, den Ersten Berater von Persard, dem greisen, aber immer noch recht lebhaften König von Perridon. Sul war ein ausgesprochen reizbarer Mann und besonders schwer zu erwischen gewesen. Sie waren ihm fast eine Stunde lang nachgegangen, bis sich ihnen eine Gelegenheit bot, die sie ergriffen. Sie trennten sich, kamen aus verschiedenen Richtungen auf den Berater zu und nahmen ihn in einem Korridor in die Zange. Sul war ein Mann wie eine Maus, mit großen Ohren und einem feinen Schnurrbart, der in ständiger Bewegung zu sein schien. Der Blick aus seinen schwarzen Augen huschte von dem Ritter zu der Lady und wieder zurück. Grace mußte sich auf die Lippe beißen, um ein Lächeln zu verbergen.

»Sagt mir, Sul«, bat Durge, »stimmt es, was man sich von Eurem König erzählt?«

Sul nestelte am Kragen seines Wamses herum. »Ich weiß ganz bestimmt nicht, worauf Ihr hinauswollt, Mylord.«

»Ach nein?« Der embarranische Ritter drängte den Berater an die Wand. »Ich habe gehört, daß Persard den Rat der Könige auffordern will, alle Gebiete entlang des Nordufers des Schlangenschwanzflusses an Perridon abzutreten. Aber Ihr wißt genauso gut wie ich, daß das Nordufer des Flusses zu Embarr gehört.«

Sul blinzelte. »Aber mein König hat keine derartigen Pläne!«

»Ihr lügt natürlich«, sagte Durge. »Ich weiß, daß Ihr nicht anders könnt, Sul. Ihr seid eben ein Perridoner. Es widerspricht einfach Eurem Wesen, die Wahrheit zu sagen. Aber in Embarr kennt man Methoden, einen Lügner dazu zu bringen, die Wahrheit zu sagen. Für die meisten dieser Methoden benötigt man eine eiserne Zange, die in glühenden Kohlen erhitzt wurde.«

Dem Berater fielen fast die Augen aus dem Kopf, er rang nach Worten. Jetzt war Grace dran. Sie legte eine Hand auf Durges Arm und bemühte sich um einen möglichst flehentlichen Blick.

»Mylord, ist Gewalt denn wirklich nötig? Können wir nicht auch einfach über die Sache reden?«

Sul nickte in eifriger Zustimmung.

Durge griff über die linke Schulter nach dem embarranischen Breitschwert, das in einem Ledergeschirr quer über seinem Rücken hing. »Ihr versteht das nicht, Mylady. Eure Seele ist zu sanftmütig.«

»Bitte, Mylord. Erlaubt mir, mit dem Berater zu sprechen. Nur einen kleinen Moment.«

Durge zögerte, dann nickte er. »Nun gut, Mylady. Aber nur ganz kurz. Dann werde ich mich auf meine Art um ihn kümmern.«

Der Ritter machte ihr den Weg frei, und Grace ging auf den zitternden Sul zu.

»Ich flehe Euch an, Mylady«, flüsterte der Berater. »Ihr scheint einen gewissen Einfluß auf diesen Wahnsinnigen zu haben. Haltet ihn zurück!«

Grace schüttelte bedauernd den Kopf. »Es tut mir leid, Mylord. Es ist mir nicht gegeben, den Grafen von Steinspalter zu beeinflussen. Ihr wißt selbst, wie Embarraner sind, wenn man sie verärgert. Es muß an der trübseligen Landschaft ihrer Heimat liegen. Ich fürchte, sie macht sie etwas verrückt.«

Sul war jetzt vollkommen verzweifelt. »Aber Ihr müßt etwas tun, Mylady! Mein Herr schert sich nicht im mindesten um das Nordufer des Flusses, ich schwöre es Euch.«

Das war keine große Überraschung, da Durge dieses Gerücht aus dem Stegreif erfunden hatte. Grace tippte sich nachdenklich mit dem Zeigefinger auf ihre Wange. »Wenn ich vielleicht wüßte, was Euer Herrscher wirklich bei der Ratssitzung beabsichtigt, dann könnte ich den Grafen womöglich davon überzeugen, daß er sich irrt.«

Sul leckte sich die Lippen. »Das einzige, was meinen König derzeit beschäftigt, ist Toloria, Mylady. Seit Ivalaine vor drei Jahren den Thron bestiegen hat, macht sich Persard Sorgen wegen seines Nachbarn im Süden. Die Königin hat keinen einzigen der Verträge unterzeichnet, die er ihr angeboten hat. Deshalb will Persard beim Rat der Könige Boreas unterstützen, in der Hoffnung, seine Allianz mit Calavan zu stärken, sollte er jemals Hilfe gegen Toloria benötigen.«

Grace wußte sofort, daß der kleine Mann die Wahrheit sagte. Sie konnte nicht ganz verhindern, daß die Andeutung eines Lächelns über ihre Lippen huschte.

»Nun bitte ich Euch, Mylady«, sagte Sul. »Sprecht mit dem Grafen von Steinspalter!«

»Ich werde sehen, was ich tun kann.«

Wie sich herausstellte, war es der Herzogin von Beckett in der Tat möglich, den Grafen von Steinspalter zu besänftigen, und ein mehr als erleichterter Sul eilte den Gang hinab.

Durge sah Grace aus ernsten braunen Augen an. »Ihr wißt, daß Ihr Euch einen Verbündeten gemacht habt?«

Grace schüttelte teils belustigt, teils bedauernd den Kopf. »Armer Sul. Die hiesigen Götter werden mich bestimmt dafür strafen, daß es mir so viel Spaß gemacht hat, ihn zu quälen.«

Durge zuckte mit den Schultern. »Ich weiß nicht, wie es in Eurer Heimat damit bestellt ist, Mylady, aber meiner Erfahrung nach bestrafen die Götter selten die, die es wirklich verdient haben.«

Ihr Lächeln erlosch. »Glaubt Ihr nicht an die Götter, Durge?« fragte sie staunend.

Der Ritter schien darüber nachzudenken. Sein Blick war in die Ferne gerichtet. »Mein Vater hat immer gesagt, daß der Wind in Embarr so rauh ist, daß er die Götter davongeweht hat. Es ist wahr, daß es in meinem Land mehr Steinmetze und Baumeister gibt als Priester der Kulte.« Er sah Grace wieder an. »Aber um Eure Frage zu beantworten, Mylady, ich glaube, *daß* es die Götter gibt. Aber ich glaube nicht *an* sie.«

Grace griff in die Tasche ihres Gewands und berührte den grob geschnitzten Holzstier, den sie im Burghof gefunden hatte – das Symbol des Kriegerkultes von Vathris. Aus einem Grund, den sie selber nicht genau benennen konnte, hatte sie ihn in den letzten Tagen mit sich geführt, obwohl sie die Wissenschaft immer der Religion vorgezogen hatte.

»Manchmal denke ich, daß der Wind uns alle davonwehen wird, Durge«, murmelte sie.

Die Falten auf der Stirn des Ritters vertieften sich besorgt. Er hob die Hand, als wollte er sie trösten, aber im letzten Moment änderte er die Bewegung und gestikulierte unbeholfen in eine Richtung des Ganges. »Kommt, Mylady, dieser Teil des

Schlosses ist zu dunkel. Laßt uns wieder auf helleren Wegen verkehren.«

Unterwegs hielt Grace beide Augen offen, wie sie es sich angewöhnt hatte, aber sie bemerkte nichts Ungewöhnliches. So hatte sie auch seit der Nacht des Empfangs keine einzige verdächtige Person mehr durch das Schloß schleichen sehen. Sie hatte Aryn und Durge von dem Mann in Schwarz erzählt, den sie beobachtet hatte. Tagelang hatten die drei danach das Schloß durchsucht, aber sie hatten keine Spur des Vermummten gefunden, oder von dem, der ...

Willst du nicht sagen »das«, Grace?

... die Fußspuren im Schnee hinterlassen hatte.

Grace richtete ihre Gedanken wieder auf alltäglichere Geheimnisse, solche, bei denen sie wenigstens eine winzige Chance hatte, sie aufzuklären. Sie hatte inzwischen mit Adligen von den Höfen fast aller Könige und Königinnen der Domänen gesprochen, und mit jedem verstreichenden Tag formte sich in ihrem Kopf ein klareres Bild von den verschiedenen Positionen der jeweiligen Herrscher.

Soweit Grace es beurteilen konnte, mußte Boreas sich über Kylar keine Sorgen machen. Der junge König von Galt verkündete in aller Öffentlichkeit, daß er ein zuverlässiger Verbündeter Calavans war. Persard von Perridon schien Grace hinterlistiger und unberechenbarer zu sein, aber die Worte Lord Suls unterstützten ihre Annahme, daß Perridon beim Rat Calavan unterstützen würde – solange es seinem eigenen Vorteil diente.

Eminda wiederum war ein ganz anderer Fall. Es war Grace nicht gelungen, auch nur im mindesten an die Königin von Eredane heranzukommen, aber sie hatte Unterhaltungen ihrer Höflinge belauscht, aus denen ihr eines klargeworden war: Wenn Boreas sagte, der Himmel sei blau, würde Eminda eine Proklamation veröffentlichen, der zufolge er grün war. Eredane war ein aufsteigendes Reich und Calavan als die älteste und stärkste Domäne sein größter Konkurrent. Grace vermutete, daß Eminda jede Handlung Boreas' als hinderlich für den Fortschritt Eredanes auslegen würde. Das hatte Grace Boreas während eines ihrer kurzen Treffen in der letzten Woche auch gesagt. Aber der König hatte darauf nur mit einem Brummen reagiert; ob er diese – oder eine ihrer anderen Informationen – für hilfreich hielt, hatte er für sich behalten.

Jedenfalls hatte Grace ihr Bestes getan, die ihr von Boreas aufgetragene Mission zu erfüllen. Und sie war weitgehend erfolgreich gewesen. Sie wußte mit einiger Sicherheit, wie jeder der Herrscher zum Thema Krieg stand.

Das hieß, jeder bis auf Königin Ivalaine.

Grace hatte es nicht gewagt, noch einmal mit der schönen Königin von Toloria zu sprechen. Beim Gedanken an ihre eisfarbenen Augen, die in sie hineinschauen konnten – als könnten sie Dinge sehen, die jedem anderen verborgen blieben –, fühlte Grace sich nackt und elend.

Warum eigentlich, Grace? Was, fürchtest du, könnte sie finden? Hast du Angst, daß sie dich als Hexe erkennt? Oder daß dein Inneres ganz leer ist?

Sie verdrängte die Fragen. Es hatte sich ja auch gar keine Gelegenheit ergeben, mit einem Adligen von Ivalaines Hof zu sprechen. Die meisten von ihnen waren wie ihre Königin: attraktiv, tadelloses Benehmen und immer bereit, mit ihren Worten mehr neue Geheimnisse heraufzubeschwören als alte zu klären.

Da kam Grace ein Gedanke. Es gab noch einen weiteren Herrscher, über dessen Motive sie in der vergangenen Woche nichts erfahren hatte. »Was ist mit Eurem König, Durge?« fragte sie plötzlich. »Von Ivalaine abgesehen, weiß ich von ihm am wenigsten.«

Durge atmete hörbar aus. »Es ist nicht nötig, daß Ihr Zeit

darauf verschwendet, meinen König auszuspionieren, Mylady. Ich kann Euch alles berichten, was Ihr wissen müßt. Ich fürchte, daß mein Gebieter stirbt.«

»König Sorrin ist krank?« Ihre Instinkte als Ärztin verdrängten alle anderen Gedanken. »Wie lange schon? Welche Symptome hat er?«

»Nein, Mylady. König Sorrin leidet nicht unter der Art Krankheit, die Ihr heilen könntet. Ich kann mir sogar vorstellen, daß er ein hohes Alter erreicht, was die Sache nur noch tragischer macht.«

Grace blieb abrupt stehen. »Ich fürchte, ich kann Euch nicht folgen.«

»Es ist ein Leiden des Geistes, das meinen König befallen hat. Er lebt in ständiger Angst vor dem Tod, und so stirbt er jeden Tag ein Stück mehr.«

Durge trat an ein schmales Fenster – eine Schießscharte, durch die Bogenschützen hinaus-, aber niemand hineinschießen konnte – und starrte den schmalen Streifen Himmel dahinter an. »Sorrins Todesangst ist zu einem Gefängnis geworden, das stabiler als jedes aus Steinen gemauerte ist. Ich glaube auch nicht, daß er ihm jemals entkommen wird. Seine Furcht vor dem Tod verzehrt ihn, so daß er an nichts anderes mehr denken kann. Er vergräbt sich den ganzen Tag in Büchern über Krankheiten, spricht nur mit seinen Quacksalbern und schluckt die Tränke, die sie zusammenbrauen. Ihm bleibt wenig Zeit für andere Leute oder die Angelegenheiten eines Königreichs.«

Der Ritter war immer ernst, aber nun lag eine Spur von Traurigkeit auf dem wettergegerbten Gesicht. Grace stockte der Atem, ihre Brust fühlte sich beengt an. Das lag natürlich an ihrem Gewand. Es schnürte sie so sehr ein, daß sie es eigentlich gar nicht tragen sollte. Selbst wenn Aryn ihr bescheinigte, daß Winterviolett ihr gut stand.

Sie wollte etwas sagen – irgend etwas –, um den Ritter

aufzuheitern, aber sie brachte keinen Ton hervor. Wenn er verwundet gewesen wäre, hätte sie genau gewußt, wie sie ihm helfen mußte. Aber diese Traurigkeit …

»Lady Grace!« rief eine helle Stimme.

Grace sah einen strahlendblauen Wirbelwind auf sich zukommen. »Lady Aryn«, sagte sie und versuchte, über die Unterbrechung nicht allzu erleichtert zu klingen.

»Grace, ich bin so froh, daß ich dich gefunden habe.« Die Wangen der jungen Baronesse glühten aufgeregt.

»Guten Morgen, Euer Hoheit«, sagte Durge mit seiner rauhen, aber sanften Baritonstimme. Er machte eine steife Verbeugung. »Obwohl ich fürchte, daß er nicht mehr lange gut sein wird. Es sieht nach Regen aus.«

Aryn blinzelte, als bemerkte sie den Ritter erst jetzt, und tatsächlich hatten sein Wams und sein Umhang genau dieselbe Farbe wie die Wand. Sie machte einen hastigen Knicks. »Lord Durge.« Sie wollte sich wieder Grace zuwenden, dann sah sie aus dem Fenster. Sie runzelte verwirrt die Stirn. »Aber es ist doch kein Wölkchen am Himmel!«

Darauf erwiderte Durge nichts. Er verschränkte die Arme und sah starr geradeaus.

»Aryn, worum geht es?« fragte Grace.

Aryns blaue Augen leuchteten. »Du wirst nie erraten, wer gerade eben am Schloßtor eingetroffen ist.«

»Nein«, sagte Grace, »das werde ich wahrscheinlich wirklich nicht.«

»Dann mußt du eben mitkommen und es selbst sehen. Wenn wir vor dem Großen Saal warten, können wir sie vielleicht erwischen.« Sie schnappte sich Grace mit ihrer gesunden Hand und zog sie hinter sich her. »Ach, und Ihr auch, Durge«, fügte sie hinzu.

Der Embarraner zögerte, bevor er stumm nickte und den beiden folgte.

2

Travis wich nicht von Beltans Seite, als sie Falken, Melia und zwei stämmigen Wächtern durch das Labyrinth der Gänge von Calavere folgten. Neben dem großen Ritter fühlte er sich etwas sicherer. Aber auch nur etwas.

Die Wächter hatten sie bei ihrer Ankunft am Schloßtor begrüßt – wenn man es als *Begrüßung* bezeichnen konnte, von scharfen Blicken und spitzen Speeren bedroht und aufgefordert zu werden, abzusteigen und mitzukommen.

»Sieht so aus, als hätte dich jemand kommen gesehen, Falken«, hatte Beltan gesagt und die Kapuze seines grünen Umhangs tief ins Gesicht gezogen.

Falken hatte nur ein Schnauben von sich gegeben, was Travis für kein gutes Zeichen hielt. Der Barde war schon im letzten Schloß, an dessen Tor sie geklopft hatten, kein unbedingt gern gesehener Gast gewesen. Erhoffte er sich hier Besseres? Oder Schlimmeres?

Sie hielten vor einer großen Flügeltür an.

»König Boreas erwartet Euch«, sagte einer der Wächter und zeigte auf die Tür.

Melia blickte Falken erwartungsvoll an. »König Boreas ist gut auf dich zu sprechen, das sagtest du doch, oder?«

Falken richtete seinen Umhang. »Sitzt der ordentlich?«

»Noch ein bißchen nach links.« Melia funkelte ihn an. »Und glaub ja nicht, daß mir entgangen ist, daß du meine Frage nicht beantwortet hast.«

Falken grinste sie wölfisch an. »Sollen wir hineingehen und den König um Gastfreundschaft bitten?«

Melia verdrehte die Augen, sagte aber nichts.

Travis beugte sich zu Beltan herüber. »Weiß er, was er tut?«

»Nicht annähernd so oft, wie er vorgibt.«

Sie drückten gemeinsam die Tür auf.

Der Große Saal von Calavere unterschied sich nicht sonderlich von König Kels Halle, außer daß er doppelt so groß war, die Wände nicht einsturzgefährdet aussahen und nirgendwo Tiermänner zu sehen waren. Einige Tischplatten und Böcke lehnten unbenutzt an den Wänden, so daß der mit frischen Binsen bestreute Boden weitgehend leer war. Ein Podium dominierte das hintere Ende das Saals, und dieses wiederum wurde vom König von Calavan dominiert. Travis erkannte sofort, daß Kel, der wilde Herrscher von Kelcior, trotz aller Angeberei soviel Ähnlichkeit mit Boreas hatte wie ein Großbrand mit einer Fackel. Dort saß kein unbedeutender König.

Boreas saß auf einem hölzernen Stuhl auf dem Podium. Der Stuhl war vergoldet, und seine Füße waren zu Löwentatzen geschnitzt. Der König selbst war muskulös, ohne massig zu sein. Seine enganliegende Kleidung war schwarz und wies silberne Stickereien auf. Sein kurzer Bart glänzte vor Öl, und seine Augen, die eher stahl- als himmelblau waren, blitzten ärgerlich. Ein älterer Mann mit ordentlichem grauen Bart stand schräg hinter dem Thron, am Fuß des Podiums hatten mehrere Wächter Stellung bezogen. Sie führten eine Unmenge riesiger, schwarzer Hunde, von denen jeder so aussah, als könnte er Travis' ganzen Kopf problemlos ins Maul stopfen. Und das auch nur zu gern getan hätte.

Boreas musterte die vier Reisenden, die sich dem Podium näherten. Seine Stimme hallte wie Donner durch den Saal.

»Falken Schwarzhand. Dies müssen in der Tat finstere Zeiten sein, wenn Ihr vor meinem Tor erscheint.«

»Ich grüße Euch, Euer Majestät.« Falkens klangvolle Stimme füllte den Saal. »Es freut mich zu sehen, daß es Euch gutgeht.«

»Nicht, daß ich das Euch verdanken würde. Aber täuscht kein Interesse an meiner Gesundheit vor. Sagt mir, was führt Euch nach Calavere? Ich hatte gehofft, den Grimmigen Barden los zu sein.«

Falken lachte. »Ihr wißt ganz genau, warum ich hier bin, Euer Majestät. Ich bin gekommen, um vor dem Rat zu sprechen.«

Boreas schnaubte. »Den Rat mit unglaubwürdigen Geschichten beeindrucken, wollt Ihr wohl sagen.«

»Jawohl, Euer Majestät, und als Barde weiß ich, daß Geschichten manchmal wahr werden.«

Der König schien von dieser Bemerkung nicht beeindruckt zu sein. »Versucht nicht, mich mit Euren Rätseln zu verwirren, Falken. Wenn Lady Melia Euch nicht begleiten würde, hätten meine Ritter Euch längst zurück zur Dunkelweinbrücke geleitet.«

Melia machte einen makellosen Hofknicks. »Euer Majestät, wie ich sehe, ist Euer Benehmen so tadellos wie immer.«

Der König zuckte zusammen, und Travis mußte sich auf die Zunge beißen, um ein Lachen zu unterdrücken. Er hatte das Gefühl, daß Boreas Leute schon aus geringerem Anlaß seinen Hunden zum Fraß vorgeworfen hatte.

Boreas richtete seine Aufmerksamkeit wieder auf den Barden. »Ich habe für so was keine Zeit. Verratet mir, warum ich Euch nicht einfach wegschicken soll, Falken – ob Lady Melia bei Euch ist oder nicht.«

Falken trat noch einen Schritt auf das Podium zu. »Wir haben eine lange, beschwerliche Reise hinter uns, Euer Majestät, und wir bitten unterwürfig um Eure Gastfreundschaft.«

Boreas grunzte, aber er verwarf Falkens Bitte nicht umgehend. Travis wußte von Beltan, daß selbst ein König sich an die Regeln der Gastfreundschaft halten mußte.

»Außerdem«, fuhr Falken fort, »werden wir von jemandem begleitet, den Ihr sicherlich gern wiederseht.«

Travis runzelte die Stirn. Wen meinte Falken denn damit? Noch während er darüber nachgrübelte, trat Beltan vor und schlug die Kapuze zurück.

»Hallo, Onkel.«

Travis starrte den großgewachsenen Ritter ungläubig an. *Onkel?*

Boreas setzte sich auf. Wieder funkelten seine Augen, doch diesmal nicht verärgert, sondern hocherfreut.

»Bei Vathris! Beltan!«

Der König sprang auf, hechtete von dem Podium herab und umarmte den Ritter. Travis vermutete, daß die Kraft dieser Umarmung ihn zerquetscht hätte. Aber Beltan, der zwar auch nicht so kräftig, jedoch größer als der König war, erwiderte die Umarmung mit gleicher Stärke.

Travis bemühte sich zu verstehen, was gerade passiert war. Wie konnte Beltan ein Adliger sein? Er war doch nur ... Beltan. Aber das stimmte nicht, oder? Jetzt, wo sie nebeneinander standen, konnte Travis die Familienähnlichkeit sehen. Ihre Gesichter hatten beide die gleiche kräftige Nase, die gleichen harten und leicht bedrohlichen Züge. Travis' Herz schlug für seinen Freund, nur um sofort wieder schwer zu werden. Wer war er denn schon, daß er mit Hoheiten befreundet sein könnte?

Boreas trat einen Schritt von dem blonden Ritter zurück. »Also, es macht dir wohl zu viel Mühe, deinem Onkel von Zeit zu Zeit einen Besuch abzustatten, was, Beltan? Wieviel Jahre ist es her, daß du zuletzt hiergewesen bist? Zwei? Drei? Auf jeden Fall zu lang.« Er warf dem Barden einen unwilligen Blick zu. »Und was hast du in der Gesellschaft dieses Schurken zu suchen? Ich hätte nicht gedacht, daß du dich mit Leuten vom Schlage Falken Schwarzhands abgibst.« Er legte eine

Hand an die Lippen und nickte in Melias Richtung. »Obwohl ich dir zugestehen muß, daß es sich lohnt, sich mit *ihr* abzugeben.«

»*Onkel!*« schimpfte Beltan mit gespielter Entrüstung.

Eine klare Stimme unterbrach den König und seinen Neffen. »Ihr habt uns immer noch keine Antwort gegeben, Euer Majestät.«

Boreas knurrte, ließ Beltan stehen und baute sich vor dem Barden auf. »Bei Vathris, Ihr wißt ganz genau, daß ich Euch Gastfreundschaft gewähren werde, Falken. Als ob ich eine andere Wahl hätte.« Sein Blick richtete sich wieder auf Beltan, und diesmal lag nicht nur Wohlwollen darin. »Obwohl es mir immer noch ein Rätsel ist, warum du mit diesem wilden Haufen reist, Beltan von Calavan. Andererseits hattest du schon als Kind immer deinen eigenen Kopf.«

»Dafür hatte ich ein gutes Vorbild, Onkel.«

Travis zuckte zusammen und befürchtete, daß der König jetzt noch ärgerlicher werden würde. Aber Boreas lachte lauthals und klopfte Beltan auf den Rücken.

»Willkommen zu Hause, Beltan. Und, jawohl, ich heiße Euch alle willkommen. Selbst Euch, Falken Schwarzhand. Ihr werdet mir diese frohe Stunde nicht verderben können, egal, wie sehr Ihr es auch versuchen mögt.«

Falken verbeugte sich und sagte nichts.

Boreas winkte den grauhaarigen Mann auf dem Podium heran. »Mein Seneschall, Lord Alerain, wird sich Eurer Bedürfnisse annehmen. Ich fürchte, ich muß mich um andere Dinge kümmern. Ein Königreich regieren und dergleichen – Ihr könnt das sicherlich nicht nachvollziehen, Falken.«

Der König wartete keine Antwort ab. Er nickte Beltan und Melia zu – aber nicht Falken oder Travis – und verließ den Großen Saal. Die Luft wurde sofort leichter, wie nach einem schweren Gewitter.

Melia hob die Hand an ihren schlanken Hals. »Ich würde nicht sagen, daß das ausgesprochen gut abgelaufen ist, aber wenigstens haben wir noch alle unseren Kopf.«

Falken nickte, dann legte er eine Hand auf Beltans Schulter. »Und, ist es schön, wieder zu Hause zu sein?«

Der Ritter schaute Travis besorgt an. Doch Travis hatte sich bereits abgewandt, bevor Beltan Falkens Frage beantworten konnte.

3

Die Türen zum Großen Saal flogen auf, und Grace, Aryn und Durge machten wie ein Mann einen Satz von der Stelle weg, an der sie gewartet hatten. König Boreas schritt an den dreien vorbei, ohne sie eines Blickes zu würdigen. Drei ernste Wächter eilten ihm hinterher, als er in einen Korridor verschwand. Grace war der Meinung gewesen, Boreas schon früher wütend gesehen zu haben, aber jetzt war sie gezwungen, diese früheren Stimmungen zu *ungehalten* abzuschwächen.

»Oje«, sagte Aryn, die ihren linken Arm an das Oberteil ihres blauen Gewandes drückte.

Grace sah die erschrockene Baronesse an. »Na gut, Aryn. Wer ist denn jetzt diese rätselhafte Person, die ans Schloßtor gekommen ist?«

Durge starrte dem König nach. »Dem Verhalten des Königs nach zu urteilen, kann ich mir vorstellen, wer es ist.«

Grace wartete auf weitere Erklärungen, aber der Ritter deutete nur auf die offene Tür.

»Nach Euch, Mylady.«

Sie betrat den Saal, Aryn und Durge folgten ihr.

Grace sah sofort, daß es vier Reisende gab, nicht nur einen. Sie standen am anderen Ende des Saals und sprachen leise mit Lord Alerain. Sie boten einen seltsamen Anblick.

Der, der am meisten sagte, war ein wölfischer Mann mit graudurchsetztem Haar, dessen Umhang das gleiche verblichene Blau aufwies wie seine Augen. Ein Holzkasten hing an einem Lederriemen von seiner Schulter herab. Grace nahm an, daß er irgendein Musikinstrument darin transportierte. Rechts daneben stand eine Frau, deren Haar noch schwärzer war als das von Boreas, und Grace war klar, daß Alerain sie als Adlige einstufen würde. Sie war nicht groß, und ihr mitternachtsblauer Überrock und das dazu passende Unterkleid waren schlicht, aber ihre Haltung strahlte Autorität aus. Ihre Haut schimmerte wie poliertes Kupfer, ihre Augen wie strahlender Bernstein.

Auf der anderen Seite des wölfischen Mannes stand ein Ritter. Er war groß und stattlich, mit unglaublich breiten Schultern. Er trug ein Kettenhemd, an seinem Gürtel hing ein Schwert. Sein dünner werdendes blondes Haar reichte ihm bis auf die Schultern. Das vierte Mitglied der Gruppe stand hinter den drei anderen. Irgendwie paßte der Mann nicht zu ihnen. Er war recht groß, wenn auch nicht so groß wie der Ritter, aber er ging leicht gekrümmt, ein Eindruck, der von dem viel zu weiten Wams noch unterstützt wurde. Sein Bart war ungepflegt, die dunkelblonden Haare struppig, und er machte einen bedrückten Eindruck. Grace hielt ihn für den Diener der anderen, obwohl er dafür ein wenig heruntergekommen aussah.

Aryn beugte sich zu Grace herüber. »Sieh nur, das ist der Neffe des Königs.«

»Welcher?« fragte Grace, obwohl sie die Antwort bereits ahnte. Das energische Profil verriet es gleich. Obwohl der Ritter so hell wie Boreas dunkel und nicht so attraktiv war, war er eindeutig mit dem König von Calavan verwandt.

»Der Blonde«, sagte Aryn. »Er heißt Beltan. Ich erinnere mich an ihn aus meiner Kindheit. Er ist so groß, wie ich erwartet habe.« Die Baronesse zögerte. »Aber er hat weniger Haare, würde ich sagen. Und mehr Narben. Jedenfalls ist Beltan der Bastard von Beldreas, Boreas' älterem Bruder, der vor ihm König von Calavan war.«

Grace war von dem sachlichen Ton, mit dem Aryn das Wort *Bastard* aussprach, unangenehm berührt. Aber schließlich gingen in dieser Welt Herkunft und Erbfolge Hand in Hand mit Stellung und Macht. Es war für die Baronesse kein Schimpfwort, nur eine Feststellung.

»Was ist aus Beldreas geworden?« fragte Grace.

Aryns sonst so fröhliches Gesicht wurde auf einmal ernst. »Er wurde vor sieben Jahren in genau diesem Saal hier ermordet. Es war eine furchtbare Zeit für Calavan, denn die Erbfolge war nicht eindeutig. Obwohl er nur ein Bastard ist, hätte Beltan Anspruch auf den Thron erheben können. Aber er schwor bei Vathris, nicht zu ruhen, bis er den Mörder seines Vaters gefunden hat. Also ging der Thron an Boreas, Beldreas' jüngeren Bruder.«

Grace musterte den grobschlächtigen Ritter genau. Die Furchen in seiner Stirn waren viel zu tief für jemanden, der sicherlich nicht älter als sie selbst war. »Hat er ihn jemals gefunden? Den Mörder seines Vaters, meine ich.«

»Ich fürchte nicht. Ich habe gehört, daß seine Suche immer noch nicht beendet ist.«

Grace schüttelte den Kopf. Warum fiel es den Lebenden nur so schwer, die Toten zu vergessen? *Ich möchte wetten, daß die Toten kein Problem damit haben, uns zu vergessen.* Aber sie sprach diese Gedanken nicht aus. »Wer sind die anderen?« fragte sie statt dessen.

»Der dunkelhaarige Mann ist der Barde Falken Schwarzhand«, sagte Aryn. »Und neben ihm steht Lady Melia. Ich bin ihnen noch nie begegnet, aber ich habe Geschichten über sie gehört.«

Geschichten? wollte Grace fragen, aber bevor sie den Mund aufmachen konnte, spürte sie eine leichte Berührung an der Schulter.

»Kommt«, sagte Durge leise.

»Wohin gehen wir?« Grace hatte den Embarraner vollkommen vergessen, so still hatte er hinter ihnen gestanden.

»Ich möchte Euch dem Barden vorstellen.«

Aryn blieb der Mund offen stehen. »*Ihr* kennt Falken Schwarzhand?«

Durge nickte. »Ich bin einmal an seiner Seite geritten. Aber das ist lange her, als ich noch jung und leichtlebig war.«

Grace verbiß sich ein Lächeln. *Das ist nicht komisch, Grace. Das ist überhaupt nicht komisch.*

»Er wird sich natürlich nicht an mich erinnern«, sagte der Ritter. »Er wird mich vermutlich verständnislos anstarren und wieder wegschicken. Aber es wäre unhöflich, wenn ich es nicht wenigstens versuchen würde.«

Aryn schien diese Worte gar nicht zu hören und starrte den Ritter nur an. Durge führte sie durch den Saal zu den seltsamen Reisenden. Als sie sich ihnen näherten, machte Lord Alerain gerade eine sorgfältige Verbeugung vor Falken, Melia und Beltan.

»Ich werde sofort Gemächer für Euch richten lassen, Mylady, Mylord. Und für Euch Euer altes Gemach, Lord Beltan.«

»Ich danke Euch, Lord Alerain«, sagte Lady Melia.

Der Seneschall des Königs eilte los, und Grace betrachtete die Reisenden mit wissenschaftlicher Neugier. Beltan war adlig, und Lord Alerains Anrede zeigte eindeutig, daß auch der Barde und Lady Melia bedeutsame Persönlichkeiten waren, auch wenn Grace ihren genauen Rang nicht kannte. Ihr Diener – er trug eine Nickelbrille, was ihr irgendwie komisch vorkam – drückte sich hinter ihnen herum. Er scharrte mit seinen schlammverkrusteten Stiefeln in den Binsen, die den Boden bedeckten, und ließ die Schultern hängen. Hätte er sich nicht eigentlich um die Bedürfnisse seiner Herrn kümmern müssen?

Durge zögerte, dann räusperte er sich und trat vor. »Lord Falken, Ihr erinnert Euch sicher nicht mehr an mich, aber ich …«

Der Barde wirbelte herum, und sein wölfisches Gesicht, das

eben noch angespannt und müde gewesen war, strahlte nun wieder jugendlich. »Bei Olrig! Durge!« Falken klopfte dem Ritter mit bloßer Hand herzlich auf die Schulter und zuckte schmerzerfüllt zusammen.

Durges Gesichtsausdruck war sofort voller Sorge. »Falken, geht es Euch nicht gut?«

»Doch, alles in Ordnung.« Der Barde hielt sich die Hand. »Ich wünschte bloß, Ihr Ritter würdet endlich lernen, den Rest von uns zu warnen, wenn Ihr ein Kettenhemd unter Eurem Wappenrock und Umhang tragt.«

Durge betrachtete die Hand des Barden. »Ich fürchte, Ihr habt sie dauerhaft verkrüppelt. Ihr werdet nie wieder die Laute spielen können.«

Falken sah den embarranischen Ritter stirnrunzelnd an. »Was ist denn das für ein Tonfall? Ich dachte, Ihr hättet den Traditionen Eurer Landsleute abgeschworen, Durge. Ich kannte Euch als einen fröhlichen Mann.«

Jetzt war es Grace, die Durge anstarrte.

Der Embarraner trat von einem Fuß auf den anderen. »Ich war fast noch ein Kind, als Ihr mich kanntet, Lord Falken, mein Schnurrbart hatte gerade erst zu wachsen angefangen. Doch nun habe ich das mittlere Alter schon weit hinter mir gelassen.«

Traurigkeit breitete sich auf Falkens Gesicht aus, und er sah den Ritter an, als ob ihm erst jetzt die tiefen Falten in seinen Zügen und das Grau in seinem Haar auffallen würden. »Natürlich«, sagte der Barde. »Natürlich, ich vergaß. Es muß gut und gerne zwanzig Jahre her sein.«

Grace fand diese Antwort seltsam. Sie hatte sonst nur beträchtlich ältere Leute so auf das Verstreichen der Zeit reagieren gesehen. Falken mußte etwa so alt wie Durge sein, und der war höchstens fünfundvierzig. Das war ja wohl kaum alt. *Aber auf dieser Welt ist es das, Grace. Du selbst bist hier in der Mitte deines Lebens, und du bist erst dreißig. Kein*

Wunder, daß Aryn Durge so alt findet. Für eine Neunzehnjährige ist er ein Greis.

Nun kehrte Falkens Lächeln zurück, und wenn es auch nicht so strahlend war, so war es doch ebenso freundlich wie zuvor. Er schüttelte die Hand des embarranischen Ritters. »Wie dem auch sei, es ist schön, Euch wiederzusehen.«

Der schwarzhaarige Ritter nickte. »Das gleiche gilt für mich, Falken.«

Falken wandte sich an seine Begleiter. »Darf ich Euch mit Durge von Embarr bekannt machen. Durge, dies ist Lady Melia, und dies ist Lord Beltan von Calavan.«

Melia machte einen Knicks, und Beltan grinste breit. Grace mußte schlucken, denn wenn er lächelte, war er genauso attraktiv wie sein Onkel.

»Ich habe vom Grafen von Steinspalter gehört«, sagte Beltan. »Euer Geschick mit dem embarranischen Breitschwert eilt Euch voraus, Mylord.«

Durge trat einen Schritt zurück. »Ich bin mir sicher, daß die Geschichten übertrieben sind, Mylord.«

Melia hob den Saum ihres Gewandes und schwebte einen Schritt nach vorne. Sie nickte Aryn und Grace zu. »Und wer begleitet Euch, Lord Durge?«

Obwohl Melia klein war, sogar winzig, kam sich Grace zum zweiten Mal neben einer anderen Frau wie ein kleines Mädchen vor. Aber es war anders als seinerzeit bei Kyrene. Melia verlieh ihr nicht das Gefühl der Minderwertigkeit, sondern daß es viel mehr Dinge auf der Welt, im Leben und in der Erfahrung gab, als sie sich erträumen konnte.

Durge räusperte sich. »Das ist Ihre Hoheit Aryn, Baronesse von Elsandry und das Mündel von König Boreas.«

Melia lächelte die junge Baronesse an und nickte ihr zu. Aryn antwortete mit einem eleganten Hofknicks, den Grace im Leben nicht so hinbekommen würde.

»Aha«, sagte Beltan fröhlich, »aus dem frechen kleinen Mädchen, an das ich mich erinnere, ist also eine hübsche junge Frau geworden. König Boreas hat recht. Ich muß wirklich öfter zu Besuch kommen.«

Aryn errötete und neigte ihr Haupt, aber ihr Lächeln war unverkennbar. Grace sah sofort, daß der stattliche blonde Ritter Aryn gefiel, ob er nun ein Bastard war oder nicht.

»Und das«, fuhr Durge fort, »ist Ihre Durchlaucht Grace, Herzogin von Beckett.«

Melias Bernsteinaugen leuchteten auf. »Beckett? Ich habe noch nie von einem Herzogtum Beckett gehört.«

Ein Anflug von Panik durchbohrte Graces Brust. »Es ist sehr weit weg«, stieß sie hervor.

Melia nickte. »Natürlich ist es das.« Sie fixierte Grace, und diese hatte das furchtbare Gefühl, für die andere Frau vollkommen durchsichtig zu sein, daß Lady Melia in sie hineinsehen und jedes Geheimnis, jede Hoffnung und jede Furcht entdecken konnte, die wie in einem Glas gefangene Motten in ihrem Inneren herumflatterten und die sie zu verbergen suchte.

Grace faßte sich an die Kehle. Das Atmen fiel ihr schwer. Die Luft im Großen Saal war stickig. Melias Diener stand direkt hinter der Lady. »Entschuldigung«, sagte sie, »kannst du mir einen Becher Wein bringen?«

Er starrte sie an, als hätte sie ihn gerade gebeten, vom höchsten Turm des Schlosses zu springen.

»Was?« fragte er.

Grace war von seinem Benehmen überrascht. Keiner der Diener Schloß Calaveres würde sich trauen, derart unhöflich zu sein. »Wein«, sagte sie. »Er steht da drüben auf dem Tisch. Könntest du mir einen Becher bringen? Bitte.«

Der Mann verzog das Gesicht. »Ich bin doch kein Diener.«

Nun richtete Melia den Blick auf *ihn*. »Warum bist du dann nicht einfach ein Gentleman, Travis?«

Der dunkelblonde Mann starrte Melia an, wollte etwas sagen, überlegte es sich dann aber offenbar anders. Er drehte sich um, um den Wein zu holen, wobei er sich Zeit ließ und vor sich hin murmelte.

Grace stöhnte innerlich auf. Schon wieder hatte sie sich in jemandem getäuscht, und es hatte katastrophale Folgen gehabt. Es folgte ein langes und betretenes Schweigen. Schließlich bemühte Aryn sich tapfer um ein Lächeln.

»Willkommen auf Calavere«, sagte sie.

4

Du kannst sie da drüben absetzen, Travis«, sagte Melia. Travis ließ die schweren Satteltaschen auf den Boden des Gemachs fallen. Als er sich aufrichtete, machte sein Rücken ein beunruhigendes Geräusch, das eine gewisse Ähnlichkeit mit einem besonders lebhaften Pferd hatte, das durch ein Kristallfeld stolzierte.

Falken betrachtete die Satteltaschen stirnrunzelnd. »Hast du etwas zerbrochen, Travis?«

»Nicht da drin«, sagte er mit zusammengebissenen Zähnen.

Auf Melias Bitte hin hatte er die Satteltaschen aus dem Stall geholt, einen langen Korridor entlang- und dann eine Wendeltreppe hinaufgetragen, die ihn so oft im Kreis gedreht hatte, daß er sich danach wie nach der Fahrt auf einem Kirmeskarussell gefühlt hatte.

»Und vergiß nicht die vier Taschen, die du am Fuß der Treppe zurückgelassen hast«, sagte Melia freundlich.

»Ihr bestraft mich, stimmt's?« fragte Travis verletzt.

»Ja, mein Bester, aber nur, weil ich dich so gut leiden kann.«

Travis ging stöhnend zur Tür. Es war doch nicht seine Schuld, daß die Frau im Großen Saal so unverschämt gewesen war. Es hätte ihm ja nichts ausgemacht, ihr den Wein zu holen, aber die Art, wie sie ihn angesehen hatte. Wie einen Gegenstand, nicht wie eine Person. Selbst die schlimmsten Touristen im Mine Shaft Saloon hatten nicht so mit ihm gesprochen.

Beltan kam in den Raum geschlendert. Er trug in jeder Hand zwei Satteltaschen. Er schwang sie mit Leichtigkeit auf eine Kommode, dann blickte er sich um.

»War das alles?« Er klopfte seine Hände ab. »Das war ja überhaupt nicht schwer.«

Travis starrte den Ritter an. Manchmal konnte er Beltan ein kleines bißchen weniger gut leiden als sonst. Er war trotzdem froh, die Treppe nicht noch einmal herunter zu müssen. Es war ihm früher schon nicht möglich gewesen, zweimal hintereinander aufs Karussell zu gehen, ohne daß ihm die Zuckerwatte wieder hoch kam.

»Und, Melia«, Falken stellte den Kasten mit seiner Laute auf das Fensterbrett, »was hältst du von der Gastfreundschaft des Königs von Calavan?«

Melia drehte eine Runde durch das Zimmer, wobei ihr Überrock über den rauhen Teppich auf dem Boden strich. Das Gemach, zu dem sie der Seneschall des Königs geführt hatte, war groß genug für sie alle. An den Wänden hingen Wandteppiche, deren Farben vom Rauch und von der Zeit getrübt waren und die zusammen mit dem Feuer im Kamin die Kälte vertrieben. Eine Tür führte in einen kleinen Schlafraum, der Melia eine gewisse Privatsphäre gewähren würde.

»Nun, es ist nicht das größte Gemach im Schloß«, sagte Melia. Sie setzte sich in einen klobigen Roßhaarsessel am Kamin und lächelte. »Aber ich werde es überleben.«

Falken nahm die Laute aus dem Kasten und spielte einen melancholischen Akkord. »Die Welt wird dir dein Opfer hoch anrechnen, Melia.«

»Na, das will ich doch sehr hoffen.«

Travis faltete seinen Umhang zusammen und legte ihn auf eins der beiden schmalen Betten, auf denen er und Falken schlafen sollten, dann setzte er sich hin. Flüssiges Sonnenlicht strömte durch das Fenster des Gemachs. Das wellige Glas gab die Sicht auf fünf Türme frei, die sich scharf gegen den Himmel abzeichneten, aber Travis wußte, daß das nur die Hälfte dessen war, was Calavere zu bieten hatte. Als sie auf das Schloß zugeritten waren, hatte es so wuchtig und zerklüftet auf seinem Hügel gelauert, daß er sofort an die Berge in Colorado erinnert worden war. Ein schmerzhaftes Gefühl von Verlust hatte ihn überkommen, und er hatte das Gesicht in den Wind gehalten, wie immer, wenn er an zu Hause dachte.

In Castle City haben sie dich inzwischen bestimmt alle vergessen, Travis. Vielleicht solltest du sie auch vergessen. Er seufzte und starrte die hohen Zinnen an. Calavere ließ König Kels Festung wie einen Geröllhaufen aussehen.

»Mach dir damit keine Umstände, Beltan«, sagte Melia fröhlich. »Travis hat gesagt, er möchte sie auspacken.«

Travis blickte auf. »Ich kann mich nicht erinnern, das gesagt zu haben.«

Melias Augenlider senkten sich halb. »Streng dich an, dann fällt es dir bestimmt wieder ein.«

Travis schluckte trocken. »Ach ja, jetzt weiß ich wieder.«

»Hab ich doch gleich gesagt, mein Bester.«

Travis kniete neben den Satteltaschen nieder. Es war eine lange Reise vom Turm der Runenbinder bis hierhin gewesen. Als er Decken, Kleidungsstücke und übriggebliebene Lebensmittel auspackte, liefen die vielen Meilen noch einmal vor seinem inneren Auge ab.

Sie waren nicht lange im Tal des Weißen Turms geblieben. Am Morgen nach dem Angriff der Phantomschatten war Melia immer noch blaß und durchgefroren gewesen, aber sie wollte am allerwenigsten noch länger an jenem Ort bleiben. Sie hatten im stahlgrauen Licht vor der Dämmerung ihre Sachen gepackt und waren aus dem Tal geritten. Travis hatte ein letztes Mal zu der Ruine zurückgeblickt. Im Zwielicht schimmerte sie wie ausgebleichte Knochen: eine Gruft für die törichten Taten vor Jahrhunderten Verstorbener. Ihm war ein Schauder über den Rücken gelaufen, dann waren sie um den Ausläufer eines Bergkamms gebogen, und die Ruine war nicht mehr zu sehen gewesen.

Sie waren so schnell wie möglich durch das südliche Eredane geritten. Um gut voranzukommen, waren sie auf dem Königinnenpfad geblieben, aber nicht ohne Vorsichtsmaßnahmen. Beltan war immer wieder vorausgeritten, und mehr als einmal war der Ritter auf seinem Schlachtroß zurückgehetzt gekommen, um sie vor einer nahenden Gruppe des Rabenkults zu warnen. Jedesmal waren sie von der Straße geflüchtet, um sich in einem Brombeerdickicht zu verstecken oder hinter einem Hügel oder unter einer tarrasischen Brücke.

Einmal waren die Anhänger des Kultes ihnen schon bedrohlich nahe gewesen, und es gab weit und breit kein Versteck. In beide Richtungen war meilenweit nur freies Feld gewesen. Melia befahl ihnen in einem Tonfall, der keine Widerrede zuließ, absolut bewegungslos am Straßenrand zu stehen und die Zügel ihrer Pferde stramm zu halten. Sie hatte ein paar eigentümliche Gesten gemacht. Mit flachen Händen schien sie über eine imaginäre Wand vor ihr zu streichen.

Die Leute vom Rabenkult waren in Sichtweite gekommen. Diese Prozession auf dem Königinnenpfad war die längste dieser Art gewesen, die sie bis dahin gesehen hatten: fast einhundert Anhänger, alle in schwarze Kutten gekleidet, den Flügel des Raben mit Asche auf die Stirn gemalt. Sie leierten seltsame Worte, und Travis war klargeworden, daß es ein Gebet war.

»Atme mit dem Wind,
gehe mit dem Feuer.
Rabe sei dein Meister.

Feßle das Fleisch,
befreie das Herz,
Rabe fliegt für immer.«

Als die Prozession vorbeigezogen war, hatte Travis die Zähne zusammenbeißen müssen, um nicht zu schreien. Er hatte die ganze Zeit das Gefühl gehabt, daß sich jeden Moment einer von ihnen nach ihm umdrehen würde. Die Maske dumpfer Selbstgefälligkeit würde von einer des wahnsinnigen Hasses ersetzt werden, und der Kultanhänger würde kreischen, auf ihn zeigen und ihn als den Mann erkennen, der einen der ihren verbrannt hatte.

Und was machst du dann, Travis? Den auch noch verbrennen? Warum eigentlich nur den? Warum fackelst du nicht gleich die ganze Bande ab?

Aber die Kultanhänger waren in ihrem seltsam schaukelnden Takt und mit leerem und stur geradeaus gerichtetem Blick weitergezogen. Was es auch gewesen war, das Melia mit ihren Händen getan hatte, es hatte funktioniert.

Danach hatten sie vom Rabenkult nichts mehr gesehen oder gehört. Am nächsten Morgen stießen sie auf eine gewaltige Hochebene. Die Fal Erenn, die Morgenrotberge, grenzten im Osten an das Hochland, und im Westen und im Süden hatte Travis eine Kette von nebelgrauen Berggipfeln ausgemacht, die Falken als Fal Sinfath bezeichnet hatte, die Zwielichtberge. Da es keinen anderen Weg gab, war der Königinnenpfad in die steile Seite der Hochebene gegraben worden. Die Pferde mußten sich anstrengen, die Reisenden die hohe Steigung heraufzutragen, und Travis hatte die Leistung der alten tarrasischen Baumeister bewundert, die den schmalen Weg in den nackten Fels gemeißelt hatten. Auch wenn er tatsächlich eintausend Jahre alt war, wirkte er so solide wie jeder beliebige Bergpaß in Colorado.

Die anderen waren vorsichtig geritten, aber Travis hatte trotz der Ermahnungen Falkens seinen zotteligen Wallach zügig vorangetrieben. Berge machten Travis keine angst. Sie waren gefährlich, gewiß, und er hatte Leute gekannt, die auf welchen gestorben waren. Der Versuch, gegen einen Berg zu kämpfen, würde mit einer Niederlage enden. Aber gab man sich ihm hin und opferte ein wenig von seinem eigenen Blut und Schweiß, dann konnte der Berg einen bis in den Himmel tragen.

Das Land, das sie oben auf der Hochebene vorgefunden hatten, hatte nicht viel mit Colorado gemeinsam. Dies war die Domäne Galt, die im Hochland zwischen Eredane und Calavan lag. Das Land war klein und kahl, voller scharfer Kanten und gefährlicher Abgründe. Auf ihrem Ritt nach Süden waren sie an ein paar Dörfern vorbeigekommen, die so hart und abweisend gewesen waren wie der Fels, aus dem sie gehauen waren. Es wuchs nur wenig auf diesem Land, und als Nutztier schien hauptsächlich eine magere Ziegenart zu dienen. Travis fragte sich, was die Tiere zwischen den verstreuten Felsen wohl zu fressen finden konnten.

Auch wenn die Landschaft von Galt rauh war, so galt das ganz und gar nicht für ihre Einwohner. Die Reisenden konnten nicht unter freiem Himmel kampieren, da der Wind sie von der Hochebene gefegt hätte, falls sie nicht gleich erfroren wären. Also hatten sie drei Nächte hintereinander in Gasthäusern verbracht. Jedesmal waren die Leute freundlich, rotwangig und gut gelaunt gewesen. Das servierte Essen war einfach gewesen, aber die Portionen großzügig und von großen Bierkrügen begleitet worden. Travis hatte erst zögerlich an seinem Bier genippt, bevor er es wie Beltan in großen Schlucken in sich hineingoß. Im Gegensatz zu dem Haferschleimverschnitt, den er zuvor woanders getrunken hatte, war der Gerstensaft in Galt braun, kräftig und so geschmeidig wie Sirup.

Er war außerdem sehr viel stärker als alles, was Travis vorher getrunken hatte, wie er am ersten Morgen in Galt feststellen mußte.

»Ich erinnere mich noch gut an meinen ersten Krug Galter

Bier«, hatte Beltan grinsend bemerkt, als er an Travis' Bett stand. »Fühlt sich so an, als ob Dunkelelfen eine neue Mine in deinem Schädel graben, nicht wahr?«

Travis hatte nur ein Grunzen zustande gebracht.

Melia hatte Falken einen selbstgefälligen Blick zugeworfen. »Ich habe dir ja gesagt, daß Galter Bier ihm seinen Verstand rauben würde.«

Der Barde hatte ihr eine Goldmünze überreicht. »Ich sollte es besser wissen, als mit dir Wetten abzuschließen, Melia.«

Glücklicherweise hatte das Bier Travis' Verstand nicht tatsächlich geraubt, sondern ihn nur vorübergehend betäubt. Als sie an jenem Abend am nächsten Gasthaus angekommen waren, ging es ihm bereits besser, und er nahm kleinere Schlucke aus seinem Krug.

Sie waren noch zwei ganze Tage durch Galt gereist, dann hatte das Hochland geendet, und der Königinnenpfad hatte in sanftere, nebligere Gefilde hinabgeführt. Dies waren die nördlichen Sümpfe der Domäne Calavan. Obwohl die Luft immer noch den kalten Biß des verfrühten Winters hatte, war es hier fast schon gemütlich warm im Vergleich zur trockenen, frostigen Luft von Galt. Endlich hatten sie auf einer tarrasischen Brücke einen Fluß überquert – den Dimduorn, klärte Falken ihn auf –, und Travis hatte zum ersten Mal Schloß Calavere erblickt.

Eine Woche war vergangen, seit sie den Weißen Turm der Runenbinder hinter sich gelassen hatten. Es blieb nur ein Tag bis zum Rat der Könige. Sie hatten es nur knapp geschafft.

»Ich habe gehört, daß König Boreas Runensprecher auf seinem Schloß hat«, sagte Falken.

Travis hörte auf auszupacken und sah auf.

Beltan nickte. »Soweit ich weiß, tut er das. Ich glaube, einer von ihnen heißt Jemis.«

Melia sah Falken von ihrem Stuhl aus fragend an. Der Barde

erwiderte den Blick. Irgendwie konnten die beiden ganze Unterhaltungen führen, ohne ein einziges Wort zu sagen.

»Gute Idee«, sagte Falken. »Ich werde versuchen, diesen Jemis heute abend aufzutreiben, und ihn fragen, ob er Travis' Ausbildung übernehmen kann. Ich fürchte, Travis hat von mir alles gelernt, was ich ihm beibringen kann.«

»Ausgezeichnet«, erwiderte Melia.

Travis enthielt sich jeder Bemerkung. Es war sinnlos, sich zu beschweren. Er schaute auf seine Hände und erinnerte sich an die Kraft, die im Herzen des Weißen Turms aus ihnen herausgeströmt war. Er konnte die silberne Rune nicht sehen, aber er konnte sie spüren, da unter der Haut seiner Handfläche.

Es ist mir egal, was Melia will. Ich werde diese Macht nie wieder benutzen, Jack. Ich werde lernen, damit umzugehen, aber nur, damit ich sie unter Kontrolle habe. Damit ich nie wieder jemanden verletze.

»Glaubst du, daß König Boreas dich vor dem Rat sprechen lassen wird?« fragte Melia den Barden.

»Das sollte er besser«, sagte Falken. »Außerdem, auch wenn Boreas nicht gerade einer meiner besten Freunde ist, so hat er doch den Rat der Könige einberufen. Er hätte wohl kaum die Herrscher aller Domänen zusammengerufen, wenn er sich nicht wegen der Situation in Falengarth Sorgen machen würde.«

»Andererseits können Könige viele Gründe für ihre Handlungen haben.«

Melia wandte sich an ihren Ritter-Hüter. »Beltan, was hältst du von deinem Onkel?«

Travis zuckte innerlich zusammen. Es fiel ihm immer noch schwer, sich daran zu gewöhnen, daß Beltan königlicher Herkunft war. Er hatte das Gefühl, daß jeder, den er hier kannte, eine bedeutende Persönlichkeit war – bis auf ihn selbst.

Beltan kratzte den goldenen Bart. »Boreas ist ein guter Mann, aber er ist auch ein guter Anhänger von Vathris. Ich habe gehört, daß er in den Inneren Kreis der Mysterien des Vathris vorgedrungen ist. Aber ob das nun stimmt oder nicht, er hat sicherlich keine Angst vor dem Krieg.«

»Könnte er ihn sogar wünschen?« fragte Melia vorsichtig.

Beltan schüttelte den Kopf. »Das weiß ich nicht. Ich müßte lügen, wenn ich behauptete, Boreas und ich stünden uns sehr nahe, und es ist wirklich schon drei Jahre her, seit ich ihn zum letzten Mal gesehen habe.« Er schnaubte. »Außerdem bin ich wohl kaum der größte Experte, was das aktuelle Geschehen bei Hofe angeht.«

Trotz der selbstkritischen Worte des Ritters fand Travis, daß er die Lage ganz gut zusammengefaßt hatte. Ihm kam ein interessanter Gedanke. »Du hättest König sein können, oder, Beltan?«

Beltan drehte sich zu Travis um. Seine Stimme war so scharf und flach wie sein Schwert. »Nein«, sagte er. »Das hätte ich nicht.«

Mit diesen Worten verließ der Ritter den Raum.

Travis zuckte zurück, als hätte ihn ein Faustschlag getroffen. Was hatte er denn jetzt schon wieder falsch gemacht? »Ich wollte doch nur sagen, daß er der Sohn des letzten Königs war.«

Falken nickte, sagte jedoch nichts.

»Mach dir nichts draus, Travis«, sagte Melia, nun in einem sanfteren Tonfall. »Du hast nichts Falsches gesagt.«

Warum war Beltan dann aus dem Zimmer gestürmt? Doch Travis ließ die Angelegenheit ruhen und machte sich wieder ans Auspacken, während Melia und Falken weiter ihre Strategie vor dem Rat besprachen.

Dann wurde es still in dem Gemach, und Travis sah sich um. Falken und Melia waren in den Nebenraum gegangen und hatten ihn allein zurückgelassen. Sein Blick wanderte zur Tür. Er wußte, daß es falsch war, aber niemand hatte es ihm verboten. Außerdem kam er sich eingesperrt vor. Er mußte sich bewegen und irgendwo hingehen. Egal wohin.

Bevor sein gesunder Menschenverstand ihn wieder umstimmen konnte, öffnete er die Tür und trat hinaus in den Gang.

5

Nur vom leisen Flüstern ihres violetten Gewandes begleitet schritt Grace durch den im Halbdunkel liegenden Korridor. Sie hatte den Großen Saal schon vor über einer Stunde verlassen, und sie war noch immer nicht in ihr Gemach zurückgekehrt.

Nicht, daß sie sich verlaufen hätte. Sie hielt sich nun schon seit fast einem Monat auf Calavere auf, und mit der Zeit waren die unzähligen Gänge und Galerien des Schlosses ihr vertraut geworden. Es gab sicher noch viele Teile von Calavere, die sie noch zu entdecken hatte, und außerhalb des Bergfrieds war sie noch etwas unsicher, aber sie fand ihren Weg vom West- zum Ostflügel ohne Schwierigkeiten. Wenn sie die Augen schloß, konnte sie im Geiste den Korridoren und Abzweigungen genauso folgen wie den verzweigten Mustern von Nerven und Arterien des menschlichen Körpers.

Wäre das Labyrinth des menschlichen Zusammenspiels doch nur so einfach zu beherrschen wie Korridore und Medizin. Aber sie bezweifelte, diesen Irrgarten jemals durchqueren zu können, ohne sich zu verlaufen. Was das anging, hätte ihr wissenschaftlicher Verstand jemals weitere Beweise dafür benötigt, der Zwischenfall im Großen Saal bot sich hervorragend als weitere Fallstudie für ihre Forschungsarbeit an. Wie hatte sie den Begleiter des Barden nur für einen Diener halten können?

Sie strich den Stoff ihres Gewandes glatt. *Du hattest dir beinahe schon eingeredet, daß das hier die Wirklichkeit ist, Grace. Es ist leichter, eine Adlige zu sein, nicht wahr? Man muß nicht unbedingt mit anderen Leuten sprechen. Man kann sie einfach herumkommandieren.*

Grace verzog das Gesicht, als sie sich an den beleidigten Gesichtsausdruck des Mannes erinnerte. Wie viele andere hatte sie schon mit ihren Fehleinschätzungen verletzt, ihrer Unfähigkeit, die Gefühle und Gedanken anderer zu verstehen? Wie viele mehr würden ihr noch zum Opfer fallen? Der Mann im Großen Saal, der Mann mit der Brille, war nur eines von vielen Opfern, die von den herumfliegenden Trümmern ihres gebrochenen Herzens erschlagen wurden.

Sie legte die Hand auf die Brust und erwartete fast, dieselbe bittere Kälte zu fühlen, die sie im Brustkasten des Toten im Denver Memorial Hospital gefühlt hatte. Aber ihr Herz flatterte warm und schwach unter dem Stoff ihres Gewandes. Sie holte schaudernd Luft. Vielleicht wäre es besser, wenn sie ein Herz aus Eisen hätte. Vielleicht würde ihr dann der ständige Versuch erspart bleiben, zu fühlen und dabei zu scheitern. Es war alles so absurd; beinahe hätte sie darüber gelacht. Obwohl sie seine vier Kammern mit einem Skalpell präzise sezieren konnte, blieben ihr die Geheimnisse des menschlichen Herzens dennoch verschlossen. Wie der Irrgarten des Schlosses führte es sie unweigerlich an Orte, von denen es für sie kein Entrinnen gab, zu Dingen, die sie nicht sehen wollte.

Ihre Gedanken wandten sich Kyrene zu. Sie war der Gräfin in den letzten Tagen bewußt aus dem Weg gegangen. Doch jetzt verspürte sie ein seltsames Bedürfnis, Kyrene wiederzusehen, mit ihr zu sprechen und ihr Fragen über Ivalaine und die Hexen zu stellen. Kyrene würde ihr alles verraten, da war sie sich sicher. Die Gräfin von Selesia würde ihr ihre Überlegenheit nur zu gern beweisen. Aber das machte Grace nichts aus, nicht mehr.

Ein paar Kräuter, die richtigen Worte …

Ein Schauder durchfuhr sie, und das lag nicht nur an der Kälte im Schloß. Sie stellte ihn sich vor: schlank, dunkel, elegant. *Jawohl, vielleicht wird Logren von Eredane das nächste Mal mit mir im Garten spazierengehen.*

Das war lächerlich. Auf der Erde war Grace Intimität aus dem Weg gegangen. Sie konnte niemanden mehr an sich heranlassen. Denn wer ihr zu nahe kam, konnte alles über sie erfahren. Alles. Das durfte sie nicht zulassen. Nicht auf dieser Welt – auf keiner Welt.

Grace blieb stehen und schüttelte den Kopf. Sie kannte diesen Gang. Er führte zu den Schlafgemächern vieler der Adligen von Calavere. Wenn sie um die nächste Ecke bog, würde sie vor Kyrenes Tür stehen. Sie stand stocksteif da. Dann hob sie den Saum ihres Gewandes, und ohne einen Gedanken darauf zu verschwenden, wie wenig adlig sie dabei aussah, rannte sie den Korridor entlang zurück in die andere Richtung.

Grace bog um die Ecke – und stieß mit etwas Großem, Grünem zusammen, das ein lautes Aufstöhnen von sich gab. Sie sah im Augenwinkel etwas Silbernes aufblitzen, dann hörte sie das klirrende Geräusch von Metall auf Stein. Grace stolperte zurück und hielt sich an der Wand fest. Sie schüttelte den Kopf, um wieder klar sehen zu können, und da erkannte sie, was – nein, *wen* – sie da über den Haufen gerannt hatte.

Das Herz wurde ihr schwer. Es war der dunkelblonde Mann mit der Nickelbrille. Er hatte die Arme über seinem schlecht sitzenden Wams gekreuzt und hielt sich den Magen. Sie hatte offensichtlich seinen Solarplexus getroffen und ihm den Atem geraubt. *Schade, daß du ihm nicht auch noch ein paar Rippen gebrochen hast, Grace. Dann wüßtest du jetzt wenigstens, was du sagen sollst.*

Dieser Gedanke ließ sie das Gesicht verziehen. Dann räusperte sie sich und zwang sich zum Sprechen. »Alles in Ordnung mit Euch?«

Er hob den Kopf. »Ach. Ihr seid das.«

Sie trat zögernd einen Schritt nach vorn und hielt ihm die Hand hin. »Kann ich Euch helfen?«

Er richtete sich mit einer Grimasse zu seiner vollen Größe auf – oder vielmehr der Größe, mit der sie ihn zuvor im Großen Saal gesehen hatte. Grace hatte nie nachvollziehen können, daß manche Männer Angst vor ihrer eigenen Größe hatten.

»Ich glaube, Ihr habt heute schon genug getan.«

Grace zuckte zusammen. »Es tut mir leid.« Sie kämpfte mit jedem einzelnen Wort. »Daß ich Euch angerempelt habe. Und daß ich Euch für einen Diener hielt. Vorhin im Großen Saal. Das war dumm von mir.«

Er schaute zu Boden. »Nein, es war gar nicht dumm. Ihr habt recht, ich könnte genausogut ihr Diener sein. Ich habe langsam das Gefühl, daß sie immer irgendwelche Pläne für mich haben. Nur sagen sie mir nie, wie die aussehen.«

Und wieder einmal fehlten ihr die Worte. »Habt Ihr Euch verlaufen? Ich kann Euch den Weg zu Eurem Gemach zeigen.«

»Nein, ich brauche Eure Hilfe nicht«, sagte er gereizt. »Ich brauche niemandes Hilfe. Ihr habt Euch entschuldigt, und ich habe die Entschuldigung angenommen. Also laßt mich jetzt in Ruhe, in Ordnung?«

Langsam fand Grace sein Verhalten empörend. Wußte er nicht, wer sie war? Andererseits, eigentlich war sie ja niemand. *Außerdem*, sagte die trockene Arztstimme in ihr, *hast du genau dieselben Worte schon zahllose Male in der Notaufnahme gehört. Wer Angst hat, bittet nie um Hilfe. Dann müßten sie zugeben, daß sie verletzt und hilflos sind. Das weißt du doch genau, Grace.*

Er hatte sich von ihr abgewandt und suchte den Boden ab. »Wo ist sie bloß?« murmelte er. »Sie muß hier doch irgendwo sein.«

Sie erinnerte sich an das silberne Aufblitzen. Sie ging auf ihn zu. »Was habt Ihr denn fallen gelassen?«

»Das würdet Ihr nicht verstehen.«

»Warum nicht?«

»Das … das kann ich Euch nicht erklären. Aber es ist wichtig.«

Sie ging neben ihm in die Hocke. »Dann werde ich Euch helfen.«

Er fuhr sich mit der Hand durch sein zerzaustes Haar. »Hört zu, ich habe Euch doch schon gesagt, daß Ihr …«

Er hielt inne, seine grauen Augen weiteten sich. Grace schüttelte den Kopf. Warum starrte er sie denn so an?

»Ich kann Euch verstehen«, flüsterte er.

Grace runzelte die Stirn. Für einen einfachen Beinahe-Diener verstand er es ausgezeichnet, sie zu verwirren.

»Wovon sprecht Ihr?«

Er sprang auf und zeigte mit dem Finger auf sie. »Da. Das. Was Ihr gerade gesagt habt – das habe ich verstanden!« Er schüttelte den Kopf. »Aber das ist unmöglich …«

Sie stand auf. Ein unerklärliches Gefühl machte sich in ihrem Inneren breit. »Warum solltet Ihr mich nicht verstehen können?«

Ihre Blicke trafen sich, dann sahen sie gleichzeitig ein silbernes Glitzern in einem nahegelegenen Alkoven.

»Da«, murmelte Grace. »In dem Alkoven, da liegt das, was Euch heruntergefallen ist.«

Er ging zu der Nische in der Wand, bückte sich, stand wieder auf und drehte sich um. Irgendwie war Grace von dem, was sie sah, nicht überrascht. Die Brille war natürlich ein klarer Hinweis gewesen. Bis jetzt war ihr auf Eldh noch keine begegnet. Seine Stiefel, die jetzt geputzt waren, waren auch nicht die flachen Stiefel, die die Bauern hier trugen. Es waren Cowboystiefel. Sie zwang sich dazu, den Gegenstand in seiner Hand zu betrachten. Es war ein Halbkreis aus Silber, der auf beiden Seiten eine Prägung trug. Die Bruchkante war uneben.

»Was ist?« fragte er, plötzlich ganz ruhig.

Ja, er spürte es. Sie war sich sicher.

Grace ging naher an ihn heran und holte aus dem Beutel an ihrem Gürtel ihre eigene halbe Silbermünze hervor. Nach kurzem Zögern hielt er ihr seine Münze entgegen. Sie streckte die Hand aus, um ihre Hälfte an die seine zu halten. Es bestand für sie nicht der geringste Zweifel, daß die Bruchstellen genau zusammenpassen würden, trotzdem keuchte sie überrascht auf, als sie es wirklich taten.

»Der Mann in Schwarz?« So wie Travis das sagte, war es eigentlich keine Frage.

Sie nickte. »Bruder Cy.«

»Dann seid Ihr … sind Sie … bist du auch von der Erde.«

Ein Zittern durchfuhr Grace. Es war Überraschung. Und Freude. Und Erleichterung. »Ja«, sagte sie. »Das bin ich.«

6

Die Worte waren förmlich aus ihnen herausgesprudelt. *Eldh. Die Münze. Bruder Cy.*

Sie hatten die beiden Münzenhälften zusammengefügt, waren aus den Symbolen auf beiden Seiten aber trotzdem nicht schlau geworden. Wie bei so vielem bei dieser Angelegenheit nicht. Dann waren sie in Graces Gemach gegangen. Travis hatte an der Tür kurz gezögert. Schließlich kannte er diese Frau nicht. Sie schien in dieser Welt jemand zu sein, jemand Wichtiges. Was hatte er überhaupt bei ihr verloren? Er sollte besser zurück in sein eigenes Gemach gehen, bevor Melia auffiel, daß er weg war. Aber genauso, wie zwei Amerikaner, die sich in New York keines Blickes würdigen würden, in einem Café in Paris sofort Freundschaft schließen, spürte er eine Verbindung zu dieser Frau. Er hatte tief durchgeatmet und war durch die Tür gegangen.

»Ich heiße Grace Beckett«, sagte sie. »Ich komme aus Denver.«

Erst als sie dies sagte, wurde ihm bewußt, daß sie sich gut und gern eine Minute lang angestarrt hatten.

»Travis«, sagte er. »Travis Wilder. Und ich ...« Es auszusprechen schien alles noch viel unglaublicher zu machen. »Ich komme aus Castle City. Das ist eine kleine Stadt oben in ...«

Grace nickte. » ...in den Bergen. Natürlich, das paßt. Woher solltest du auch sonst kommen.«

»Kennst du die Stadt?«

Sie ging zu einer Kommode und nahm eine Zinnkaraffe in die Hand. »Ich hoffe, du willst etwas trinken, denn ich brauche jetzt einen kräftigen Schluck. Und dieses Mal schenke ich ein.«

Travis kratzte sich das Genick. »Die Sache tut mir auch leid.«

»Laß gut sein. Hier, trink.«

Sie drückte ihm einen Pokal in die Hand. Er hielt den Becher in zwei Händen und nippte daran. Kühler Rauch und warme Kirschen. Bei ihr gab es also keinen einfachen Bauernwein. Er kippte den Rest runter.

»Danke«, sagte er atemlos.

Grace ging jetzt vor dem Kamin auf und ab. Ihr Gewand flüsterte wie geheimnisvolle Stimmen. Sie schien sich darin wohl zu fühlen – sie machte einen selbstsicheren, beinahe schon majestätischen Eindruck –, zumindest wohler als er nach einem Monat in seinem rauhen Wams. Kam sie wirklich von der Erde? Aber das mußte sie. Es gab keine andere Erklärung.

»Bist du schon lange hier?« fragte er »Auf Eldh, meine ich?« Die Frage klang absurd, aber sie würde sie verstehen.

»Einen knappen Monat.« Sie sah ihn aus ihren grün-goldenen Augen an. Sie waren eindrucksvoll und fesselnd. »Du bist genauso lange hier, stimmt's?«

Travis nickte, wieder verblüfft. Woher wußte sie das?

»Wir haben Bruder Cy bestimmt am selben Abend getroffen. Das ist die einfachste Erklärung. Eins habe ich als Ärztin gelernt: Die einfachste Erklärung ist fast immer die richtige.«

»Ich finde nicht, daß hier irgend etwas einfach ist.«

Sie nahm einen großen Schluck von ihrem Wein. Plötzlich sah sie sehr entmutigt aus. Aus irgendeinem Grund fühlte er sich deshalb besser.

»Nein«, sagte sie. »Nein, es ist wirklich nicht einfach.«

Sie bedeutete ihm, sich ans Feuer zu setzen. Es kam ihm ein wenig seltsam vor. Sie waren beide aus Colorado. Es gab keinen Grund, warum er sich bei ihr unwohl fühlen sollte. Aber sie war wie eine Adlige gekleidet und er wie ein Bauer. Es kostete eine gewisse Mühe, nicht in die Rolle zu verfallen, die einem die Kleidung vorschrieb. Er zwang sich dazu, sich zu setzen, und sie nahm den Stuhl ihm gegenüber.

»Also, wer fängt an?« fragte er mit einem nervösen Lachen.

»Wir sind in meinem Gemach, also bist du mein Gast«, sagte sie. »Ich habe zwar nicht oft Besuch, aber ich nehme an, daß ich dir den Vortritt lassen sollte. Das wäre wohl das höflichste, oder?«

Wieder wirkte sie unsicher, was er irgendwie seltsam fand.

»Na gut«, sagte er, »dann fange ich eben an.«

Grace glättete sichtlich erleichtert ihr Gewand.

Travis überlegte einen Moment. Wo sollte er bloß anfangen? Er machte den Mund auf, und zu seiner eigenen Überraschung fehlten ihm die Worte nicht.

»Es hat alles angefangen, als ich das Glockenspiel hörte.«

Als er fertig war, schwieg sie zuerst eine Weile und starrte ins Feuer. Er befürchtete schon, sie würde überhaupt nicht mehr sprechen, als er endlich ihre leise Stimme hörte.

»Ich habe es auch gesehen.«

Er hielt sich an den Armlehnen seines Stuhls fest.

»Das Symbol.« Sie sah ihm in die Augen. »Das wie ein Auge aussieht. Ich habe beobachtet, wie ein Mann in einer schwarzen Kutte es hier im Schloß in eine Tür geschnitzt hat.«

»Ein Anhänger des Rabenkults«, sagte er, mehr zu sich selbst als zu ihr. Dann gab es sie hier im Schloß also auch. Das konnte nichts Gutes bedeuten. »Vielleicht solltest du jetzt besser deine Geschichte erzählen, Grace.«

Sie nickte und leckte sich über die Lippen. »Ich arbeitete in der Notaufnahme des Denver Memorial Hospitals. Ich bin, das heißt, ich war Assistenzärztin. Es war ein Abend wie jeder andere. Ein paar Leute mit Verbrennungen, das war alles. Dann traf ich im Park das Mädchen, das Mädchen mit den violetten Augen.«

Ihm lief ein kalter Schauder über den Rücken. »Das Kind Samanda«, flüsterte er.

»Ach, so heißt sie.« Sie atmete tief durch, bevor sie fortfuhr.

Als Grace mit ihrer Erzählung fertig war, war das Feuer schon weit heruntergebrannt. Travis schloß einen Moment lang die Augen, als er versuchte, das alles zu begreifen: Der Mann mit dem Herzen aus Eisen, Hadrian Farr von den Suchern, Graces eigene Flucht in die Berge und ihre Rettung bei Eis und Schnee durch den Ritter Durge.

»Dich halten sie also für eine Herzogin.« Er konnte sich ein schiefes Lächeln nicht verkneifen. »Und mich verwechselt man mit einem Diener.«

Grace biß sich auf die Unterlippe und zuckte mit den Schultern. »Tut mir leid.«

Travis schüttelte den Kopf. Es war schließlich nicht gerade ihre Schuld, und er war froh, daß er sie getroffen hatte. Andererseits war es aber auch einfacher gewesen, als er noch allein gewesen war, der einzige Erdling auf Eldh. Es war leichter zu glauben gewesen, daß es alles nur ein dummer Zufall oder ein Traum war, oder daß er sich in Wirklichkeit irgendwo in einer Gummizelle in einer Zwangsjacke selbst umarmte. Jetzt hatte er einen anderen Reisenden von der Erde getroffen, und dadurch veränderte sich alles. Wenn er nicht der einzige war, dann konnte es unmöglich einfach nur ein Traum oder Zufall sein. Es mußte einen Grund geben, warum die unheimlichen Leute von der Erlösungsshow ihn – und sie – an diesen Ort geschickt hatten.

Travis stand auf. Er kam sich wie ein Gefangener vor. Er lief zum Fenster und öffnete es hastig. Eiskalte Luft strömte in den Raum. Er hätte Grace vorher fragen sollen, ob es ihr etwas ausmachte, aber er wollte jetzt einfach den Wind auf seinem Gesicht spüren. Nein, er *mußte* ihn spüren, die Möglichkeit, daß alles irgendwie ein gutes Ende nehmen würde. Er sog die kalte Luft ein, dann drehte er sich wieder zu ihr um. »Und was sollen wir deiner Meinung nach jetzt tun?«

Auch sie stand auf. »Ich weiß es nicht, Travis. Ich glaube ... Ich glaube diese Welt braucht uns irgendwie. Warum wären wir sonst hier?«

Sie sahen einander wortlos an. Plötzlich durchbrach eine tonlose Stimme die Stille.

»Man hat über uns ein Urteil gesprochen und uns für passend befunden.«

Travis nahm an, daß er genauso erschrocken aussah wie sie. Er wußte nicht, wo diese Worte hergekommen waren oder was sie bedeuteten. Er hatte nicht einmal in diese Richtung gedacht.

»Es ist spät, Grace«, sagte er. »Ich sollte jetzt besser gehen. Wir können uns morgen weiter unterhalten – wenn du das möchtest. Und ich würde gern diese Tür sehen, die mit dem Rabensymbol.«

Sie blinzelte. »Na gut, Travis.«

Er ging auf die Tür zu, und sie machte ihm Platz. Dann schloß sie sich hinter ihm, und er war allein auf dem Gang. Travis lauschte der Stille des Schlosses. Ein schmaler Keil Mondlicht schien aus einem hohen Fenster auf den Steinboden. Melia würde bestimmt wütend auf ihn sein. Aber war sie das nicht sowieso immer? Mit der Andeutung eines bitteren Lächelns auf den Lippen wollte er sich auf den Weg machen.

Auf der anderen Seite der Tür ertönte ein lautes Krachen.

Travis drehte sich wieder um und starrte die Holzfläche an. Ein anderes Geräusch erklang – als ob etwas zerbrach. Panik trieb einen Pfahl durch seinen Körper in den Boden und nagelte ihn an Ort und Stelle fest. Was sollte er tun? Er wußte es nicht. Es war so schwierig, sich zu entscheiden …

Ein gedämpfter Schrei durchdrang das Holz und zerschmetterte Travis' Lähmung wie Glas. Reiner Instinkt verdrängte jede Unschlüssigkeit. Er warf sich mit aller Kraft gegen die Tür, ignorierte den grellen Schmerz in seiner Schulter und stürzte in Graces Gemach.

Es eilte behende vom offenen Fenster auf sie zu. Travis konnte nicht anders, er drehte den Kopf zur Seite und übergab sich. Das Wesen war vollkommen fremdartig. Der einzige Vergleich, mit dem sein überforderter Verstand dienen konnte, war eine vage Mischung aus einem Wolf und einem Affen. Das Ding war mißgestaltet, wie ein auf furchtbare Weise fehlgeschlagenes Zuchtexperiment, mit verkrümmten, mit verfilztem Haar bewachsenen Gliedmaßen.

Trotz seiner unbeholfenen Gestalt konnte es sich flink bewegen. Abwechselnd kroch es auf allen vieren und humpelte auf seinen Hinterbeinen. Das Ding griff mit dürren Armen nach Grace und riß die flache Schnauze auf, um ein Maul voller Reißzähne zu entblößen. In den runden Augen flackerte ein überirdisches Licht. Es hatte Grace in eine Ecke gedrängt. Aus seinem Maul tropfte schäumender Geifer.

»Hallo!« Travis ruderte mit den Armen. »Hier bin ich!«

Das war ein äußerst dämlicher Satz, aber er hatte nicht genug Zeit, sich etwas Schlagfertiges auszudenken. Grace sah mit schreckerfülltem Gesicht auf, das Untier wirbelte fauchend herum. Jetzt, da er seine Aufmerksamkeit hatte, war Travis sich nicht mehr so sicher, ob er sie überhaupt wollte. Er griff verzweifelt nach dem Stilett an seinem Gürtel – das Juwel strahlte in blutrotem Licht –, aber noch bevor er die Klinge zücken konnte, war die Kreatur auf das hohe Bett gesprungen und stierte ihn an. Er konnte den Blick nicht von dem Wesen losreißen. Das Ding leckte sich mit einer grauen

Zunge den Geifer von der Schnauze und spannte die Hinterbeine an.

»Travis! Lauf!«

Graces Schrei ließ ihn handeln. Er stolperte zur Seite und konnte dem Angreifer gerade eben noch entgehen. Eine heiß brennende Spur lief seinen Arm hinab, wo ihn die Krallen erwischt hatten. Er versuchte, auf die andere Seite des Bettes zu gelangen, aber ein langer Arm schoß schlängelnd vor, und dünne, kräftige Finger packten seinen Stiefel. Er ging hart zu Boden. Der Aufprall raubte ihm den Atem, und ein ekelhafter Gestank hüllte ihn ein. Er würgte und schaffte es, sich umzudrehen.

Die Kreatur kauerte über ihm. Ihr filziges Haar fiel in sein Gesicht. Er schaute in die Augen des Wesens. In ihnen las er Hunger, eine schreckliche Qual und eine grauenhafte Intelligenz. Dann stürzte sie sich auf seine Kehle.

Bevor ihre Zähne mit Fleisch in Berührung kamen, kreischte sie auf und taumelte zurück. Dunkles Blut sickerte aus einer Wunde in ihrer Seite. Travis riß den Kopf herum. Der Schürhaken, der eben noch am Kamin gehangen hatte, fiel nun aus Graces Hand. Sie sah zu, wie das wutentbrannte Monstrum sich auf sie stürzte.

Jetzt konnte Travis sein Stilett packen. In einer blitzschnellen Bewegung, die ihn selbst am meisten überraschte, kämpfte er sich auf die Knie und stieß mit dem Messer zu. Der malachorianische Stahl bohrte sich mühelos und tief in das Fleisch des Wesens. Es schrie auf und bog seinen Rücken durch.

Aber der Hieb hatte das Rückgrat verfehlt. Es wirbelte herum und riß Travis das Stilett aus der Hand. In seiner unglücklichen Position konnte er unmöglich schnell genug ausweichen. Er wappnete sich gegen das Gefühl, die Reißzähne an seiner Kehle zu spüren.

Da erschlaffte die Bestie und sackte zu Boden, ohne einen weiteren Ton von sich zu geben.

Grace stand mit steinerner Miene hinter dem Monstrum, die Hand mit schwarzem Blut besudelt. Der Griff eines Dolches ragte aus dem Nacken der Bestie. Sie hatte ihn mit anatomischer Präzision genau am Schädelansatz ins Gehirn getrieben.

»Da … da hat sich das Medizinstudium ja mal wieder gelohnt«, stieß Travis mühsam hervor.

Grace konnte zur Antwort nur steif nicken.

Auf dem Korridor ertönten hektische Schritte. Travis kämpfte sich gerade rechtzeitig auf die Füße, um mehrere Gestalten in den Raum stürzen zu sehen. Vornweg lief der schwarzhaarige Ritter Durge, gefolgt von Beltan, Falken und Melia.

»Beim Blut des Stiers!« rief Beltan. »Bist du unbeschadet, Travis?« Er ergriff Travis am Arm und stützte ihn.

»Mir ist nichts passiert«, sagte Travis.

»Doch, das ist es«, sagte der blonde Ritter mit angespanntem Gesicht. »Du blutest.«

Travis bemühte sich um ein mattes Lächeln. »Das gehört dazu. Hast du das nicht selbst gesagt?«

Beltans Gesicht wurde noch düsterer. »Du bist kein Ritter, Travis. Ich schon. Ich hätte hier sein sollen.«

Travis wußte nicht, was er sagen sollte. Er war einfach nur dankbar, daß der große Ritter ihn stützte.

Durge war zu Grace gegangen. Als er das Blut auf ihrer Hand sah, weiteten sich seine Augen voller Verzweiflung. »Mylady! Auch Ihr blutet. Und es ist zweifellos eine tödliche Wunde.« Er fiel vor ihr auf die Knie und senkte den Kopf. »Es ist natürlich meine Schuld. Ihr könnt mir unmöglich vergeben, und jetzt ist es zu spät.«

Grace atmete aus und hörte auf zu zittern. »Durge, ich werde nicht sterben. Es ist noch nicht einmal mein eigenes Blut. Es geht mir gut.«

Der embarranische Ritter sah zu ihr hoch, blinzelte und räusperte sich. »Oh. Ach so. Dann bin ich froh, daß Ihr in Sicherheit seid, Mylady.« Er stand auf und warf Beltan einen Blick zu. »Aber wie mein Kamerad, der Ritter, hätte auch ich hier sein sollen.«

Melia rauschte mit leisem Rascheln an den beiden Kriegern vorbei. »Eigentlich sieht es so aus, als ob Travis und Lady Grace auch ohne euch beide ganz gut zurechtgekommen sind.«

Travis sah zu Grace herüber. Unglaublicherweise gelang es ihnen, sich anzulächeln.

Da fiel Travis etwas auf. »Melia, wie seid Ihr darauf gekommen, uns hier zu suchen?«

Die kleine Lady sah ihn scharf an. »Als du nicht in unser Gemach zurückgekehrt bist, sind Falken, Beltan und ich losgezogen, um herauszufinden, was aus dir geworden ist. Ganz in der Nähe haben wir Sir Durge getroffen, der Lady Grace einen Besuch abstatten wollte.«

Travis runzelte die Stirn. Irgend etwas war faul an dieser Erklärung. »Aber woher habt Ihr gewußt, daß ich hier in Graces Gemach sein würde?«

Melia hob nur eine Augenbraue und sagte nichts.

Falken kniete neben dem haarigen Knäuel nieder, in das sich das Ungeheuer verwandelt hatte, und Melia schloß sich ihm an.

»Wie ist das möglich?« fragte Melia stirnrunzelnd.

»Feydrim«, sagte Falken angewidert. Er stand wieder auf.

Melia stützte ihr Kinn auf eine Hand. »Erst Phantomschatten, jetzt Feydrim. Welche Kreatur tritt als nächste aus der Legende, um uns anzugreifen, Falken?«

»Keine Ahnung. Und warum war sie überhaupt hier?«

Melia deutete auf Grace. »Vielleicht kann Lady Grace uns das erklären.«

Lange Zeit sagte niemand etwas, als sie alle ihre Aufmerksamkeit auf Grace richteten. Sie stand wie angewurzelt da, wie ein Reh im Scheinwerferlicht eines entgegenkommenden Autos. Travis fand, daß er wieder sicher genug stehen konnte. Er machte sich von Beltan los und goß an der Kommode einen Becher Wein ein. Er ging damit zu Grace und drückte ihn ihr in die Hand.

»Es sieht ganz so aus, als ob es jemandem überhaupt nicht paßt, daß du für den König spionierst«, sagte er.

Grace konnte nur nicken, dann stürzte sie den Wein herunter.

7

Die Morgendämmerung glitt so kalt und grau wie das Kettenhemd eines Ritters über Schloß Calavere. Durch einen Spalt in ihren Fensterläden beobachtete Grace den Sonnenaufgang. Sie hatte kein Auge zugetan.

Ein paar Stunden zuvor, als Travis und die anderen sie allein gelassen hatten, hatte Durge ihr versprochen, den Rest der Nacht vor ihrer Tür zu wachen. Das Angebot war ihr peinlich gewesen, aber nicht so peinlich, daß sie es abgelehnt hätte. Es dämpfte ihre panische Angst ein wenig, den embarranischen Ritter mit gezücktem Breitschwert auf der anderen Seite der Wand zu wissen. Trotzdem war an Schlaf nicht zu denken gewesen. Grace sah zu ihrem Kleiderschrank herüber. Wie hätte sie schlafen sollen mit dem Wissen, daß dieses *Ding* da drin lag?

Sie versuchte, nicht daran zu denken, aber sie konnte nicht anders: Das Fell, das an feuchtfaules Moos auf einem toten Baum erinnerte, und die dürren Glieder, die so angelegt waren, als ob es nur schliefe. Sie hatte protestieren wollen, als Falken den Ritter Beltan angewiesen hatte, das tote Ungeheuer in den Schrank zu legen, aber dann hatte sie sich zurückgehalten. Sie konnte schließlich das Interesse des Barden verstehen. Sie war doch Wissenschaftlerin. Sie kannte den Wert eines seltenen Exemplars, und sie wußte, daß es aufbewahrt und bewacht werden mußte.

Es gab aber schon einen Unterschied zwischen einem kranken Organ, das in einem medizinischen Labor in Formaldehyd in einem Glas schwamm, und der immer noch warmen Leiche eines Monstrums, das mit zehn Zentimeter langen Reißzähnen versucht hatte, ihre Kehle durchzubeißen.

Sie zitterte. *Du solltest dich um das Feuer kümmern, Grace. Es wäre schon eine Ironie des Schicksals, wenn du den Angriff eines mythischen Wesens überleben würdest, nur um dann zu erfrieren, weil du zu dämlich warst, ein Holzscheit aufzulegen.*

Sie ging lautlos auf nackten Füßen über den Teppich zum Kamin und versuchte, nicht auf die klebrige, rote Substanz auf dem Schürhaken zu achten, als sie in der Glut stocherte.

Als das Feuer höher brannte, öffnete Grace das Fenster, schob den Riegel an den Läden hoch und drückte sie auf. Durge hatte die Fensterläden in der vergangenen Nacht geschlossen, aber sie nahm an, daß es jetzt keine Gefahr mehr darstellte, sie zu öffnen. Oder?

Sie beugte sich aus dem Fenster, sah hinunter und atmete Luft ein, die nach verrußtem Schnee schmeckte. Es war ein weiter Weg bis zu den Pflastersteinen des Oberen Burghofs, und die Wand bot nur wenige Risse, noch weniger Kanten und überhaupt keine Ranken. Trotzdem war es dem Ungeheuer irgendwie gelungen, zu ihrem Fenster herauf und in ihr Gemach zu kriechen. Sie schloß das Fenster wieder.

Und jetzt? Es war noch früh, und die Mägde würden erst in einer guten Stunde mit dem Frühstück vorbeikommen. Sie konnte sich genausogut anziehen. Obwohl die Zeit weiß Gott nicht drängte. Es war der erste Tag des Monats Valdath. Der Rat der Könige würde an diesem Vormittag zusammentreten. Die Adligen im Schloß würden viel zu beschäftigt sein, um mit ihr zu reden. Aber wenn sie Glück hatte, konnte sie sich vielleicht mit Travis Wilder unterhalten.

Andererseits waren ihre bisherigen Begegnungen mit dem anderen Menschen von der Erde allesamt katastrophal verlaufen. Erst hatte sie ihn beleidigt, dann hatte sie ihn in Todesgefahr gebracht. Ihre Erfahrung riet ihr, ihn in Ruhe zu lassen. Aber sie wollte mehr über das Symbol erfahren, das vor ihren

Augen in die Tür geschnitzt worden war – das Symbol des Rabenkults, wie er gesagt hatte. Und über seine Gespräche mit Bruder Cy und dem Mädchen mit den violetten Augen, dem Kind Samanda.

Grace ging zu dem Stuhl, auf dem ihre Kleider aufgehäuft waren. Wenigstens hatte Beltan den Anstand gehabt, ihre Gewänder aus dem Schrank zu nehmen, bevor er die Leiche darin untergebracht hatte. Sie suchte ein gelbes Kleid aus, daß sie bisher noch nie getragen hatte. Sie nahm es teilweise, weil die Farbe hell und fröhlich war, doch hauptsächlich, weil es ganz obenauf lag.

Sie war immer noch dabei, ihr Gewand zu richten – eine scheinbar endlos dauernde Aufgabe –, als sie Stimmen vor ihrer Tür hörte. Eine war sanft und melodisch, die andere ein ernster Bariton. Die Stimmen verstummten, dann flog die Tür auf, und ein blauer Wirbelwind flog in den Raum.

»Ach, Grace, du tust mir ja so leid. Wenn ich doch nur davon gewußt hätte! Bitte sag mir, daß es dir gutgeht!«

Aryns hübsches Gesicht war voller Sorge, ihre kornblumenblauen Augen aufgeregt. Sie lief zu Grace und nahm sie in die halbe Umarmung ihres linken Arms. Durge stand im Türrahmen, und seine sonst so steinerne Miene zeigte eine gewisse Überraschung.

»Ich bitte um Entschuldigung, Lady Grace«, sagte er. »Ich hätte klopfen sollen, bevor Ihre Hoheit die Tür öffnete.«

Grace nahm ihre Freundin in den Arm …

Jawohl, meine Freundin. Ist das so unmöglich?

… und schenkte dem Ritter über Aryns Schulter hinweg ein trockenes Lächeln.

»Das ist schon in Ordnung, Durge. Ihr solltet mich ja auch vor Ungeheuern beschützen, nicht vor Baronessen. Ihr habt schon mehr getan, als ich je verlangen könnte. Ich bin Euch sehr verbunden. Vielen Dank.«

Der Ritter verbeugte sich steif.

Grace schob Aryn sanft von sich. Sie führte die Baronesse zur Fensterbank und erzählte ihr in ruhigen Worten, was sich in der vergangenen Nacht ereignet hatte. Aryn wurde beim Zuhören immer blasser, und sie nahm Graces Hand.

»Du warst so tapfer«, sagte die Baronesse, als Grace zu Ende erzählt hatte. »Ich bezweifle, daß ich so wie du hätte handeln können.«

Graces Blick fiel auf das blaue Tuch, das Aryns Schulter und ihren verkrüppelten Arm verhüllte. Nein. Aryn war die Tapfere.

»Aber ich verstehe es immer noch nicht. Dieses Ungeheuer ist doch bestimmt geschickt worden, um dich zu töten.« Die Baronesse biß sich auf die Unterlippe. »Aber warum?«

Das war eine gute Frage. »Ich bin mir nicht sicher, aber ich gehe davon aus, daß es etwas mit meinem Spionieren für den König zu tun hat.«

Nun seufzte Aryn. »Das mag sein. Es ist zwar kaum üblich, einen Mörder auf jemanden anzusetzen, der am Hof zuviel in Erfahrung gebracht hat, aber es ist doch schon vorgekommen. Obwohl ich so etwas eher auf Schloß Spardis in Perridon erwarten würde als hier auf Calavere.« Aryns Blick huschte zu dem geschlossenen Schrank. »Aber selbst auf Spardis, wo allerlei Gaunerei an der Tagesordnung ist, haben sie bestimmt noch keinen Mörder gesehen, wie du ihn beschreibst. Wer hätte solch eine Kreatur senden können, um dir zu schaden, Grace?«

»Ich glaube, daß ich Euch das sagen kann.«

Der Barde Falken betrat das Gemach, gefolgt von Lady Melia, dem Ritter Beltan und Travis Wilder, der noch immer das unförmige Wams vom Vortag trug. Grace stand auf und sah Durge fragend an, der neben der offenen Tür stand.

»Keine Ungeheuer, Mylady«, sagte er. »Nur Falken Schwarzhand und seine Begleiter.«

Sie schlug sich mit der Hand vor die Stirn. »Ja, natürlich,

Durge. Vielen Dank.« Vielleicht würde es nicht schaden, Durge etwas genauere Anweisungen zu geben, wenn er sich das nächste Mal bereit erklärte, ihre Tür zu bewachen.

Aryn trat an Graces Seite. »Lord Falken.« Sie sprach atemlos, aber selbstbewußt. »Lady Grace hat mir berichtet, was hier in der letzten Nacht geschehen ist. Und ich habe erfahren, daß König Boreas noch nichts von alledem weiß. Wir müssen es ihm sofort berichten.«

Melia bewegte sich an dem Barden vorbei auf die Baronesse zu; sie schien zu schweben. »Ach ja? Müssen wir das?«

Aryn trat unbewußt einen Schritt zurück, obwohl sie die größere von den beiden war und von königlichem Geblüt. »Gewiß! Der König muß sofort von Gewalt erfahren, die sich in seiner eigenen Festung zugetragen hat.«

Melia erwiderte nichts. Ihr kupferfarbenes Gesicht war so undurchdringlich, wie es schön war.

»Macht Euch keine Sorgen, Lady Aryn«, sagte Falken. »Ich werde Boreas von dem Feydrim berichten. Ihm und all den anderen Königen und Königinnen. Der Rat der Könige muß eine Entscheidung fällen, und ich hoffe, daß die Leiche dieser Bestie sie überzeugen wird. Aber es ist wichtig, daß die anderen Herrscher nicht denken, daß König Boreas im voraus davon wußte, daß er Informationen hatte, die ihnen fehlten. Sie müssen gemeinsam zu ihrer Entscheidung kommen.« Der Barde sah Aryn ernst an. »Könnt Ihr das verstehen, Euer Hoheit?«

Aryn schüttelte den Kopf. »Ich weiß nicht … aber der König … ich sollte wirklich …«

Grace griff nach Aryns gesunder Hand und drückte sie. »Nein, Aryn. Sag Boreas nichts. Noch nicht.«

Aryn starrte sie an. Grace war selbst überrascht. Es war ja nicht so, als würde sie den Barden kennen. Oder vielleicht doch, zumindest in gewisser Weise, durch Travis' Erzählungen.

Sicherlich war Falken sehr klug und wußte mehr als die anderen. Sie wandte ihren Blick von Aryn nicht ab. Schließlich seufzte die Baronesse und nickte. Grace drückte ihre Hand fester.

Falken grinste – er sah auf eine wölfische Art wirklich sehr gut aus – und verbeugte sich vor Aryn. Dann wandte er sich an Beltan. »Warum holst du nicht unseren kleinen Freund heraus?«

Beltan ging auf den Schrank zu. Grace wollte nicht hinschauen, aber sie wandte den Kopf doch in die Richtung, als Beltan die Schranktüren aufzog.

Der Schrank war leer.

»Bei allen Alten Göttern!« fluchte Falken, bevor er Grace ansah. »Ist jemand in der letzten Nacht in Euer Gemach gekommen? Irgend jemand?«

Grace rang nach Worten. »Nein … Niemand. Ich war die ganze Nacht wach.«

»Keine Besucher sind an die Tür der Durchlaucht gekommen, bis Lady Aryn und Ihr eingetroffen seid«, sagte Durge. »Und ich habe selbst die Fenster verriegelt.«

»Und trotzdem ist es verschwunden«, sagte Melia. Sie strich mit ihrer schlanken Hand über das Holz des Schrankes, als würde sie nach etwas Bestimmtem suchen.

»Aber wer hätte es wegnehmen können?« fragte Falken.

»Vielleicht war *er* es.«

Alle drehten sich um. Es war Travis, der gesprochen hatte. Er hatte die ganze Zeit über geschwiegen, aber jetzt trat er vor. Seine grauen Augen schienen hinter der Brille ängstlich in die Ferne zu starren.

»Von wem sprichst du, Travis?« fragte Grace. »Wer soll das Ungeheuer geholt haben?«

Er spreizte die Finger seiner rechte Hand. Der Arm hing in einer Schlinge: Grace hatte den Kratzer selbst verbunden. Es hatte nicht sehr ernst ausgesehen, aber sie wollte keine Entzündung riskieren, nicht auf dieser Welt.

»*Er.* Der Fahle König. In Imbrifale.«

Grace waren die Begriffe fremd, trotzdem lief ihr ein kalter Schauder über den Rücken.

»Gehörte dieses Ding etwa nicht zu *seinen* Kreaturen?«, fragte Travis den Barden. »Wie … wie die anderen im Weißen Turm?«

Falken nickte langsam. Travis schloß die Augen.

»Moment mal«, sagte Beltan. »Was ist denn das?« Der Ritter bückte sich und hob etwas vom Boden des Schrankes auf. Als er wieder hochkam, keuchte Grace erschrocken auf. Er hielt einen Zweig Immergrün in der Hand.

Später konnte sich Grace nicht mehr daran erinnern, getaumelt zu sein, daß Durge sie mit seinen starken, rauhen Händen aufgefangen und sanft in einen Stuhl am Kamin gesetzt hatte oder daß Aryn ihr einen Pokal Wein in die Hand gedrückt hatte. Als nächstes wurde sie sich bewußt, daß sie erzählte. Die Worte strömten nur so aus ihr heraus, als sie von der Nacht erzählte, in der das Glockengeläut sie geweckt hatte, in der sie durch das Schloß gegangen und kleine Fußabdrücke im Schnee gesehen hatte, woraufhin sie in ihrem Gemach, auf ihrem Kissen …

Grace nahm mit zwei Fingern den Immergrünzweig von ihrem Schoß. »Eine Dienerin, die ich traf. Sie behauptete, das Kleine Volk sei im Schloß … Ich dachte, daß sie irgendwie …« Sie blickte Falken an. »Aber das ist zu albern, oder? Sie hätten die Leiche nicht nehmen können, oder? Das Kleine Volk?«

Weder Falken noch Melia sagten etwas.

Beltan sah von einem zum anderen und stöhnte. »Das ist doch lächerlich! Ich mag auch gern Geschichten, und ich glaube wahrscheinlich mehr, als gut für mich ist, aber sogar ich weiß, daß das Kleine Volk ein Märchen ist.«

Melia sah den Ritter scharf an. »Ein Märchen wie Phantomschatten und Feydrim?«

Der blonde Ritter blinzelte, machte den Mund auf, überlegte es sich dann offensichtlich aber anders. Er zog sich in eine Ecke des Raumes zurück.

»Es mag mehr Wahrheit in den Worten von Lady Grace liegen, als sie ahnt«, sagte Falken.

Grace packte ihren Pokal fester, um den Wein nicht zu verschütten. »Wie meint Ihr das?«

Falken strich sich mit einer Hand übers Kinn – der mit dem schwarzen Handschuh. »Die Feydrim sind Ungeheuer, das habt Ihr selbst gesehen, aber das waren sie nicht immer. Einst gehörten sie zum Kleinen Volk. Sie waren Gnome und Wesen aus dem Grün, Zwerge und Feen. Die Kinder der Alten Götter waren seltsame Geschöpfe. Sie konnten so häßlich sein, wie sie schön waren, und ihre Scherze waren oft grausam. Aber sie waren nicht böse. Bis der Fahle König ein paar von ihnen gefangen nahm und seine Nekromanten sie für ihre eigenen Zwecke pervertierten.«

»Der Fahle König?«

Falken ging näher an das Feuer. Scharlachrotes Licht flakkerte auf seinem Gesicht. »Vor tausend Jahren kam der Fahle König aus Imbrifale geritten, gefolgt von einer Armee aus Feydrim, und eroberte fast ganz Falengarth. Das Gefängnis, das ihn hält, wird in letzter Zeit schwächer. Das ist es, was ich dem Rat der Könige berichten will.«

Grace hob den Zweig an ihre Nase und roch den wilden Waldgeruch. Ihre Gedanken wurden ein wenig klarer. »Ihr sagt also, daß der Feydrim ein Sklave des Fahlen Königs ist. Doch warum sollte der Fahle König einen seiner Diener schicken, um … um mich zu töten?«

Melia antwortete ihr. »Die Domänen haben nur eine Chance gegen den Fahlen König, wenn sie zusammenstehen. Falls er denn geritten kommt. Ich könnte mir vorstellen, daß ihm nichts lieber wäre, als wenn sich die Domänen zerstritten. Scheinbar erhofft sich König Boreas, daß das Wissen, das Ihr für ihn ansammelt, ihm dabei helfen wird, den Rat zu einigen, um den Kriegszustand auszurufen. Und genau das darf der Fahle König nicht zulassen.«

Nein, das genügte ihr nicht. Grace verschränkte die Arme vor der Brust. »Aber woher wußte es … wußte *er*, wo er mich finden würde?«

Beltan griff nach dem Schwert. »Das würde ich auch gern wissen. Es gibt in keiner Domäne eine festere Burg als Calavere. Es gefällt mir nicht, wie einfach diese Bestie hier eindringen konnte.«

Ein Schauder durchfuhr Grace. Es gab soviel herauszufinden, und sie brauchte Hilfe. Sie sah zu Travis herüber. »Ich hatte gehofft … solange der Rat tagt, könnten wir beide vielleicht …«

Er setzte zu einem Nicken an.

»Ach!« Aryn legte bestürzt die gesunde Hand auf ihre Wange. »Das habe ich ja vollkommen vergessen. Grace, du mußt dich fertig machen. Deswegen bin ich überhaupt gekommen. König Boreas wünscht deine Anwesenheit beim Rat der Könige.«

Sie blickte Aryn verständnislos an. »Aber ich wollte mit Travis …« Es nutzte nichts. Sie blickte wieder in Travis' Richtung, aber er hatte sich bereits umgedreht und war durch die Tür gegangen.

»Ich bin gleich soweit«, war alles, was ihr zu sagen blieb.

8

Travis sah sich in dem mit Lords und Ladys angefüllten Ratsgemach um und fühlte sich völlig fehl am Platz.

Er hatte auch gar nicht damit gerechnet, hier zu sein. Als sie Graces Zimmer verlassen hatten, hatten Melia und Falken ihn keines Blickes gewürdigt. Sie hatten zweifellos für den Rat Vorbereitungen zu treffen. Vorbereitungen, in denen er keine Rolle spielte. Er hatte gerade in Richtung seines Gemachs gehen wollen, als ihn eine große Hand auf der Schulter aufgehalten hatte.

»Komm, Travis«, hatte Beltan gesagt. »Zum Rat geht es hier entlang.«

Er war zu verblüfft gewesen, um zu widersprechen, und war dem blonden Ritter durch das Schloß gefolgt.

Das Ratsgemach war in einem der neun Türme von Schloß Calavere untergebracht, der am Ende des Westflügels des Bergfrieds stand. Es hatte erst ein paar Schwierigkeiten gegeben, Travis hineinzuschleusen.

»Bauern sind beim Rat der Könige nicht zugelassen«, hatte ein Wächter nach einem kurzen Blick auf Travis' abgetragenes Wams gesagt und mit seiner Hellebarde den Eingang versperrt.

Beltans Stimme hatte sich zu einem bedrohlichen Knurren gesenkt. »Soll das etwa eine Anspielung auf meine Herkunft sein, Hauptmann?«

Der Wächter war einen Schritt zurückgetreten. »Nein, Lord Beltan! Das habe ich keineswegs gemeint. Ich sprach von Eurem … von Eurem Begleiter. Er ist kein … das heißt, er scheint nicht edler Herkunft zu sein, und …«

Beltan hatte den Wächter mit einer Handbewegung zum Schweigen gebracht. »Erstens ist er edler als die meisten Lords in diesem Raum. Zweitens wäre es ganz egal, ob er der niedrigste Diener wäre. Er ist mit mir hier. Wollt Ihr wirklich darüber diskutieren?«

Der Mann war blaß geworden, und er hatte die Hellebarde weggenommen. »Dort ist ein Platz für Euch reserviert, Lord Beltan.«

Travis hatte Beltan erstaunt angesehen. Er hatte den Ritter noch nie so aggressiv gehört. Aber Beltan war schon weitergegangen. Travis war ihm schüchtern an dem Wächter vorbei gefolgt.

Nun schaute Travis sich von seinem Platz aus um. Der Raum bestand wie ein griechisches Amphitheater aus mehreren ringförmigen Sitzreihen aus Stein. Auf den Sitzen drängten sich Adlige, die, ihren verschiedenartigen Kleidungsstilen nach zu schließen, aus allen sieben Domänen kamen, und ständig kamen weitere hinzu. In der Mitte des Raumes stand ein aus schwarzem Stein gemeißelter runder Tisch. Um ihn herum standen Stühle; in seiner Mitte war eine Scheibe aus hellerem Stein eingelegt, in die ein eckiges Muster eingraviert war. Travis erinnerte sich, daß Falken ihm die Bedeutung dieses Zeichens beigebracht hatte. Es war *Var*, die Rune des Friedens.

Er wandte sich Beltan zu, der neben ihm auf der Steinbank saß. »Danke, Beltan. Dafür, daß du für mich gebürgt hast, meine ich.«

Beltan sah starr nach vorn. »Es gehört mehr zum Adel als die richtige Herkunft.« Er atmete tief durch, sah Travis an und grinste. »Außerdem lege ich mich eigentlich ganz gern mit gewissen Leuten an.«

Travis bemühte sich, das Grinsen zu erwidern. Die Traurigkeit, die den Ritter am Vortag gepackt hatte, schien ihren Griff ein wenig gelockert zu haben, aber sie hatte ihn noch nicht gänzlich losgelassen. Beltan sah irgendwie *anders* aus. Ernster. Doch vielleicht lag es nur an seiner Kleidung. Er trug ein kostbares, aber unauffälliges grünes Gewand und hatte seinen Bart bis auf eine dünne, goldene Linie um den Mund herum abrasiert.

Travis sah sich wieder um. Er zählte die Stühle um den Ratstisch und runzelte die Stirn. »Ich dachte, es gäbe in Falengarth nur sieben Domänen, Beltan.«

»Das stimmt auch.«

»Und warum stehen dann da acht Stühle?«

»Der achte Stuhl ist für den König von Malachor.«

Travis wirkte noch verwirrter. »Malachor? Hat Falken nicht gesagt, daß Malachor schon vor Urzeiten untergegangen ist?«

»Ja, es ist über siebenhundert Jahre her, daß ein König auf dem Thron von Malachor gesessen hat, und fast genauso lang, daß jemand in den Grenzen des Landes gelebt hat.«

Travis kratzte sich seinen rotbraunen Bart, der langsam ziemlich verwildert aussah. »Siebenhundert Jahre. Das hört sich aber verdammt lange an, um jemandem einen Platz am Tisch freizuhalten.«

Beltan lachte. »Ja, aber es ist eine Tradition. Die Domänen haben nie aufgehört, Malachors zu gedenken, und sie versuchen stets, es ihm an Ruhm gleichzutun. Also behalten sie den Stuhl am Tisch, um die Vergangenheit zu würdigen und in der Hoffnung, daß etwas von der Herrlichkeit Malachors auf sie abfärbt.«

Travis sah sich den Stuhl genauer an. Er war wie die anderen aus hellem Holz gefertigt und mit Intarsienarbeiten und Leder verziert. Doch seine Kanten waren schärfer, und das Leder noch glänzender und nicht so abgetragen. Er erinnerte ihn an die Artefakte, die er in Jacks Geheimzimmer gesehen hatte. Die anderen Stühle waren jahrhundertelang benutzt worden, aber dieser nicht.

»Wird jemals wieder jemand darauf sitzen?«

»Es gibt eine Legende, der zufolge vor langer Zeit eine Hexe den Stuhl verflucht hat, und daß jeder, der es wagt, sich dort niederzulassen, sofort tot umfällt – es sei denn, er ist der rechtmäßige Erbe des Throns von Malachor.«

»Das beantwortet eigentlich meine Frage nicht«, stellte Travis fest.

Beltan zuckte mit den breiten Schultern. »Ich halte zwar nicht viel von Hexen und Flüchen, aber nur ein Narr würde sich auf den Stuhl Malachors setzen. Oder eine zum Leben erwachte Legende. Und egal, was Falken sagt, das erstere gibt es sehr viel häufiger als das letztere.«

Dem konnte Travis nicht widersprechen.

Eine Fanfare erklang, die Menge verstummte, und alles erhob sich, als die Könige und Königinnen der Domänen den Saal betraten. Beltan beugte sich zu Travis herüber und flüsterte ihm die Namen der Herrscher ins Ohr, als sie ihren Platz am Tisch einnahmen.

Zuerst kam Königin Eminda von Eredane, die eher stolz als majestätisch wirkte. Ihr folgte Lysandir von Brelegond, beziehungsweise eine wandelnde Masse aus Seide und Juwelen, in der vermutlich genug Platz war, um einen König zu verstecken. Als nächstes kam ein hagerer Mann mit tiefliegenden Augen, Sorrin, der König von Embarr. Ihm folgten der alte König Persard von Perridon und König Kylar von Galt. Als der junge König den Saal betrat, stolperte er über eine Falte im Teppich, die sich anscheinend gerade eben erst gebildet hatte. Lord Alerain, König Boreas' Seneschall, lief zu ihm hin, um ihm beim Aufstehen zu helfen, und Kylar winkte, als er wieder stand, um zu zeigen, daß ihm nichts passiert war. Ein erleichtertes Seufzen ging durch das Gemach.

Aus dem Seufzen wurde ein Raunen, als eine Frau eintrat, die so blendend aussah wie Sonnenlicht auf Eis. Travis sah fasziniert zu, wie Königin Ivalaine von Toloria zu ihrem Stuhl schritt. Ihr Gewand hatte die Farbe von Schatten auf Schnee bei Sonnenaufgang, sie trug weiße Juwelen im Haar. König Boreas stürmte wie ein Stier in dem Raum und bot damit einen scharfen Kontrast zu der ätherischen Königin Tolorias. Trotzdem war er so attraktiv, wie er wild war, und er zog die Aufmerksamkeit in keinem geringeren Maße auf sich als Ivalaine. Travis hatte das Gefühl, daß er König Boreas keine Bitte abschlagen könnte. Wahrscheinlich konnte das niemand.

Die Herrscher standen alle hinter ihren Stühlen. Dann legten sie eine Hand aufs Herz und verbeugten sich vor dem achten und leeren Stuhl. Als sie wieder aufschauten und Boreas zu sprechen begann, hörte man seine kräftige Stimme bis in die letzten Reihen.

»Sprecht die Rune des Beginns.«

Aus gegenüberliegenden Enden des Raumes kamen zwei Männer in nebelgrauen Kutten auf den Tisch zu. Eminda von Eredane beobachtete sie mißtrauisch. Der eine Mann war älter, mit strengem Gesicht und kurzgeschorenem, grauem Haar. Der andere war jünger, eher klein, offensichtlich recht muskulös unter seiner Kutte, und hatte ein breites, fröhliches Gesicht. Sie blieben kurz vor dem Tisch stehen, verbeugten sich gleichzeitig und richteten sich wieder auf. Dann sprachen sie im Chor ein einzelnes Wort.

»Syr!«

Das Wort hallte so klar und durchdringend wie eine von einem Musikinstrument gespielte Note durch den Saal. Travis' rechte Hand kribbelte; er konnte die Magie spüren, die durch das Sprechen der Rune freigesetzt worden war, konnte sie sogar sehen. Die Luft im Saal flimmerte, wie die Hitze über einer Fernstraße in der Wüste …

Travis richtete seine Brille. Die Luft im Saal war wieder reglos. Die Runensprecher befanden sich bereits auf dem Rückweg. Er ballte seine Hand zur Faust. Das Kribbeln war zu einem Jucken abgeklungen. Er wußte aber, daß es nicht gänzlich verschwinden würde. Das tat es nie. Die Kraft war immer da und wartete. Er fragte sich, wie er wohl in einer grauen Kutte aussehen würde.

Dann konzentrierte er sich wieder auf das Geschehen. Boreas hatte wieder das Wort ergriffen. »… und die Schatten, die nicht nur eine Domäne bedrohen, sondern alle, und überdies ganz Falengarth. Deshalb wurde unter der Ägis aller Gesetze und Traditionen dieser Rat der Könige einberufen, und deshalb seid Ihr hierher gereist. Seid herzlich willkommen, jeder einzelne von Euch.«

Boreas hob einen großen Pokal in die Höhe. Er war mit feuerrotem Wein gefüllt. »Ich bitte darum, daß wir alle aus diesem Pokal trinken«, sagte der schwarzbärtige König. »Es ist ein Andenken an Malachor, und indem wir daraus trinken, gedenken wir des Erbes des Turms, der nun nicht mehr strahlt. Und außerdem zeigen wir der Welt, daß wir in dem Wunsch vereint sind, der Dunkelheit zu trotzen, die uns bedroht.«

Einige der Herrscher traten unruhig auf der Stelle, insbesondere Lysandir von Brelegond. Nicht alle schienen Boreas' Meinung zu teilen.

Boreas trank, dann reichte er den Pokal an Kylar zu seiner Rechten weiter. Der junge König von Galt nippte daran und verschüttete ein wenig Wein auf dem Tisch, den er mit einem Umhangzipfel wegtupfte, nachdem er den Wein weitergereicht hatte. Travis sah mit Interesse zu, wie die anderen Herrscher tranken. Sorrin von Embarr nahm nur einen winzigen Schluck, während Lysandir am meisten trank, dafür aber jeden Sinn für das Zeremoniell vermissen ließ, als bräuchte er einfach nur den Wein. Er gab den Pokal an Eminda weiter.

Die Königin von Eredane sah unglücklich in den Pokal, als erwartete sie, darin eine tote Ratte vorzufinden oder vielleicht sogar Gift. Die anderen Herrscher beobachteten sie, und Lysandir spielte mit dem Saum seines Wamses. Der ganze Raum hielt den Atem an. Und immer noch trank Eminda nicht.

Boreas sprach leise, aber trotzdem überall deutlich vernehmbar. »Wisset, daß die Rune des Friedens in der Mitte dieses Tisches ruht. Sie ist vor langer Zeit in den Stein gebunden worden, als die Kunst des Runenbindens in der Welt noch bekannt war. Die Magie der Rune garantiert, daß kein Akt der Gewalt in diesem Saal verübt werden kann, sei er offen oder hinterhältig, egal wie stark die Hand ist, die ihn versucht.«

Eminda blickte den König von Calavan finster an. Vermutlich gab sie nicht viel auf Boreas' Beteuerung. Sie hob den Pokal, nippte kurz daran und gab ihn mit einer ruckartigen Bewegung an Ivalaine weiter. Irgendwie gelang es der Königin von Toloria, das Gefäß elegant entgegenzunehmen. Sie trank wie ein Schwan, der seinen Hals zur Oberfläche eines Sees neigte, und gab Boreas den Pokal zurück. Er hielt ihn hoch in die Luft und stellte ihn dann zurück auf den Tisch. Seine Stimme hallte durch das Ratsgemach.

»Der Rat der Könige hat begonnen!«

Die Herrscher setzten sich, und die Zuschauer taten es ihnen gleich. Travis beugte sich zu Beltan herüber. »Ich habe das Gefühl, daß Königin Eminda Boreas nicht besonders gut leiden kann.«

Beltan schnaubte. »Da kannst du gleich sagen, Wasser hat eine kleine Abneigung gegen seinen alten Freund Feuer entwickelt. Aber sie scheint mit Lysandir ganz gut zurechtzukommen.«

»Wenn du meinst. Ich bin mir nicht sicher, ob in all den Kleidungsstücken überhaupt jemand drinsteckt.«

Beltan grinste und drückte Travis' Hand. Die Geste überraschte Travis, aber die Berührung war ihm nicht unangenehm. Vielleicht war er in dieser Welt ein Niemand, aber wenigstens hatte er einen Freund, ob der nun ein König war oder nicht. Er erwiderte den Druck, und sie blieben eine Zeitlang so sitzen.

Eine schrille Stimme durchbrach die Stille im Saal. »Und jetzt, Boreas?« Eminda sah den König von Calavan feindselig an. »Jetzt, da Ihr diesen Rat einberufen habt, könntet Ihr uns vielleicht auch den Grund dafür mitteilen. Das ist nicht das erste Mal, daß wir mit kalten Wintern und Straßenräubern zu kämpfen haben. Ich glaube kaum, daß dies die einzigen Gründe sind, für die Ihr uns hierher gezwungen habt. Oder ist Calavan so schwach geworden, daß ein paar räuberische Barone es in Angst und Schrecken versetzen können?«

Der Luftdruck im Saal schien schlagartig zu sinken, als alle gleichzeitig Luft holten. Selbst aus der Ferne war deutlich zu sehen, daß Boreas' Knöchel weiß anliefen, als er sich an der Kante des Ratstisches festhielt. Eminda hatte keine Zeit verschwendet. Boreas wollte etwas erwidern, aber seine Stimme wurde vom Krachen der auffliegenden Flügeltür des Ratsgemachs übertönt. Alle Blicke flogen der Gestalt zu, die in den Raum geschritten kam.

Es war Falken.

Mehrere Wächter gingen mit gezückten Hellebarden auf ihn zu, aber ein einzelner Blick des Barden genügte, um sie zurückzutreiben. Travis hatte Falken noch nie so gesehen. Er wirkte überhaupt nicht so müde und traurig wie sonst. Nun leuchteten seine Augen wie Blitze aus heiterem Himmel.

»Was tut er da?« flüsterte Travis Beltan zu.

»Außer, daß er die Ader auf Boreas' Stirn zum Platzen bringt? Ich glaube, das werden wir gleich herausfinden.«

Boreas erhob sich, und seine pechschwarzen Augenbrauen verschmolzen zu einer durchgehenden Zorneslinie. »Ihr werdet mir sofort die Bedeutung dieser Unverschämtheit mitteilen, Falken Schwarzhand. Und dann werdet ihr wieder gehen, bevor ich gezwungen bin, die Wirksamkeit der Rune des Friedens auf die Probe zu stellen.«

Falken blieb vor dem Tisch stehen. In seiner Hand hielt er einen Gegenstand, der in ein Stück Tuch eingewickelt war. »Als Bürger von Malachor berufe ich mich auf mein Recht, vor dem Rat zu sprechen.«

Die Herrscher blickten sich gegenseitig fragend an. Boreas schlug mit der flachen Hand auf den Tisch, daß es donnerte. »Ihr werdet nichts dergleichen tun, Falken Schwarzhand! Der Rat wird das nicht zulassen!«

Falken blinzelte nicht einmal. »Doch, das wird er, Euer Majestät. Es ist mein Recht. Ich habe meine Heimat verloren und meine Hand. Aber dies könnt Ihr mir nicht nehmen, König Boreas. Keiner unter Euch kann das. Fragt Euren Lord Alerain. Er kennt die alten Gesetze besser als sonst jemand.«

Boreas sah zu seinem Seneschall herüber, der an der gegenüberliegenden Wand stand. Alerain nickte widerwillig. Der König von Calavan schnaubte.

Travis verstand gar nichts mehr. Hatte Beltan nicht gerade gesagt, daß Malachor vor siebenhundert Jahren gefallen war? Aber vielleicht war Falken ja einer der wenigen, die ihren Stammbaum direkt bis zu dem untergegangenen Königreich zurückverfolgen konnten.

Boreas ergriff wieder das Wort, aber seine Stimme glich einem leisen Knurren. »Nun wohl, Falken. Scheinbar kann der Rat Euch nicht verbieten zu sprechen, aber Euer Benehmen an diesem Tag soll nicht vergessen werden.«

»Das sollte es auch nicht. Lasset diese Worte in Euren Gedanken widerhallen, damit sie immer mit Euch sein werden.

Denn die zwanzig Könige, die vor Euch kamen, haben keine so finstere Zeit zu bewältigen gehabt wie Ihr, König Boreas. Selbst Calavus der Große nicht.«

Der Barde wickelte den Gegenstand in seiner Hand aus und warf ihn auf den Tisch. Es war *Krond*, das zerbrochene Siegel vom Runentor. Falken hob seine Stimme, als wollte er den ganzen Saal zu den Waffen rufen. »Der Fahle König ist erwacht!«

Einen Moment lang herrschte absolute Stille.

Dann brach Chaos im Rat der Könige aus.

9

Grace war der Ansicht gewesen, König Boreas früher schon wütend gesehen zu haben.

Sie hatte sich getäuscht. Das Plappern aufgeregter Stimmen füllte den Ratssaal, begleitet von Pfiffen und Buhrufen für den Barden. Mehrere der Herrscher wollten etwas sagen, aber ihre Stimmen gingen im Lärm unter. Boreas starrte Falken an, und in seinen Augen brannte mehr Wut, als einem einzelnen Mann möglich sein sollte: der Zorn eines Königs. Selbst von ihrem Sitzplatz aus – in der ersten Reihe neben Aryn – konnte Grace sehen, daß Boreas am ganzen Leib zitterte. Sie rechnete damit, daß er sich jeden Augenblick auf den Barden stürzen würde, wie ein wilder Stier, der einen glücklosen Matador zerquetscht.

Aber Falken schien dieser königliche Zorn nicht im geringsten zu beeindrucken, auch als der Unmut der Zuschauer immer lauter wurde. Grace hatte plötzlich das Gefühl, daß Boreas ihn vielleicht doch nicht so leicht loswerden würde. Sie kannte den harten, teilnahmslosen Gesichtsausdruck, den Falken trug. Sie hatte diesen Ausdruck unzählige Male im Krankenhaus gesehen: in den Augen von Kindern, die zum fünften Mal einer Chemotherapie unterzogen wurden, im glasigen Blick attraktiver junger Männer, die viel zu dünn waren, auf den mißhandelten Gesichtern von Frauen, die gerade ihren Ehemann erschossen hatten. Irgendwie wußte sie, daß Falken Dinge gesehen hatte, die weder sie noch König Boreas noch sonst irgend jemand in diesem Raum sich vorstellen konnten.

Die Pfiffe endeten. Das Grölen verklang zu einem Tuscheln, dann einem Flüstern. Die Adligen setzten sich wieder. Selbst Boreas, dessen Gesicht immer noch vom Zorn gerötet war, ließ sich wieder auf seinem Stuhl nieder. Im Inneren des Turms wurde es totenstill.

Jetzt waren alle Blicke auf den Barden gerichtet. Falken rührte sich immer noch nicht. Trübgoldenes Licht fiel von der Decke herab, leises Flattern war zu hören: das Schlagen von Taubenflügeln. Dann schwebte ein neuer Klang durch die Luft, als Falken mit leiser und klarer Stimme ein Lied anstimmte:

»Herr des Himmels –
Wo weht dein Wind jetzt,
der meine Fahnen stolz gebläht?
Olrig, Vater,
Du hast mich verlassen.

Lady von Eldh,
Wo liegt dein sanftes Heim
im rätselhaften Grün?
Sia, Mutter,
Deine Erde soll mich bedecken.

Vater, komm!
Mutter, komm!
Ihr habt mich verlassen.«

Die Stimme des Barden verschmolz mit dem Gurren der Tauben. Trotz der vielen Menschen, die sie umgaben, fröstelte Grace. Sie wußte zwar nicht, wovon der Barde sang, aber sie hatte noch nie ein so einsames Lied gehört. Neben ihr schluchzte Aryn leise, Tränen strömten über ihre Wangen. Auch Grace hätte geweint, falls sie gewußt hätte, wie das geht.

Falken hob den Kopf. »Dieses Lied heißt Ulthers Klagelied. Nur wenige erinnern sich heute noch daran, aber vor tausend Jahren sang König Ulther von Toringarth diese Worte. Er sang sie, als er im blutbefleckten Schnee vor dem Zugang nach Imbrifale kniete – kalt und verwundet und besiegt. Eintausend Tote lagen um ihn herum. Es waren Wulgrim: Wolfskrieger, die am meisten gefürchteten Kämpfer in ganz Toringarth. Sie hatten mit Ulther das Wintermeer überquert, um dem Fahlen König gegenüberzutreten. Sie waren niedergemäht worden wie Gras. Hinter ihm lagen zehntausend weitere Männer tot im Tal der Schattenkluft, ermordet von einer Horde Feydrim, die mit Zähnen und Klauen noch lange an den Körpern gezerrt hatten, als die Männer schon längst gefallen waren, als ihre Schreie schon längst mit ihnen gestorben waren. Aber das ist der Fluch der Diener des Fahlen Königs: Wenn die Feydrim keinen anderen zerfleischen, so müssen sie sich selbst zerfleischen.«

Falken setzte sich in Bewegung und ging um den Ratstisch herum. »Bis auf eine kleine Schar Männer – seine letzten Grafen, sein Flaggenträger und sein Hofnarr – war Ulther allein. Er hatte versagt. Niemand würde sich dem Fahlen König jetzt noch in den Weg stellen. Falengarth war verloren. Und noch während er sich diesen verzweifelten Gedanken hingab, blickte er durch die Reißzahnspalte ins Land Imbrifale und sah den Fahlen König kommen.«

Falken hob seine Stimme, bis sie den ganzen Turm bis zu den Dachbalken ausfüllte. Die Tauben flatterten aus ihren Schlägen durch hohe Fenster in den blauen Himmel hinein.

»Die Hufe seines schwarzen Rosses schlugen Funken auf dem felsigen Boden, und der Fahle König selbst war weiß von Kopf bis Fuß. Auf seiner schneeweißen Brust funkelten drei Lichter: sie waren grau, blau und rot. Das waren die drei Großen Steine in der eisernen Halskette Imsaridur, die er den Dunkelelfen gestohlen hatte. Mit der Magie der Kette konnte der Fahle König ganz Falengarth versklaven. Und danach ganz Eldh. Nichts konnte ihn mehr aufhalten. Nur ein gebrochener König, eine Handvoll Männer und ein Hofnarr mit krummen

Beinen, der selbst dann noch von dummen Ehrenmännern und ihren tapferen Frauen sang, als seine Tränen schon auf dem Boden zu Eis erstarrten.«

Falken hielt inne, und eine andere Stimme, tief und rauh, meldete sich zu Gehör. Es war Boreas. Sein Gesicht war nicht länger von Wut gezeichnet, doch immer noch hart. »Ihr erzählt eine traurige Geschichte, Falken. Aber Ihr seid nun einmal ein Geschichtenerzähler, und ein sehr guter dazu. Was haben Eure Worte mit diesem Rat zu tun?«

»Alles.« Falken ließ die Finger über die zerbrochene Rune gleiten und fuhr mit seiner Erzählung fort. »Mit Entsetzen sah Ulther den Fahlen König heranreiten. Sein Herz gefror. Er sah seinen Untergang vor sich, und den der ganzen Welt. Plötzlich fiel ein strahlendes Licht auf ihn. Drei vom Feenvolk kamen quer über das Schlachtfeld auf den König zugeschwebt. Sie waren groß und schlank, leuchteten so hell wie Sternenlicht und waren in hauchzartes Tuch gehüllt. Als er sie erblickte, vertrieb Bewunderung seine Furcht, und der König von Toringarth neigte sein Haupt.

›Der Fahle König naht‹, sprachen die drei Lichtelfen. ›Aber es ist noch nicht zu spät. Hebt Euer Schwert, Lord Ulther, und haltet es vor Euch.‹

Ulther war so in ihren Bann geschlagen, daß er tat, was die Elfen ihm auftrugen. Er hob sein Schwert Fellring, das aus derselben Schmiede der Zwerge stammte wie die Kette Imsaridur, und hielt die blutige Klinge empor. Als er so stand, umarmten sich die drei Elfen und stürzten sich gemeinsam auf Fellring. Ulther schrie verzweifelt auf, doch es war zu spät. Die drei waren durchbohrt. Aber die Elfen vergossen kein Blut. Statt dessen quoll strahlendes Licht aus ihren Wunden, das so grell war, daß Ulther das Gesicht abwenden mußte. Als er endlich wieder nach vorn schaute, waren die Lichtelfen verschwunden und Fellring war nicht länger blutverschmiert, sondern strahlte, als sei es aus Sternen neu geschmiedet worden.

Es blieb ihm keine Zeit zum Nachdenken, denn schon ragte der Fahle König vor ihm auf. Flammen schossen aus den Nüstern seines Rosses. Hinter dem Fahlen König standen die Dreizehn, deren Gesichter schwarze Kapuzen verhüllten und deren Füße keine Abdrücke im Schnee hinterließen. Dies waren die Nekromanten, die Magier des Fahlen Königs, die die Armee der Feydrim erschaffen hatten.

Mit tapferen Schlachtrufen stießen Ulthers Grafen vor, aber der Fahle König streckte sie mit seinem eisigen Schwert nieder. Zuletzt stand nur noch Ulthers Hofnarr, der immer noch seinen Herrn mit Liedern aufzuheitern suchte. Dann fiel auch er. Sein Lied verklang, als sein Blut den Schnee befleckte. Nun war Ulther wirklich allein.

Der Fahle König ließ seine Zauberer zurück und näherte sich Ulther. Er fürchtete ihn nicht, denn durch die Macht von Imsaridur konnte ihn keine sterbliche Hand verletzen, ob mit oder ohne Dunkelelfenklinge. Auch hatte Berash gar kein Herz, das man durchbohren konnte, denn seines war schon vor langer Zeit gestorben und durch ein verzaubertes Herz aus kaltem, hartem Eisen ersetzt worden.«

Grace zog zischend Luft durch die Zähne und setzte sich auf. Aryn sah sie verwirrt an, genau wie Durge und Melia, die direkt neben der Baronesse saßen. *Nein, das kann nicht sein! Das ist nur eine Geschichte. Ein Märchen. Ein verdammtes Märchen von einer Welt, die noch nicht einmal die Erde ist. Es kann sich nicht um das gleiche handeln, Grace. Das ist unmöglich.*

Noch während sie sich diese Dinge sagte, wußte sie, daß es sich *doch* um das gleiche handelte. Der Tote im Krankenhaus, Detective Janson und die anderen Eisenherzen, von denen Hadrian Farr wußte, hatten mit dieser Welt zu tun und mit dieser Geschichte. Aber was? Sie drückte die Hand der jungen Baronesse, um sie zu beruhigen, obwohl ihr das Herz bis zum Hals schlug. Dann lehnte sie sich vor, um der Geschichte des Barden zu lauschen.

»Der Fahle König stieg von seinem Schlachtroß und baute sich vor Ulther auf; auf seiner Brust strahlte grell Imsaridur. Er hob das Schwert, um Ulther den Kopf abzuschlagen.

›Niemand kann vor mir stehen‹, sagte der Eiskönig.

›Dann werde ich Euch auf den Knien erschlagen!‹ schrie Ulther.

Der König von Toringarth packte Fellrings Griff und stieß die Klinge nach oben, um den Fahlen König zu töten. Berash riß die weißen Augen auf. Vom Opfer der Elfen verzaubert, versank das leuchtende Schwert in der Brust des Fahlen Königs und spaltete sein eisernes Herz in zwei Teile. Im gleichen Augenblick zersplitterte Fellring in Ulthers Hand, ein kalter Schauder fuhr durch seinen Arm, tief in seine Brust hinein und traf sein Herz. Der Fahle König stürzte auf das schneebedeckte Feld, doch Ulther blieb mit dem Griff der zerbrochenen Klinge in der Hand stehen. Er stolperte auf den Fahlen König zu und nahm seinem Feind die Kette Imsaridur ab. Dann stürzte auch Ulther auf den kalten Boden. Er sah, wie die Nekromanten auf ihn zukamen, ihre Umhänge flatterten wie schwarze Flügel im Wind. Nun würde sein Ende kommen.

Plötzlich durchbrach ein hohes und klares Geräusch die eisige Luft: der Klang von Fanfaren. Die Sonne durchbrach den Nebelschleier, der über dem Tal hing, und die Horde der Feydrim, vom Sturz ihres Herren entmutigt, wich vor dem Licht zurück. Die Sonne glitzerte auf den Spitzen von fünfzigtausend Speeren. Wieder erklangen die Fanfaren, diesmal aus der Nähe, und eine strahlende Armee marschierte in das Tal der Schattenkluft ein. Sie wurde von einer stolzen Frau auf einem weißen Pferd angeführt. Elsara, Kaiserin von Tarras, war endlich eingetroffen. Ulther lachte, dann fiel er vornüber und verlor das Bewußtsein.«

Falken verstummte, und das Ratsgemach nahm wieder Konturen an. Einen Moment lang war Grace da gewesen, in dem verschneiten Tal, und hatte den Fahlen König gesehen, wie er farblos wie Eis auf seinem Mitternachtsroß saß. Aber noch konnte die Geschichte nicht zu Ende sein. Falken war doch noch nicht fertig.

»Aber wie ging es zu Ende?«

Zu ihrem Entsetzen wurde sich Grace plötzlich bewußt, daß die Stimme ihre eigene gewesen war. Sie hatte die Worte nur flüstern wollen, aber es war durch die Erzählung des Barden so still geworden, daß die Frage im ganzen Raum zu hören war. Boreas starrte sie giftig an, und Grace sank in sich zusammen.

»Wie es endete?« erwiderte Falken. »Wie es endete? Die Geschichte ist noch gar nicht zu Ende, Mylady. Sie dauert bis heute an, und nun sind wir alle Figuren darin, ob wir wollen oder nicht. Ohne die Magie ihres Herrn im Hintergrund konnten sich die Feydrim Elsaras Armee nicht widersetzen. Sie wurden vollständig vernichtet. Als Elsara die Reißzahnspalte erreichte, fand sie Ulther im Schnee liegen, das zerbrochene Schwert Fellring in der einen, die Halskette Imsaridur in der anderen Hand. Der Fahle König aber war verschwunden. Die Nekromanten hatten ihren Herrscher zurück nach Imbrifale getragen.

Obwohl Elsara Ulther zuerst für tot hielt, war er noch am Leben. Nach vielen Tagen der Pflege durch ihre Heiler kam er wieder auf die Beine. Er kehrte zurück zur Reißzahnspalte und brachte die hundert besten Runenmagier Falengarths mit. Mit der Hilfe der Armee Elsaras errichteten sie vor dem Zugang nach Imbrifale ein gewaltiges Tor aus Eisen, und die Runenmagier nahmen drei Runen und verbanden ihre Macht mit dem

Tor, damit der Fahle König und seine Diener nie wieder hindurchreiten konnten. Die Runenmagier wurden die ersten Runenmeister, und Ulther gab ihnen die Kette Imsaridur zur sicheren Aufbewahrung. Dann kamen einhundert Hexen zur Schattenkluft, und sie woben Zauber der Illusion und des Wahns über die Berge, damit auch auf diesem Weg niemand mehr aus oder nach Imbrifale kommen konnte.

Schließlich gründeten Ulther und Elsara ein neues Königreich, um Imbrifale zu bewachen und sicherzustellen, daß die dunkle Domäne nie wieder an die Macht gelangen würde. Sie setzten ihre verheirateten Kinder auf den Thron, und dies war die Geburtsstunde von Malachor. Ein langes Zeitalter des Friedens und des Lichts brach für Falengarth an. Ein Zeitalter, das …«

Falken schüttelte den Kopf. »Dieses Zeitalter ist vorüber. Malachor ist vor Jahrhunderten gefallen. Es gibt keine Runenmeister mehr. Die Imsari, die drei Großen Steine, die einst Imsaridur zierten, sind über die Welt verstreut worden und verlorengegangen. Und nun …« Er deutete auf die zerbrochene Rune auf dem Tisch. »… nun zeigt das Runentor Zeichen von Schwäche.«

Stille. Dann ertönte ein kaltes, keifendes Lachen.

Es war Eminda von Eredane. »Ihr erzählt hervorragende Heldensagen, Falken Schwarzhand. Einen Moment lang hätte ich es beinahe geglaubt. Wenn es aber irgendeinen Zauber hier gibt, so ist das die Macht Eurer Stimme und nichts anderes.« Ihre Belustigung wich der Wut. »Wir sind hier, um reale Probleme der Domänen zu besprechen. Wir haben keine Zeit, uns mit Geschichten zu beschäftigen, die kleinen Kindern am Lagerfeuer angst machen sollen.«

Andere am Tisch und im Gemach nickten bei diesen Worten.

»Ach ja?« erwiderte Falken lauter. »Vielleicht sind Kinder vernünftiger als wir. Der Fahle König regt sich, da gibt es keinen Zweifel. Die Domänen müssen handeln, und zwar schnell. Sie müssen ein Heer aufstellen, das so groß ist wie damals das von Ulther und Elsara, und sie müssen es sofort tun.« Falken hielt seine schwarz behandschuhte Faust hoch. »Beim Blut von Malachor in meinen Adern fordere ich eine Abstimmung des Rates!«

Eminda schoß mit knallrotem Gesicht in die Höhe. »Das ist doch lächerlich!«

König Sorrin, der während der Erzählung des Barden fast vollkommen bewegungslos geblieben war, hob jetzt den Kopf. Es war nicht zu erkennen, was er dachte. »Laßt den Barden seine Abstimmung haben. Dann haben wir es hinter uns.«

Die anderen Herrscher nickten zustimmend. Eminda ließ sich wieder auf ihren Stuhl fallen. Boreas gab Alerain ein Zeichen, und der Seneschall eilte mit einem Lederbeutel herbei. Boreas schüttete den Beutel auf dem Tisch aus. Er enthielt sieben weiße und sieben schwarze Steine. Der König von Calavan reichte jedem der Herrscher je einen Stein jeder Farbe.

»Wir haben die Frage zu entscheiden, ob wir in den Domänen für den Krieg rüsten sollen«, sagte Boreas. Er hielt seinen weißen Stein hoch. »Weiß bedeutet Zustimmung und die Mobilmachung.« Der König hob nun seinen schwarzen Stein. »Schwarz bedeutet Ablehnung.«

Die Herrscher hielten allesamt ihre Steine unter den Tisch und wählten einen aus, den sie in der geschlossenen Hand wieder hervorbrachten. Sie legten die Hände auf den Tisch. Grace hielt den Atem an. Sie kannte Falken kaum, aber seine Geschichte hatte sie auf eine Art und Weise berührt, die sie nicht erklären konnte. Sie konnte nicht behaupten, die Sache mit dem Fahlen König völlig verstanden zu haben. Aber sie hatte etwas Böses gesehen – den Mann mit dem Herzen aus Eisen –, und sie hatte auch den Feydrim gesehen. Sie wußte von einer Gefahr, die größer war, als die anderen sich vorstellen konnten. Doch noch bevor die Königinnen und Könige ihre Hände öffneten, wußte Grace schon, welche Farbe die Steine haben würden.

Auf den Handflächen von Boreas, Kylar und Persard lag ein weißer Stein: Krieg. Auf den Händen von Eminda, Lysandir und Sorrin offenbarten sich schwarze Steine. Nur bei Ivalaine war Grace sich nicht sicher. Die schöne Königin von Toloria saß bewegungslos da, dann öffnete auch sie die Hand.

Ihre Hand war leer. »Ich enthalte mich«, sagte Ivalaine.

In Boreas Augen loderte wieder die Wut auf, aber noch bevor er etwas sagen konnte, stand Eminda auf.

»Dann ist es ein Patt«, sagte sie. »Und ein Patt bedeutet: keine Mobilmachung!«

Falken starrte die Königin von Eredane und den restlichen Rat an. Er sah blaß und hager aus. Grace wollte die Hand heben, aber sie überlegte es sich anders. Wie konnte sie schon helfen? Wenn Falken den Rat schon nicht überzeugen konnte, dann konnte sie das erst recht nicht. Falken nahm die zerbrochene Rune an sich.

»Dann gibt es keine Hoffnung mehr für Eldh«, sagte er und verließ den Turm.

10

Am nächsten Morgen kam Durge in Graces Gemach, um ihr beizubringen, wie man richtig mit dem Dolch umging.

»Es hat schon einen Angriff auf Eure Person gegeben, Mylady«, sagte der Ritter, als sie ihm die Tür öffnete. »Das macht einen weiteren um so wahrscheinlicher. Ich habe nicht vor, mich zu weit von Euch zu entfernen, aber ich kann nicht jeden Augenblick bei Euch sein.«

Grace lächelte verkniffen. »Ihr könntet schon, Durge. Ich bezweifle nur, daß ich Euch dann noch so sehr schätzen würde, wie ich es jetzt tue.«

Durge trat ein und bat sie, ihm ihr Messer zu zeigen. Grace gab es ihm. Sie hatte das Blut des Feydrim davon abgewischt, und die Klinge glänzte im Sonnenlicht, das durch das Fenster hereinschien. Das Messer war klein, mit gebogener Klinge. Es schien lebendig zu sein, aber Messer konnten nun einmal lebende Wesen sein. Grace kannte das aus dem Krankenhaus. Manchmal sprang ein Skalpell ihr einfach so aus der Hand, ein anderes Mal schien es ihre Finger zu führen, als wüßte es besser als sie, wo man den Einschnitt machen mußte.

»Es ist alt und zeugt von guter Handwerkskunst«, sagte Durge. »Jeder Klinge aus den Schmieden von Embarr gleichwertig, obwohl ich annehme, daß dieser Dolch hier in Calavan hergestellt wurde. Im dritten Jahrhundert nach der Gründung, würde ich sagen, also ist er fast zweihundert Jahre alt. Aber der Griff ist schon einmal erneuert worden.«

»Woher wißt Ihr all das, Durge?«

Der Ritter zuckte mit den Schultern. »Ich habe ein flüchtiges Interesse an Metallen und anderen Elementen, Mylady. Seid nicht zu beeindruckt. Meine Vermutungen sind gewiß ganz falsch.«

Grace bezweifelte das. Sie nahm ihren Dolch zurück und betrachtete ihn mit neuer Ehrfurcht. Durch wie viele Hände war er gegangen, bevor sie ihn bekam?

»Man kann Jahre darauf verwenden, den richtigen Umgang mit einem Messer zu erlernen«, sagte Durge, »und wir haben nur einen Nachmittag. Ich kann Euch jedoch ein paar Haltungen und Bewegungen zeigen. Sie sind recht einfach, aber sie werden einen Gegner dazu bringen, es sich zweimal zu überlegen, ob er Euch noch einmal angreifen will.«

Grace spannte ihre Schultern an. »Bringt es mir bei.«

In der nächsten Stunde hörte Grace Durge mit dem Dolch in der Hand gebannt zu, wie er ihr erläuterte, wie sie sich hinstellen mußte, um ihre wichtigsten Körperbereiche zu schützen: den Bauch, die Kehle, das Gesicht. Er brachte ihr bei, statt mit weit ausholenden Hieben nur schnell und kurz zuzustechen. Das Ziel bestand nicht darin, den Gegner zu töten, sondern nur, ihn zu verletzen, ihm weh zu tun und ihn langsamer zu machen. Das würde Grace genug Zeit geben, um wegzulaufen oder nach Hilfe zu rufen.

Am Ende der Stunde waren Graces Wangen von der Anstrengung gerötet, und die Schulter tat ihr weh. Aber als Durge sie zum Schein von hinten angriff, war sie in der Lage, sich schnell zu ducken und zuzustechen.

Eine starke Hand packte ihr Handgelenk. »Sehr gut, Mylady.«

Sie schaute zurück. Die Messerspitze war keinen Zentimeter weit von Durges Oberschenkel entfernt.

»Ich wußte ja, daß Ihr das tun würdet. Euer Gegner hätte diesen Vorteil nicht. Diesen Stich hätte er bestimmt gespürt.«

Grace richtete sich mit klopfendem Herzen auf und lächelte. Könnte sie so etwas wirklich tun? Könnte sie wirklich einen anderen verletzen, um sich selbst zu retten? *Warum nicht, Grace? Du hast es früher schon getan. Denk nur an den Bäcker im Unteren Burghof. Und das war nicht das erste Mal. Das war nicht das erste Mal …*

Ihr Lächeln verblaßte.

Durge legte den Kopf schief. »Das dürfte für heute genügen. Ihr lernt schnell, Mylady, obwohl ich Euch lieber den Umgang mit einer größeren Waffe beibringen würde. Selbst auf engem Raum ist mir mein Breitschwert immer noch am liebsten.«

»Aber das hier paßt etwas besser in meinen Stiefel«, sagte Grace. Sie bückte sich und schob das Messer in die Scheide in ihrem Hirschlederstiefel. Sie wußte, daß es unvernünftig war, aber sie fühlte sich einfach sicherer, wenn sie das Messer dicht an ihrer Haut spürte.

Da fiel ihr etwas ein. »Durge, was hält König Sorrin davon, daß Ihr soviel Zeit mit mir verbringt?«

Durge war gerade dabei, sein Schwertgeschirr wieder anzulegen, das er für ihre Ausbildung abgenommen hatte. Sie konnte sein Gesicht nicht sehen – nur seinen breiten Rücken und seine hängenden Schultern.

»Macht Euch über Sorrin keine Gedanken, Mylady. Ich habe mich und mein Schwert Euch verpflichtet, und in Embarr ist das Wort eines Ritters härter als Stahl und ausdauernder als Stein.«

Grace wollte etwas erwidern, aber ein Klopfen an der Tür kam ihr zuvor.

»Grace!« rief Aryn, als sie in den Raum gestürzt kam. »Ich bin ja so froh, daß du hier bist. König Boreas will dich sehen.«

Grace verschränkte die Arme. Sie trug heute das lavendelfarbene Gewand. Es war ihr klar gewesen, daß der König sie früher oder später zu sich befehlen würde, aber so bald hatte sie nicht damit gerechnet. Nach der katastrophalen Abstimmung gestern hatte sich der Rat vertagt. Sie war davon ausgegangen, daß Boreas zunächst einmal mit seinen Gedanken allein gelassen werden wollte.

»Wann möchte Boreas mich sehen?« fragte sie Aryn.

»Sofort, hat er gesagt.«

Grace mußte schlucken. Boreas ging grundsätzlich immer davon aus, daß seine Befehle umgehend ausgeführt werden. Es war kein gutes Zeichen, daß er ausdrücklich sofort gesagt hatte.

Sie sah kurz Durge an. »Dann gehe ich wohl besser.«

»Nein, Mylady. Dann lauft Ihr wohl besser.«

Im nächsten Augenblick hetzten sie und Aryn durch die Gänge der Burg. Diener und einfache Adlige hasteten beiseite, um ihnen Platz zu machen. Ein rotbäckiger Page ließ eine Schüssel Äpfel fallen, und sie kullerten kreuz und quer über den Boden. Er tat Grace leid, und sie hoffte, daß man ihn nicht schlagen würde. Aber wenn sie sich nicht beeilte, konnte es ihr selbst ähnlich ergehen. Sie hoffte, daß Boreas sie nicht übers Knie legen würde, aber völlig ausschließen konnte sie es nicht.

»Glaubst du, daß der König noch böse auf mich ist, weil ich Falken gestern bei der Ratssitzung diese Frage gestellt habe?« fragte sie Aryn atemlos.

Aryn sah sie mit einer Mischung aus einem Lächeln und einer Grimasse an. »Mach dir keine Sorgen, Grace. Auf Calavere ist schon seit Monaten niemand mehr geköpft worden.«

Grace verschwendete keinen Atem für eine Antwort. Sie lief statt dessen schneller.

»Ladys, kann ich Euch in Eurer Hast kurz aufhalten?«

Grace und Aryn hielten an, als wären sie gegen eine unsichtbare Wand gelaufen. Vielleicht waren sie das auch wirklich. Grace hatte zwar ihr ganzes Leben in einer Demokratie verbracht, aber ein königlicher Herrscher strahlte eine

Macht aus, der man sich nicht entziehen konnte. Sie drehten sich um und blickten in die eisgrauen Augen von Ivalaine, der Königin von Toloria.

Sofort machten beide einen eiligen Knicks. »Euer Majestät!«

»Erhebt Euch«, sagte die Königin, und sie gehorchten.

Ivalaine stand in einem Alkoven und stützte sich auf einen Sockel, ganz so, als wartete sie dort schon eine Zeitlang. Aber auf was wartete sie?

Meinst du nicht, auf wen wartet sie, Grace?

Sie suchte hinter der Königin nach etwas Smaragdgrünem, aber Kyrene war diesmal nirgendwo in Sicht. Nur Tressa stand mit einem ruhigen Ausdruck auf ihrem plumpen, hübschen Gesicht hinter der Königin. Die königliche Hofdame sah aus wie ein Engel. Nur daß Engel keine roten Haare hatten, oder? Grace richtete die Aufmerksamkeit wieder auf Ivalaine. Auf dem Sockel, an den sich die Königin anlehnte, standen eine Bronzekanne voll Wasser und eine Horntasse. Das mittelalterliche Äquivalent eines Getränkeautomaten.

»Was können wir für Euch tun, Euer Majestät?« fragte Aryn nach Luft schnappend.

»Trinkt«, sagte Ivalaine. »Ihr seid durstig.«

Grace faßte sich an den Hals. Sie war *wirklich* durstig, sogar sehr. Ihr Mund war staubtrocken. Sie nahm die Tasse, füllte sie aus der Kanne und trank gierig. Aryn riß ihr die Tasse förmlich aus den Händen und tat dasselbe. Grace wischte sich mit dem Handrücken über das feuchte Kinn. Das Wasser in der Kanne war kalt und erfrischend gewesen, aber ihre Kehle wurde schon wieder trocken. Sie griff erneut nach der Tasse. Eine schlanke Hand auf ihrem Arm hielt sie davon ab.

»Der Durst läßt sich nicht so leicht stillen, nicht wahr, meine Schwester?«

Grace hatte erwartet, daß die Königin sich wie Elfenbein

anfühlen würde, aber ihre Hand ruhte warm und leicht auf der ihren, wie die Berührung eines Vogels. Sie konnte einen Pulsschlag fühlen, wie ein kleines, flatterndes Herz.

Grace leckte sich die Lippen. »Wir müssen wirklich gehen«, krächzte sie. »König Boreas erwartet uns.«

Aryn nickte. »Der König.« Sie schien nicht in der Lage zu sein, etwas anderes zu sagen.

Ivalaines Kleid hatte die Farbe von Wasser. Die Luft schien zu flimmern. »Schaut in die Kanne«, sagte sie. »Ich glaube, Ihr werdet darin etwas finden.«

»Und was werden wir Eurer Meinung nach sehen?« fragte Aryn, aber Ivalaine gab ihr keine Antwort. Sie blickte die beiden nur an, und ihre Augen glitzerten wie geheimnisumwobene Juwelen.

Grace und Aryn starrten in das Wasser.

Was tust du da, Grace? Du mußt gehen. Boreas wirft dich seinen Bulldoggen vor, wenn du dich nicht beeilst. Außerdem ist da sowieso nichts im Wasser …

Grace holte zischend Luft. Wäre nichts in dem Wasser gewesen, hätte sie in der Lage sein müssen, bis auf den Boden der Kanne zu sehen. Aber das konnte sie nicht. Das Innere des Gefäßes war schwarz. Die Dunkelheit raubte ihr die Sicht und zog sie in sich hinein, bis sie ihre Sicht ausfüllte. Ihr wurde übel, als triebe sie auf unruhiger See.

»Ich sehe ein Schloß!«

Das war Aryn, obwohl sie sich wie aus weiter Ferne anhörte. Sie klang fröhlich und aufgeregt, wie ein kleines Mädchen, das Geburtstagsgeschenke öffnete.

»Es hat sieben Türme – ich kann sie ganz genau erkennen –, und da sind hundert Ritter mit Flaggen an den Lanzen. Die Flaggen sind so blau wie der Himmel. Vor den Rittern reitet eine Frau auf einem Pferd, das so weiß wie die Wolken ist. Sie muß ihre Königin sein. Sie ist auch ganz in Blau gekleidet, trägt ein Schwert an ihrem Gürtel, und ihr Haar weht hinter ihr im Wind. Sie ist so stolz, so stolz und … oh!«

Aryn verstummte. Was hatte sie gesehen? Grace konnte weder das Schloß noch die stolze Königin erblicken. Sie sah nur Dunkelheit.

Nein, das stimmte nicht. Da war doch etwas zu erkennen. Hände. Manche lang und schlank, andere kräftig und grob. Sie zeichneten sich fahl von der Dunkelheit ab und wurden ausgestreckt. Dutzende. Hunderte. Und sie griffen alle nach ihr.

Nein!

Das Wasser in der Kanne verwandelte sich, nun war es feuerrot. Flammen schossen aus der Dunkelheit. Vom Feuer erfaßt, krümmten sich die Hände wie sterbende Spinnen. Sie glaubte, Schreie zu hören. Dann war da nur noch das Feuer da. Reines, heißes, reinigendes Feuer …

»Lady Grace!«

Die Stimme klang streng, aber nicht besorgt. Grace riß den Kopf hoch. Neben ihr blinzelte Aryn verwirrt. Ivalaine beobachtete die beiden immer noch, doch nun lag etwas Berechnendes in ihrem Blick. Tressa nickte mit einem wissenden Lächeln auf ihrem Engelsgesicht.

Aryn schüttelte den Kopf. »Was … was ist geschehen?«

»Wasser hat Macht, hat Leben«, sagte die Königin von Toloria. »Es spiegelt sowohl die Vergangenheit als auch die Zukunft wider. Man muß nur wissen, wie man hineinschauen muß.« Ivalaine trat vor und ergriff triumphierend Graces und Aryns Hände. »Jetzt gibt es keinen Zweifel mehr. Die Gabe ist bei Euch beiden besonders ausgeprägt.«

Aryn sah Grace ängstlich an. Aber da lag auch noch etwas anderes im Blick der Baronesse. Ein flackernder Hunger. Grace versuchte zu schlucken. Ihre Kehle brannte vor Durst.

»Was ist, wenn wir sie nicht wollen?« fragte sie. »Was ist, wenn wir auf diese Gabe verzichten können?«

Ivalaines Blick war so abwesend und kühl wie ein Winterhimmel. »Dann kommt heute bei Sonnenuntergang nicht in mein Gemach.« Die Königin ließ ihre Hände los und ging ohne ein weiteres Wort den Gang entlang. Tressa folgte ihr stumm. Die tolorianischen Frauen verschwanden um eine Ecke. Aryn schlug sich vor die Stirn, als erwachte sie aus einer Trance.

»Der König!«

Grace regte sich nicht. Sie starrte weiter in den Krug. Kleine Bläschen stiegen aus dem Wasser, feine, gekräuselte Dampfschwaden lösten sich von der Oberfläche. Aber das war nicht möglich.

Jemand zupfte an ihrem Ärmel. »Komm schon, Grace. Wir müssen gehen.«

Grace rührte sich immer noch nicht. »Aryn, was hast du gesehen? Im Krug, als du plötzlich geschwiegen hast.« Sie blickte die Baronesse an.

Aryn errötete und ließ den Kopf hängen. »Es ist dumm. Eine Laune, eine Einbildung. Es kann nichts bedeuten.«

»Erzähl es mir.«

Sie holte tief Luft und hob den Kopf, und jetzt lag in ihren blauen Augen ein Leuchten. »Ich war es, Grace. Die Königin mit dem Schwert, die auf einem weißen Pferd in den Krieg zog. Das war ich.«

Natürlich. Ivalaine hatte gesagt, daß das Wasser die Zukunft widerspiegeln konnte.

»Was ist mit dir, Grace? Was hast du gesehen?«

Die Zukunft … oder die Vergangenheit.

Grace schluckte. Ihr Mund schmeckte wie Asche. »Nichts, Aryn. Ich habe nichts gesehen. Komm jetzt, wir sollten uns besser zu König Boreas aufmachen.«

Sie schenkte dem Krug keinen weiteren Blick, als sie sich umdrehte und in den Gang hineinging.

11

Travis stützte das bärtige Kinn auf die Hände, sah aus dem Fenster und beobachtete, wie die aus dem Westen heraufgezogenen Wolken die Felder, Hügel und Wälder Calavans verhüllten. Der bleierne Himmel reichte bis zu den Spitzen der Schloßtürme herab; Nebelschwaden wirbelten um die Zinnen. Unten auf den beiden Burghöfen Calaveres gingen Bauern und Dienstmägde und Wächter ihren Beschäftigungen nach. Das Leben an diesem Ort schien hart zu sein, aber Travis beneidete die Schloßbewohner. Wenigstens hatten sie etwas zu tun, und wenn die Arbeit auch bloß darin bestand, einen Karren Torf durch den Schlamm zu schieben.

»... aber es gelang mir gestern abend, ihn vor den königlichen Gemächern kurz zu erwischen«, sagte Falken gerade. Er ging in dem Gemach auf und ab, klimperte dabei auf der Laute herum, die an einem Lederriemen von seiner Schulter hing.

»Und was hat er dir erzählt?« fragte Melia.

Sie saß in der Nähe des Feuers, einen Schal über der Schulter. Auf dem Teppich zu ihren Füßen spielte ein schwarzes Kätzchen. Travis hatte nicht die geringste Vorstellung, wo es hergekommen war.

»Alerain sagte, daß der Rat nach jeder Abstimmung eine Pause von drei Tagen einlegen muß.«

»Drei Tage!« Melias kupferfarbene Haut verdunkelte sich. »Und wie viele Feydrim mehr werden in drei Tagen durch das Schloß schleichen? Und wie weit wird sich der Fahle König der Freiheit genähert haben?« Sie hob das Kätzchen auf und setzte es sich auf den Schoß. Es begann sofort damit, das mit Quasten geschmückte Ende ihrer Schärpe zu attackieren.

»Es ist frustrierend, da stimme ich dir zu, aber du weißt doch, wie es die Calavaner mit ihren Bestimmungen halten.«

»Fanatisch?«

Falken schnaubte. »Das ist höflich ausgedrückt. Du kannst übrigens König Indarus die ganze Schuld geben. Er ist derjenige gewesen, der die Regeln für die Einberufung des Rats aufgestellt hat.«

Melia streichelte das Kätzchen, und ihre Augen verengten sich zu Schlitzen. »Ich hätte nicht übel Lust, es diesen Indarus bereuen zu lassen, daß er alle diese Regeln und Statuten niederschrieb.«

»Er ist seit drei Jahrhunderten tot, Melia.«

»Das stellt nicht notwendigerweise ein Problem dar.«

Travis wollte fragen, was *damit* nun wieder gemeint war, dann hielt er den Mund. Was bildete er sich ein? Daß Melia oder Falken ihn darüber aufklärten, was hier vor sich ging? Er war den beiden all die Meilen gefolgt, in dem Glauben, daß der Barde und die Lady nach dem Eintreffen auf Calavere eine Möglichkeit finden würden, ihn nach Colorado zurückzuschicken. Doch seit ihrer Ankunft im Schloß vor zwei Tagen hatte keiner von ihnen Travis' Heimat auch nur mit einem einzigen Wort erwähnt. Vielleicht wäre es erträglich gewesen, hätte Beltan ihnen Gesellschaft geleistet, aber Travis hatte den Ritter seit gestern bei der Ratssitzung nicht mehr gesehen.

Du könntest dich mit Grace unterhalten.

Erregung durchrieselte ihn bei dem Gedanken, aber er verwarf ihn wieder. Er hatte Grace bei der Ratsversammlung aus der Ferne gesehen. Sie schien sich in Gegenwart ihrer adligen Freunde so wohl gefühlt zu haben; Leute wie der Ritter Durge oder diese junge Baronesse mit den blauen Augen. Wie war noch mal ihr Name gewesen? Aryn?

Nur weil Grace von der Erde kommt, muß das noch lange nicht heißen, daß sie dich mag, Travis. Sie paßt hierher.

Ein leises, verlangendes *Miau* drang an seine Ohren, und er blickte hinunter. Das schwarze Kätzchen war heruntergefallen, über den Boden gerollt und vor seinen Füßen gelandet. Er hob es hoch und setzte es auf der Fensterbank ab. Das Kätzchen betrachtete ihn mit goldenen Augen. Sie hatten Ähnlichkeit mit denen Melias.

»Hat sie dich geschickt, um mich auszuspionieren?« fragte er.

Das Kätzchen schnurrte bloß zur Antwort und fing an, die Fensterbank zu erkunden. Als es die Scheibe erreichte, versteifte es sich und fauchte. Sein Fell sträubte sich. Travis schaute hinaus.

»Das ist nur ein Hund«, sagte er mit einem Lächeln. »Und er ist ganz unten im Burghof. Er kann dir nichts tun.«

Er wollte das Kätzchen wieder hochheben. Es fauchte erneut und hieb mit seinen winzigen Krallen zu. Ein dünner roter Strich erschien auf Travis' Haut. Er riß die Hand zurück.

»Auch du?« murmelte er.

Das Kätzchen saß jetzt ganz ruhig da, leckte sich auf niedliche Weise die Pfote und betrachtete ihn wieder mit seinen mondähnlichen Augen.

»Verräter.«

Das Tier sprang leichtfüßig zu Boden und stolzierte zu Melia zurück. Travis nahm einen leeren Krug vom Tisch und folgte ihm.

»... war absolut verheerend«, sagte Melia gerade. »Wir müssen eine Möglichkeit finden, das Unentschieden zu überwinden.«

»Und zwar so lange es noch Domänen gibt, für die man kämpfen kann.« Falken klimperte einen Mollakkord.

Travis räusperte sich. »Ich hole Wasser.« Eigentlich war er überhaupt nicht durstig. Doch ihm war kein anderer Vorwand eingefallen, um den Raum zu verlassen.

»Schon in Ordnung, Travis«, sagte Melia abwesend.

Er runzelte die Stirn. »Und dann stürze ich mich von den Zinnen und zähle, wie viele Sekunden es dauert, bevor ich auf den Pflastersteinen zu Brei zermalmt werde.«

»Das ist nett, mein Bester.« Sie hob das Kätzchen auf und setzte es sich wieder auf den Schoß.

Es war sinnlos. Travis verließ das Gemach und überließ Falken und Melia ihren Plänen. Er stellte den Krug auf einer Kommode ab und ging den Korridor entlang.

Wie immer entschied sich Travis für keine besondere Richtung. Er spazierte eine Zeitlang durch das Schloß, und als er schließlich zu einer Tür kam, die nach draußen führte, öffnete er sie und betrat den Unteren Burghof. Kalte Luft schlug ihm ins Gesicht und vertrieb die schläfrig machende, rauchige Dumpfheit des Schlosses.

Der Hof war voller Menschen, und Travis kam sich wie ein Außenseiter vor, da er offensichtlich nichts zu tun hatte. Er eilte über die Pflastersteine – vorbei an kleinen, kräftigen Männern mit pockennarbigen Wangen und jungen Frauen mit schmutzigen Gesichtern und zahnlosem Lächeln – und hoffte, daß ihn das aussehen lassen würde, als verfolgte er ein bestimmtes Ziel. Er wollte nicht wieder mit einem Diener verwechselt werden.

Hinter ihm ertönte plötzlich lautes Gemecker. Er blickte über die Schulter und sah eine Herde Ziegen, die auf ihn zukam. Die Viecher waren klein, aber es gab eine Menge von ihnen, und etwas sagte ihm, daß es ihm nicht gefallen würde, wenn ihre kleinen gespaltenen Hufe über ihn trampelten. Er stolperte aus dem Weg und drückte sich gegen eine Mauer. Die zotteligen Tiere liefen zusammen mit ihrem Hirten vorbei; der Mann war genauso zottelig wie die ihm anvertrauten Ziegen.

Sobald sich der Gestank wieder gelegt hatte, löste sich Travis von den Steinen. Sein Spurt in die Sicherheit hatte ihn in eine dunkle Ecke des Hofes gebracht. Über ihm ragte ein Turm empor, der ihm zuvor gar nicht aufgefallen war. Er war kleiner als die übrigen Türme des Schlosses, und von den neun schien er sich als einziger in schlechtem Zustand zu befinden. An einer Stelle waren mehrere Steine herausgebrochen, und das Schieferdach saß seltsam schräg. Aller Wahrscheinlichkeit nach hatte man ihn aufgegeben. Vielleicht war er sogar gefährlich. Travis zuckte mit den Schultern und wollte weitergehen.

Da sah er etwas aus dem Augenwinkel und erstarrte. Genau dort. Er begab sich zu der Tür des Turms, die die Elemente ebenso grau gemacht hatten wie das sie umgebene Mauerwerk. Man hatte sie aus Silber gefertigt, und obwohl die Zeit sie hatte dunkel anlaufen lassen, konnte er sie genau erkennen: drei sich verbindende Linien. Es war dasselbe Symbol, das in den Ruinen von Kelcior auf seiner rechten Hand aufgeglüht war.

Travis griff nach der Rune.

»Kann ich Euch helfen?« fragte eine männliche Stimme hinter ihm.

Er riß die Hand zurück und drehte sich um. Der Mann war jung, mehrere Jahre jünger als er. Er hatte ein breites Gesicht, auch die Nase war breit, aber in seinen braunen Augen lag ein fröhliches Funkeln. Er trug eine Kutte von unauffälligem Grau, aber das Kleidungsstück konnte seine kurze, kräftige Gestalt nicht ganz verbergen. Travis erkannte ihn: Er war einer der beiden Runensprecher, die beim Rat der Könige die Rune des Beginns gesprochen hatten.

»Es tut mir leid«, sagte Travis. »Ich wollte mir bloß die … ich meine, ich habe mich nur umgesehen.« Wie sollte er diesem Fremden erklären, was – selbst in diesem Augenblick – unter der Haut seiner rechten Handfläche juckte?

Der Mann nickte bloß. Er schien weder mißtrauisch noch verärgert zu sein. »Es ist wunderschön, nicht wahr?« Er zeigte auf das Symbol auf der Tür. »Wißt Ihr, was das ist?«

Travis schüttelte den Kopf. »Nein.«

»Das ist eine Rune – die Rune aller Runen. Seht Ihr? Es sind drei Linien.« Er folgte ihrem Verlauf mit einem dicken Finger. »Eine für die Kunst des Runensprechens, und eine für die beiden Künste, die verlorengegangen sind.«

Travis vergaß seine Zurückhaltung. Er betrachtete die Rune an der Tür mit neuer Bewunderung. »Die Kunst des Runenbindens und des Runenbrechens«, murmelte er.

Der junge Mann legte den Kopf schief und warf Travis einen bohrenden Blick zu. »Nur wenige Leute kennen heutzutage diese Worte. Nur wenige interessieren sich noch für Runen.«

»Warum nicht?« fragte Travis.

Er zuckte nachdenklich mit den Schultern. »Im Zuge des Neuen geraten alte Dinge in Vergessenheit.«

Travis wollte etwas erwidern, aber eine andere Stimme unterbrach ihn.

»Hallo, Travis.«

Der junge Mann drehte sich um, und Travis tat es ihm gleich. Er konnte nicht mit Bestimmtheit sagen, warum er sich wie ein Kind fühlte, das bei etwas Verbotenem erwischt worden war, aber er tat es. Er ließ die Schultern hängen.

»Hallo, Melia. Hallo, Falken.«

Der junge Mann blickte Travis überrascht an, aber Travis sagte nichts. Der Barde kam näher, und die Lady schloß sich ihm an.

»Ich bin überrascht, dich hier zu finden«, sagte Melia. Ihre

Mundwinkel zuckten amüsiert. »Wolltest du nicht zählen, wie lange es dauert, von den Zinnen zu stürzen?«

Travis stöhnte innerlich auf. »Wie habt ihr mich gefunden?«

Falken grinste sein wölfisches Grinsen. »Nein, Travis, wir haben dich nicht gesucht. Das war wieder einmal die Dame Schicksal, die wie schon zuvor unsere Fäden miteinander verwob. Wir kamen in den Hof, um für Melia einen Ballen Stoff zu kaufen.«

»Ein neues Kleid ist schon lange überfällig«, sagte die Lady. Überrock und Unterkleid waren wie immer ohne jeden Fleck oder Riß oder losen Faden, aber Travis sagte nichts.

Falken nickte dem jungen Mann in der grauen Kutte zu. »Es ist schön, Euch wiederzusehen, Geselle Rin.«

Der Mann verbeugte sich. »Das gleiche gilt für Euch, Meister Falken.«

Travis versuchte, seinen offenstehenden Mund zuzubekommen. »Ihr kennt euch?«

»Ich habe erst gestern noch mit Rin gesprochen«, sagte Falken. »Ich bat ihn, dich als Lehrling anzunehmen.«

Rin lächelte Travis an. »Was für mich die Erklärung dieses Geheimnisses ist. Es kommt nicht jeden Tag vor, daß jemand vor unsere Turmtür tritt, der etwas über Runen weiß.«

»Könnt Ihr ihn unterrichten, Rin?« fragte Melia.

Das Gesicht des jungen Runensprechers wurde ernst. »Ich habe die Angelegenheit gestern mit Meister Jemis besprochen. Für gewöhnlich müssen Lehrlinge eine Eingabe bei Großmeister Oragien im Grauen Turm einreichen.«

Melia wollte protestieren, aber Rin hielt eine Hand hoch und lachte.

»Nein, ehrenwerte Lady, ich würde es nicht wagen, mich mit Euch zu streiten. Ich glaube, daß wir in diesem Fall eine Ausnahme machen können. Wir werden Travis als Lehrling aufnehmen. Allerdings wird er bei der ersten sich bietenden

Gelegenheit zum Grauen Turm reisen und sich selbst vorstellen müssen.«

Melias Gesichtsausdruck wurde wieder friedlich. »Vielen Dank, Rin.«

Er verbeugte sich wieder. »Und wenn Ihr mich jetzt entschuldigen würdet, ich muß mich um meine eigenen Studien kümmern. Ich fürchte, noch bin ich kein Meister. Ich sehe Euch dann morgen bei Sonnenaufgang, Travis.«

Rin öffnete die Tür des heruntergekommenen Turms und verschwand in seinem Inneren.

»Nun«, sagte Melia zu Falken mit einem zufriedenen Blick. »Das wäre erledigt.«

Travis runzelte die Stirn. »Moment mal. Habe ich hier nichts zu entscheiden?«

Bernsteinfarbene Augen richteten sich auf ihn. »Und was möchtest du gern entscheiden, mein Bester?«

Er öffnete den Mund zu einer ärgerlichen Erwiderung, aber ihm fielen keine passenden Worte ein.

Falken legte ihm die behandschuhte Hand auf die Schulter. »Das geht schon in Ordnung, Travis. Rin und Jemis können dich viel besser unterrichten als ich.«

Travis nickte schweigend. Melia und Falken setzten sich wieder in Bewegung, aber dann blieb die Lady stehen und wandte sich noch einmal Travis zu.

»Übrigens, Travis«, sagte sie. »Ich hatte noch keine Gelegenheit, dir dies zu sagen, aber du warst sehr mutig, als du neulich abends Lady Grace gegen den Feydrim beigestanden hast.«

Er konnte dem Barden und der Lady bloß hinterherstarren, als die beiden weitergingen und in der Menge verschwanden.

Dann schüttelte er den Kopf. Vielleicht hatte Bruder Cy recht gehabt. Vielleicht hatte er ja doch eine Wahl. Er blickte zu dem Turm der Runensprecher empor und rieb sich die rechte Hand.

Aber nur vielleicht.

12

Grace starrte auf die ebene Oberfläche der Tür. Es kam ihr vor, als würde sie schon seit einer Ewigkeit hier stehen, dabei konnten es kaum mehr als fünf Minuten sein. Trotzdem hatte sie Glück gehabt, daß kein Diener oder Adliger vorbeigekommen war. Sollte sie jemand dort stehen sehen, wäre sie gezwungen zu klopfen. Schließlich taten das normale Leute, die vor Türen standen.

Und warum kannst du es dann nicht, Grace? Es ist ja nicht gerade so, daß dich auf der anderen Seite dein Untergang erwartet. Es ist bloß ein Mann, das ist alles. Nur daß der Mann auf der anderen Seite der Tür nicht irgendein Mann war. Das Gemach gehörte Logren von Eredane. Sie hob die Hand, konnte sich jedoch nicht dazu überwinden, an das Holz zu pochen.

Das war alles Aryns Schuld. Nach der Begegnung mit Ivalaine früher am Tag waren Grace und die Baronesse durch das Schloß bis zu Boreas' Gemächern gerannt. Grace hatte erwartet, ihn außer sich vor Wut vorzufinden, wie er im Raum umherstampfte, Flüche ausstieß und jeden Gegenstand durch das Zimmer warf, der das Pech hatte, ihm im Weg zu stehen – Stühle, Tische, niedere Adlige. Statt dessen hatte der König in der Nähe des Kamins gesessen, ganz ruhig und beherrscht, und irgendwie hatte das Grace noch viel mehr Angst eingejagt. Einen zornigen Stier konnte man wenigstens kommen sehen.

Die Audienz war kurz gewesen. Boreas war ungehalten über Falkens Ausbruch und die voreilige Entscheidung des Rates – Grace hatte noch nie erlebt, daß jemand das Wort *ungehalten* wie ein Mordmotiv klingen ließ. Der Rat sollte in drei Tagen erneut zusammentreten, und Boreas wollte herausfinden, warum die erste Abstimmung dieses Ergebnis gehabt hatte, damit die zweite anders ausging. Überflüssig zu erwähnen, daß Grace ihm dabei helfen würde.

Es fiel nicht schwer, die Entscheidungen einiger der Herrscher zu verstehen. Sorrins Entschluß konnte durch seinen Wahnsinn erklärt werden. Und Lysandir folgte offensichtlich Emindas Führung. So stellte nur die Königin von Eredane das einzige echte Rätsel dar – natürlich abgesehen von Ivalaine, aber anscheinend hatte Boreas seine eigenen Vermutungen, was das betraf.

»Eine Hexe entscheidet immer, was richtig und vernünftig wäre, und tut dann das genaue Gegenteil«, hatte er mit grollender Stimme gesagt.

Grace hatte sich bloß auf die Zunge gebissen und seinen Befehlen zugehört. Aryn hatte dem König vor einiger Zeit von Graces Unterhaltung mit Logren von Eredane berichtet. Jetzt wollte Boreas, daß sie Logren einen Besuch abstattete und herauszubekommen versuchte, warum sich Königin Eminda gegen den Krieg entschieden hatte, was sie bei dem Rat zu erreichen hoffte und – das war das wichtigste – was sie fürchtete.

Grace hatte protestiert. Doch der Versuch, zu erklären, daß Logren und sie sich nur einmal miteinander unterhalten und danach lediglich ein paarmal Grüße ausgetauscht hatten und sie alles andere als Freunde waren, war nutzlos gewesen. Sie hatte Aryn einen aufgebrachten Blick zugeworfen, den die Baronesse mit einem hilflosen Schulterzucken beantwortete, dann hatte Grace den Kopf gesenkt und die einzigen drei Worte gemurmelt, die garantierten, daß er auch morgen noch auf ihren Schultern ruhte.

»Ja, Euer Majestät.«

Das Stampfen von Stiefeln riß Grace aus ihrer Lähmung. Jemand kam den Korridor entlang. Sie klopfte so hart an die Tür, daß ihre Knöchel schmerzten. Sie wartete; das Herz schlug ihr bis zum Hals. Niemand antwortete. Die Schritte verstummten. Falscher Alarm, was das anging. Sie klopfte erneut, aber die Tür öffnete sich trotzdem nicht. Erleichterung durchströmte sie. Logren hielt sich wohl nicht in seinem Gemach auf – sie hatte einen Aufschub erhalten. Mit einem breiten Grinsen klopfte sie noch einmal, nur damit sie Boreas sagen konnte, daß sie ihr Bestes getan hatte.

»Kann ich Euch helfen, Mylady?«

Die tiefe und volltönende Stimme erscholl nicht hinter der Tür, sondern hinter ihr. Grace wirbelte herum, und irgendwo zwischen Lungen und Lippen stockte ihr Atem. Er war noch viel attraktiver, als sie in Erinnerung hatte. Seit dem ersten Bankett auf Calavere hatte sie nicht mehr so nahe vor ihm gestanden und in seine intelligenten Augen geblickt.

Erkennen flackerte in diesen Augen auf, und er lächelte.

Er hat gute Zähne.

Die Absurdität dieses Gedankens hätte sie beinahe auflachen lassen, aber auf dieser Welt hatten so viele Menschen schreckliche Zähne, falls sie überhaupt noch welche hatten. Doch seine waren weiß und gerade, und seine Haut war glatt und von keiner Krankheit gezeichnet. Da gab es nur die feine weiße Narbe, die über seine Wange lief, und die war wie eine Vase, die in einem ansonsten exquisit ausgestatteten japanischen Zimmer nicht an der richtigen Stelle stand – die einzige kleine Unvollkommenheit, die den Rest noch makelloser erscheinen ließ.

Er hob eine dunkle Augenbraue. Grace wurde bewußt, daß sie ihn zu lange angestarrt hatte. Sie mußte etwas sagen, egal was.

»Lord Logren, ich hatte gehofft, Euch hier zu finden.«

»Tatsächlich, Lady Grace? Und wen hattet Ihr außerdem noch hinter meiner Tür zu finden erwartet?«

Eine Welle der Panik schlug über ihr zusammen. Was wollte

er damit sagen? Hatte er sie an dem Tag dort im Garten stehen gesehen, wie sie zusah? Nein, sie reagierte übertrieben. In seinen Augen funkelte der Übermut. Er scherzte bloß.

Glücklicherweise sprach er weiter. Sie war nicht sicher, ob sie Worte gefunden hätte.

»Ich komme gerade von einer Besprechung mit meiner Königin und wollte mit Lord Olstin ausreiten. Er bittet mich schon seit Tagen, ihn zu begleiten.«

»Dann solltet Ihr besser gehen, Mylord«, sagte sie.

Er legte den Kopf schief. »Mylady, Ihr würdet mich so ohne weiteres einem solchen Schicksal überlassen?«

»Vornehme Herkunft hat ihren Preis.« Sie holte zischend Luft. Wo war das denn hergekommen?

»Das ist wohl wahr«, erwiderte Logren. »Aber wir sprechen hier von Lord Olstin von Brelegond, Mylady. Ich weiß, daß Ihr ihn kennt. Er reitet mit den Zügeln in der einen und einem Weinpokal in der anderen Hand. Ich nehme an, daß ich alle paar Minuten anhalten muß, bloß um ihn vom Boden aufzuklauben. Obwohl ich wetten möchte, daß sein kostbares Gewand ein ausgezeichnetes Kissen abgeben wird, wenn er fällt.«

»Ich glaube, man könnte mit jedem seiner Wämser mehrere große Stühle polstern«, sagte Grace.

Logren schlug die Hände zusammen und lachte. Zu ihrem Erstaunen fiel Grace in das Lachen ein, und es war ehrlich gemeint. Wie an dem Abend im Großen Saal hatte es den Anschein, als würde er ihr ihre Furcht nehmen und ein Gefühl der Ungezwungenheit vermitteln, nicht nur, was seine Gesellschaft betraf, sondern auch sie selbst.

»Was werden wir tun, um Euch vor diesem furchtbaren Schicksal zu retten, Mylord?« fragte sie nun mutiger.

Er rieb sich mit den langen Fingern das Kinn. »Wie Ihr schon anmerktet, Mylady, habe ich keine Wahl. Es sei denn …«

»Es sei denn was?«

»Es sei denn, mir würde jemand befehlen, nicht zu gehen. Natürlich könnte das nur ein Adliger tun, der einen höheren Rang als ich einnimmt.«

»Und wer steht über einem Ersten Berater, Mylord?«

»Ich fürchte, dazu braucht man mindestens einen Herzog«, sagte er ernst.

»Und wie wäre es mit einer Herzogin?«

Er schnippte mit den Fingern. »Das ginge auch.«

»Dann, Mylord, verbiete ich Euch, mit Lord Olstin auszureiten.«

Er legte eine Hand auf die Brust und verbeugte sich. »Wie Ihr wünscht, Mylady.«

Ein Schauder durchfuhr sie. Es war albern. Das war alles nur ein Spiel. Logren gehorchte nicht ihren Befehlen, er suchte bloß nach einer Ausrede. Trotzdem, es fühlte sich beinahe echt an.

»Darf ich Euch hereinbitten, Mylady?«

Er zeigte auf die Tür, und erst in diesem Augenblick wurde sie sich bewußt, daß sie in ihrer Verzagtheit bis zu dem Holz zurückgewichen war. Sie eilte zur Seite und ließ ihn die Tür öffnen. Bevor ihr überhaupt klar wurde, was sie da tat, war sie auch schon drinnen. Die Tür schloß sich hinter ihr, und sofort kehrte die Unsicherheit zurück. Sie war nicht hier, um mit dem Ersten Berater von Eredane Höflichkeiten auszutauschen. Sie war hier, um ihn auszuspionieren.

»Wein?«

Grace nahm den Pokal entgegen und umfaßte ihn mit beiden Händen. Er prostete ihr mit seinem Pokal zu und trank. Während er das tat, verschaffte sie sich ihren ersten Eindruck von seinem Raum. Er hatte nur einen Bruchteil von der Größe und Helligkeit ihres Gemachs. Das schmale Fenster sah auf eine nackte Steinmauer hinaus, und die wenigen Einrichtungsgegenstände waren bestenfalls solide und schmucklos.

Logren bemerkte ihren Blick. »Keine Sorge, Mylady. Das Zimmer ist von König Boreas nicht als Affront gemeint. Ich bat um ein schmuckloses Quartier. Ich ziehe es vor, in einer einfachen Umgebung zu leben. Es schärft meinen Verstand und erlaubt mir, mich auf meine Aufgaben zu konzentrieren. Ich fürchte, man kann sich so schnell von dem Prunk des Adels ablenken lassen und vergessen, was er eigentlich bedeutet.«

Grace trank ihren Wein. Langsam begann Interesse die Furcht zu ersetzen. »Und was bedeutet er, Mylord?«

»Von Adel zu sein, ist ein Privileg, aber es ist auch eine Pflicht. Diejenigen, die unter uns stehen, sind darauf angewiesen, daß wir für sie kluge Entscheidungen treffen und dafür sorgen, daß ihre Leben in geordneten, produktiven und sicheren Bahnen verlaufen.«

»Wolltet Ihr nicht sagen, sie unterdrückt zu halten?«

Er stellte den Wein ab. »Mylady, man bekommt keine Sicherheit, ohne nicht dafür etwas anderes aufzugeben. So funktioniert die Welt nun mal. Das Volk arbeitet für uns, das ist wahr. Aber im Gegenzug beschützen wir unsere Untertanen, versorgen sie mit Nahrung, wenn die Lebensmittel knapp sind, und bauen für sie Schreine für ihre Mysterien.«

Grace war sich darüber im klaren, daß sie diese Vorstellung mit Abscheu hätte erfüllen müssen. Trotzdem fanden Logrens Worte in ihr einen Widerhall. Es war falsch und unmöglich, aber in einer gewissen Weise ergaben sie für sie einen Sinn. Warum sollten die Stärkeren nicht führen – solange sie gut, gütig und weise waren?

Ihr kam ein Gedanke. »Und wer beschützt Euch, Mylord?«

Er drohte ihr mit dem Finger. »Nein, Mylady. So funktioniert das Spiel nicht. Macht ist gefährlich. Niemand beschützt die, die ganz oben stehen. Sie müssen sich selbst beschützen. Oder sie stürzen.«

Aufregung erfaßte sie. Das war ihre Chance. Sie nahm noch

einen Schluck Wein, um gleichgültig zu wirken, aber hauptsächlich, um ihre plötzlich ganz ausgetrocknete Kehle zu befeuchten. »Ihr meint, so wie Königin Eminda?«

Er sah sie an, dann hallte sein Applaus durch den Raum. »Gut gemacht, Mylady. Gut und geschickt gemacht. Beinahe wäre es mir entgangen, und ich habe ein Ohr für solche Dinge.«

»Was meint Ihr?« Entsetzen durchfuhr sie.

Logren trat an sie heran. Er roch nach Gewürzen. »Ihr wißt, wovon ich spreche, Mylady. Kluge Fragen, als verführerische Unterhaltung getarnt. Nein, habt keine Angst. Ich bewundere Eure Geschicklichkeit, und ich verstehe. Ihr seid König Boreas' Gast, und er wäre ein schlechter König, machte er sich nicht alles zu Nutzen, was ihm zur Verfügung steht – Ihr mit eingeschlossen –, um die Absichten der anderen am Rat beteiligten Könige und Königinnen zu erfahren.«

Grace fehlten die Worte. Sie kam sich wie ein Schmetterling vor, der auf ein Stück Karton aufgespießt worden war.

»Sorgt Euch nicht, Lady Grace. Ihr habt mich vor dem Ausritt mit Lord Olstin gerettet. Ich werde Euch als Gegenleistung nicht mit leeren Händen zu König Boreas zurückkehren lassen. Ich sage Euch frei heraus, warum sich Eminda beim Rat so entschieden hat.«

Grace brachte bloß ein Nicken zustande.

»Es gibt zwei Möglichkeiten, Mylady. Erstens: Der Fahle König ist ein Mythos – eine Geschichte, um kleine Kinder zu erschrecken oder Barden in Aufregung zu versetzen. Zweitens: Falken Schwarzhand hat recht, und der Fahle König rührt sich in der Tat wieder in Imbrifale. Nun, trifft die erste Möglichkeit zu und der Fahle König ist ein Mythos, dann wäre es blanker Unsinn, die Armeen der vereinigten Domänen in die nördliche Wildnis zu entsenden. Dort gibt es genügend reale Gefahren wie Banditen, Barbaren und Hunger, ohne ganz Falengarth auf der Suche nach eingebildeten zu durchqueren.«

Grace befeuchtete sich die Lippen. »Und wenn Falken recht hat?«

Logren musterte sie. »Ihr glaubt ihm, nicht wahr?« Er hob die Hand, um sie am Sprechen zu hindern. »Nein, streitet es nicht ab. Ich kann nicht mit Bestimmtheit sagen, ob Falken Schwarzhand wirklich das ist, was er behauptet zu sein, aber was auch immer die Leute über den Grimmigen Barden sagen, man sollte ihn keinesfalls auf die leichte Schulter nehmen. Doch sollte der Fahle König in der Tat aktiv sein, ist es genauso närrisch, die Armeen der Domänen nach Norden zu schicken. Es besteht nicht die geringste Aussicht, daß wir eine Armee von der Größe aufstellen, wie es den Geschichten zufolge Ulther und Elsara taten. Es ist besser, hier zu bleiben, die Domänen zu beschützen und nach den Imsari zu suchen, den Großen Steinen, die laut den Mythen den Schlüssel zur Macht des Fahlen Königs darstellen.«

Er nahm die Karaffe Wein und schenkte ihr nach. »Wie Ihr seht, Mylady, es gibt in beiden Fällen keinen Grund, die Domänen zum Krieg rüsten zu lassen. Königin Eminda kann schroff sein, das weiß keiner besser als ich, aber sie hat sich so entschieden, um Eredane und die anderen Domänen zu beschützen, und nicht, um ihnen zu schaden.«

Grace hob den Pokal mit zitternden Händen und trank. Sie mußte zugeben, daß Logrens Worte wieder einen Sinn ergaben. Boreas schien um jeden Preis den Krieg zu wollen, ohne andere Möglichkeiten in Erwägung zu ziehen. Sie war sich nicht sicher, ob sie anders als Königin Eminda entschieden hätte.

Die Wärme des Weins stieg in ihr auf, und jetzt ließ sie zu, daß sie sich an Logren satt sah. Sie hatte noch keinen Mann kennengelernt, der so ruhig, so von Vernunft beherrscht erschien. Und doch hatte sie ihn im Garten gesehen. Wie konnte jemand, der so klug war, sich von Kyrenes belangloser Magie einfangen lassen? Doch in dem Augenblick, in dem sie die

Frage stellte, kannte sie auch schon die Antwort. Logren war groß, attraktiv und stark. Seine Pflichten und sein schmuckloses Gemach konnten ihn unmöglich immer ausfüllen.

Grace stellte den Pokal ab. Auf jeden Fall war es eine Erleichterung, daß ihre wahren Absichten nun offengelegt waren, und sie hatte tatsächlich eine Antwort erhalten, die sie Boreas präsentieren konnte. »Es tut mir so leid, Euch auf diese Weise belästigt zu haben, Lord Logren. Ich werde jetzt gehen.«

Eine Hand auf ihrem Arm hielt sie davon ab, sich abzuwenden. »Mylady, ich habe Euch nicht gebeten zu gehen.«

Grace starrte die Hand an, als hätte er sie geschlagen. Seine Haut war dunkler als die ihre, große Adern zeichneten sich darunter ab. Sie sah ihn wieder im Garten, nackt in der Kälte, weiße Arme, die sich um seinen Rücken schlangen. Nur daß diesmal, als die Frau aufblickte, ihre Augen mit Gold gesprenkelt waren.

Grace riß den Arm zurück. »Nein …«

Er trat zurück und verneigte sich. »Wie Mylady wünscht. Ich entschuldige mich, sollte ich Euch zu nahe getreten sein.«

Nein, das hatte sie nicht gemeint. So war er nicht. Er war in jeder Weise ein Ehrenmann. Sie hatte sich selbst gemeint. Aber wie sollte sie ihm das erklären können?

»Ich muß gehen«, sagte sie.

Grace erinnerte sich später nicht mehr daran, seine Tür geöffnet zu haben. Als nächstes wurde sie sich bewußt, daß sie ziellos den Korridor entlanglief. Als sie das Bild von Logren im Garten heraufbeschworen hatte, war die Frau nicht Kyrene gewesen. Sondern sie selbst.

Und warum auch nicht, Grace? Warum solltest du es nicht sein? Man hat es dir gestohlen, und du hast dich so viele Jahre lang gefürchtet. Warum solltest nicht du es sein, die von nun an daraus ihre Kraft schöpft?

Sie schüttelte den Kopf, nahm die Umgebung wieder bewußt

wahr und erkannte, daß sie stehengeblieben war. Sie stand vor einer Tür. Neben dem Torbogen hing in einem Ständer ein Banner, gelb auf grün: Toloria. Dies war Königin Ivalaines Gemach. Grace schaute zu einem hohen Fenster hoch und sah ein Stück schiefergrauen Himmel. Irgendwo sangen Tauben ihr trauriges Lied. Eine Gänsehaut überkam sie – die Dämmerung war hereingebrochen.

Neben ihr raschelte es leise. Grace blickte in zwei große blaue Augen.

»Ich habe nicht geglaubt, daß ich kommen würde«, sagte Aryn mit leiser Stimme.

»Ich auch nicht.«

Ihre Hände fanden sich und ließen nicht los.

»Was auf Eldh tun wir da, Grace?«

Sie holte tief Luft. »Ich weiß es nicht.«

Die beiden Frauen hielten einander noch fester. Die Tür öffnete sich, und zusammen traten sie ein.

13

Am Morgen nach seiner Begegnung mit Rin nahm Travis die Studien bei den Runensprechern auf. Falken weckte ihn im kalten grauen Licht vor der Morgendämmerung.

»Es ist Zeit«, sagte der Barde.

Noch halb schlafend zog sich Travis das Wams über, hüllte sich in seinen Nebelmantel und stolperte nach draußen. Er ging schwerfällig über den gefrorenen Schlamm des Unteren Burghofs – der zu dieser frühen Stunde menschenleer war – bis zur Behausung der Runensprecher. Vor der Tür zögerte er mit klappernden Zähnen. Schließlich trug die Kälte den Sieg davon, und er klopfte. Die Tür öffnete sich, rauchiges Licht ergoß sich auf den Boden.

»Komm rein«, sagte eine scharfe Stimme.

Er gehorchte, und die Tür schloß sich hinter ihm.

Wie Travis bald entdecken sollte, hatten die Runensprecher zumindest etwas Gutes. Sie tranken viel Maddok. Stets kochte in dem schäbigen Hauptraum des Turms ein Topf der dunklen Flüssigkeit blubbernd über einer kupfernen Kohlenpfanne. An diesem ersten Tag leerte er ein halbes Dutzend Tassen, bis sein ganzer Körper vibrierte und sein Verstand so leicht und klar wie eine Glaskugel war. Nicht, daß es ihm viel genützt hätte.

»Weißt du, was das ist?« Jemis zeigte auf die Linien, die er mit einem Griffel auf eine Wachstafel gezeichnet hatte. Jemis war der ältere der beiden Runensprecher, ein dünner und hartgesichtiger Mann, der seine mittleren Jahre schon weit hinter sich gelassen hatte. Seine fadenscheinige Robe war weniger grau als vielmehr schmierig.

Travis schob die Brille hoch und studierte die Tafel im Schein der Kohlenpfanne. Der Turm war zugig, und sie saßen auf Decken so nahe am Feuer, wie sie wagten. Ja, das war eine der Runen, die Falken ihm beigebracht hatte. »Das ist die Rune des – aua!«

Travis hätte sich beinahe die Zunge durchgebissen, als Jemis ihm den Eisengriffel auf die Hand schlug. Er riß die schmerzenden Finger zurück. Das hatte *weh* getan.

»Falsch«, sagte Jemis mit einem Tonfall, der genauso beißend wie der Schlag war. »Du weißt gar nichts, Lehrling.« Die beiden Runensprecher hatten Travis von Anfang an klargemacht, welchen Platz er einnahm. »Was auch immer man dir zuvor beigebracht hat, vergiß es. Über welches Wissen du auch immer zu verfügen glaubst, wirf es wie Unsinn aus deinem Schädel. Du weißt nur das, was wir dir beibringen. Vergiß das nie, Lehrling.«

Rin reichte Travis eine dampfende Tasse *Maddok*. »Ich weiß, daß du vermutlich eine Menge Fragen hast, Travis. Aber du mußt uns vertrauen. Im Grauen Turm hat man die Lehrlinge seit Jahrhunderten auf die gleiche Weise ausgebildet. Die Lektionen mögen für dich nicht immer einen Sinn ergeben. Als ich anfing, haben sie auch keinen Sinn gemacht. Später, nachdem ich gelernt hatte, sah ich ein, daß es auf diese Weise tatsächlich am besten war.«

Das Gesicht des jungen Runensprechers war nichtssagend, aber seine braunen Augen waren voller Mitgefühl und sein Lächeln ehrlich. Travis nahm die Tasse entgegen, trank und stellte sie ab.

»Unterrichtet mich«, sagte er.

Die erste Lektion war einfach: Er hörte zu. Während Tauben in den hoch über ihnen befindlichen Dachbalken umherhuschten, erzählte Jemis die Geschichte von Olrig dem Dieb, jenem alten Gott, der den Drachen das Geheimnis der Runen stahl, zusammen mit der Kunst, Bier und Poesie zu erzeugen. Travis starrte die Kohlenpfanne an und ließ sich in ein Zeitalter entführen, das im Nebel der Zeit verschollen war. Damals war die Welt noch jung. Die Alten Götter hausten im Stein, den Flüssen und dem Himmel, und ihre Kinder, das Kleine Volk, lachten und sangen in den Wäldern. Und dann gab es noch die Drachen, die in ihren Gruben lauerten, schon zu Anbeginn der Zeit uralt – bösartig und schrecklich weise.

Die Geschichte endete. Feuerschein flackerte über Jemis' Gesicht.

»Aber was sind sie?« fragte Travis. »Die Runen, meine ich. Warum sind sie so wichtig?« Er bemühte sich, nicht mit dem Finger über die Fläche seiner rechten Hand zu streichen.

Es war Rin, der antwortete. »Vor der Welt gab es nichts. Oder vielmehr, es gab *alles*. Licht und Dunkelheit, Feuer und Eis, Nacht und Tag – das alles war in einem Meer aus Zwielicht vermengt, ohne Ende, ohne Zeit. Dann sprach der Weltenschmied die Erste Rune, die Rune Eldh, und alles veränderte sich.«

»Eldh?« Travis runzelte die Stirn – das ergab keinen Sinn. »Aber ist das nicht der Name dieser ... der Welt?«

»Ja, das ist richtig. Aber es ist auch der Name der Ersten Rune, und indem er ihn aussprach, erschuf der Weltenschmied die Welt und ließ sie sich in den Nebeln drehen.« Rin malte ein Rechteck auf die Wachstafel, dann teilte er es mit einem Strich in zwei Hälften.

»Danach verband der Weltenschmied die Rune Eldh mit dem Inneren des Dämmerungssteins, damit die Welt Beständigkeit erfuhr. Dann sprach er die Runen der Sonne und des Mondes und der Sterne, und sie traten in Erscheinung. Das war erst der Anfang. Himmel und Berge, Fluß und Ozean, Baum und Stein – als der Weltenschmied ihre Namen aussprach, erschienen sie, und für jeden Namen gab es eine Rune, deren Macht er mit dem Inneren Dämmerungsstein verband, damit alle Dinge auf der Welt niemals vergehen würden.«

Travis begriff langsam, und mit dem Verstehen kam wachsende Aufregung. »Also hat alles auf der Welt einen Namen? Und eine Rune, die dazugehört?«

Rin nickte. »Ja. Und wenn du eine Rune sprichst, beschwörst du die in ihr liegende Macht, genau wie der Weltenschmied am Anfang.«

Travis kratzte sich den Bart und versuchte alles zu verstehen, was Rin und Jemis gesagt hatten. Es war eine schöne Geschichte, aber auch nur ein Mythos, oder etwa nicht?

Ein Mythos wie die Phantomschatten? Wie die Feydrim?

»Da gibt es eine Sache, die ich nicht verstehe«, sagte er. »Ihr sagt, der gute alte Gott Olrig hat das Geheimnis der Runen verraten. Aber Falken sagte ... ich meine, ich dachte, daß niemand mehr an die Alten Götter glaubt.«

Jemis ließ die Hand auf die Tafel niedersausen und stieß sie zu Boden. Sowohl Travis wie auch Rin starrten ihn mit offenstehenden Mündern an.

»Sie sind Narren!« Die Augen des älteren Runensprechers funkelten im Licht der Kohlenpfanne. »Die Ersten zogen sich vor langer Zeit in die Nebel zurück, in das Zwielichtreich. Sie ließen die polternden und ungestümen Neuen Götter von Tarras in Falengarth wandeln. Ihre Zeit war vorbei. Aber glaubt nicht, daß es die Alten Götter nicht mehr gibt, nur weil sie fern von uns sind.« Er stand stocksteif da, bebte am ganzen Leib. »Eldh hat einst ihnen gehört, und das wird auch wieder so sein!«

Jemis erschauderte, und er strich sich mit der Hand über die

Augen. Jedes Leben schien aus ihnen gewichen, sie waren so matt wie Steine. »Deine erste Lektion ist zu Ende«, sagte er tonlos. Er drehte sich um, huschte die Stufen hinauf, die an der Innenseite des Turms spiralenförmig nach oben führten, und verschwand durch eine Tür.

Travis blickte Rin an. »Es tut mir leid.«

Rin schüttelte den Kopf. »Keine Sorge, Travis. Manchmal glaube ich, daß es einem, wenn man älter wird, schwerfällt zuzusehen, wie sich die Dinge verändern, das ist alles.«

»Glaubt Ihr, daß er recht hat? Glaubt Ihr, daß die Alten Götter zurückkehren?«

»Da liegen Käse und Brot, unser Mittagessen«, erwiderte Rin. »Du solltest etwas essen, bevor ich dir zeige, wie man den Griffel und die Tafel benutzt.«

Travis nickte und half Rin schweigend, die Mahlzeit vorzubereiten.

14

Travis verließ den verfallenen Turm der Runensprecher und griff nach den Säumen des Nebelmantels, als der Wind durch sein Wams schnitt. An jedem neuen Tag war es kälter als zuvor. Selbst im Winterwald war es seiner Erinnerung nach nicht so frostig gewesen wie hier, aber dort hatten die *Valsindar* einen gewissen Schutz vor den düsteren Wolken geboten, die vom Fal Threndur heruntergeweht waren.

Travis blickte zum Himmel auf. Er war hell und unbeweglich, von dunklen Wolken war keine Spur zu sehen. *Aber irgendwann werden sie heraufziehen, oder nicht? Es sind seine Wolken, die des Fahlen Königs. Im Augenblick verharren sie in der Nähe zu Imbrifale. Darum konnten Falken und ich sie nicht sehen, als wir den Winterwald verließen, als wir nach Kelcior reisten. Aber das wird nicht so bleiben, oder?*

Er zitterte, zog den Mantel enger und versuchte nicht darüber nachzudenken, wie lange es dauern würde, bevor er am Firmament die eisenschwarzen Wolken erblickte, die aus dem Norden kamen, um Calaveres neun Türme zu verschlucken.

Als er das Gemach betrat, das er sich mit Falken und Melia teilte, waren die beiden tief in eine Diskussion über den Rat der Könige verstrickt. Soweit es Travis mitbekam, war der Rat am Morgen wieder zusammengetreten, obwohl Falken bereits eine Abstimmung erzwungen hatte. Dem Barden zufolge war keine Abstimmung bindend, solange nicht alle Könige und Königinnen ihre Wahl getroffen hatten – und bis jetzt hatte Ivalaine sich enthalten. Nun sollte jeder Herrscher einen Bericht über den Zustand seiner oder ihrer Domäne abgeben. Jeder König und jede Königin bekam zwei volle Sitzungen zugestanden. Die Unterbrechungen mitgerechnet würde es mehr als vierzehn Tage dauern, bevor diese Phase der Versammlung abgeschlossen war – eine Tatsache, über die Falken natürlich nur wenig begeistert war.

Der Barde fuhr sich mit der Hand durch das schulterlange Haar. »Wir können hier nicht einfach rumsitzen und abwarten, während jeder kleine Berater eines jeden Herrschers sich in unerträglichen Einzelheiten über die Gesundheit der diesjährigen Kälber in jeder einzelnen Provinz seiner Domäne ausläßt.«

»Das kann ich schon«, sagte Melia. »Vor allem auf diesem Stuhl. Er ist sehr bequem. Ich glaube, es ist Roßhaar. Ich frage mich, ob König Boreas mir so einen Stuhl anfertigen lassen könnte.«

Falken starrte sie finster an.

»Außerdem ist manchmal Geduld gefragt, Falken«, fuhr Melia fort. »Ich hätte gedacht, daß von allen Leuten du das wissen solltest.«

»Und manchmal, wenn man zu lange wartet, wachst du auf und erkennst, daß alles, was dir wichtig ist, zu Staub zerfallen ist.«

Melias Miene drückte Mitgefühl aus, ihre Stimme war sanft. »Keine Angst, Falken. Nur das erste Siegel des Runentors ist gebrochen. Wir haben noch immer Zeit, und es ist durchaus möglich, daß sich der Rat zu einer Mobilmachung entscheidet. In der Zwischenzeit können wir mit dem weitermachen, was wir bis jetzt getan haben – beobachten und lernen. Dieses Wissen wird uns helfen.«

Falken grunzte, verzichtete aber auf eine Antwort.

Travis nahm den Umhang von den Schultern und legte ihn auf sein Bett. Melia bemerkte seine schlammverkrusteten Stiefel.

»Wie rücksichtsvoll von dir, ein wenig von dem Hof ins

Gemach zu tragen, Travis, wo du doch weißt, wie ungern ich in der Kälte nach draußen gehe.«

»Äh, keine Ursache«, sagte er lahm.

Melias Gesichtsausdruck war nicht ganz so nachgiebig wie Granit.

Er unternahm noch einen Versuch. »Ich hole einen Lappen.«

Sie lächelte und lehnte sich in ihren Stuhl zurück. »Ich glaube, so langsam verstehst du, mein Bester.«

»Du bist früh hier«, sagte Falken, als Travis den Dreck vom Boden aufwischte.

»König Boreas hat Rin und Jemis zu sich befohlen«, erzählte Travis auf Händen und Knien.

»Vermutlich will er wissen, was ihre Runen über den Rat zu sagen haben.« Der Barde runzelte die Stirn. »Und wie läuft's?«

»Ganz gut. Nur daß ich noch keine einzige Rune gesprochen habe. Jemis läßt mich den ganzen Tag mit Tafel und Griffel üben.«

»Gut.«

Es war nicht nötig, daß Falken mehr sagte. Travis würde den Zwischenfall in dem *Talathrin* nie vergessen, als er *Lir*, die Rune des Lichts, falsch zeichnete.

Das schwarze Kätzchen hatte wieder auf Melias Schoß Platz genommen – das winzige Wesen schien nach Belieben aus den Schatten springen und sich wieder in Luft auflösen zu können. Außerdem biß es Travis mit Begeisterung in die Knöchel. Er behielt das Tier im Auge.

»Nun, ich bin sicher, daß wir etwas für Travis zu tun finden«, sagte Melia.

»Habt Ihr Beltan gesehen?« fragte er in hoffnungsvollem Tonfall.

Melia starrte wortlos ins Feuer. Vielleicht war es das flackernde Licht, aber ihr majestätisches Gesicht sah traurig aus.

»Er ist beschäftigt«, sagte Falken schroff.

Was hatte das nun wieder zu bedeuten? Seit der Ankunft auf Calavere verhielt sich Beltan merkwürdig, und wie gewöhnlich wollte keiner darüber sprechen. Travis vermißte den blonden Ritter. Er seufzte und schrubbte weiter.

Ein Pochen an der Tür ließ alle zusammenzucken. Travis glaubte, es müsse sich um Beltan handeln, aber als Falken die Tür öffnete, stand nicht der schlanke Ritter auf der Schwelle.

»Lady Grace«, sagte Falken. »Wollt Ihr nicht hereinkommen?«

»Ja … danke.«

Erneut kam Travis der Gedanke, wie sehr sie doch hierher zu gehören schien. Er versuchte sie sich in Chirurgenkittel und Maske vorzustellen, ein Skalpell in der Hand. Es war machbar, aber das Bild der Lady in dem purpurfarbenen Gewand überlagerte ständig das Bild der Ärztin.

Melia stand auf, und das Kätzchen landete mit einem Schnurren auf dem Boden.

»Guten Tag, Lady Grace.« Melia konnte ihre Neugier nur schlecht verbergen.

Seit der ersten Zusammenkunft des Rates vor vier Tagen hatte keiner von ihnen mehr mit Grace gesprochen, dem Morgen, an dem sie das Verschwinden des Feydrims aus ihrem Kleiderschrank entdeckt hatten. Travis hatte Falken und Melia von seiner Entdeckung erzählt: daß Grace genau wie er von der Erde stammte. Die beiden hatten das von großem Interesse gefunden und ihm viele Fragen gestellt – war er Grace je zuvor begegnet, kannten sie dieselben Leute, hatten sie dieselben Orte besucht? Doch was sie über Grace und seine Antworten dachten, hatten sie für sich behalten.

»Möchtet Ihr etwas zu trinken?« fragte Falken.

»Nein«, sagte sie. Dann holte sie tief Luft. »Das heißt … danke. Ich … ich hoffte, mit Travis sprechen zu können.«

Travis fiel der Lappen aus der Hand und platschte zu Boden. Erst als Melia das Wort ergriff, wurde er sich bewußt, daß er ihre Besucherin anstarrte.

»Willst du der Lady nicht antworten, Travis?«

Travis sprang auf die Füße und wischte sich die Hände am Wams ab. »Natürlich. Mit dem größten Vergnügen, Grace.« Er blickte Melia an. »Wenn das in Ordnung geht?«

»Ich bin sicher, wir finden eine Möglichkeit, auch ohne dich zurechtzukommen, Travis.«

»Es wird nicht lange dauern«, sagte Grace.

Er folgte ihr aus dem Gemach, die Tür schloß sich, und sie standen allein im Korridor.

»Es ist schön, dich zu sehen, Grace«, sagte er.

Grace starrte die Tür stirnrunzelnd an. »Sie läßt dich den Boden wischen?«

Travis war verblüfft. Ihre Stimme klang so hart.

»Es war mein Fehler«, sagte er. »Ich habe Schmutz ins Gemach getragen. Wirklich, Melia ist gar nicht so übel. Aber egal, es tut mir leid, daß ich dich nicht besucht habe, Grace, aber ich war beschäftigt. Ich war bei den Runensprechern des Schlosses zum Unterricht.«

»Schon in Ordnung«, erwiderte sie. »Ich habe auch gelernt … ich meine, auch ich war beschäftigt. Aber ich habe nicht vergessen, was du gesagt hast, daß du die Tür sehen wolltest, die mit dem Symbol, von dem ich dir erzählte.« Sie klang nun zögernd. »Soll ich sie dir noch immer zeigen, Travis?«

Er bekam eine Gänsehaut. Er war sich nicht sicher, ob er irgend etwas sehen wollte, das möglicherweise mit dem Rabenkult zu tun hatte, aber er nickte trotzdem.

»Bring mich dorthin.«

Auf dem Weg durchs Schloß übernahm Grace die Führung. Diener beeilten sich, ihr aus dem Weg zu gehen, obwohl sie es kaum wahrzunehmen schien. Sie bewegte sich voller Selbstbewußtsein und navigierte mühelos durch die vielen Abzweigungen und Gänge. Mehr als nur einmal musterte Travis sie erstaunt aus dem Augenwinkel. Sie gehörte wirklich hierher.

Erst als sie stehenblieb, wurde er sich bewußt, daß sie sich in einen ruhigeren Teil des Schlosses begeben hatten. Der Korridor endete in einem Alkoven, in dem ein schmales Fenster eingesetzt war. Dahinter schimmerte ein Stück blauer, kristallklarer Himmel. Es hätte beinahe Colorado sein können, obwohl er genau wußte, daß das unmöglich war.

»Es war hier«, sagte Grace.

»Was war hier?«

»Die leisen Glocken.«

Ein Schauder kroch sein Rückgrat hinauf. Sie brauchte nicht mehr sagen.

Grace schob sich ein paar aschblonde Haarsträhnen hinters Ohr und trat auf das Fenster zu. Travis folgte ihr und blickte ihr über die Schulter. Durch das Glas sah er von Steinwällen eingezäunte Felder. Eine Meile weiter fielen die Felder ab, und obwohl er es nicht sehen konnte, wußte er, daß es sich hier um das Tal handelte, durch das der Fluß Dunkelwein floß. Jenseits davon befanden sich Calavans nördliche Moore. Er konnte gerade noch eine dunkelgrüne Linie ausmachen, die am Horizont schwebte. Falken hatte sie ihm auf den Zinnen gezeigt: der Dämmerwald.

Grace drehte sich um. »Es kann nicht weit von hier gewesen sein. Da bin ich mir sicher.« Sie bog in einen links abzweigenden Gang ein, kam zurück und ging weiter geradeaus. Ein Stück weiter bog sie erneut links ab, nickte und beschleunigte ihre Schritte.

»Da«, sagte sie, als sie stehenblieb. »Da habe ich ihn gesehen.« Sie zeigte auf eine Tür zu ihrer Rechten. Sie war verschlossen.

»Der Mann in der schwarzen Kutte«, sagte Travis.

»Ja. Er ließ dies zurück.« Grace griff in den Beutel an ihrer Taille, holte einen in ein Filztuch eingewickelten Gegenstand heraus und schlug das Tuch zurück. Es war ein Dolch mit einem polierten schwarzen Griff.

Travis sah sich den Dolch genau an, dann gab er ihn ihr zurück und richtete die Aufmerksamkeit auf die Tür. Das ins Holz eingeritzte Symbol war nicht komplett, aber die beiden gebogenen Linien waren unverkennbar.

»Das ist das gleiche Symbol, von dem du mir erzählt hast, nicht wahr?« fragte Grace. »Das du auf der Hinreise gesehen hast.«

Travis nickte wortlos. Er zwang sich, das Symbol zu betrachten. Ja, es hatte den Anschein, als hätte der Zeichner angefangen, darunter zwei sich kreuzende Linien einzuritzen. Ein X.

»Was ist das noch mal?« sagte Grace hinter ihm. »Das Symbol irgendeines Kultes?«

Er drehte sich um. »Der Rabenkult. Das ist ein Mysterienkult, wie der Kult von Vathris, nur daß er neu ist. Ich habe in Calavan keine seiner Anhänger gesehen, aber in Eredane gab es eine Menge, und, wie Falken und Melia sagten, in den anderen Domänen auch.«

»Ich frage mich, was in dem Raum ist?« Grace griff nach der Türklinke, dann hielt sie inne und blickte auf. »Vielleicht sollten wir erst Lord Alerain um Erlaubnis fragen.«

»Und was sollen wir ihm sagen, was wir dort zu finden hoffen? Kleine Menschen mit Glöckchen?«

Grace biß sich auf die Unterlippe. »Gutes Argument.«

Sie drückte die Klinke herunter. Ein Klicken ertönte, und die Tür öffnete sich. Sie sahen in beide Richtungen den Korridor entlang, aber es war niemand zu sehen. Zusammen traten sie durch die Tür.

Der Raum war ziemlich dunkel – es gab kein Fenster, nur das Licht, das aus dem Korridor hereindrang –, und Travis' Augen brauchten einen Augenblick, um sich daran zu gewöhnen. Überall um sie herum wuchsen Umrisse in die Höhe, einige rund, andere wiederum rechteckig, flach oder klumpig.

»Eine Abstellkammer.«

Grace hatte noch nicht zu Ende gesprochen, als Travis bereits erkannte, daß sie recht hatte. Der Raum war voller Fässer, Kisten und Säcke – die Umrisse, die er gesehen hatte.

Er kratzte seinen Bart. »Was ist an einer Abstellkammer so wichtig?«

Grace schüttelte den Kopf.

Sie durchsuchten die Kammer noch ein paar Minuten lang, fanden aber nichts Besonderes. Die Kisten enthielten verrottetes Leintuch, und die Fässer waren dem Geruch nach zu urteilen mit einer Art gesalzenem Fisch gefüllt. Die Luft war feucht, und Travis entdeckte bald den Grund dafür. Aus einer Öffnung tropfte Wasser. Diese Öffnung hatte vielleicht einen Durchmesser von einem Meter und führte nach oben in die dicke Steinmauer hinein. Als Travis sie näher in Augenschein nahm, spürte er einen kalten Luftzug im Gesicht. Es war ein Ventilationsschacht. Er erinnerte sich daran, als Kind ein Buch über Schlösser gelesen zu haben, das Querschnitte zeigte, die man diversen Stellen des Gebäudes entnommen hatte. Mittelalterliche Schlösser waren wohl mit Ventilationsschächten durchlöchert gewesen. Sonst wäre in einem feuchten Klima alles in ihnen sofort verrottet.

Travis und Grace begaben sich zurück in den Korridor und schlossen die Tür hinter sich.

»Es scheint hier nichts Wichtiges zu geben«, sagte Travis.

Grace verschränkte die Arme über der Brust. »Aber der Mann, den ich sah, der Anhänger des Rabenkults, er muß sich diesen Raum aus einem ganz bestimmten Grund ausgesucht haben.«

Travis zuckte mit den Schultern. Er vertrat dieselbe Meinung, aber welche Absichten der Kultanhänger auch verfolgt hatte, der Inhalt dieses Abstellraums gab keinen Hinweis darauf. Ihm kam ein Gedanke. »Grace, vielleicht ist das ja nicht der einzige Raum. Wenn der Mann eine Tür markiert hat, kann er auch andere markiert haben. Wenn wir noch andere finden würden, könnten wir vielleicht die Gründe für sein Handeln herausfinden.«

Graces Augen leuchteten auf, und sie wollte etwas erwidern. In genau diesem Augenblick drang das Gurren einer Taube durch ein Fenster in der Höhe. Beide blickten auf. Der blaue Himmel hatte eine schiefergraue Färbung angenommen.

»Oh!« sagte Grace. »Ich muß gehen. Ich habe ... ich muß los.«

»Schon gut«, erwiderte er. »Ich sollte auch zurückgehen. Wir können später nach weiteren Türen suchen.«

Sie nickte und wandte sich ab, dann drehte sie sich aber noch einmal um und griff unbeholfen nach seiner Hand.

»Danke, Travis, daß du mich begleitet hast.«

»Danke, daß du mich darum gebeten hast.«

Sie drückte seine Hand, ließ sie los und eilte den Korridor entlang. Er blickte ihr lächelnd hinterher. Es hatte fast schon Spaß gemacht, zusammen mit Grace im Schloß umherzuwandern. Dann fiel sein Blick wieder auf das Symbol an der Tür, und das Lächeln erlosch.

15

Grace war der festen Überzeugung, daß sich Kyrene diesen Ort nicht zufällig für ihr Treffen ausgesucht hatte. Sie bog um eine Ecke des Heckenlabyrinths und trat in die abgeschiedene grüne Grotte.

»Da seid Ihr ja, meine Liebe. Ich dachte schon, Ihr hättet es Euch anders überlegt und entschieden, nicht zu kommen. Oder daß Ihr Euch in dem Labyrinth verirrt hättet …«

Grace stellte beide Füße fest auf den gefrorenen Boden und widerstand dem Drang, sich umzudrehen und loszulaufen wie beim letzten Mal. »Ich bin hier«, sagte sie.

Kyrene trat auf sie zu. Die Gräfin trug einen Umhang aus Fuchs, den silbrigen Pelz nach innen gedreht. Ihre Wangen waren vor Kälte gerötet. »Kommt, Schwester.« Sie streckte die Hand aus. »Ich habe Euch viel zu lehren.«

Da bin ich mir sicher, meine Liebe. Doch Grace verkniff sich die Worte. Sie zögerte, dann akzeptierte sie Kyrenes Hand und betrat die Grotte.

Seit dem Abend, an dem Grace und Aryn Ivalaines Gemach betreten hatten, waren fünf Tage vergangen, und Grace war sich nicht sicher, ob sie nun eine bessere Vorstellung davon hatte, was es bedeutete, eine Hexe zu sein. Nachdem Aryn und sie durch Ivalaines Tür geschritten waren, hatten sie unbedingt lernen wollen, waren begierig gewesen, die Wahrheit über die Hexen zu erfahren, was sie eigentlich wollten … und was sie vollbringen konnten. Sie hatten Enthüllungen erwartet. Statt dessen waren sie nur noch mit mehr Geheimnissen konfrontiert worden.

»Wo fangen wir an?« hatte Grace Ivalaine an diesem Abend atemlos und wissensdurstig gefragt.

Die Königin von Toloria war anscheinend über ihr Kommen nicht überrascht gewesen. »Könnt Ihr weben, Lady Grace?«

Grace schüttelte den Kopf.

»Dann werdet Ihr damit beginnen.«

Grace verbrachte den Rest des Abends und viele Stunden danach damit, in dem Gemach der Königin vor einem Webstuhl zu sitzen und zu lernen, wie man die Pedale bediente und das Webschiffchen durch die Stränge der Kettfäden hin und her zog. Sie arbeitete, bis ihr Rücken schmerzte und ihr der Kopf dröhnte. Sie konnte sich nicht erinnern, seit dem Anfang ihrer Assistenzarztzeit im Denver Memorial je so müde, benommen, erfüllt und überlastet gewesen zu ein. Und doch war sie gut darin. Weben unterschied sich kaum vom Zunähen von Wunden.

»Haltet jeden Faden im Auge«, murmelte Ivalaine oft, während Grace arbeitete. »Folgt seiner Linie, seht, wie er neben den anderen Fäden verläuft. Jeder ist einzeln für sich, und doch sind sie alle miteinander verflochten. Zusammen erschaffen sie etwas, das viel stärker als der einzelne Faden und doch ebenso geschmeidig ist.«

Bald verschmolzen die Worte der Königin mit dem Surren des Schiffchens, dem Schnappen der Pedale. Nachts schloß Grace die Augen und träumte, in dem Webstuhl gefangen zu sein.

Aryn konnte bereits weben – offensichtlich war das etwas, das adlige Damen auf dieser Welt zu lernen hatten –, also blieb ihr diese Aufgabe erspart. Doch Ivalaine hatte für die Baronesse eine andere Arbeit vorgesehen. An jenem ersten Abend hatte die Hofdame der Königin, die rothaarige Tressa, Aryn fortgeführt. Als Grace Aryn wiedersah, war es spät und sie beide erschöpft gewesen. Die linke Hand der Baronesse war schmutzig gewesen, ihre Wangen und das Gewand waren ebenfalls beschmutzt.

»Gartenarbeit«, hatte Aryn mit einer Mischung aus Empörung und Erstaunen gesagt. »Sie hat mich Gartenarbeiten ausführen lassen.«

Grace hatte nicht gewußt, was sie darauf antworten sollte. »Was hast du gepflanzt? Medizinische Kräuter?«

»Nein. Rüben.«

In den vergangenen Tagen hatte es keine Erklärungen gegeben. Der Rat der Könige war vor zwei Tagen erneut zusammengetreten, also blieben nur die Abende für ihre Studien. Grace und Aryn begaben sich in Ivalaines Gemach, wenn sie konnten – und wenn sie glaubten, daß König Boreas es nicht bemerkte. Andererseits war es ja nicht so, daß Grace den König verriet. Zumindest redete sie sich das ein. Doch sobald sie Ivalaines Gemach betreten hatte, schien sie nie die passende Gelegenheit zu finden, die tolorianische Königin nach dem Grund für ihre Stimmenthaltung beim Rat zu fragen. Es gab so vieles andere, das sie in Beschlag nahm.

Wie das Weben. Zuerst befürchtete Grace, der Webstuhl könnte ihre Hände verkrüppeln, aber dann hatte sie Schwielen entwickelt, und das Schiffchen schien kaum mit ihnen in Kontakt zu kommen, während es hin und her flog. Langsam nahm unter ihren Fingern ein Bild Gestalt an. Es war ein Garten in der Dämmerung, purpurn und grün und geheimnisvoll. Als sie das Gemach der Königin am gestrigen Abend betreten hatte, hatte sie sich beinahe schon auf das Weben gefreut.

Der Webstuhl war verschwunden gewesen.

»Es ist Zeit für neue Lektionen«, hatte Ivalaine gesagt. »Lady Aryn, Ihr werdet weiterhin mit Tressa lernen, obwohl ich glaube, daß ihr mit dem Gärtnern fertig seid. Und da ich von dem Rat in Beschlag genommen werde, werdet Ihr eine neue Lehrerin bekommen, Lady Grace.«

Erst in diesem Augenblick hatte Grace die andere Person gesehen, die im Raum stand. Smaragdgrüne Wolle raschelte.

Sie trat vor, korallenrote Lippen verzogen sich zu einem Lächeln.

»Lady Grace, es ist Zeit zu lernen, was es wirklich bedeutet, eine Hexe zu sein.«

Grace erschauderte und konzentrierte sich wieder auf den eisigen Garten.

»Was muß ich tun?«

Kyrene runzelte die Stirn; es war ein hübsches Stirnrunzeln. Sie mußte es viele Male vor dem Spiegel geübt haben. »Das ist die falsche Frage, Lady Grace.« Sie kam näher heran. »Was *möchtet* Ihr tun?«

Grace wollte den Kopf schütteln. Was meinte Kyrene? Es spielte keine Rolle, was sie ...

Nein, sie wußte es. Alles um sie herum war immer so fern, so entrückt. Aber sie wollte es berühren, wie die Fäden des Webstuhls unter ihren Fingern – die üppige Pracht des Wintergartens. »Ich will fühlen«, sagte sie. »Ich will alles fühlen.«

Ein Lächeln umspielte Kyrenes roten Mund. Sie nahm Graces Hand und führte sie tiefer in die Grotte. Sie blieben stehen, und die Gräfin fing an, die Schärpe um Graces Taille zu öffnen.

Grace wich zurück. »Was soll das?«

»Ihr braucht diese Kleidung nicht.«

»Aber es ist eiskalt ...«

Kyrenes sonst so weiches Gesicht nahm einen Ausdruck der Strenge an. »Ich bin Eure Lehrerin, Schwester.«

Grace spannte sich. Kyrene war eitel, vielleicht sogar gefährlich. Doch sie wußte Dinge – Dinge, die Grace lernen wollte. Sie senkte die Arme und trat vor.

Die Gräfin fuhr mit geschmeidigen Händen über Graces Gewand, entknüpfte Knoten, zog Träger herunter. Grace stand stocksteif da und starrte geradeaus in die Heckenmauer. Seit ihrem Aufenthalt im Beckett-Strange-Heim für Kinder hatte die Vorstellung, vor anderen nackt zu sein, ihr Entsetzen eingejagt. Das war durchaus logisch, die Ärztin in ihr wußte das. Lange nachdem die Male verschwunden waren, war die Furcht geblieben, als könnten die anderen noch immer die Stellen sehen – wie Schatten auf der Haut –, an denen man sie berührt hatte.

Das Gewand rutschte zu Boden, und Grace entschlüpfte ein leiser Aufschrei, als die Winterluft einen neuen, eiskalten Mantel um ihren Körper legte. Sie fing an zu zittern.

»Es ist kalt«, sagte sie durch die klappernden Zähne.

»Das muß es nicht sein, meine Liebe.«

»Was … was meint Ihr?«

Kyrene deutete auf die Mauern aus ineinander verschlungenen Sträuchern und Zweigen um sie herum. »Man muß nicht frieren, wenn um einen herum soviel Leben ist.«

»Ich verstehe nicht.« Die Luft war feucht. In dieser Umgebung brauchte es nur wenige Minuten, bevor die ersten Symptome der Hypothermie einsetzten. Auf dieser Welt war sie bereits einmal beinahe erfroren, und sie hatte nicht vor, es noch einmal zuzulassen.

Kyrene blickte sie bloß an, und ihr Lächeln glich einer roten Schlange.

»Sagt es mir«, verlangte Grace. Sie wußte, daß Kyrene genau das wollte, daß sie bettelte, aber es war ihr egal. Sie mußte es wissen. »Sagt es mir, bitte!«

In den Augen der Gräfin blitzte Zufriedenheit auf. »Aber natürlich, Schwester. Ihr brauchtet nur zu fragen.«

Kyrene stellte sich neben sie und murmelte ihr ins Ohr: »Schließt die Augen, meine Liebe.«

Grace gehorchte.

»Jetzt greift zu und berührt das vor Euch wachsende Immergrün.«

Es schien ein seltsamer Befehl zu sein, aber Grace hob die Arme, um zu gehorchen.

»Nein, Schwester, nicht mit den Händen. Ihr habt die Gabe. Greift mit Eurem Bewußtsein zu, berührt es mit Euren Gedanken.«

Wovon redete Kyrene da? Grace schüttelte den Kopf. »Ich kann nichts mit meinen Gedanken berühren.«

Kyrenes Flüstern war leise und so kalt wie Schnee. »Dann werdet Ihr erfrieren, Schwester.«

Graces Körper wurde mittlerweile von Krämpfen geschüttelt, aber ihr war klar, daß die bald aufhören und eine unwiderstehliche Schläfrigkeit sie überwältigen würde. Das war der Anfang vom Ende. Grace wollte einen Schritt machen, aber Kyrenes Worte summten in ihrem Schädel, und sie fühlte sich wie angewurzelt, als wäre sie selbst ein Baum, schlank und bleich, blattlos im Winter.

»Berührt sie, Grace. Tut es …«

Nein, es war unmöglich. Oder doch nicht? Da war dieser Tag in ihrem Gemach gewesen, der Tag, an dem sie Kyrene kennengelernt hatte. Sie erinnerte sich wieder. Es hatte sich angefühlt, als wäre etwas – jemand – nahe an sie herangetreten, zu nahe, nur diesmal stieß sie nicht weg, sondern *griff* zu.

In ihrem Bewußtsein war es dunkel, sie fühlte nur Kälte.

»Tut es, Schwester.« Die Stimme war ein Eiszapfen in ihrem Gehirn. Sie haßte sie, wollte, daß sie verschwand. »Greift danach.«

Sie konnte es nicht tun, ihr ganzes Wesen war spröde und zerbrechlich, sie würde hier erfrieren, hier im Garten. Sie streckte sich, sandte ihr Bewußtsein weit aus, aber da war nichts, was man berühren konnte. Dort gab es nur Eis und Schwärze und …

… und Wärme. Grüne, goldene Wärme. Sie fuhr die Oberfläche von Graces Bewußtsein entlang, flammte auf wie eine

Kerze in einem dunklen Raum und war wieder verschwunden. Verzweifelt tastete Grace mit ihrem Bewußtsein ein Stück zurück. Dort … dort war es, ein Leuchtfeuer im leblosen Schlamm. Es war so schön, so sanft und hell. Wie hatte sie es zuvor nur verfehlen können? Sie lächelte, und alles schien plötzlich so einfach zu sein.

Grace griff zu und berührte das Licht.

Sie riß die Augen auf. Die Luft im Garten war noch immer eiskalt, das fühlte sie, aber sie selbst war warm – wunderbar, köstlich warm. Die Wärme strömte wie die milde Brise eines Sommerwaldes über ihren Körper und durch ihn hindurch, bis ihre Haut glühte. Sie holte tief Luft und roch das Grün.

»Ja, das ist es, meine Liebe«, schnurrte ihr eine triumphierende Stimme ins Ohr. »Ich wußte, daß Ihr die Kraft habt.«

»Aber was ist das?« Noch nie zuvor hatte sich Grace so sehr wie ein Teil von etwas anderem gefühlt.

»Das ist die Weltenkraft.«

Kyrene stand vor ihr. Grace hatte nicht bemerkt, daß die Gräfin Pelzumhang und Gewand abgestreift hatte, aber sie stand nun nackt da, die Haut vor Wärme gerötet.

»Die Weltenkraft?«

»Das ist die Macht, die allen lebenden Dingen innewohnt. Sie ist im Immergrün, in den Hecken, in dem Moos zwischen den Steinen. Sie ruht in allem, was lebt, und sie fließt in einem unvorstellbar großen Netz, das alles miteinander verbindet.«

Grace schloß wieder die Augen. »Ja, ich kann es fühlen. Das Immergrün. Und den hohen Baum am Rande der Grotte – seine Blätter sind abgefallen, aber ich kann sehen, wie sich das Leben noch immer in ihm bewegt. Und da! Da verbirgt sich eine Maus hinter den Steinen und beobachtet uns. Ich habe noch nie … ich habe noch niemals so etwas gefühlt.«

»Ich glaube, das habt Ihr doch, Lady Grace. Seid Ihr keine Heilerin?«

Grace wollte den Kopf schütteln, aber sie wußte, daß in Kyrenes Worten eine gewisse Wahrheit lag.

Die Gräfin griff in ihr am Boden liegendes Gewand und zog einen kleinen Tontiegel hervor. Er enthielt mit Duftkräutern versehenes Öl. Sie rieb Graces Körper mit dem Öl ein. Zuerst versteifte sich Grace – es war so lange her, daß sie es zugelassen hatte, daß jemand anders sie berührte – aber die Finger der Gräfin waren geschickt und beruhigend. Sie entspannte sich, und Wärme hüllte sie in einem goldenen Schimmer ein. Sie wußte nun, wieso die beiden trotz der Kälte und ihrer nackten Haut nicht in der Grotte gefroren hatten.

»Ja, Ihr habt es schon zuvor gespürt, Schwester. Das bedeutet es, eine Hexe zu sein – die Gabe zu haben, die Weltenkraft zu fühlen, sie berühren zu können und sie zu formen.« Kyrenes Worte wurden zu einem leisen Summen. »Hört mir zu, Schwester. Einst waren wir alte Vetteln: Kräuterweiblein und Wahnsinnige. Wir waren häßlich, und man verachtete uns. Die Leute warfen Steine nach uns und verbrannten uns auf dem Scheiterhaufen. Aber jetzt … seht, was wir jetzt sind, Schwester.«

Kyrene zeigte auf eine Pfütze am Boden, Schnee, den die aus ihnen entströmende Hitze geschmolzen hatte. Zwei Frauen blickten aus dem silbrigen Wasser empor, nackt und schön; Augen leuchteten smaragd- und jadegrün. Sie waren ätherische Wesen – Wesen der Macht.

»Ja, sieh uns an, Schwester«, flüsterte Kyrene überschwenglich. »Wir sind keine alten Weiber mehr. Nun sind wir Frauen von hoher Stellung und Macht – wunderschön, strahlend und stark!«

Grace holte erschaudernd Luft. Die Bäume, die Schlingpflanzen, das Moos. Wie taub und tot mußte ihre bisherige Existenz doch gewesen sein, denn in diesem Augenblick fühlte sich Grace wirklich lebendig – zum ersten Mal in ihrem Leben.

»Mehr«, sagte sie. »Ich will mehr fühlen.« Sie schloß die Augen, fing an, weiter, tiefer hinauszugreifen.

Kälte fiel wie ein schwarzer Vorhang um sie herum und sperrte die goldene Wärme aus; sie riß die Augen auf. In einem Herzschlag war das Zauberwesen verschwunden und sie wieder nur Grace, nackt, knochig und am ganzen Leib zitternd.

Kyrenes Blick war berechnend. »Ich glaube, für heute reicht es, Schwester. Es zahlt sich nicht aus, zuviel zu früh zu trinken.«

Graces Zähne schlugen vor Kälte so heftig aufeinander, daß sie beinahe abgebrochen wären. *Das hat dir Spaß gemacht, nicht wahr, Kyrene? Mir etwas zu geben, um es mir dann zu nehmen.*

Doch sie sagte nichts. Sie schlüpfte in ihr Gewand, um sich vor der Kälte zu schützen, und ließ Kyrene und den Garten hinter sich, um wieder in die kalten, leblosen Steinwände des Schlosses einzutauchen.

16

An einem kalten Nachmittag, zwei Tage nachdem er sich mit Grace die Tür angesehen hatte, hörte Travis von den Tarnwörtern.

»Runen zu sprechen ist immer gefährlich«, sagte Jemis.

Vor dem schmalen Fenster des Turms fiel weicher Schnee. Die Tauben drängten sich um Wärme bemüht auf den Dachsparren des zugigen Turms. Travis und die beiden Runensprecher taten es ihnen vor der Kohlenpfanne gleich.

Rin fuhr fort. »Selbst wenn du den Namen einer Rune nur flüsterst, bist du nicht vorsichtig, beschwörst du unter Umständen einen Teil ihrer Macht herauf. Aus diesem Grund benutzen wir Wortbilder, um über Runen zu sprechen.«

Travis zog den Nebelmantel enger. »Wortbilder?«

Rin zeigte auf eine der Runen auf Travis' Tafel. *Sindar.* Silber. »Das ist Ysanis Träne.« Er zeigte auf eine andere Rune. Es war *Fal.* Berg. »Und das ist Durnachs Knochen.«

Ysani. Durnach. Travis erkannte die Namen wieder; sie stammten aus Jemis' Geschichten über die Schöpfung Eldhs. Das waren Alte Götter, so wie Olrig Einhand. Er verstand. Warum nicht in einem Code über Runen sprechen? Auf diese Weise bestand keine Gefahr, ihre Macht heraufzubeschwören, man konnte keine andere Person verletzen.

»Erzählt mir mehr.«

Sharn, die Rune des Wassers, war Sias Blut, und *Kel,* die für Gold stand, hieß Fendirs Verderben. Jemis zufolge war Fendir der erste der Dunkelelfen – das waren Angehörige des Feenvolkes, deren Gier nach Gold sie in kleine und häßliche, jedoch durchtriebene und flinkfingrige Kreaturen verwandelte.

Am darauffolgenden Tag ließ Jemis Travis endlich eine Rune sprechen.

»Das ist deine erste Rune«, sagte Jemis. Er malte ein Symbol auf seine eigene Tafel und zeigte sie Travis.

Die kenne ich bereits. Um ein Haar hätte er die Worte laut ausgesprochen, aber er biß sich auf die Zunge. Sorgfältig kopierte er die drei abgeschrägten Linien auf seiner eigenen Tafel. Es war *Krond*. Das Feuer.

Travis setzte sich im Hauptgemach des Turms an einen Tisch und starrte eine Kerze an. Er leckte sich über die Lippen, dann sprach er das Wort.

»*Krond.*«

Seine rechte Hand kribbelte, ein grelles Licht blitzte auf, eine Stichflamme schoß aus der Kerzenspitze. Travis sprang vom Tisch zurück.

»*Sharn!*« rief Jemis in befehlendem Tonfall, und augenblicklich wurde die Kerze gelöscht.

Travis holte zischend Luft. Die Kerze war zum Teil geschmolzen und hatte sich verbogen, ein dunkler Ring war in die Tischoberfläche gebrannt.

Jemis schaute ihn finster an. »Man nimmt kein Schwert, um einen Faden zu schneiden, Lehrling.« Er wandte sich angewidert ab und verschwand – wie immer, wenn er wütend war – in einem der oberen Gemächer des Turms.

Rin versuchte, die verdrehte Kerze wieder hinzustellen. »Warum arbeiten wir nicht daran?«

Travis nickte bloß und bemühte sich, nicht an den verrückten Lord in Eredane zu denken.

Am nächsten Morgen schlug er die Augen auf und starrte in das fahle Licht der Dämmerung, das in das Schlafgemach fiel. Er war nicht mehr auf Falken angewiesen, um geweckt zu werden. Von der anderen Seite des Raumes drang der gleichmäßige Atem des Barden herüber: Er schlief noch.

Seit dem Beginn seiner Studien hatte Travis kaum ein Wort mit Melia oder Falken gewechselt. Kehrte er nachts ins Gemach zurück, warf er sich für gewöhnlich erschöpft aufs Bett. Darüber hinaus waren der Barde und die Lady mit dem Rat der Könige beschäftigt. Manchmal wachte er spät in der Nacht auf und hörte, wie die beiden sich leise am Kaminfeuer über diesen König oder jene Königin unterhielten, die an diesem Tag dem Rat Bericht erstattet hatten. Er schnappte immer nur Bruchstücke auf …

… die gräßlichen Wölfe, die aus dem Ödland kommen …
… ist das Fieber, aber es befällt nur Kinder und …
… sehen in den Wäldern um Embarr nur Schatten …

… die sich in seine seltsamen Träume schlichen.

Von Beltan sah er noch weniger, und jedesmal wechselte der große Ritter mit gesenktem Kopf und zu Boden gerichtetem Blick in die andere Richtung. Seine düstere Stimmung – die sich am ersten Tag der Ratsversammlung etwas gehoben hatte – war zurückgekehrt, und zwar schlimmer als zuvor.

Travis schlüpfte aus den Federn und keuchte auf. Der Boden war *kalt.* Er fuhr in seine Sachen, warf sich den Nebelmantel über die Schultern und schlüpfte lautlos aus der Tür.

Mittlerweile gefiel ihm diese Stunde des Tages, wenn das ganze Schloß zu schlafen schien. Der Mond verschwand gerade hinter der hohen Mauer des Oberen Burghofs, und sein Licht verlieh den Wehrgängen einen Glanz, der an eine Frostschicht denken ließ. Travis eilte zum Turm der Runensprecher. Da es ihm zu kalt war, um zu klopfen und darauf zu warten, daß Rin herunterkam und öffnete, betrat er den Turm und stieg die Stufen zum Hauptgemach hinauf. Auf der Hälfte blieb er stehen. Von oben hallten Stimmen herunter.

» … daß wir aufhören sollten.«

»Das können wir nicht tun, Jemis. Wir haben ihm geschworen, ihn als Lehrling aufzunehmen. Diesen Eid können wir nicht brechen.«

»Doch, das können wir! Er ist zu alt, er hat keine Kontrolle, er kann kaum lesen. Man kann ihn nicht unterrichten!«

»Aber wir müssen ihn unterrichten. Jemis, er ist stark, und das wißt Ihr. Stärker als ich. Stärker als Ihr. Bei Olrig, ich frage mich, ob er nicht stärker als Allmeister Oragien selbst ist.«

Als Antwort ertönte nur ein leises Grunzen.

Travis wartete nicht ab, bis er noch mehr hörte. Er stolperte die Stufen herunter, hinaus auf den Hof, und atmete die eisige Luft in tiefen Zügen ein.

Jemis, er ist stark …

Nein, er wollte diese Macht nicht. Er wollte gar keine Macht. »Warum, Jack?« Die Worte waren mondbeschienene Geister in der eiskalten Luft. »Warum mußte ich es sein?«

Der Mond versank hinter der Schloßmauer. Die nebelhaften Worte verblaßten und verhallten unbeantwortet. Nach einer Weile drehte er sich um, ging zum Turm und klopfte an die Tür.

17

Es dauerte mehrere Tage, bis Grace und Travis wieder Gelegenheit fanden, sich auf die Suche nach anderen Türen mit eingeschnitzten Runen zu machen. Mit jedem verstreichenden Tag schien Grace weniger Zeit zu haben. Nicht, daß sie es nicht gewohnt gewesen wäre, viel Arbeit zu haben. In Denver hatte sie eigentlich nur Zeit für das Krankenhaus und Schlaf gehabt. Mehr als nur einmal hatte Leon Arlington ihr nach einer Sechsunddreißig-Stunden-Schicht ein Stethoskop, eine Spritze oder ein Skalpell aus den tauben Fingern winden und sie, die sich kaum noch auf den Beinen halten konnte, zum Ärztezimmer führen müssen.

»Wenn Sie schon nicht nach Hause gehen wollen, dann legen Sie sich wenigstens eine Zeitlang hin«, sagte Leon dann und wehrte ihren Widerspruch mit einer unwirschen Bewegung seiner dunkelhäutigen Hand ab. »Jetzt hören Sie mir mal gut zu, Grace. Schlafen Sie jetzt ein bißchen, sonst enden Sie noch in einem meiner Stahlschubfächer und wachen nie wieder auf. Verstanden?«

Sie legte sich dann immer gehorsam auf das PVC-Sofa und ließ sich von Leon mit einem Laborkittel zudecken. Manchmal schloß sie sogar die Augen und nickte kurz ein. Aber nach vielleicht einer oder höchstens zwei Stunden war sie wieder auf den Beinen und ging über den glatten Linoleumboden der Korridore. Der Schlaf bot ihr keinen Trost, nicht so wie ihre Arbeit, wie die Versorgung von Verletzten.

Ärztin, heile dich selbst. Leon hatte ihr das einmal gesagt. Aber das war unmöglich, und Leon Arlington war tot und schlief den kalten, stahlumhüllten Schlaf, vor dem er Grace immer gewarnt hatte.

So anstrengend sie auch gewesen war, die Zeit im Krankenhaus hatte sie nicht auf das Leben auf Calavere vorbereiten können. Noch nie zuvor hatte sie versucht, so viele verschiedene Dinge zu tun, so viele verschiedene Dinge zu sein und sie für so viele verschiedene Menschen zu sein – für lebendige, gesunde Menschen. Nach dem Beginn des Rates hatte es eine Zeitlang so ausgesehen, als hätte König Boreas sie vergessen. Sie hatte ihn an jenem Tag nach der Abstimmung gesprochen und danach nicht wieder.

Der Schein trog.

»Was habt Ihr mir zu berichten, Mylady?«

Grace neigte nicht zu hysterischem Aufschreien, doch als der König von Calavan plötzlich aus einem Alkoven trat und ihr den Weg verstellte, konnte auch sie sich einen leisen Schrei nicht verkneifen.

Boreas zeigte seine spitzen Zähne in einem Ausdruck, der nur annähernd einem Lächeln glich.

Sie zwang sich, nicht mehr zu zittern. »Guten Morgen, Euer Majestät«, sagte sie.

Boreas ging um sie herum. Er war wie üblich in Schwarz gekleidet, unter dem enganliegenden Stoff zeichneten sich die Muskeln ab. Grace biß sich so fest auf die Zunge, daß sie Blut schmecken konnte. In diesem Augenblick haßte sie ihn dafür, daß er so mächtig war, so stark und männlich und attraktiv. Wie hätte irgend jemand diesem Mann etwas abschlagen können?

Aber, verdammt noch mal, es ist so ungerecht. Warum sind nur Männer immer so mächtig? Aber stimmte das denn wirklich? Sie erinnerte sich an den durchdringenden grünen Geruch des winterlichen Gartens. Neben brutaler Kraft gab es noch andere Arten der Macht.

Sie nahm die Schultern nach hinten und erwiderte den Blick aus Boreas' scharf blickenden blauen Augen. »Es tut mir sehr leid, Euer Majestät, aber ich habe Euch bereits alles mitgeteilt, was ich herausfinden konnte.«

»Das genügt nicht, Mylady.« Die Bemerkung schien nicht ärgerlich oder spöttisch gemeint zu sein, sondern einfach nur eine Tatsache darzustellen. »Ich weiß selber, wie der Rat entschieden hat. Hingegen muß ich wissen, wie ich das Ergebnis dieser Abstimmung ändern kann.«

Grace starrte ihn an. Glaubte er denn wirklich, daß es ihr möglich war, die Meinungen von Königen und Königinnen zu beeinflussen?

»Ihr seid geschickt, Mylady«, sagte er, noch bevor sie ihre Stimme wiedergefunden hatte. »Ich bin mir sicher, daß Ihr etwas herausfinden könnt, das mir helfen kann – Wünsche oder Ängste der anderen Herrscher, die ich zu meinem Vorteil nutzen kann. Der Rat muß sich für die Mobilmachung entscheiden. Tut er das nicht, ist alles verloren.«

Grace wollte erwidern, daß es unmöglich sei, und daß sie, wenn sie noch mit einem einzigen Adligen Heucheleien und Mehrdeutigkeiten austauschen mußte, wie eine Wahnsinnige schreiend auf den Burghof laufen würde. Statt dessen neigte sie den Kopf und murmelte: »Gewiß, Euer Majestät. Ich werde mein Bestes tun.«

Er verabschiedete sich lediglich mit einem Nicken und ging den Gang hinunter. Sie trat leicht benommen an ein schmales Fenster. Sie stieß die Läden auf, atmete tief durch und ließ die kalte Luft ihren Kopf freimachen. Unten marschierte ein Dutzend Wächter durch das Tor zum Unteren Burghof. Die letzten Sonnenstrahlen glitzerten blutrot auf ihren präsentierten Hellebarden.

Grace griff in die Tasche und nahm den Holzstier heraus, den sie auf dem Hof gefunden hatte – das Symbol des Kultes von Vathris, dem Boreas angehörte. Sie strich mit dem Finger über das Nadelschwert, das im Hals des Stiers steckte.

»Kennt Ihr die Geschichte von Vathris?« fragte eine tiefe Stimme hinter ihr.

Grace drehte sich überrascht um und mußte dann trotz ihrer Sorgen lächeln. »Durge. Mir kommt es vor, als hätte ich Euch schon eine Ewigkeit nicht mehr gesehen.«

Das wettergegerbte Gesicht des Embarraners war so unbewegt wie immer. »Ich bin immer da, Mylady.«

Er deutete auf die Figur in ihrer Hand. »Es ist eine sehr alte Geschichte. Die Legenden besagen, daß Vathris der König eines ausgetrockneten und sterbenden Landes im tiefen Süden war, jenseits des Sommermeers. Um sein Reich zu retten, machte er sich auf die Suche nach einem magischen Stier, und als er das Tier gefunden hatte, erschlug er es. Das Blut des Stiers wurde zu einem weiten Fluß, der das Land überflutete und wiederbelebte.«

Diese Worte schnürten Graces Kehle zu. War es das, was Boreas wollte? Durch die Domänen reiten und einen neuen roten Fluß fließen lassen, so wie sein Gott es vor vielen Jahrtausenden getan hatte? Doch Vathris' Tat, so gewalttätig sie auch gewesen sein mochte, hatte das Land gerettet. Sie steckte den Stier zurück in die Tasche.

»Ich weiß nicht, was ich tun soll, Durge.«

Der Ritter strich sich über den Sichelbart. »Was *möchtet* Ihr denn tun, Mylady?«

»Ich will wissen, was wirklich los ist, Durge, welche Gefahr den Domänen wirklich droht, und was man am besten dagegen tun kann. Das will ich herausfinden, damit ich endlich weiß, welche Entscheidung die richtige ist.« Es war die Vorgehensweise einer Ärztin: die Symptome auflisten, eine Diagnose erstellen und dann eine Behandlung festlegen.

Der Ritter schien über ihre Worte nachzudenken. Der Luftzug am Fenster wehte ihm das braune Haar aus der Stirn. Dann nickte er. »Es könnte an der Zeit für Euch sein, eine neue Taktik zu versuchen.«

Ihr Herz schlug schneller. Sie trat näher an den Ritter heran. »Erklärt mir, was Ihr damit meint.«

Am nächsten Tag verbreitete sich ein Gerücht durch die Gänge Calaveres, und zwar schneller als Ratten oder ein Lauffeuer. Am Mittag wußte jeder im Schloß, daß die Herzogin Grace von Beckett sich furchtbar mit König Boreas zerstritten hatte. Natürlich hatte niemand dieses überraschende und aufregende Ereignis selbst beobachtet, aber das verhinderte nicht, daß die Geschichte mit jedem Erzählen weiter ausgeschmückt wurde.

»Grace, was auf Eldh geht hier vor?« fragte Aryn, als sie in Graces Gemach schlüpfte.

Grace versuchte, ihre ganze Überzeugungskunst aufzubringen, so begrenzt sie auch war. »Das ist mein neuer Plan, um Boreas zu helfen«, sagte sie und hoffte, daß sie eher leichthin als atemlos klang.

Aryn runzelte die Stirn. »Vielleicht hat das Wort *helfen* auf deiner Erde eine andere Bedeutung als hier.«

Grace hörte auf, sich zu verstellen. »Aryn, hör mir bitte gut zu.« Sie ging auf die junge Baronesse zu. »Bis jetzt wollten alle Adligen auf Calavere mit mir sprechen, weil sie mich für eine Verbündete des Königs hielten. Sie wollten wissen, wer ich bin und welchen Nutzen Boreas aus mir zog, aber sie haben mir nie von ihren wirklichen Sorgen und Absichten erzählt, da sie stets fürchteten, daß jedes ihrer Worte an König Boreas weitergeleitet wird.«

Ein Hauch von Neugier zeichnete sich auf Aryns Gesicht ab. »Sprich weiter.«

Grace fuhr fort, bevor sie selbst den Überblick verlor. »Wenn jeder denkt, daß Boreas und ich mich zerstritten haben, dann werden sie sich fragen, mit wem ich mich jetzt verbünden werde. Vielleicht versuchen sie ja sogar, mich für ihre Seite im Rat zu gewinnen.« Die Absurdität der ganzen Angelegenheit ließ sie lachen. »Nicht, daß ich im Rat tatsächlich etwas ausrichten könnte, aber das wissen die anderen ja nicht. Und wenn sie glauben, daß ich Boreas nicht mehr nahestehe, dann trauen sie sich auch, mir zu sagen, was sie wirklich von der Sache halten.«

Bevor Aryn etwas erwidern konnte, trat Durge vor. Die Baronesse blinzelte.

»Das ist alles meine Schuld, Euer Hoheit«, sagte Durge in seinem grollenden Tonfall. »Ich fürchte, ich habe Lady Grace auf diese Idee gebracht. Wenn König Boreas nach Vergeltung verlangt, dann teilt ihm mit, daß sein Schwert auf meinem Hals niedergehen soll.«

»Boreas ist wirklich fuchsteufelswild«, sagte Aryn. »Ich habe drei seiner Bulldoggen mit eingeklemmten Schwänzen davonlaufen sehen. Und wenn sie Schwänze hätten, würden seine Diener dasselbe tun.«

»Gut so«, sagte Grace und versuchte wieder, überzeugend zu klingen. »Wenn Boreas wütend ist, werden die Leute die Geschichte um so mehr glauben. Aber du mußt ihm unbedingt die Wahrheit sagen, Aryn.« Sie verzog das Gesicht. »Ich glaube nicht, daß ich in Hörweite des Königs kommen könnte, ohne daß er mich köpfen läßt.«

Darauf wußte Aryn nichts zu erwidern, und Grace sah sie mit großen Augen an.

»Das sollte ein Witz sein, Aryn. Du kannst ruhig lachen. Ich glaube wirklich nicht, daß Boreas mich hinrichten läßt.«

Aryn lächelte verkniffen. »Ich werde mit dem König sprechen«, versprach sie.

Aryn zufolge war Boreas alles andere als begeistert von Graces Plan; es gefiel ihm nicht, daß sie sich nicht vorher mit ihm abgesprochen hatte. Aber jetzt war es nicht mehr rückgängig zu machen. Der König hatte keine andere Wahl, als mitzuspielen. Außerdem zeigte Durges Taktik in den kommenden Tagen erste Erfolge. Offiziell sprach niemand mit Grace, aber jeden Tag, nach dem Ende der Ratssitzung, konnte sie durch keinen verlassenen Korridor mehr gehen oder durch den Garten spazieren oder in einem ruhigen Raum sitzen, ohne daß jemand zu ihr kam, der reden wollte.

Vielleicht hätte es sie überraschen sollen – aber das tat es nicht –, daß als erstes Lord Olstin von Brelegond zu ihr kam.

»Guten Morgen, Euer Durchlaucht«, hörte sie eine schmeichelnde Stimme neben sich sagen.

Grace ließ beinahe ihr Buch aus der Hand fallen. Das Flüstern erschreckte sie nicht so sehr wie der warme Spuckeregen, der es begleitete. Sie saß in der Schloßbibliothek, einem gemütlichen kleinen Raum mit höchstens fünfzig handgeschriebenen Büchern. Sie bemühte sich immer noch, die Sprache dieser Welt zu lernen, und sie wurde auch besser, aber sie war immer noch weit davon entfernt, auf Bruder Cys Münze verzichten zu können.

»Lord Olstin«, sagte sie zur Begrüßung.

Der aufgedunsene Berater strich sich mit der Hand über das Haar, obwohl es unmöglich noch glatter an seinem Schädel hätte anliegen können. Grace hoffte nur, daß das Öl auf seinen Haaren aus der Flasche kam. Sie befürchtete aber, daß es auf natürliche Weise entstanden war.

»König Lysandir war sehr betrübt, als er von Euren Problemen mit König Boreas gehört hat.« Eine übelriechende Wolke begleitete jedes Wort, als würden sich seine verfaulten Zähne mit jedem Atemzug weiter auflösen.

»Wie nett von Eurem König, an mich zu denken«, zwang Grace sich zu antworten. Sie mußte an Morty Underwood denken.

Olstin machte eine wegwerfende Handbewegung. Ringe

glitzerten an seinen Fingern. »Boreas ist ein mächtiger König, das kann niemand bestreiten. Aber das Subtile liegt ihm nicht.«

Grace betrachtete verstohlen Olstins übertriebene scharlachrote Kleidung und biß sich auf die Zunge.

»Wohingegen Lysandir«, fuhr Olstin fort, »immer schon einflußreiche, aber geheime Verbündete zu schätzen wußte.«

Jeder Instinkt befahl Grace wegzulaufen. Aber sie schluckte den Frosch in ihrem Hals herunter und beugte sich näher zu Olstin herüber. »Sprecht weiter, Mylord.«

Fast eine Stunde lang hörte sie Olstins krächzender Stimme zu. Das meiste, das er sagte, war nutzloses Gerede darüber, wie Lysandir sich vom Rat der Könige mißachtet fühlte. Erst gegen Ende des Gesprächs wurde Grace klar, was Olstin wirklich sagen wollte. Brelegond war die neueste der Domänen und zweifellos die unwichtigste. Sie lag in den westlichen Grenzbezirken des bekannten Falengarth und hatte keine Güter oder Dienstleistungen zu bieten, von denen die anderen Domänen abhängig waren. Bei allem Schein verbarg sich eine einfache Wahrheit hinter Olstins Worten.

Brelegond hatte Angst.

Lysandir wußte, daß den Domänen große Schwierigkeiten bevorstanden, und er verfügte nicht über die Macht, etwas dagegen zu unternehmen. Deshalb würde er sich an alles und jeden klammern, das ihn und sein geliebtes Reich retten konnte. Im Moment war das Königin Eminda von Eredane. Lysandir war ganz eindeutig der Auffassung, daß Eredane schon bald die mächtigste der Domänen sein würde, und er und Brelegond wollten sich an Emindas aufsteigenden Stern anhängen.

Das hieß aber nicht, daß Lysandir nicht noch nach weiteren Verbündeten suchte. Aus Olstins Worten konnte sich Grace auch ein deutliches Bild von den Gerüchten machen, die über sie verbreitet wurden: Sie kam aus einer der Freien Städte im tiefen Süden von Falengarth, sie war unsagbar reich und hätte, sofern sie nur wollte, jedem eine Armee südlicher Söldner kaufen können – im Austausch für ein großes Gut und einen dazugehörigen Adelstitel. Denn wie jeder wußte, verfügten die Freien Städte zwar über große Goldschätze, hatten aber im Gegensatz zu den Domänen keinen echten Adelsanspruch.

Grace mußte beinahe lächeln. Es war eine gute Geschichte, und sie würde ihr Bestes tun, sie zu untermauern. Aber nachdem Olstin ihr vage Versprechen abgenommen hatte, seine Vorschläge zu erwägen, und sie verlassen hatte, schmolz ihre Zufriedenheit dahin wie Butter in der Sonne. Sie wußte aus ihrer Zeit im Krankenhaus, daß nichts die Leute gefährlicher machte als Angst. Ängstliche Menschen taten unglaubliche und furchtbare Dinge. Manchen verlieh Angst die Kraft, Autos von verletzten Kindern hochzuheben. Andere brachte sie dazu, eine Maschinenpistole zu nehmen und auf unzählige Fremde im Supermarkt zu schießen. Angst war wie ein Blitz: Man wußte nie, wo sie einschlagen oder was sie dann verursachen würde.

Die Unterhaltung mit Olstin war nicht die einzige dieser Art, und nach mehreren Zusammenkünften mit Vertretern anderer Herrscher hatte sie sich ein besseres Bild von den tatsächlichen Hoffnungen und Befürchtungen der verschiedenen Domänen gemacht. Lord Irrenbril, ein Berater König Sorrins von Embarr, traf sie im Hof an, und sie unterhielten sich eine Weile unter einem kahlen Baum. Irrenbrill machte sich weniger um Embarr Sorgen als vielmehr um die geistige Gesundheit seines Königs.

»Sorrin hat so große Todesangst, daß er sich nicht mehr mit dem Leben anderer beschäftigen kann«, flüsterte der junge Embarraner ihr zu. »Und jeden Tag ist er mehr davon überzeugt, verdammt zu sein und an seinem eigenen Tod nichts mehr ändern zu können.«

Jetzt wurde Grace so manches klar. Für ihn ging es nicht darum, wen Embarr um Hilfe bitten würde, sondern ob es das überhaupt tun sollte. Sorrins Wahn war so weit fortgeschritten, daß Irrenbril die Befürchtung hatte, der König würde die Domäne um sich herum in Flammen aufgehen lassen.

Die einzige Begegnung, die bei Grace keinen bitteren Nachgeschmack hinterließ, war die mit Kalyn von Galt. Kalyn war nicht nur die Beraterin König Kylars, sie war auch seine Zwillingsschwester und nur wenige Minuten jünger als er. Gerüchteweise hatte sie ebensoviel Macht in der Domäne wie ihr Bruder. Die Leute meinten das abwertend, aber Grace sah die Sache ganz anders. Kylar liebte und respektierte seine Schwester ganz offensichtlich.

»Es tut mir ja so leid, daß Ihr Euch mit König Boreas zerstritten habt«, sagte Kalyn. Die braunen Augen glänzten in ihrem anziehenden und Vertrauen einflößenden Gesicht. »Ihr müßt Kylar oder mir unbedingt mitteilen, wenn Ihr etwas braucht, ganz egal was – Unterkunft oder ein Pferd und Diener für die Heimreise.«

Grace war sprachlos. Sie konnte Kalyn nur dankbar die Hand schütteln. Galt war die kleinste und unwirtlichste aller Domänen. Wenn einer der Könige Grund zur Angst hatte, dann war das Kylar. Und trotzdem kam Kalyn zu ihr und sicherte ihr ihre Unterstützung zu, statt selbst darum zu bitten. Vielleicht gab es doch noch Hoffnung für diese Welt.

Der Berater, den Grace unbedingt sehen wollte, kam nicht zu ihr. Aber das überraschte sie nicht. Logren war viel zu intelligent, um auf eine Finte wie die von ihr und Durge hereinzufallen. Er hatte die Geschichte über ihren Streit mit Boreas wahrscheinlich durchschaut, sobald er sie gehört hatte. Grace konnte nicht darauf hoffen, Logren von Eredane zu beeinflussen, es sei denn …

Nein, sie sollte sich Logren besser aus dem Kopf schlagen.

Sie mußte darauf bauen, daß seine Klugheit ihn davor bewahrte, sich in Kyrenes Netz zu verfangen.

Es konnte keinen Zweifel daran geben, daß die Gräfin von Selesia wirklich etwas plante. Grace hatte keine Ahnung, was genau es war, aber Kyrene war von Graces angeblichem Streit mit Boreas sichtlich angetan.

»Ich bin so froh, daß Ihr die Situation endlich durchschaut habt, meine Liebe«, säuselte Kyrene, als sie sich im Garten für eine von Graces Unterrichtsstunden trafen. »König Boreas mag Euch brauchen, aber Ihr braucht ihn nicht. Ihr verfügt über Macht, die er sich gar nicht vorstellen kann.«

Und du bist eine Närrin, wenn du mein Täuschungsmanöver nicht durchschaust, Kyrene. Oder wenn du glaubst, daß Boreas ein Dummkopf ist, den du um den Finger wickeln kannst.

Aber versuchte Grace nicht genau dasselbe? Sie und Aryn hielten ihren Unterricht bei Kyrene und Tressa noch immer vor dem König geheim. Was würde Boreas von ihnen denken, wenn er wüßte, was sie hinter seinem Rücken taten? Doch Grace war klar, daß sie den Hexen jetzt unmöglich den Rücken kehren konnte.

Außerdem war Ivalaine die einzige Herrscherin, die das Abstimmungsergebnis im Rat unmittelbar verändern konnte. Grace wußte, daß sie sehr auf der Hut sein mußte. Fragen, die sie selbst äußerst subtil fand, konnten für Ivalaine so indiskret und eindeutig wie eine Fanfare sein. Trotzdem versuchte sie mehrmals, die Gründe für die Enthaltung der Königin von Toloria bei der Abstimmung herauszufinden. Und was noch wichtiger schien: Lagen ihre Motive dafür in ihrer Rolle als Königin – oder als Hexe? Doch Grace begegnete Ivalaine nur selten – Kyrene war nun ihre Lehrerin –, und bei den wenigen Gelegenheiten, die sich ihr boten, schien es ihr nie zu gelingen, die kühle Maske der Königin zu durchdringen.

Als Grace endlich wieder die Zeit fand, mit Travis nach

weiteren Türen mit Symbolen darauf zu suchen, hatte sie eine Pause bitter nötig. Er wirkte erstaunt, als er ihr die Tür öffnete.

»Ich bin spät dran. Tut mir leid«, sagte sie.

»Es ist fast eine Woche her, Grace.«

Sie verzog das Gesicht. »Ich bin sehr spät dran. Tut mir wirklich leid.«

Da lachte er, und sie wußte, daß es in Ordnung war, daß er ihr nicht böse war, weil sie nicht früher gekommen war. Es fiel ihr immer noch außerordentlich schwer, sich in andere Menschen hineinzuversetzen, aber sie machte Fortschritte, und dieses ehrliche Lachen war eindeutig.

Als sie durch das Schloß streiften, erzählte Travis von seinen Studien mit den Runensprechern. Grace hörte interessiert zu – sie war also nicht die einzige, die auf dieser Welt neue Fähigkeiten entdeckt hatte –, aber sie erzählte ihm nichts von ihrem eigenen Unterricht.

»Hier entlang«, sagte sie und bog in einen abzweigenden Korridor.

Sie brachten den ganzen Nachmittag damit zu, das Schloß abzusuchen. Nach mehreren Stunden taten ihr trotz ihrer weichen Hirschlederstiefel die Füße weh, und sie hatte vom Untersuchen der vielen Türen einen steifen Nacken. Travis war reizbar geworden. Grace konnte einen durch Hunger verursachten Stimmungsumschwung auf Anhieb erkennen. Es war an der Zeit, die Sache für den Tag ruhen zu lassen.

Sie drehten um, um sich auf den Rückweg zu machen, und entdeckten plötzlich eine kleine Tür in einem Alkoven. Wären sie weiter geradeaus gegangen, hätten sie sie ganz bestimmt übersehen. Grace konnte nicht genau sagen, ob sie von Neugier oder von Instinkt getrieben wurden, jedenfalls gingen sie beide darauf zu. Sie sah sofort, daß die Rune des Raben ins Holz geschnitzt war, mit zwei sich überkreuzenden Linien darunter. Grace und Travis sahen sich an, und es war, als flösse eine seltsame Energie zwischen ihnen. Sie hatten eine Entdeckung gemacht.

Diese Tür war genausowenig verschlossen wie die letzte, und sie traten ein. Grace rieb sich fröstelnd die Arme. Der Raum war eiskalt und wurde offensichtlich seit Jahren nicht mehr genutzt. In einem der schmalen Fenster fehlte die Scheibe, und das einzige Möbelstück war ein Bett, das so aussah, als würde es schon zusammenbrechen, wenn man nur ein Daunenkissen darauf warf. In einer Wand klaffte ein Loch, dahinter baumelten die Überreste eines Speiseaufzugs an einem abgenutzten Seil. Es war also einmal ein Dienergemach gewesen. Gab es wohl einen Grund, warum es nicht mehr genutzt wurde? Oder hatte man es einfach vergessen? Calavere war so groß, daß wahrscheinlich ständig Räume verloren und gefunden wurden.

Nachdem sie ein paar Minuten lang ergebnislos gesucht hatten, waren ihre Hände ganz taub vor Kälte. Grace und Travis eilten zurück in den Gang und schlossen die Tür.

»Du bist doch Ärztin«, sagte Travis. »Können Finger so hart gefrieren, daß sie abbrechen?«

»Da müßte man schon in flüssigen Stickstoff fassen«, sagte Grace mit klappernden Zähne.

»Ich glaube, der Raum war fast genauso kalt.«

Grace sah zur Tür zurück, und sie war sich nicht so sicher, ob sie nur wegen der Raumtemperatur fröstelte. Travis hatte vermutet, daß noch mehr Räume mit der Rabenrune markiert sein könnten, und nun hatten sie den Beweis dafür gefunden. Aber welche Bedeutung steckte dahinter? Genau wie der andere Raum zuvor hatte auch dieser keine Antwort darauf gegeben.

»Ob die Diener in meinem Gemach wohl ein Feuer angezündet haben?« fragte Grace, als sie weitergingen. Sie hatte es noch nicht ganz ausgesprochen, als sie die Worte am liebsten auch schon wieder zurückgenommen hätte. Ob Travis es wohl anmaßend von ihr fand, daß sie erwartete, daß sich die Diener um ihre Bedürfnisse kümmerten? Doch es schien ihm nichts auszumachen.

»Unser Gemach ist ganz in der Nähe «, sagte Travis, »und Melia läßt das Feuer nie ausgehen. Ihr Kätzchen legt sich gern davor.«

Grace runzelte die Stirn. »Wenn sie jetzt nur noch lernen würde, mit Menschen so gut umzugehen wie mit Katzen.«

Travis mied ihren Blick. »Komm«, sagte er, »es ist nicht mehr weit.«

Grace seufzte und starrte seinen Rücken an. Wie kam es bloß, daß sie mit einem Skalpell Leute heilen konnte, aber ihre Worte immer neue Wunden aufrissen? Das war ihr ein genauso großes Rätsel wie die markierten Räume. Sie hob den Saum ihres schweren Gewandes an und folgte Travis.

18

Travis sah von seiner Wachstafel auf und stöhnte leise. Er hatte das Gefühl, als ob hundert der Dunkelelfen, von denen Falken immer Geschichten erzählte, mit ihren Zwergenhämmern auf seinen Nacken einschlügen.

Er blickte aus dem Fenster und zwang seine Augen, sich auf weit entfernte Dinge zu konzentrieren: die rechteckige Spitze eines der Wachtürme des Schlosses, ein Wächter, der auf einer mit Zinnen versehenen Brüstung stand, eine Flagge, die vor dem feuerroten Himmel flatterte. Die Sonne ging schon unter, und er hatte die Runenliste, die Jemis ihm an jenem Morgen gegeben hatte, immer noch nicht vollständig übertragen. *Aber du mußt es lernen, Travis. Du mußt, egal wie schwer es dir fällt.*

Er strich mit dem Finger über eine der Runen auf der Tafel. *Krond.* Feuer. Nein, nie wieder. Er nahm sich den Griffel und beugte sich wieder über die Tafel.

Rins Kopf erschien in der Falltür in dem hölzernen Fußboden. Der junge Runensprecher kam den Rest der Leiter heraufgeklettert. Am Saum seiner Kutte waren Schlammflecken. Er mußte an diesem Nachmittag draußen unterwegs gewesen sein.

»Was machst du denn noch hier?« fragte Rin.

Travis hielt zur Antwort die Runenliste hoch. Rin lachte und schüttelte den Kopf.

»Jemis muß wohl schlechtes Bier zum Frühstück getrunken haben. Die Liste ist ja so lang wie ein Rattenschwanz.«

»Ich bin fast fertig.«

»Kann ich mal sehen?«

Rin streckte seine Hand aus. Seine Finger waren kurz und

kräftig. Travis wußte, daß Rin ein Bauernsohn in Süd-Calavan gewesen war, bis er zum Grauen Turm berufen worden war. Trotzdem waren die Runen, die Rin auf seine eigene Wachstafel zeichnete, schwungvoll und anmutig und ließen Travis' grobe Kritzeleien schlecht aussehen.

Rin nahm Travis' Tafel entgegen und lächelte. Als er etwa die Hälfte gelesen hatte, verschwand sein Lächeln plötzlich, doch er las bis zum Ende weiter. Er schaute von der Tafel auf. »Du bist ein Spiegelleser, Travis.« Es war nicht als Frage gemeint.

Die Zwergenhämmer wurden zu Elfenschwertern. Er hatte versucht, vorsichtig zu sein. Aber es waren heute so viele Runen gewesen, und er war müde geworden.

Travis leckte sich über die Lippen. »Weiß Jemis Bescheid?«

»Nein, vermutlich nicht. Deine Tafeln habe ich überprüft. Er vermutet es, mehr aber auch nicht.«

Travis nahm den Griffel, mit dem er die Runen gezeichnet hatte. »Falken sagt, daß Leute mit ... Leute, die Spiegelleser sind, vom Grauen Turm abgelehnt werden, daß es zu gefährlich ist, sie zum Runensprecher auszubilden.«

»Es stimmt, daß sie abgelehnt werden.«

Ein Stein schien Travis' Kehle zu verstopfen. Er wollte ihn runterschlucken, aber er steckte fest. Er nahm seinen Umhang. »Dann werde ich jetzt wohl gehen. Lebt wohl, Rin. Vielen Dank.« Er ging auf die Leiter zu.

»Wachs schmilzt, weißt du?«

Travis blieb stehen und starrte Rin an.

Rin strich mit einer Hand über die Tafel. »Ich glaube nicht, daß Jemis diese Runen sehen wird. Nein, ich glaube, ich werde ihm sagen, daß ich die Tafel zu nah am Feuer liegen gelassen habe, bevor ich die Gelegenheit hatte, sie mir anzusehen. Und da ist das Wachs geschmolzen.«

Travis war sprachlos. Rin gab ihm noch eine Chance. Womit

hatte er ein so großzügiges Geschenk bloß verdient? Er wußte es nicht, aber vielleicht waren die besten Geschenke gerade die, für die man nichts getan hatte, und man mußte sie einfach annehmen.

»Ich werde von jetzt an besser aufpassen, Rin. Das verspreche ich Euch.«

Rin lächelte. »Ich weiß, daß du das tun wirst, Travis. Und laß in Zukunft die Förmlichkeiten, ja? Jetzt geh und leg dich schlafen. Jemis hat morgen ganz bestimmt schon die nächste Liste für dich.«

Travis grinste den Runensprecher an, dann kletterte er die Leiter herunter und verließ den Turm.

Er nickte einem Wächter zu. Man hatte sich daran gewöhnt, daß er den Turm der Runensprecher immer erst sehr spät verließ. Im Vergleich mit der klaren Nachtluft konnte man die Luft im Inneren des Schlosses fast schneiden vor Rauch. Für die Wärme war er dankbar, aber er hatte sich noch immer nicht so richtig an den Gestank gewöhnt. Er schlug ihm jedesmal entgegen, wenn er das Schloß betrat: eine Mischung aus Rauch, Fäulnis, Urin und verbranntem Fett.

Um sich an den Geruch zu gewöhnen, atmete Travis durch den Mund und suchte sich seinen Weg durch die verwinkelten Gänge des Schlosses. Er war fast an dem Gemach angekommen, das er mit Melia und Falken teilte, als er um eine Ecke bog und mit einem Lumpenbündel zusammenstieß.

»Vorsicht!« sagten die Lumpen mit krächzender Stimme. »Du hast doch zwei Augen im Kopf, mein Junge. Weißt du nicht, was man damit macht? Oder bist du nur nicht besonders helle?«

Travis taumelte zurück, griff nach der Brille und versuchte, aus dem Anblick schlau zu werden, der sich ihm hier bot. Das schmierige Lumpenbündel stand vom Boden auf, was für Lumpen eine eher ungewöhnliche Handlung zu sein schien.

Erschwerend kam noch hinzu, daß das Bündel mit ihm gesprochen hatte. Es war also gar kein Lumpenbündel, sondern ein Mensch. Er konnte kein Gesicht ausmachen – der Kopf der Person wurde von einem Fetzen verborgen, der vor langer Zeit möglicherweise einmal ein Schal gewesen war –, aber er konnte ein paar feine Strähnen graues Haar ausmachen, und die Stimme hatte zwar heiser, jedoch eindeutig weiblich geklungen. Es war also eine Frau. Aber was für eine Frau? Es konnte keine Bäuerin sein, nicht zu dieser Stunde im Schloß. Und es war mit Sicherheit keine Adlige. Es konnte also nur eine Magd sein.

»Na, du bist mir ja vielleicht eine große Hilfe«, sagte das Bündel – beziehungsweise die Magd.

Travis wurde klar, daß er nur zugesehen hatte, während sie sich auf die Beine kämpfte. Er trat auf sie zu, um ihr zu helfen, aber eine knorrige Hand stieß ihn unwillig zurück.

»Es tut mir wirklich leid«, sagte er.

»Davon geht es meinen alten Knochen auch nicht besser.«

Er verzog das Gesicht und versuchte es noch einmal. »Kann ich dir helfen?«

»Mir helfen?« Tief aus den Lumpen heraus ertönte ein Kichern. »*Mir* helfen? Ich brauche keine Hilfe. Ich weiß genau, welchen Weg ich einschlage.« Ein knochiger Finger schoß aus den Lumpen hervor und zeigte auf seine Brust. »Und du?«

Travis schüttelte den Kopf. Er war sich nicht sicher, wie man am besten mit verrückten alten Frauen umging.

»Pah!« Die Magd machte eine wegwerfende Handbewegung. »Wenn du mir nicht antworten willst, dann geh mir aus dem Weg.« Sie drängte sich an Travis vorbei und hinkte den Gang hinunter.

Da sah Travis etwas auf dem Boden liegen. Es war ein kleines Bündel aus zerfetztem Stoff. Die Alte mußte es fallen gelassen haben; es sah aus wie eine Miniaturausgabe von ihr. Travis bückte sich und hob es auf.

»Hallo, du hast was vergessen!« Doch die Magd war schon nicht mehr zu sehen. Travis schaute in Richtung seines Gemachs, dann auf das Bündel in seiner Hand. Er stöhnte entnervt, dann ging er der Frau nach.

Sie war nirgendwo zu sehen. Aber sie konnte noch nicht weit gekommen sein. Er fing an zu laufen, und als er um die nächste Ecke bog, sah er einen grauen Schatten in einem Durchgang verschwinden.

»Hallo!« Er lief schneller. Wieder konnte er einen kurzen Blick auf sie erhaschen, diesmal, wie sie eine Treppe hochstieg. »Warte! Du hast etwas fallen gelassen!«

Sie blieb nicht stehen, und als er am Fuß der Treppe angekommen war, hatte sie sich schon wieder in Luft aufgelöst. Travis atmete tief durch und raste die Treppe hoch.

Noch dreimal konnte er gerade eben sehen, wie sie um eine Ecke oder durch eine Tür verschwand, aber sie reagierte nicht auf seine Rufe, und er schien sie nicht einholen zu können, so schnell er auch rannte. Trotz ihres hinkenden Gangs bewegte sich die Alte mit fast schon unheimlicher Behendigkeit.

Travis lehnte sich an eine Wand. Wer diese alte Dienerin auch war, sie wollte offenbar nicht erwischt werden. Er steckte das Bündel in die Tasche seines Wamses und sah sich um. Der Gang, in dem er sich befand, war ihm völlig unbekannt. Er hatte das Gefühl, irgendwo tief unter dem Schloß zu sein – das Gewicht der Steine schien schwer in der Luft zu wiegen –, aber mehr konnte er nicht sagen.

»Gut gemacht, Travis. Jetzt hast du dich verlaufen.« Ihm blieb nichts anderes übrig, als loszugehen und zu hoffen, vor Sonnenaufgang wieder einen ihm bekannten Teil des Schlosses gefunden zu haben. Er ging den Weg zurück, den er gekommen war.

»Vergib mir, Vater«, flüsterte eine Stimme.

Travis blieb stehen und drehte sich um, aber es war niemand da. Sein Blick fiel auf einen Durchgang, und er begriff. Die Stimme war wie ein Echo von den gewölbten Steinen zu ihm getragen worden. Auf beiden Seiten des Durchgangs standen Statuen, zwei Krieger, die beide gefährlich und edel aussahen und sich dabei auf ihre Steinschwerter stützten. Ihre fahlen Augen sahen Travis mit einem Blick an, der ihm zwar nicht den Zutritt verbot, der aber zu sagen schien: *Tritt hier nicht ohne guten Grund ein.* Hinter dem Torbogen flackerte Licht.

»Ich habe all diese Jahre gesucht, in allen Domänen und über ihre Grenzen hinaus, aber ich habe dich trotzdem enttäuscht.«

Travis griff haltsuchend nach dem Torbogen. Es war nicht nur die Verzweiflung in der Stimme, die ihn so sehr traf, sondern die Tatsache, daß er sie erkannte.

Er riß sich zusammen, trat durch den Eingang und fand sich am Ende eines langen Raumes wieder. Links und rechts an den Wänden stand je eine Säulenreihe, die man in ihrer Gestaltung Bäumen nachempfunden hatte. In jeder der von den Säulen gebildeten Nischen erhob sich eine Marmorbahre, und auf jeder Bahre lag eine Statue mit vor der Brust gekreuzten Armen und einem fahlen Ring auf der Stirn. Ein unsichtbarer Luftzug verschaffte Travis eine Gänsehaut.

Es war eine Gruft. Die Gruft der Könige.

Das flackernde Licht kam von einer Kerze am anderen Ende des Raumes. Der Mann stand am Fuß einer Marmorbahre und weinte.

Travis befeuchtete die Lippen, dann rief er leise den Namen seines Freundes. »Beltan?«

Der Klang seiner Stimme hallte durch die Stille der Gruft. Travis konnte den steinernen Blick der beiden Statuen in seinem Nacken fühlen. Aber das war unmöglich, oder?

Der große Ritter sah auf, griff nach seinem Schwert und starrte in das Halbdunkel. »Wer ist da?«

»Ich bin's, Beltan.«

Die Hand des Ritters ließ das Schwert wieder los, und er schüttelte den Kopf. »Travis? Travis Wilder?«

Travis brachte nur ein Nicken zustande.

Beltan wischte sich die Tränen aus dem Gesicht. »Was machst du denn hier?«

»Ich bin mir nicht ... Ich weiß nicht ...«

Es erschien ihm als falsch, sich über die gewaltige Länge der Gruft hinweg zu unterhalten. Er schluckte heftig, versuchte, das Kribbeln in seinem Nacken zu ignorieren, und setzte sich in Bewegung. Er ging an den ersten beiden Totenbahren vorbei, und ihm stockte der Atem. Sie waren so blaß und still, daß er gedacht hatte, die Statuen bestünden aus Marmor, genau wie die Bahren, auf denen sie lagen. Aber er hatte sich getäuscht.

Sie waren aus Fleisch und Blut; es handelte sich gar nicht um Statuen. In dieser Gruft ruhten alle ehemaligen Könige von Calavan. Aber allem Anschein nach sahen sie noch genauso aus wie an dem Tag, an dem sie hier zur Ruhe gebettet worden waren. Selbst in dem schwachen Licht der Kerze glänzte ihr Haar immer noch blond oder braun oder silbern, und ihre Lippen hatten die Farbe von Rosen. Nicht einmal ihre Kleidung war in den Jahrhunderten verrottet. Die Schwerter in den gefalteten Händen schienen frisch poliert zu sein.

Travis zwang sich, weiter an den Reihen der schlafenden Könige vorbeizugehen. Die ersten Herrscher trugen Pelzumhänge und Kupferringe um Hals und Arme. Die nächsten waren feiner gekleidet: aus Wolle gewebte Gewänder, goldener und silberner Schmuck. Er hatte fast die Hälfte der Strecke hinter sich gebracht, als er die erste Königin entdeckte. Sie war wunderschön, selbst im Tod noch stolz, und hielt wie die

Männer ein Schwert in den Händen. Er kam an noch mehr Königen und einigen Königinnen vorbei, bis er zu Toten kam, deren Kleidung sich kaum von der Boreas', Alerains oder Graces unterschied. Dann überquerte er die Grenze von Schatten zu Licht und trat in den Lichtkreis der Kerze.

Der letzte König in der Reihe war ein stattlicher Mann. Zu Lebzeiten mußte er groß und kräftig gewesen sein. Selbst in dem ungenügenden Kerzenschein fiel Travis die Ähnlichkeit auf: das markante Kinn, die Adlernase, die hohe Stirn, die breiten Schultern. Sein Haar war so dunkel wie das seines Bruders, aber er war nicht so attraktiv wie König Boreas und eindeutig älter, mit tiefen Sorgenfalten im Gesicht und ergrautem Bart.

Am Fuß der Bahre, auf der man König Beldreas zur Ruhe gebettet hatte, war eine Rune in den Stein gemeißelt worden. Travis erkannte sie aus seinen Studien mit Rin und Jemis. Es war *Sethen*, die Rune der Vollkommenheit. Er streckte die Hand aus und zog sie sofort mit einem Ruck wieder zurück. Noch bevor er die Rune überhaupt berührt hatte, kribbelte seine rechte Hand. So waren die Körper der alten Könige also konserviert worden. Die Rune *Sethen* war mit jeder Bahre verbunden worden. Unter ihrem Einfluß würde Stahl nie rosten und Fleisch nie verwesen.

Hinter Beldreas erstreckten sich weitere Bahren in der Dunkelheit, die alle leer waren. Insgesamt gab es wohl etwa fünfzig Stück davon, wovon ungefähr zwanzig belegt waren. Travis fragte sich, was wohl passieren würde, wenn die letzte Bahre an der Reihe war.

»Es heißt, wenn der letzte König auf der letzten Bahre zur Ruhe gebettet wird, kommt für Calavan das Ende«, sagte Beltan, als hätte er seine Gedanken gelesen. »Und alle Domänen werden mit ihm untergehen. Das besagt zumindest die Legende.«

Travis erschauderte, dann fiel sein Blick auf die leblose Gestalt von Beldreas. »Dein Vater sieht aus, als sei er ein mächtiger König gewesen.«

Beltan nickte. »Das war er auch. Der mächtigste König, den Calavan seit einem Jahrhundert gehabt hatte. Vor seiner Zeit waren die Raubritter Calavere immer näher gekommen. Unter seiner Herrschaft wurden sie ins Grenzland von Calavan zurückgetrieben und dann einer nach dem anderen vernichtet. Calavan wird seinesgleichen nicht so schnell wiedersehen.«

Travis wußte, daß er es besser nicht sagen sollte, aber er konnte sich nicht zurückhalten. »Du wärst auch ein starker König geworden, Beltan.«

Der Ritter schloß einen Moment lang die Augen. »Ich? Ein mächtiger König?« Er schüttelte den Kopf. »Nein, Travis. Ich könnte nie wie Beldreas sein. Ich habe noch nicht einmal meinen Schwur erfüllen und seinen Mörder finden können.«

»Aber du hast es versucht, Beltan. Du mußt dir selbst vergeben.«

Der Ritter erwiderte Travis' Blick. »Das kann ich nicht.«

Travis wollte widersprechen und Beltan sagen, daß er sich irrte, daß er sich für Dinge, die er nicht ändern konnte, nicht die Schuld geben konnte. Doch statt dessen nickte er. »Ich verstehe. Ich habe auch einmal ein Versprechen gebrochen.«

Wirst du hier sein, wenn ich morgen früh aufwache?

Ich verspreche es.

Indianerehrenwort?

Indianerehrenwort.

Beltan sah ihn fragend an, aber Travis' Blick blieb starr auf den toten König gerichtet. Beltan schloß sich ihm an. Die Kerze war schon weit heruntergebrannt.

»Wir sollten gehen«, sagte Beltan schließlich. »Melia wird dich schon suchen.«

Travis trat von der Bahre weg, blieb dann stehen und griff

nach dem Arm des Ritters. »Du *bist* stark, Beltan. Du bist der stärkste Mann, der mir je begegnet ist.«

Der Ritter war sichtlich überrascht. Und so überraschend das auch schien, plötzlich lächelte er. Und in diesem Augenblick war Beltan edler und ansehnlicher als all die schlafenden Könige in der Gruft.

»Ich weiß zwar nicht, wie du mich hier gefunden hast, Travis, aber ich bin froh, daß du gekommen bist.«

Travis antwortete mit einem Lächeln. Der Ritter blies die Kerze aus, und zusammen verließen sie die stille Gruft.

19

Grace schloß hinter sich die Tür zu ihrem Gemach, lehnte sich gegen das Holz und seufzte halb aus Erleichterung und halb aus Erschöpfung.

»Bloß keine Adligen mehr«, sagte sie in den leeren Raum hinein. »Bloß keine Adligen mehr, bloß keine Adligen mehr, bloß keine *Adligen* mehr!«

Sie schleppte sich von der Tür weiter in den Raum hinein. Es war seltsam, daß ihr dieses Gemach vor nicht allzu langer Zeit noch wie ein Gefängnis vorgekommen war. Nun war es ein ruhiger Hafen, den sie viel zu selten genießen konnte. Das violette Glitzern von Glas auf der Kommode fiel ihr ins Auge. Sie ging darauf zu. Wein. Ja, ein Schluck Wein würde ihr jetzt guttun. Sie füllte einen kleinen Zinnbecher und ließ sich auf den Stuhl am Feuer fallen.

Draußen schien der Himmel in Flammen zu stehen. Der Rat der Könige hatte wieder den ganzen Tag diskutiert. Grace hatte angenommen, daß ihre Anwesenheit nach der ersten Sitzung nicht mehr nötig gewesen wäre. Sie war nur noch gelegentlich für ein Stunde in den Ratssaal geschlüpft, um die Berichte des einen oder anderen Herrschers zu hören, aber insbesondere nach ihrem vorgeblichen Streit mit Boreas schien es ihr angemessen, dem Rat fernzubleiben. Sollten die Adligen eben zu ihr kommen. Das wirkte auch viel geheimnisvoller.

Das hatte sich schlagartig geändert, als Boreas vor drei Tagen plötzlich in ihr Gemach geplatzt war. Grace hatte hastig ein Schnupftuch über den Mörser und Stößel auf der Kommode geworfen. Sie war gerade dabeigewesen, nach Kyrenes Anweisungen trockene Kräuter zu zerstoßen, um eine Art medizinischen Tee herzustellen. Die Gräfin hatte ihn einen *Kräutertrank* genannt, der in kleinen Mengen einen nervösen Geist entspannen konnte. In stärkerer Form konnte er eine Trance hervorrufen und willig und beeinflußbar machen.

Der staubig-süße Geruch von Kräutern lag in der Luft, und Grace war sich sicher, daß Boreas ihn bemerken würde, aber anscheinend roch er nichts. Er mußte gerade von der Jagd am Rand des Dämmerwaldes zurückgekehrt sein, denn er trug nur schwarze Reithosen, die sehr eng um seine schlanken Hüften geschnitten waren, sowie ein weißes Hemd, das nicht ganz zugeschnürt war und Einblick auf seine harte Brust gewährte. Ein metallischer Geruch umgab ihn, den Grace nur zu gut kannte: Blut.

Er drängte sie unvermittelt in eine Ecke, als ob sie seine nächste Beute sein sollte. Aus einem unerfindlichen Grund fragte sie sich, ob er wohl versuchen würde, sie zu küssen, und ob sie sich dann wohl wehren würde.

»Alerain und ich werden morgen vor dem Rat unseren Bericht ablegen«, sagte der König. »Ihr werdet dabei sein, Lady Grace, und Euch für mich umhören, was andere über Calavan sagen, während mein Seneschall und ich reden.«

Ihr Blick wanderte über seine mächtige Schulter zu dem bedeckten Mörser. Wäre es schwierig gewesen, Boreas ein Glas Wein anzubieten und unbemerkt eine Prise der Kräuter hineinzumischen? Nein, trotz des Unterrichts bei Kyrene war sie keine Jägerin. Sie zwang sich dazu, Boreas' Blick zu erwidern und stimmte zu.

Glücklicherweise stellte sich Boreas' Aufgabe als einfacher heraus, als sie befürchtet hatte. Da immer noch angenommen wurde, daß sie sich mit dem König überworfen hatte, standen die Adligen fast schon Schlange, um neben ihr auf der Bank im Ratssaal zu sitzen und ihr ins Ohr zu flüstern.

Boreas war ein Kriegstreiber, sagten sie. Er war die einzige Hoffnung für alle Domänen. Er war verrückt und wollte sie alle vernichten. Eredane würde Calavan niemals zur Seite stehen. Doch, Eredane wartete nur darauf, daß Calavan Konzessionen machte und würde seine Stimme im letzten Moment ändern. Sogar Perridon würde Calavan im Stich lassen und ins andere Lager überlaufen. Ganz im Gegenteil, niemand war Calavan gegenüber loyaler als Perridon, und sie hatten sogar Embarr fast schon überredet, mit Boreas zu stimmen, aber König Sorrin war irre und tanzte nachts nackt und mit dem Schwert in der Hand in seinem Gemach, wo er schreckliche Blut- und Feuerrituale abhielt, um die an ihm zehrende Krankheit aufzuhalten.

Es dauerte nicht lange, bis das Flüstern sich in Graces Verstand wie ein zuckender Knoten grauer Schlangen verwickelt hatte.

Eminda war insgeheim in Boreas verliebt. Ach was, Boreas machte sich gar nichts aus Frauen, war froh, daß Königin Narena tot war, und verbrachte die Nächte in seinem Gemach damit, sich über junge Soldaten herzumachen. Und außerdem hatte Boreas seinen eigenen Bruder Beldreas umgebracht, um sich den Thron anzueignen, und nun hatte Boreas' Bastard Beltan dasselbe vor. Und hatte sie schon gehört, daß Teravian – sein ehelicher Sohn, der gerade am Hof von Toloria erzogen wurde – der eigentliche Grund für Ivalaines Stimmenthaltung war? Ja, das wußte doch jeder, daß die Königin ihn verführt hatte, obwohl er erst sechzehn Winter zählte. Und nun plante sie, Boreas vor dem Rat scheitern zu lassen und Teravian als ihre Marionette auf den Thron von Calavan zu setzen.

Ein Klopfen an der Tür riß Grace aus ihren Gedanken, und sie hätte sich beinahe mit dem Wein bekleckert. »Herein«, sagte sie und lächelte, als eine der wenigen Adligen, die ihr immer willkommen waren, hereinkam.

»Grace, es ist so schön, dich zu sehen«, sagte Aryn.

Grace betrachtete ihre Freundin genau. Die Baronesse sah

irgendwie älter aus, reifer. Sie trug ein dunkelblaues Gewand, das Grace noch nie gesehen hatte. Das Oberteil schmiegte sich eng um ihre schlanke Taille, und der Ausschnitt war ausgesprochen freizügig. Ein kleiner Umhang aus Kaninchenfell lag über ihrer rechten Schulter, so als hätte sie ihn wie zufällig darüber geworfen und nicht, um den verkrüppelten Arm darunter zu verbergen.

»Ich hatte so ein Gefühl, daß ich dich hier treffen würde.«

Grace runzelte die Stirn. »Ach ja? Bringt Tressa dir etwas bei, wovon du mir noch nichts erzählt hast?«

Rosen blühten auf Aryns weißen Wangen. »So habe ich das nicht gemeint, Grace. Es war nur so ein Gefühl, mehr nicht.«

Grace schaute auf ihre eigenen Hände, ihre eigenen Finger, die den Zinnbecher hielten. »Langsam glaube ich, daß es so etwas wie *nur ein Gefühl* gar nicht gibt.«

Aryn blickte nervös zur Tür und schloß sie. Als sie sich wieder umdrehte, war ihr Gesicht wieder offen und ehrlich, war es wieder neunzehn Jahre alt.

»Mir geht es genauso, Grace. Manchmal weiß ich einfach gar nicht mehr, was ich denken soll.«

Sie setzten sich im verblassenden Tageslicht auf die Fensterbank.

»Ich weiß nicht, ob ich das noch länger ertrage, Grace. Tressa sagt mir, was ich tun muß, aber sie erklärt mir nie, warum ich etwas tun muß. Es macht mich wahnsinnig. Aber ich tue es trotzdem, weil ich es einfach wissen will, weil ich es wissen muß, und manchmal … manchmal …«

Grace nickte langsam. »Manchmal verstehst du es dann tatsächlich.«

Aryn ergriff Graces Hand. »Was tun wir da bloß, Grace?«

Grace sah aus dem Fenster auf das Schloß in all seiner weiten und trüben Pracht. »Das weiß ich auch nicht, Aryn.

Aber jetzt, wo ich einmal damit begonnen habe, glaube ich nicht, daß ich noch aufhören kann. Durch das, was Kyrene mir über die Gabe und die Weltenkraft beigebracht hat, fühle ich mich so … so …«

Wie fühlst du dich denn, Grace? Mächtig? Sinnlich? Lebendig? Es war alles das und noch mehr. Sie konnte es nicht in Worte fassen, aber sie mußte nur Aryns Hand drücken, um sie verstehen zu lassen.

Grace wandte sich wieder der Baronesse zu. »Ich finde, wir sollten Boreas sagen, was wir tun.«

Aryn riß vollkommen entsetzt ihre Hand zurück. »Grace! Bitte sag mir, daß du das nicht ernst meinst. Boreas läßt uns vierteilen, wenn er es herausfindet. Er ist ein Vathrisanhänger. Du weißt genau, was er von Hexen hält.«

Grace seufzte unglücklich und nickte. Natürlich hatte Aryn recht.

Nun verwandelte sich Aryns Schrecken in Sorge. »Was ist denn, Grace?«

»Ich weiß nicht genau, Aryn. Es ist nur, weil ich König Boreas' Spionin beim Rat sein soll. Aber jetzt sind wir Schülerinnen von Königin Ivalaine geworden. Ich weiß, daß sie einen Plan verfolgt. Aber ich kann nicht einmal annähernd herausfinden, was es ist.«

Ihre Worte eilten ihrem Verstand voraus, als sie all die Hinweise und Andeutungen auswertete, die sie beim Rat der Könige gesammelt hatte.

»Und ich bezweifle, daß Ivalaine beim Rat nur als Königin von Toloria handelt. Ich glaube, daß sie auch in ihrer Eigenschaft als Hexe hier ist. Ich *weiß* es genau. Die Hexen haben etwas vor, Aryn. Kyrene läßt hier und da solche selbstgefälligen Anspielungen fallen.« Sie zwang sich zu einem Lächeln. »Ja, ich weiß auch, daß man nicht alles glauben darf, was Kyrene so erzählt, aber es ist trotzdem klar, daß irgend etwas beim Rat der Könige vor sich geht. Etwas, das unter der Oberfläche liegt und woran die Hexen beteiligt sind.«

»Beobachten«, sagte Aryn.

Grace neigte den Kopf zur Seite.

»Ivalaine beobachtet ständig irgend etwas. Wenn ich sie beim Rat sehe, scheint sie immer nach etwas Ausschau zu halten und zu warten.«

»Worauf denn?«

Doch wenn sie die Antwort darauf gewußt hätten, wären sie nicht in dieser Zwickmühle gewesen.

Plötzlich keuchte Aryn auf und sprang auf. »Ich komme zu spät, Grace. Wenn ich mich jetzt nicht beeile, werde ich Tressa warten lassen.«

»Dann geh«, sagte Grace. Sie stand auf und brachte ihre Freundin zur Tür.

»Und was ist mit dir?«

»Kyrene hat gesagt, daß sie sich heute nicht mit mir treffen kann. Nein, es ist schon gut. Sie hat mir einige Kräuter gegeben, damit ich ein paar Kräutertränke herstellen kann, und das muß ich sowieso noch üben.«

Aryn bedankte sich noch einmal bei ihr, bevor sie durch die Tür huschte und den Korridor entlanglief. Grace sah ihr nach, dann schloß sie die Tür und war wieder allein in ihrem Gemach.

Sie ging zur Kommode und zündete eine Kerze an, um das blaue Abendlicht zu vertreiben. Dann beschäftigte sie sich mit den kleinen Stoffpäckchen, in die sie die Kräuter gepackt hatte, die sie im Garten gesammelt hatte. Sie versuchte, sich an das Rezept zu erinnern, das Kyrene ihr vorgetragen hatte. *Nimm fünf Blätter Rotkrone, drei Blätter Hundewicke und ein fingerlanges Stück getrocknete Weidenborke …*

Grace runzelte die Stirn. Oder waren es *drei* Blätter Rotkrone und *fünf* Blätter Hundewicke gewesen?

Seufzend legte sie die Päckchen wieder hin. Sie wußte

genau, daß sie eigentlich üben sollte. Bis jetzt hatten alle ihre Tränke wie Dreck geschmeckt, und ihre einzige magische Wirkung war, daß sie sehr viel häufiger und dringender als sonst auf den Nachttopf mußte. Aber die Ratssitzung hatte sie erschöpft. Sie war jetzt für Tränke und Zaubersprüche zu müde.

Sie sah aus dem dunklen Fenster und dachte an den Garten. Sie sehnte sich danach, wieder dieses Leben zu spüren, diese Energie, die die Leere in ihr füllen konnte. Aber die Sonne war schon untergegangen, und bald würde es zu kalt und dunkel sein, um das Gebäude zu verlassen, und in ihrem Gemach war nichts Lebendiges.

Aber wo steht denn geschrieben, daß man nur lebendige Dinge spüren kann, Grace?

Ihr lief ein Schauder über den Rücken. Der Gedanke schien kaum ihr eigener zu sein, doch sie wußte, daß er es war. Aber es war eine alberne Idee. Gegenstände waren nicht lebendig, sie konnten unmöglich Energie wie die wachsenden Pflanzen im Garten haben.

Aber du weißt doch, daß das nicht stimmt, Grace. Ein Skalpell kann ein Eigenleben haben, genau wie ein Dolch.

Sie bückte sich und berührte das Messer in ihrem Stiefel. Ihre Finger strichen über den glatten Griff …

… und wurden zurückgezogen. Es gab eine andere, eine geheimnisvollere Klinge, die sie berühren konnte. Sie stand auf, ging zum Stuhl am Feuer und griff unter das Kissen, wo sie sie versteckt hatte. Mit zitternden Händen wickelte sie den Stoff ab und enthüllte den Dolch.

»Das ist verrückt, Grace.«

Noch während sie das sagte, setzte sie sich auf den Stuhl und legte den Dolch auf ihren Schoß. Auf dem violetten Stoff ihres Gewandes sah er wie eine Schlange aus, glatt und gefährlich. Im Garten hatte sie soviel über die Dinge gelernt, die sie mit der Gabe berührt hatte. Was konnte sie von diesem

Gegenstand erfahren? Wessen Hand damit eine Rune in die Tür geschnitzt hatte?

Grace starrte den Dolch an und dachte an Kyrenes Worte. Sie atmete tief durch. Dann streckte sie ihre geistigen Fühler aus …

… und berührte den Dolch.

Kalt. Es war so kalt. Sie konnte nicht atmen, konnte nichts fühlen. Nur einen eisigen Wind, der durch ihr Inneres wehte. *So muß sich der Tod anfühlen.* Sie öffnete die Augen.

Das Schloß verschwand in der Ferne und verblaßte im blauen Dämmerlicht. Schneebedeckte Felder und Steinmauern zogen unter ihr dahin. Sie flog durch das frostige Zwielicht über die Winterlandschaft Calavans. Pfade und Reitwege wanden und kreuzten sich unter ihr. Dörfer verschwanden so schnell, wie sie aufgetaucht waren. Weitere Felder rauschten vorbei, dann blitzte unter ihr etwas Schwarzes auf. Ein Steinbogen. Als ihr klar wurde, daß das die Brücke über den Dunkelwein war, war sie längst wieder verschwunden.

Nun lag unter ihr nur noch schneebedecktes Brachland, das nicht von Steinmauern unterteilt wurde. Die Landschaft schimmerte im letzten Tageslicht und dem Schein der ersten Sterne. Sie erwartete, ihren eigenen Schatten über die Hügel und Täler gleiten zu sehen, aber da war nichts, und wie sollte es auch? Schließlich war ihr die ganze Zeit über bewußt, daß sie auf dem Stuhl am Feuer in ihrem Gemach auf Calavere saß.

Wo fliege ich hin?

In der Kälte formte sich der Gedanke nur schwerfällig, und als sie ihn endlich formuliert hatte, schoß plötzlich eine undurchdringliche Barriere aus den Feldern empor. Der Rand des Dämmerwaldes. Die Bäume verschluckten das restliche Tageslicht, fingen es im Netz ihrer kahlen Äste ein und wollten es nicht wieder hergeben. Wurde sie in den Wald gebracht?

Nein, der Boden kam auf sie zu. Sie sank, oder etwas zog sie hinab. Sie schwebte über einen zugeschneiten Hügel in ein enges Tal hinein, und dann sah sie es.

Sie standen im Kreis, als wären sie während eines ausgelassenen Tanzes plötzlich erstarrt. Neun Steinsäulen. Jede von ihnen so hoch wie zwei Männer und von der Zeit verwittert. Sie ragten schwarz und scharf in den Himmel hinein, und Grace hatte keine Zweifel daran, daß sie uralt waren. Vielleicht nicht so alt wie der Wald. Oder vielleicht doch. Ob die Steine selbst noch wußten, wer sie hier aufgestellt hatte?

Sie flog näher an die Megalithen heran. Ein Kribbeln durchfuhr sie. Irgend etwas würde geschehen, etwas Wichtiges. Grace schwebte zwischen zwei Steinen vorbei und wußte sofort, daß sie am Ziel ihrer Reise angelangt war. Das hatte sie sehen sollen.

Im Mittelpunkt des Kreises standen zwei Gestalten. Ihrer Reitkleidung nach zu urteilen, waren es beides Männer: Reithosen aus Leder, Wämser aus Wolle, dicke Umhänge. Einer von ihnen, der kleinere, hatte ihr den Rücken zugedreht, so daß sie sein Gesicht nicht sehen konnte. Der andere stand zwar in ihrer Richtung, aber die Kapuze seines Reitumhangs war tief heruntergezogen und hüllte sein Gesicht in Schatten. Hinter ihnen standen zwei Pferde am Rand des Kreises, deren Zügel an einem Dornenbusch festgebunden waren, der am Fuß eines der Steinsäulen wuchs. Am Horizont war die Mondsichel zu sehen – so scharf, blaß und gekrümmt wie ein Dolch.

»Du kommst spät«, sagte der große Mann.

Wäre ihr das möglich gewesen, hätte Grace aufgestöhnt. Sie hatte das Gefühl, daß er mit ihr gesprochen hatte. Aber nein, nun trat der andere Mann einen Schritt vor, wobei seine Stiefel auf dem gefrorenen Schnee knirschten. Der Mann mit der Kapuze hatte ihn gemeint.

»Ich bin gekommen, sobald ich konnte«, sagte der kleinere

Mann. »Ihr wißt doch genau, wie schwierig es für mich ist, das Schloß zu verlassen.«

»Das ist dein Problem«, sagte der andere. Er sprach leise und mürrisch.

Er verstellt seine Stimme. Der andere soll nicht wissen, wer er ist.

»Nun ja, jetzt bin ich hier«, sagte der barhäuptige Mann. Seine Stimme war wiederum schwer zu hören, weil er mit dem Rücken zu ihr stand und weil der Wind zwischen den Steinen hindurchfuhr.

»Ist alles vorbereitet?« fragte der größere.

»Schon bald.«

»Was soll das heißen, *bald?*« Der Vermummte machte einen Schritt auf den anderen zu. Seine Stimme konnte seine Wut nicht verbergen. »Heute nacht sollte alles bereit sein. So haben wir es abgemacht.«

»Ich habe meinen Verbündeten Zeichen hinterlassen, aber wenn ich allein bin, fehlt mir oft die Zeit. Und es gibt im Schloß ein paar neugierige Leute. Ich habe mein Möglichstes getan.«

»Dann ist dein Möglichstes nicht genug. Der Rat kann jederzeit wieder abstimmen. Sie müssen auf jeden Fall in unserem Sinne entscheiden.«

Grace bemühte sich, näher heranzukommen, doch es gelang ihr nicht. Der Wind schien sie zurückzuhalten. Vielleicht war es auch eine Macht, die in den riesigen Steinen lag.

»Sie werden ganz bestimmt in unserem Sinne entscheiden«, sagte der kleinere Mann. »Schon bald werden nur noch sechs Herrscher am Ratstisch sitzen, nicht sieben. Wer von ihnen fehlen wird, wissen wir erst, wenn unser Augenblick gekommen ist. Jedenfalls wird es kein Patt mehr geben.« Er stemmte selbstbewußt die Hände in die Seiten. »Also macht Euch keine Sorgen.«

»Kleiner Diener!« zischte der Vermummte. »Wie kannst du es wagen, mir zu sagen, was ich tun und lassen soll?«

Es geschah so schnell, daß Grace es fast nicht gesehen hätte. Der größere Mann zückte aus den Falten seines Umhangs einen Dolch. Die Klinge blitzte im Mondlicht auf, der kleinere Mann taumelte zurück, und die Pferde wieherten ängstlich. Blut spritzte auf den Boden, wie rote Beeren im Schnee.

Der barhäuptige Mann hielt sich seine Seite. Zwischen seinen Fingern quoll rotes Blut hervor. »Ihr … Ihr habt mich gestochen!« Seine Stimme war jetzt alles andere als selbstsicher.

»Nur ein kleiner Pikser, um dich zu erinnern, wer hier der Herr ist«, sagte der Vermummte. »Und ich verspreche dir, wenn du dich noch einmal so dreist benimmst, wird der Stich sehr viel tiefer gehen. Und glaube mir, daß ich weiß, wo ich hinstechen muß. Jetzt scher dich zurück zum Schloß und bring zu Ende, was wir begonnen haben.«

Der kleinere Mann deutete eine Verbeugung an, wobei er sich immer noch seine Wunde hielt. Währenddessen hob der Vermummte seinen Kopf, sah an ihm vorbei …

… und starrte Grace unmittelbar an. Er neigte den Kopf zur Seite, fast so, als würde er etwas in der kalten Luft sehen.

Kälte und Panik wurden eins. Grace schlug nach der Luft, aber sie konnte sie nicht packen, konnte sich nicht rühren. Nein, es war unmöglich. Er konnte sie nicht sehen.

Der Vermummte trat einen Schritt vor.

Nein!

Irgendwo in weiter Ferne ließen taube Hände etwas fallen, dann fiel Grace selbst. Alles verschwand im Handumdrehen: die Männer, die Steinsäulen, die Mondsichel. Sie machten einem gewaltigen dunklen Abgrund Platz, in den sie stürzte. Sie fiel hinab, in einen See der Finsternis, aus dem sie nie wieder auftauchen würde …

»Lady Grace!«

Grace riß die Augen auf und schnappte nach Luft, als wäre sie gerade fast ertrunken. Ivalaine stand über ihr und sah sie kühl und teilnahmslos an. Tressa kniete besorgt neben Graces Stuhl. Aryn ging hinter den beiden auf und ab, auf ihrem tränenverschmierten Gesicht war eine Mischung aus Furcht und Erleichterung zu sehen.

Tressa schnalzte mit der Zunge, während sie Graces Hände rieb. »Eure Haut ist wie Eis, Kind.«

Das Sprechen fiel ihr schwer, aber irgendwie bekam Grace die Worte heraus. »Was … was ist passiert?«

Ein Schatten huschte über Ivalaines Gesicht. »Wir hätten Euch fast verloren, Schwester. Dreimal habe ich Euch gerufen. Wenn ihr beim letzten Mal nicht zurückgekommen wärt, so wärt Ihr überhaupt nicht mehr zurückgekehrt. Ihr habt Glück, daß Lady Tressa und Lady Aryn Euch besuchten, um Euch zu fragen, ob Ihr während Lady Kyrenes Abwesenheit an ihrem Unterricht teilnehmen wollt.«

Grace zitterte, und das Leben kehrte heiß und kribbelnd in ihre Glieder zurück. »Ich verstehe das nicht«, sagte sie mit klappernden Zähnen.

Ivalaine hielt etwas hoch: einen Dolch mit einem schwarzen Griff. Grace schwieg.

Ivalaines Gesicht war wie Stein. »Versucht nie wieder Dinge zu tun, die Kyrene Euch nicht beigebracht hat, Lady Grace.«

Worte waren überflüssig. Grace nickte steif.

»Komm, Tressa.« Ivalaine legte das Messer auf die Kommode.

Die rothaarige Frau warf noch einen letzten besorgten Blick auf Grace, bevor sie aufstand.

»Kümmert Euch um Lady Grace, Schwester«, sagte Ivalaine zu Aryn. »Euer Unterricht ist für heute beendet. Ich denke, daß Ihr beide genug für einen Tag gelernt habt.«

Die Königin von Toloria drehte sich um und verließ, gefolgt von Tressa, das Gemach. Sobald sie die Tür hinter sich geschlossen hatten, kniete Aryn neben dem Sessel nieder und massierte Grace die Hände.

»Du bist ja eiskalt! Was ist mit dir geschehen, Grace? Als wir dich gefunden haben, schienst du ganz weit weg zu sein.«

Grace öffnete den Mund, aber sie brachte kein Wort hervor. Sie konnte nur zittern und hoffen, daß das Feuer sie auftauen würde, bevor es sie bei lebendigem Leib verbrannte.

20

Travis legte die Tafel und den Griffel aus den verkrampften Fingern. Die Tauben waren für die Nacht in das Gebälk hoch über ihm zurückgekehrt. Es war Zeit zu gehen.

Er ließ die Tafel da zurück, wo Rin sie finden würde – es lief viel besser, seit er sich mit dem jungen Runensprecher unterhalten hatte –, stieg dann die Leiter hinab und öffnete die Tür des Turms.

»Oh!« sagten sie beide gleichzeitig.

Sie hatte gerade ihre Hand gehoben, um an die Tür zu klopfen. Grace.

Sie faßte sich schnell wieder. »Travis, ich muß mit dir reden.«

Er war zu überrascht, um etwas zu sagen, und nickte nur.

Sie verschränkte die Arme vor der Brust. »Kann ich reinkommen?«

»Ach, entschuldige. Natürlich, bitte.«

Grace hastete hinein und sperrte den eisigen Wind aus. Sie warf die pelzgesäumte Kapuze ihres Umhangs zurück. Ihr Gesicht war von der Kälte kreideweiß, aber ihre Augen schimmerten wie üblich wie ein Sommerwald.

»Können wir hier sprechen, Travis?« Sie sah zu der hölzernen Decke hinauf.

Travis runzelte die Stirn. »Da oben sind nur Rin und Jemis, und sie könnten uns sowieso nicht hören. Sie sind ganz oben in der Dachkammer.«

Grace trat einen Schritt näher an ihn heran. »Gut, ich will nämlich nicht, daß irgend jemand anderes das hört.«

Als sie ihre Geschichte zu Ende erzählt hatte, war Travis genauso blaß wie sie.

Er atmete tief. »Ich glaube, wir brauchen Hilfe, Grace.«

Sie nickte. »Meinst du Melia und Falken?«

Travis dachte darüber nach, dann schüttelte er den Kopf. »Wir sollten sie da nicht mit reinziehen, zumindest jetzt noch nicht. Sie haben zuviel mit dem Rat zu tun. Schauen wir doch erst einmal, was wir herausfinden, dann können wir immer noch mit ihnen darüber sprechen.«

»An wen denkst du dann?«

Travis kraulte sich den rotbraunen Bart. Er sollte ihn wirklich bei Gelegenheit abrasieren. »Feuer bekämpft man am besten mit Feuer, nicht wahr? Wenn es eine Verschwörung im Schloß gibt, müssen wir vielleicht selbst eine Verschwörung anzetteln.«

»Worauf willst du hinaus, Travis?«

Er grinste sie an. »Komm mit, ich erkläre es dir unterwegs.«

Die Sonne war gerade untergegangen, als sie sich in Graces Gemach trafen. Das Zwielicht hatte seinen Purpurmantel über das Schloß geworfen, und durch das Fenster konnte man den Mond am Himmel leuchten sehen. Selbst in seinem letzten Viertel war er viel größer und heller als der Mond auf der Erde. Ob Travis wohl jemals den kleineren, entfernteren Himmelskörper wiedersehen würde?

»Was ist los, Grace?« fragte Aryn.

Die junge Baronesse stand am Fenster und hielt einen Pokal Wein in der linken Hand, ohne davon zu trinken. Ihr Blick streifte Travis, und es war klar, daß ihre Frage genausogut *Was macht der denn hier, Grace?* hätte lauten können.

Travis faßte seinen Pokal fester. *Hör auf damit. Sie will nur wissen, worum es geht, das ist alles. Du bist in dieser Welt genauso wenig ein Diener, wie Grace eine Herzogin ist. Vielleicht solltest du endlich aufhören, dich wie einer zu benehmen, dann würden die Leute dich nicht ständig für einen halten.*

»Natürlich ist irgend etwas schiefgegangen«, sagte Durge.

Er klang beinahe zufrieden. »Lady Grace hätte uns nicht so dringend zusammengerufen, wenn dem nicht so wäre.«

Grace trat vor. »Aryn, Durge, Ihr erinnert Euch doch an Travis Wilder.«

Aryn schenkte ihm ein höfliches, nichtssagendes Nicken. Durge verbeugte sich.

»Freisasse Travis«, sagte Durge mit seiner feierlichen Baritonstimme.

Grace befeuchtete ihre Lippen. »Ich habe etwas herausgefunden. Über den Rat der Könige.«

Aryn runzelte die Stirn. »Findest du wirklich, daß wir vor einem von Lady Melias Leuten darüber sprechen sollten?«

Travis zuckte zusammen.

Grace holte tief Luft, dann ließ sie die Worte einfach heraussprudeln. »Er ist von der Erde, Aryn. Von dem Ort, von dem auch ich herkomme.«

Die Baronesse riß die blauen Augen auf. Sie fuhr zurück und hätte gewiß ihren Wein verschüttet, hätte Durge sie nicht mit sicherer Hand gestützt. Der Ritter blickte Aryn an, dann Grace und Travis. Sein ernstes Gesicht wirkte nachdenklich.

»Ich weiß nicht, was es mit dieser *Erde* auf sich hat, von der Ihr sprecht«, sagte er. »Aber wenn Freisasse Travis Euer Landsmann ist, so ist er hier willkommen.«

Grace schüttelte den Kopf. »Nein, Durge, Ihr versteht das falsch. Es ist mehr als das, viel mehr …«

Schon bald waren die tiefliegenden Augen des Ritters fast genauso groß und rund wie Aryns, aber er unterbrach Grace nicht. Als sie fertig war, strich er sich über den Sichelbart.

»Natürlich«, sagte er leise. »Ich habe immer schon gewußt, daß es so war. In der Senke im Dämmerwald gab es keine Fußspuren im Schnee, als ich Euch gefunden habe. Ich habe immer gesagt, daß ihr vom Himmel herabgeschwebt sein müßt, und ich vermutete, daß ihr aus dem Feenreich kommt. Ihr kommt also aus einer anderen Welt. Aber ich habe nicht weit daneben gelegen, nicht wahr?«

»Nein, Durge, überhaupt nicht.« Graces Stimme war belegt, und ihre Augen glänzten.

Der Ritter schwieg einen Augenblick lang, dann trat er auf sie zu, kniete vor ihr nieder und senkte den Kopf. »Macht Euch keine Sorgen, Mylady. Ich habe mich und mein Schwert Euch verpflichtet, und in Embarr ist das Wort eines Ritters härter als Stahl und ausdauernder als Stein. Es ist egal, aus welcher Welt Ihr stammt.«

Grace mußte lachen. Sie legte eine Hand auf Durges gekrümmte und doch kräftige Schulter.

»Erhebt Euch, Sir Durge. Ach, bitte, erhebt Euch.«

Er stand auf, und sie ergriff seine Hände, und seine Augen weiteten sich schon wieder. Aryn lief zu Grace und legte ihren linken Arm um die größere Frau. Die Baronesse weinte, und sogar Travis hatte einen Kloß im Hals. Auch auf anderen Welten gab es anständige Leute.

Aryn löste sich von Grace und wandte sich Travis zu. Ihr junges Gesicht war sehr ernst. »Es tut mir so leid, Freisasse … ich meine Travis. Ich hatte keine Ahnung. Glaubt Ihr, daß Ihr mir verzeihen könnt, nicht jetzt, aber irgendwann?«

»Es gibt nichts zu verzeihen. Und Ihr könnt mich nennen, wie Ihr wollt. Ich empfinde es nicht als Schande, als *Freisasse* angeredet zu werden.«

Durge legte eine Hand auf seine Schulter. »Das ist es auch nicht.«

»Ich habe das Gefühl, ich habe gerade etwas versäumt« sagte da eine fröhliche Tenorstimme.

Eine kräftige, vertraute Gestalt stand im Türrahmen.

»Beltan!«

Der große Ritter verbeugte sich zur Antwort.

»Wie hast du uns gefunden?« sagte Travis. »Ich habe das

ganze Schloß nach dir abgesucht, aber du warst nirgendwo zu finden.«

»Ich habe Lady Graces Einladung erhalten. Ein Page hat sie mir in den Stall gebracht.«

Travis warf Grace einen Blick zu.

Sie zuckte mit den Schultern. »Für eine Adlige gehalten zu werden, hat seine Vorteile.«

»Offensichtlich.« Er ging auf den blonden Ritter zu. »Ich bin froh, daß du kommen konntest, Beltan.«

Das fröhliche Gesicht des Ritters wurde ernst. »Ich kann mich nicht ständig in Grüften verstecken, Travis. Eines Tages wird dort mein Platz sein, aber nicht, solange ich lebe. Danke, daß du mir das klargemacht hast.«

Travis machte den Mund auf, doch er wußte nicht, was er sagen sollte.

Grace schloß die Tür ihres Gemachs, und dieses Mal schob sie einen hölzernen Riegel vor. »Wir sollten wirklich anfangen. Früher oder später wird man wenigstens einen von uns vermissen.«

Alle Aufmerksamkeit richtete sich auf Grace. Es war an der Zeit, zur Sache zu kommen.

Aryn blickte Beltan an, dann Grace. »Willst du es ihm sagen?«

»Das ist schon in Ordnung«, sagte Travis. »Beltan weiß Bescheid.«

»Worüber weiß ich Bescheid?« fragte Beltan.

»Daß ich von einer anderen Welt komme. Und Grace auch.«

Der große Ritter schnaubte. »Ach, das.«

Aryn runzelte die Stirn. »Ihr scheint das sehr leicht zu nehmen.«

Beltan verschränkte die Arme vor der breiten Brust. »Glaubt mir, wenn man mit Falken und Melia reist, gewöhnt man sich an Überraschungen. Tatsächlich kann man nicht endlos verblüfft sein. Es ermüdet nur das Gesicht, wenn einem die Kinnlade zu oft herunterfällt.«

Nun schien die Baronesse Travis in einem neuen Licht zu sehen und betrachtete ihn voller Neugier.

»Grace«, sagte Travis, um nicht länger im Mittelpunkt zu stehen, »erzähl ihnen, was du mir erzählt hast.«

Grace nickte, und die anderen hörten ihr zu, während sie vor dem Feuer auf und ab ging und leise berichtete: die Türen, der Dolch, die Trance und der Steinkreis. Als sie flüsterte, wo sie diese Magie gelernt hatte, daß sie und Aryn von Ivalaine und den Hexen unterrichtet wurden, traten Durge und Beltan unwillkürlich einen Schritt zurück. Beltan schien eine Geste mit seiner Hand machen zu wollen, den Daumen und den kleinen Finger ausgestreckt, aber er hielt sich zurück.

»Es sieht so aus, als wären wir mit Lord Beltans Überraschungen noch nicht ganz fertig«, sagte Durge, als Grace geendet hatte.

Sie ging zögernd auf ihn zu. »Durge, es tut mir wirklich leid. Ich hätte Euch davon erzählen sollen.«

Er schaute sie verständnislos an. »Aber warum denn, Mylady? Es steht mir nicht zu, Eure Handlungen zu bewerten. Und es gibt hier Probleme, die mich *wirklich* etwas angehen.«

»Wie die Tatsache, daß es auf Schloß Calavere ein Mordkomplott gibt«, sagte Beltan. Seine Miene war nun fast genauso finster wie die Durges. »Wieder einmal.«

Beltan und Durge hatten noch Fragen, und Grace und Travis bemühten sich, sie so gut es ging zu beantworten. Sie wußten nicht viel, aber bei all den Rätseln waren doch ein paar Dinge klar. Es gab im Schloß einen Plan, einen der am Rat teilnehmenden Herscher zu ermorden, und der Rabenkult steckte dahinter. Travis hatte keine Ahnung, was ein Kult davon hätte, einen König zu ermorden, aber an seiner Beteiligung gab es keinen Zweifel. Grace hatte einen Kultanhänger dabei erwischt, wie er das Rabensymbol in eine Tür geschnitzt hatte, und dann hatte er seine Waffe verloren. Dieser Dolch hatte sie – auf magische Weise – zu einem Megalithkreis geführt. Er mußte einem der beiden Verschwörer gehört haben, die Grace beobachtet hatte. Das bedeutete, daß einer von ihnen Zugang zum Schloß hatte. Aber wer er war, war eine der Fragen, auf die sie keine Antwort wußten.

»Mir ist noch immer nicht die Bedeutung der Türen klar«, sagte Beltan. Er fuhr sich mit einer Hand durch sein langes, spärlicher werdendes Haar. »Zugegeben, das heißt nicht viel. Aber wenn mir jemand erklären könnte, was zwei Lagerräume mit einem Mordkomplott zu tun haben, wäre ich sehr dankbar.«

Aryn hatte bis jetzt kaum etwas zu der Diskussion beigetragen, aber jetzt schien sie aus ihren Gedanken aufzutauchen. »Ich habe eine Idee. Es wird nur eine Minute dauern, aber ich brauche … ich brauche eine hilfreiche Hand.«

Durge trat vor. »Mylady.«

Aryn zögerte kurz, dann nickte sie.

Als die Baronesse und der Ritter kurz darauf in das Gemach zurückkehrten, trug er einen Stapel Pergamentrollen.

»Was ist das?« fragte Grace.

»Ich zeig's dir.«

Die Baronesse legte eine der Rollen auf die Kommode. Sie stellte ein Salzfäßchen auf eine Ecke, und Travis und Grace halfen ihr, sie zu entrollen. Zuerst wurde Travis nicht schlau aus dem, was er sah. Die Rolle war mit Kurven und Linien bedeckt.

»Das ist ein Plan des Schlosses!« rief Grace.

Noch während sie das sagte, nahmen die Kurven und Linien plötzlich Gestalt an, und Travis konnte es auch erkennen. »Schau mal, da ist der Obere Burghof«, sagte er. »Und das Heckenlabyrinth, und der Bergfried. Und das da drüben müssen die verschiedenen Etagen des Bergfrieds sein. Ich hätte nie gedacht, daß es so viele sind.«

Durge versuchte, die anderen Rollen abzusetzen, wobei sie ihm fast hingefallen wären, bevor er sie auf den Tisch legen konnte. »Was sollen wir damit machen. Lady Aryn?«

»Suchen«, sagte sie. »Wir müssen sie absuchen.«

Sie brauchten fast eine Stunde. Einige der Pläne waren sehr alt, von den Meisterarchitekten gezeichnet, die Calavere über die Jahrhunderte erbaut hatten, und einige von ihnen waren eindeutig nicht mehr aktuell. Einige zeigten Gänge und Räume, die nicht mehr existierten, oder nur leeres Gelände, wo jetzt Türme standen. Schließlich fanden sie eine Rolle, die nicht ganz so verblaßt zu sein schien wie die anderen. Beltan war derjenige, der schließlich das fand, wonach sie suchten.

»Das war pures Glück«, sagte der Ritter. Er zeigte auf ein kleines Rechteck auf dem Plan.

Travis sah genau hin. Ja, das mußte der Lagerraum mit dem Rabensymbol auf der Tür sein, der erste, den Grace und er gefunden hatten. Der andere Raum war nicht weit von dem ersten entfernt gewesen, und schon bald hatten sie ihn auf dem Plan gefunden. Aber was sagte ihnen das alles?

Aryn holte tief Luft. »Beltan, holt doch bitte den Plan, den wir uns vor diesem hier angeschaut haben.«

Er gehorchte mit verblüfftem Gesichtsausdruck.

»Jetzt legt ihn über diesen Plan. Bitte.«

Travis begriff, worauf sie hinauswollte. Der nun oben liegende Plan zeigte die Etage, die sich unmittelbar über der mit den beiden leeren Räumen befand.

»Was ist, Aryn?« fragte Grace.

Die Baronesse zeigte mit zitternder Hand auf zwei Räume auf dem oberen Plan. »In diesem Gemach schläft König Persard. Und das ist König Sorrins Unterkunft.«

»Und die beiden Räume, die Lady Grace und Freisasse Travis

gefunden haben, liegen direkt unter diesen Gemächern«, sagte Durge.

Travis verschob den oberen Plan. Es stimmte. Er schloß die Augen und sah wieder den Lüftungsschacht im Lagerraum und den alten Speiseaufzug in dem leeren Schlafgemach vor sich.

»So wollen sie es machen! So wollen sie an den König herankommen, den sie ermorden wollen.« Er zeigte auf den Plan. »Seht ihr diese Linien? Das sind Schächte, die zwischen den leeren Räumen und den Gemächern der Herrscher verlaufen.«

Beltan fluchte. »Wir müssen zu König Boreas gehen. Lady Graces Worten zufolge können sie jederzeit zuschlagen.«

Durge drehte sich vom Fenster weg. Er hatte in die Nacht hinausgeschaut. »Da wäre ich mir nicht so sicher«, sagte er.

Die anderen starrten ihn an.

»Lady Grace«, sagte er, »sagtet Ihr nicht, daß Ihr den Steinkreis in der Abenddämmerung gesehen habt? Und daß der Mond als Sichel am Himmel hing?«

»Ja«, sagte sie. »Es war sehr … eindrucksvoll.«

Durge gab den Blick auf das Fenster frei. Licht strömte durch das gewellte Glas und zeichnete ein Muster wie silbernes Wasser auf den Boden. Draußen näherte sich der Halbmond den Zinnen des Schlosses.

Grace ging ans Fenster. »Das verstehe ich nicht. Ich habe es ganz eindeutig gesehen. Der Mond war eine Sichel.«

»Und das wird er in fünf Tagen auch sein«, sagte Durge.

Sie schienen die Wahrheit alle gleichzeitig zu begreifen.

»Es ist noch gar nicht geschehen«, sagte Grace, als sie dem Fenster wieder den Rücken zukehrte. »Was ich beobachtet habe, die beiden Männer in dem Steinkreis. Es ist noch gar nicht geschehen.«

»Das gibt uns Zeit«, sagte Aryn. »Zeit, herauszufinden, was

wirklich vor sich geht, bevor wir den König davon unterrichten.«

Beltan schien dieser Vorschlag nicht zu gefallen. »Ich finde immer noch, daß wir Boreas informieren sollten.«

Grace ging auf den Ritter zu. »Ihr seid der Neffe des Königs, Beltan.« Ihr Stimme war kühl und wissenschaftlich. »Wir können Euch nicht vorschreiben, was Ihr tun sollt. Aber bis jetzt wissen wir noch nicht, welche anderen Herrscher, Boreas eingeschlossen, von diesem Komplott bedroht sind. Ich finde, wir sollten erst mehr herausfinden, bevor wir irgend jemandem davon erzählen. Je weniger Leute davon momentan wissen, desto einfacher wird es für uns sein, mehr zu erfahren.« Sie sah zu Aryn herüber. »Und es gibt noch andere Gründe, König Boreas nicht zu erzählen, wie ich von dem Plan erfahren habe.«

Aryn nickte angespannt.

Beltan verschränkte die Arme und dachte über ihre Worte nach. Travis hielt den Atem an. Graces Gesicht war so ruhig, so sicher. Wie viele Patienten im Denver Memorial Hospital hatten wohl in dasselbe Gesicht gesehen, als sie ihnen gerade eine schlimme Diagnose mitteilte?

Beltan seufzte und ließ die Arme fallen. »Na gut. Ich werde Boreas nichts sagen, auch Falken und Melia nicht. Aber warum habe ich das Gefühl, daß mich all das in große Schwierigkeiten bringen wird?«

Die anderen zogen es vor, diese Frage zu ignorieren.

»Dann ist es abgemacht«, sagte Aryn. Sie lachte nervös und wirkte zugleich unsicher und aufgeregt. »Wir haben mit unserer eigenen Verschwörung begonnen.«

Durge pustete seine Schnurrbarthaare hoch. »Haben zünftige Verschwörungen nicht immer einen Namen?«

»Das stimmt.« Aryn nagte an ihrer Unterlippe. »Aber wie können wir uns nennen?«

»Wir müssen alle auf irgend etwas einen Eid ablegen«, sagte

Beltan. »Einen Eid der Treue und des Stillschweigens. Wir werden uns danach benennen, egal, was es auch ist.«

Travis schaute sich in dem Gemach um. Worauf schwörte man denn so einen Eid? »Der Dolch«, sagte er, noch bevor er den Gedanken richtig zu Ende gedacht hatte. »Der Dolch hat uns zusammengeführt.«

Grace nahm den Dolch mit dem Onyxgriff von der Kommode herunter, atmete tief ein und hielt die Klinge hoch. »Ich schwöre, daß ich Stillschweigen bewahren werde«, sagte sie.

Travis legte seine Hand auf die ihre. »Ich bin dabei.«

»Auch ich schwöre einen Eid des Stillschweigens«, sagte Aryn. Ihre Hand sank so leicht wie ein Vogel auf die von Travis.

»So wie ich«, sagte Durge und fügte seine Hand dem Stapel zu.

Beltan war der letzte. »Möge unser Kreis nie gebrochen werden.«

Der Ritter legte seine große Hand auf die der anderen, und in diesem Augenblick wurde der Kreis des Schwarzen Dolches geboren.

21

In der nächsten Nacht nahmen Calaveres neueste Verschwörer ihr heimliches Werk auf.

Als sich der mittlerweile abnehmende Mond den westlichen Wehrgängen näherte, traf der Kreis des Schwarzen Dolches zusammen. Die Tauben hatten schon vor langer Zeit aufgehört, die Abenddämmerung zu begrüßen, im Burghof flackerten nur eine Handvoll Fackeln. Auf dieser Welt waren Licht und alle Dinge, die es erzeugten – Holz, Öl, Pech –, im Winter kostbare Güter, die man nicht verschwenden durfte. Der Eldh-Tag lebte und starb mit der Sonne. Die meisten verbargen sich in ihren Betten und warteten auf die Wiedergeburt der Morgendämmerung.

Aber es gab auch jene, die die Schatten liebten.

»Grace, da bist du ja«, sagte Aryn mit einem erleichterten Seufzer.

Grace betrat das staubige Gemach. Die anderen waren bereits eingetroffen.

»Es tut mir leid, daß ich zu spät komme«, sagte sie. »Leider bin ich unterwegs König Boreas begegnet.«

Travis richtete die Brille. »Er hat doch keinen Verdacht, oder doch?«

Grace trat einen Schritt zurück. Zuerst glaubte sie, Travis würde ihren Unterricht bei Kyrene und den Hexen meinen. Aber dann wurde ihr klar, daß er von dem Treffen des Kreises sprach.

»Nein«, sagte sie und warf unwillllkürlich einen nervösen Blick zur Tür. »Zumindest glaube ich das nicht.«

Boreas hatte sie abgefangen und einen Bericht über ihre Erkenntnisse bei der heutigen Ratssitzung verlangt. Grace hatte ihr Bestes getan, ihn dem König ruhig und beherrscht zu geben, aber nachdem er sie verlassen hatte, hatte sie am ganzen Leib gezittert. Sie konnte nur hoffen, daß er es nicht bemerkt hatte. Glücklicherweise war ihre Begegnung aus zwingenden Gründen kurz gewesen – sollte man Grace und den König zusammen sehen, hätte es die List ihres vorgeblichen Zerwürfnisses zunichte gemacht. Ein unvorhergesehenes Resultat von Graces Plan, aber auch ein willkommenes.

»Wollen wir hoffen, daß Ihr recht habt, Grace«, sagte Beltan. »Vermutlich würde Boreas unser Vorhaben nicht als Verrat ansehen, andererseits …«

Durge ging zur Tür und verschloß sie.

Grace verschränkte die Arme über der Brust und wünschte sich, sie hätte ihren Umhang mitgebracht. In dem Raum war es kalt. Er befand sich im alten Wachturm, der Aryn zufolge dank eines mangelhaften Fundamentes und der Tatsache, daß er nicht so hoch war wie der neuere Wachturm am Tor, heutzutage nur selten benutzt wurde. Darum hatte die Baronesse ihn als Treffpunkt ausgesucht.

Der Embarraner wandte sich wieder den anderen zu. »Sollen wir einen Posten aufstellen, um sicherzugehen, daß uns keiner belauscht?«

Aryn runzelte die Stirn. »Aber das geht doch nicht. Wer auch immer draußen steht, wird an unserer Unterhaltung nicht teilnehmen können.«

Durges Sichelbart schien sich noch tiefer zu senken.

»Ich glaube … ich glaube, ich kann da was arrangieren«, sagte Travis.

Grace sah interessiert zu, wie Travis zur Tür ging und die Hand gegen das rissige Holz drückte.

»*Sirith*«, flüsterte er.

Grace war sich nicht sicher, aber sie glaubte einen blauen

Strahlenkranz um Travis' Finger aufleuchten zu sehen. Dann nahm er die Hand zurück.

»Was hast du da gesagt, Travis?« fragte sie.

»Das ist die Rune des Schweigens.«

»Und was bewirkt sie?«

Er strich sich den Bart. Er wurde langsam voller, mit kupferfarbenen, goldenen und – Grace fiel es zum ersten Mal auf – silbergrauen Flecken. Erst dreiunddreißig, und schon wurde er zu einem Graubart.

»Ich bin mir da nicht so sicher«, antwortete er. »Spricht man eine Rune aus, erweckt man dadurch angeblich auch ihre Macht. Wenn ich sie richtig gesprochen habe, wird niemand auf der anderen Türseite hören können, was hier gesprochen wird.«

Grace und Aryn nickten – obwohl Grace nur wenig über Runen wußte, ergaben seine Worte für sie einen Sinn –, aber jeder der beiden Ritter runzelte die Stirn.

»Wenn das die Rune des Schweigens war«, sagte Beltan, »wie kommt es dann, daß ich deine Worte hören kann?«

Travis kratzte sich am Kopf, dann zuckte er mit den Schultern. »Das ist was Magisches.«

Der blonde Ritter schnaubte. »Offensichtlich.«

»Vielleicht hätte Travis nichts dagegen einzuwenden, wenn man sein Geschick im Runensprechen einem Test unterziehen würde«, meinte Durge. »Schließlich ist er ein Lehrling.«

Ein schnelles Experiment bestätigte, daß Travis' Magie wie vorgesehen funktionierte. Grace und Beltan stellten sich draußen vor die geschlossene Tür, konnten aber nichts hören, obwohl die anderen mit lauter Stimme sprachen.

Beltan legte Travis die Hand auf die Schulter. »Es tut mir leid, daß ich an dir gezweifelt habe.«

»Das braucht es nicht.« Travis schaute auf seine Hände herunter und schwieg danach eine Zeitlang.

Jetzt, wo sie wußten, daß man sie nicht belauschen konnte, war es Zeit, zur Sache zu kommen.

»Ich habe eine weitere markierte Tür gefunden«, sagte Aryn ohne Vorrede.

Alle wandten ihre Aufmerksamkeit der Baronesse zu. Das Wissen, welche Art von Räumen mit der Rune des Raben markiert worden waren, hatte ihre Suche beträchtlich vereinfacht. In der vorherigen Nacht hatte Aryn ihnen auf den Etagenplänen des Schlosses gezeigt, wo die einzelnen Herrscher schliefen. Alle fünf hatten zugestimmt, an den Räumen vorbeizugehen – allein und zu unterschiedlichen Zeiten –, die in der Nähe der Gemächer der verschiedenen Könige und Königinnen lagen, und nach Zeichen des Rabenkults Ausschau zu halten.

Aryn zog eine Rolle Pergament aus einer Ledertasche und breitete sie mit Beltans Hilfe auf einem Tisch aus, der mehr als nur etwas nach Steuerbord krängte. Sie legte den Finger auf den Plan.

»Hier. Dieser Raum ist nur vom Unteren Burghof zu erreichen. Er ist als Getreidelager vorgesehen. Dort befindet sich ein Abfluß, der in ein Steinrohr mündet, das hierher verläuft.« Sie schaute auf, um die anderen zu betrachten. »Direkt an Königin Ivalaines Gemächern vorbei.«

Grace lief ein Schauder über den Rücken.

»Ausgezeichnete Arbeit, Mylady«, sagte Durge. »Ich fürchte, ich hatte nicht soviel Glück. Nicht, daß ich etwas anderes erwartet hätte.«

Aryn sah ihn verwirrt an. »Warum?«

Der Ritter blickte sie nur mit seinen ernsten braunen Augen an.

Die Baronesse war nicht die einzige, die eine markierte Tür gefunden hatte. Mit Ausnahme von Grace, die zwischen der Ratssitzung und dem Unterricht bei Kyrene kaum ein paar

Minuten für sich gehabt hatte, konnten sowohl Beltan wie auch Travis einen Erfolg vorweisen. Ein Raum befand sich im Keller, zwar zwei Etagen unter König Lysandirs Gemach, aber sie teilten sich einen Ventilationsschacht. Der andere war das Gemach eines niederen Adligen, das sich direkt über König Kylars Gemach befand. Beltan hatte den Grafen befragt, dessen Quartier es war, und er war davon überzeugt, daß der Mann nichts über das Symbol wußte.

Während Grace Beltan zuhörte, beschlich sie ein Verdacht. Warum nur hatte man keine markierte Tür in der Nähe von Boreas' Gemächern gefunden?

Hör auf, hier wilde Schlüsse zu ziehen, Grace. In der Nähe von Emindas Gemach hat auch keiner was gefunden. Der Mann des Raben ist noch nicht fertig. Das ist die einzige Erklärung.

Mit einem Stück Holzkohle markierte Aryn den letzten der neuen Räume auf der Karte. »Ich glaube, für den ersten Tag als Verschwörer haben wir eine Menge in Erfahrung gebracht.«

Beltan studierte die schwarzen Zeichen. »Tatsächlich? Dabei dachte ich gerade, die Dinge sind noch verwirrender als zuvor. Jetzt muß man sich um fünf Räume Sorgen machen, statt um zwei.« Er runzelte die Stirn. »Und warum markieren sie überhaupt so viele Räume? Grace sagte, sie wollten nur einen der Herrscher ermorden.«

»Sie markieren immer die Orte, die sie angreifen wollen«, meinte Travis leise.

Alle Blicke richteten sich auf ihn. Die Augen hinter der Brille schimmerten feucht.

Grace schluckte, dann brach sie das Schweigen. »Der Verschwörer, den ich belauschte, sagte, er wüßte noch nicht, welcher Herrscher das Ziel sein würde. Ich glaube, sie warten ab, welche Entwicklung der Rat nimmt. Dann werden sie ein Opfer aussuchen, um das Ergebnis der nächsten Abstimmung zu verändern.«

Durge spielte am Griff seines großen Breitschwertes herum. »Aber welche Entscheidung bestimmt den Tod eines Königs, Mylady? Die Stimme für den Krieg … oder dagegen?«

Darauf wußte Grace keine Antwort. Wenn sie wußten, in welche Richtung sich der Rat nach Willen des Rabenkults zu entscheiden hatte, würden sie genauere Vermutungen anstellen können, um wen es sich bei dem vorgesehenen Opfer handelte. Im Augenblick mußten sie von der Annahme ausgehen, daß es jeder sein konnte … das heißt, jeder, der in der Nähe einer markierten Tür schlief.

»Also gut«, sagte Beltan. »Wir haben fünf weitere Türen gefunden. Und was tun wir jetzt?«

»Wir halten Wache«, sagte Grace.

In dieser Nacht nahm der Kreis des Schwarzen Dolches die Überwachung auf. Emindas und Boreas' Schlafgemächer lagen nicht weit auseinander und befanden sich beide im Bergfried. Allein und zu zweit verbargen sich die Mitglieder des Kreises in Alkoven und beobachteten Gänge, die vielversprechende Kandidaten für die Arbeit des Rabenkults darstellten.

Sie hielten Wache, bis sich die Morgendämmerung näherte. Schließlich gaben sie auf und kamen wieder zusammen. Keiner hatte etwas Verdächtigeres als einen schlaftrunkenen Botenjungen gesehen, den ein schlafloser Adliger zur Küche schickte. Als Grace aus ihrem Gewand schlüpfte und ins Bett kroch, war der Himmel vor ihrem Fenster längst nicht mehr pechschwarz, und Vogelgezwitscher hallte durch die kristallklare Luft. Sie wälzte sich herum, bis die Zeit zum Aufstehen gekommen war, kämpfte sich wieder in das Gewand und lauschte dem Geflüster beim Rat der Könige.

Nach der Sitzung traf sie sich mit Kyrene. Ihre Studien mit der Gräfin machten Fortschritte, aber wo genau die hinführten, vermochte sie nicht zu sagen. Sie wurde besser bei der Anwendung der Gabe. Sie brauchte nur noch einen kurzen Augenblick der Konzentration, um ihre geistigen Fühler auszusenden und das Leben in den sie umgebenden Dingen ertasten zu können. Als sie jedoch fragte, was sie mit dieser Macht anfangen sollte, lächelte Kyrene bloß ihr überhebliches, rätselhaftes Lächeln.

Wieder war es stockdunkel, als der Kreis des Schwarzen Dolches zusammentraf. Diesmal war Grace die erste und nicht die letzte, die den Weinkeller betrat – ein Ort, den wieder Aryn ausgesucht hatte.

»Ich muß die Jahrgänge aussuchen, die beim kommenden Wintersonnenwendfest serviert werden«, erklärte die junge Baronesse, als sie und die anderen eintrafen. »Ich dachte, falls man uns ertappt, könnte ich behaupten, ich würde eine Weinprobe veranstalten.«

Beltans Miene hellte sich auf. »Welches Faß soll ich zuerst öffnen?«

Aryn sah ihn unwirsch an. »Das ist ein Vorwand, Mylord. Wir probieren in Wirklichkeit keinen Wein.«

Die Enttäuschung des großen Ritters war offensichtlich.

Sie begannen damit, die Wachen für die Umgebung von Emindas und Boreas' Gemächern einzuteilen, aber Durge hielt die Hand hoch und unterbrach sie.

»Heute war mir das Glück hold«, sagte der Ritter aus Embarr. »Ich fand ein Dienerzimmer, das mit dem Rabensymbol gekennzeichnet war. Es hat ein kleines Fenster, davor ist ein schmaler Sims, der nach einer gewissen Distanz an Königin Emindas Gemach vorbeiführt.« Er zeigte auf die Schloßkarte.

Aryn schüttelte den Kopf. »Aber ich habe diesen Raum gestern überprüft, und da war er nicht markiert. Was bedeutet, daß der Kultanhänger gestern nacht dort gewesen sein muß.«

»Was wiederum bedeutet, daß es uns völlig entgangen ist«, sagte Travis.

Die Baronesse stöhnte auf. »Das war kein Glück, Durge.«

Die Schultern des Ritters unter dem rußgrauen Wams sanken noch tiefer.

Grace warf dem Embarraner einen Blick zu und gab sich alle Mühe, zuversichtlich zu klingen. »Das sind trotzdem nur sechs markierte Türen. Und es gibt sieben Herrscher und Herrscherinnen. Das bedeutet, es besteht noch immer die Chance, den Verschwörer auf frischer Tat zu ertappen.«

»Ich wünschte, wir könnten zu König Boreas gehen«, sagte Beltan. »Mit einem Wort könnte er das Schloß von fünfzig Wächtern vom Verließ bis zu den Türmen durchsuchen lassen.«

»Aber das geht nicht«, erwiderte Aryn mit angespannter Stimme.

Beltan warf ihr einen scharfen Blick zu, dann nickte er. Grace fiel auf, daß er eine Hand reglos mit der anderen festhielt.

Travis kratzte seinen Bart. »Wir müssen einfach die Augen aufhalten.«

Grace schwieg. Sie wußte, wie der wahre Plan aussah, derjenige, den Travis nicht in Worte faßte. Ja, sie würden in der Umgebung von Boreas' Gemächern nach den Zeichen des Raben Ausschau halten. Und wenn sie eins fanden, wenn er wie die anderen auch als mögliches Mordopfer ausersehen war, dann würden sie wissen, daß sie sich unbeschadet an ihn wenden und um Hilfe bitten konnten. Und wenn nicht …

Ihre Finger tasteten nach dem Beutel an ihrem Gürtel und fühlten durch das Leder den kleinen Holzstier, der darin steckte.

»Kommt«, sagte sie. »Es ist Zeit, mit dem Spionieren anzufangen.«

22

Am darauffolgenden Nachmittag trafen sich Grace und Aryn zu einem Spaziergang im Oberen Burghof. Die Ratsversammlung hatte heute früher geendet, da König Kylar als letzter Herrscher mit seinem Bericht abgeschlossen hatte. Der Rat würde sich nun drei Tage lang vertagen, bevor die zweite – und endgültige – Abstimmung abgehalten wurde. Da Aryns und Graces Unterricht erst am Abend stattfand und der Kreis erst in der Nacht zusammentreten würde, war ihnen eine kurze Verschnaufpause vergönnt.

Es war der zwanzigste Tag im Monat Valdath, was Graces Einschätzung nach dem Dezember auf der Erde entsprach. Das Wetter war seit mehreren Tagen klar, hell und bitterkalt gewesen. Ein Eimer Wasser, den man draußen hinstellte, gefror in Minuten zu Eis, und diejenigen, die gezwungen waren, den Elementen zu trotzen, verhüllten vorher jeden Quadratzentimeter Haut mit Umhängen, Kapuzen, Handschuhen und derben Wolldecken.

Doch im Gegensatz zu den letzten Tagen war der Morgen bewölkt gewesen, und am Nachmittag war es zwar nicht unbedingt warm, aber zumindest gefror die Haut nicht in dem Augenblick, in dem man sie der Luft preisgab. Gerade als Grace über einen Spaziergang nachgedacht hatte, hatte es an der Tür ihres Gemachs geklopft. Es war Aryn gewesen, die mit einem schweren Gewand und einem Umhang bekleidet war.

»Ich glaube, wir müssen mal raus«, hatte die Baronesse gesagt.

Grace hatte dem nicht widersprochen. Die Dinge geschahen nun so schnell, und sie hatte kaum Zeit gehabt, wie gewohnt mit ihrer Freundin spazierenzugehen und sich dabei zu unterhalten, und zwar nicht über Könige oder Hexen oder Mörder, sondern über die kleinen alltäglichen Dinge.

Ihre Stiefel knirschten auf dem gefrorenen Boden des Burghofs. Grace holte tief Luft. Die kalte Luft zwickte ihr in die Nasenlöcher, aber das war ihr egal. Sie hatte den ranzigen Sud satt, der innerhalb des Schlosses als Luft galt und der ihren Verstand benommen machte. Die scharfe Luft durchschnitt den Rauch wie ein Skalpell und befreite ihre Gedanken.

Sie stellten nicht die einzigen Spaziergänger dar, die die – relativ gesehen – mildere Witterung herausgelockt hatte. Andere Paare schlenderten über den Oberen Burghof, durch den Garten oder durch das Tor zum Unteren Hof, wo es auf dem Markt trotz der Kälte geschäftig zuging. In der Nähe ging ein Paar vorbei, ein Graf und seine Dame, beide hübsch anzusehen, wenn auch nur aufgrund ihrer Jugend. Grace erkannte sie. Es handelte sich um unbedeutende Adlige von Boreas' Hof, die vor kurzem geheiratet hatten.

Aryns Seufzer hinterließ ein Wölkchen in der Luft. Grace schaute ihre Freundin besorgt an.

»Was glaubst du, Grace, wann wirst du heiraten?«

Die Frage traf Grace wie ein Schlag. Aryn streckte die Hand aus, um sie zu stützen.

»Grace, was ist?«

Sie schnappte nach Luft. *Sie hatte bei dieser Frage keine Hintergedanken, Grace. Das hier ist eine Welt, auf der alle adligen Frauen heiraten, ob sie wollen oder nicht. Es ist Politik, nicht Liebe, das ist alles.*

»Ich glaube nicht, daß ich je heiraten werde, Aryn«, erwiderte sie.

Der Ausdruck der Baronesse war abwechselnd überrascht und nachdenklich, als wäre das eine Möglichkeit, die sie nie in Betracht gezogen hatte, dann seufzte sie wieder. »König Boreas war mit dem Rat beschäftigt, aber ich nehme an, daß er bei Anbruch des Frühlings für mich einen Ehemann suchen wird. Falls es je wieder Frühling wird.«

Grace musterte ihre Freundin. »Wen, hoffst du, wird der König für dich als Ehemann aussuchen?«

Aryns Antwort war automatisch. »Einen guten Mann, der mir hilft, meine Baronie mit starker, gerechter Hand zu beherrschen.«

»Das meinte ich nicht.«

»Es gibt keinen, dem ich heimlich Liebe entgegenbringe, Grace. Hast du das gemeint?«

Grace dachte einen Augenblick lang nach. »Was ist mit Beltan?«

Aryn mußte lächeln. »Ich glaube, da schätzt du sowohl den Neffen des Königs wie auch mich falsch ein. Ich mag ihn, natürlich, aber wie eine Schwester ihren älteren Bruder, und ich bin davon überzeugt, daß er mich wie eine Schwester ansieht. Wenn er will, wird er es bis in den Inneren Kreis der Mysterien von Vathris schaffen.« Ihr Lächeln verblaßte, und ihr Gesicht wurde traurig und hart zugleich: ein Ausdruck der Trauer, wie ihn ein Bildhauer aus Marmor meißelte. »Nein, es ist besser, wenn ich mein Herz keinen anderen wählen lasse, wenn ich weiß, daß einer auserwählt wird …«

Die Baronesse verstummte. Hätte Grace an das Schicksal geglaubt, hätte sie es verflucht. Ein anderes Pärchen hatte genau diesen Augenblick gewählt, um den Hof durch eine Tür zu betreten. Sie war jung, mollig und hübsch, aber es war nicht die Frau, die Graces Aufmerksamkeit auf sich zog. Sie hatte ihn seit dem Fest, an dem er Aryns Aufforderung zum Tanz abgelehnt hatte, nicht mehr zu Gesicht bekommen. Er war genauso breitschultrig und kantig im Gesicht, wie sie ihn in Erinnerung hatte; die Krone aus goldenen Locken war trotz der Kälte unbedeckt.

»Leothan.«

Noch während Aryn das Wort wisperte, hakten die beiden einander unter und überquerten den Hof. Als sie sich auf gleicher Höhe mit Grace und Aryn befanden, drehte die mollige junge Frau den Kopf, als hätte sie die Blicke gespürt, die auf ihr und ihrem Begleiter ruhten. Sie bemerkte Aryns Aufmerksamkeit, lächelte und schmiegte sich noch enger an Leothan. Er sah nicht in ihre Richtung. Sie bewegten sich auf das Tor zum Unteren Burghof zu; vielleicht wollte er ihr auf dem Markt irgendwelchen Tand kaufen.

»Ich hasse ihn.«

Entsetzt drehte sich Grace beim Klang der erstickten Stimme um. Aryn stand stocksteif da, die linke Hand zur Faust geballt. Ihre Augen waren wie blaue Steine.

»Aryn?«

»Es ist so verkehrt.« Es klang wie ein Zischen. »Es ist so verkehrt, daß er so hübsch und so gemein ist. Ich hasse ihn.«

Aryns Augen verdrehten sich, ihr Rücken bog sich durch, sie stellte sich auf die Zehenspitzen. Dann fühlte Grace es, wie damals den fremden Einfluß bei der ersten Begegnung mit Kyrene, nur stärker, dunkler und kochend vor Wut. Es rauschte an ihr vorbei, so zornig, daß es sie um ein Haar von den Füßen gestoßen hätte. Ein gequälter Aufschrei ertönte und hallte von den Steinen wider. Graces Kopf ruckte hoch. Auf der anderen Hofseite stolperte Leothan und drückte die Hände gegen die Schläfen. Seine junge Begleiterin schrie.

Grace wußte, daß ihr nur Sekunden blieben. Sie packte den Arm der Baronesse und drückte fest zu. »Hör auf damit, Aryn.« Sie schmiedete ihre Stimme zu einem Messer. »Hör auf. Sofort!«

Aryn reagierte nicht. Grace griff so fest und so tief zu, daß sie die Knochen aneinanderreiben fühlte. Die Baronesse schnappte zitternd nach Luft und sackte gegen Grace. Leothan taumelte, dann senkte er die Hände. Seine Begleiterin eilte zu ihm, hielt ihn und tupfte mit einem weißen Taschentuch das Blut ab, das ihm aus der Nase rann. Er nickte schwach, und sie half ihm durch eine Tür zurück ins Schloß.

Grace drückte Aryn von sich und zwang sie, sich gerade hinzustellen. Die Baronesse starrte die Tür an, durch die Leothan verschwunden war, dann sagte sie heiser: »Grace, zu was werden wir?«

Grace schüttelte den Kopf. Sie wußte keine Antwort. Es war nicht das, was aus ihnen werden würde, vor dem sie sich fürchtete, sondern was möglicherweise schon aus ihnen geworden war.

»Mir ist kalt.« Aryns Gesicht war schneeweiß.

»Komm.« Grace führte ihre Freundin auf das Haupthaus zu. »Gehen wir ins Warme.«

Später streifte Grace allein durch das Schloß. Sie wußte, daß sie sich zu ihrem Gemach hätte begeben sollen. Es war Zeit für den Unterricht bei Kyrene, und die Gräfin wollte sie abholen. Aber Grace wollte nachdenken.

Nachdem sie eine Zeitlang umhergewandert war, blieb sie stehen und erkannte, daß sie vor der eigenen Tür stand. So sah also ihre Entscheidung aus – sie wollte mehr wissen, all dem zum Trotz, was Aryn auf dem Hof passiert war. Vielleicht auch gerade deswegen. Irgendwie hatte Aryn die Gabe benutzt, um Leothan zu beeinflussen. Bestand da wirklich ein so großer Unterschied zu dem, was sie in der Notaufnahme tat? Benutzte sie nicht die Gabe, um Menschen zu heilen?

Vielleicht. Sie wußte es nicht. Darum stand sie hier – um zu lernen. Grace stieß die Tür zu ihrem Gemach auf.

»Da seid Ihr ja, Schwester.«

Grace öffnete überrascht den Mund. Die Gräfin stand in einem schlangengrünen Gewand vor dem Kamin, einen Pokal mit Wein in der Hand.

»Ihr wart nicht da, also habe ich mich selbst eingelassen«,

sagte Kyrene. »Ihr habt doch nichts dagegen, oder, meine Liebe?«

Graces Gedanken rasten. Was hätte Kyrene bei einer Durchsuchung des Raumes finden können? Nicht die halbierte Münze oder ihre Halskette oder Hadrian Farrs Visitenkarte. Graces kostbarste Besitztümer steckten wie immer in dem Lederbeutel. Also nur die Baupläne des Schlosses, einschließlich der Zeichnungen mit den markierten Räumen. Welche Schlüsse hätte Kyrene daraus ziehen können? Andererseits, auf welcher Seite stand Kyrene überhaupt? Grace hatte noch immer nicht herausgefunden, welches Spiel die Gräfin spielte, obwohl sie eine Vermutung hatte, was schlußendlich das Ziel war: mehr Macht und eine höhere Stellung für Kyrene.

»Nein, Kyrene«, sagte sie. »Ihr seid hier willkommen.«

Die Gräfin lächelte. Grace trat ein und schloß die Tür hinter sich.

»Sagt mir, meine Liebe, wie geht es Lord Logren?«

Grace hätte beinahe die Karaffe fallen lassen, die sie von der Kommode genommen hatte, aber es gelang ihr, sie festzuhalten und keinen Tropfen zu verschütten. Sie umklammerte ihren Pokal, drehte sich um und starrte Kyrene an. Wie konnte die Gräfin wissen, daß sie an ihn gedacht hatte oder daß sie dem Ersten Berater Eredanes überhaupt begegnet war? Grace trank einen Schluck Wein, um Zeit zum Nachdenken zu gewinnen.

Kyrene schlenderte auf sie zu. »Keine Angst, Schwester. Glaubt mir, an Logren ist mehr als genug für uns beide dran. Er ist, sagen wir, recht unübertroffen, was seine Männlichkeit angeht.«

Grace zuckte innerlich zusammen. Das wollte sie nicht hören. Oder doch? Wieder stellte sie sich Logrens große Hände vor, die sich dunkel von ihrer weißen Haut abhoben. Sie zwang sich dazu, ruhig weiterzuatmen. »Was wollt Ihr von mir, Kyrene?«

»Falsch, Grace. Was will ich *für* Euch? Das ist die richtige Frage.« Kyrene stellte den Pokal ab, dann zwang sie Grace, das gleiche zu tun. Sie umfaßte ihre Hände. »Ihr seid ein solches Rätsel, meine Liebe. Ihr könnt jeder Frau den Rang streitig machen, was Schönheit angeht, dennoch fangt Ihr nichts damit an. Ihr scheint Euch dessen sogar kaum bewußt zu sein.«

Grace schüttelte den Kopf. Wovon sprach Kyrene da überhaupt?

»Laßt es mich Euch zeigen, meine Liebe. Laßt mich Euch zeigen, zu was Ihr fähig seid. Es steckt viel mehr in einer Hexe, als Kräuter in einem Mörser zu zerreiben.«

Kyrene strich mit den warmen Fingerspitzen über Graces Arme, ihre Schultern, ihre Brüste. Grace erbebte, aber sie konnte sich nicht bewegen. Die Stimme der Gräfin war ein honigsüßes Flüstern.

»Tut Euch mit mir zusammen, Schwester. Laßt uns unsere Magie zusammen weben. Logren könnte uns beiden niemals widerstehen.«

Sie drückte ihre Wange gegen Graces. Ihre Haut war zart und heiß. Ein leises Stöhnen entfuhr Graces Lippen – es war der einzige Laut, zu dem sie fähig war. Kyrene flüsterte triumphierend weiter.

»Schließt Euch mir an, und er gehört uns!«

»Lady Kyrene!«

Die Stimme war scharf und befehlend. Kyrene fuhr zurück, ein Kind, das bei einer Ungehorsamkeit ertappt worden war. Grace taumelte und stützte sich auf die Kommode. Die Königin von Toloria betrat mit weit ausholenden Schritten ihr Gemach: groß, wunderschön, wild. Ivalaines eisiger Blick wanderte von Kyrene zu Grace und wieder zurück, dann nickte sie, als wüßte sie genau, was vorgefallen war, und Grace vermutete, daß das tatsächlich auch so war. Auf jeden Fall verstand sie mehr als Grace selbst.

»Ihr werdet gehen, Lady Kyrene«, sagte Ivalaine. Es war keine Bitte.

Kyrene tat einen Schritt nach vorn. »Aber, Schwester ...«

»Ihr werdet mich nicht so nennen.« Die Stimme der Königin war so kalt wie ihr Blick. »Ihr werdet hier nicht länger gebraucht. Von jetzt an übernehme ich selbst Lady Graces Unterricht.«

Kyrenes Gesicht verlor jede Farbe. »Aber Euer Majestät, ich habe doch nur ...«

»Ihr würdet es wagen, meine Worte in Frage zu stellen, Kyrene?«

Kyrenes Mund schnappte zu, als hätte Ivalaine sie geschlagen. Sie starrte zuerst die Königin an, dann Grace, und in ihren Blick trat reines Gift. Dann nahm sie den Kopf hoch und straffte sich.

»Das werdet Ihr bedauern, Euer Majestät.«

»Das tue ich jetzt schon, Lady Kyrene.«

Die Gräfin marschierte erhobenen Hauptes zur Tür. Dort blieb sie stehen, drehte sich um und sah Grace an. Der Ausdruck auf ihrem Gesicht stellte eine Mischung aus Haß und Neid dar. »Ich weiß, Ihr werdet nicht vergessen, was ich Euch gesagt habe, meine Liebe.« Die Tür schloß sich mit einem grünen Aufblitzen, und Kyrene war verschwunden.

Grace war sich nicht sicher, ob sie sich auf den Füßen halten konnte, dann stand auch schon Ivalaine an ihrer Seite. Die Königin nahm sie beim Arm – ihre Finger waren so kühl wie Kyrenes warm gewesen waren – und führte sie zu dem Stuhl am Feuer. Grace ließ sich darauf niedersinken, aber die Königin blieb stehen.

»Hört mir zu, Lady Grace. Ich werde dies nur einmal sagen, da ich weiß, daß das reicht. Kyrenes Magie ist belanglos und minderwertig. Ihre Art ist einfach und führt darum zu einfachen Dingen. Eure Macht ist viel gewaltiger, falls Ihr es wollt, das gleiche gilt auch für Lady Aryn. Ihr habt bereits eine große Kontrolle über die Gabe errungen, und Ihr lernt schnell. Eure Erfahrungen als Heilerin haben Euch geholfen.« Die Königin stützte das Kinn auf die Hand. »Ich glaube, für Aryn wird es schwieriger werden. Ihr Talent ist tief in ihrem Inneren verborgen. Und doch bin ich davon überzeugt, daß es stärker als Eures oder meines ist – vielleicht das stärkste dieses Jahrhunderts. Wenn sie lernt, es hervorzulocken und zu formen.«

Grace nickte. »Es wird schwer für sie sein. Sie ist so sanft, so friedfertig. Aber in ihrem Inneren schwelt auch eine Wut, eine Wut, die sie zu verbergen sucht, aber ich habe sie heute gesehen.« Sie blickte zur Königin hoch. »Die Gabe wird einen Preis von ihr fordern und ihr weh tun, Euer Majestät.«

Ivalaine schaute nachdenklich ins Leere. »Sie fordert von jedem von uns einen Preis, Lady Grace, so wie alle lohnenden Dinge.« Ihr Blick kehrte ins Hier und Jetzt zurück, dann lächelte sie. »Und wenn wir allein sind, dürft Ihr mich Schwester nennen … *Schwester.*«

Grace hätte es für unmöglich gehalten, aber sie erwiderte Ivalaines Lächeln. Sie holte tief Luft. »Und, wie sieht meine Lektion heute abend aus, Euer … ich meine, Schwester?«

»Ich finde, Ihr habt schon mehr als genug gelernt«, sagte die Königin. Sie ging zur Tür, drehte sich aber noch einmal um. »Nein, eine Sache gibt es da noch. Ich sagte Euch, etwas hält Lady Aryns Macht zurück. Diese Worte treffen auch auf Euch zu, Schwester. Viel von dem, was Ihr seid, liegt hinter einer Tür verborgen, und ich kann nicht durch sie hindurchsehen. Doch Ihr müßt wissen, daß Ihr nicht einen Teil von Euch wegsperren könnt, ohne gleichzeitig einen Teil Eurer Magie mit wegzusperren. Falls Ihr diese Macht jemals erforschen wollt, werdet Ihr diese Tür entriegeln müssen.«

Grace starrte die Königin an. Wovon redete Ivalaine da? Sie schloß die Augen und sah eine andere Tür, von der Zeit und den Flammen eines Feuers dunkel gefärbt. Sie wollte nicht noch einmal durch sie hindurchtreten – sie wagte es nicht.

»Nein.« Sie schlug die Augen auf. »Nein, ich kann nicht.«

Ivalaines Miene war nicht zu deuten. »Dann werdet Ihr niemals erfahren, was Ihr sein könntet. Guten Abend, Schwester.«

Die Tür öffnete und schloß sich, dann war Grace allein, nur mit dem Feuer als Gesellschaft.

23

Travis schüttelte den Schnee von seinem Umhang und betrat das Gemach, das er sich mit den anderen teilte.

»Melia? Falken? Ich bin wieder da.«

Schweigen. Das Feuer im Kamin war zu Asche erloschen. Travis trat einen Schritt weiter in den Raum hinein.

»Beltan?«

Noch immer ertönte keine Antwort. Es war niemand da. Der Rat der Könige mußte eine lange Sitzung gehabt haben. Aber das konnte nicht sein. Falken hatte gesagt, daß die Herrscher ihre Berichte abgeliefert hätten. Die Ratsversammlung würde erst wieder in drei Tagen zusammentreten. Wo steckten alle bloß?

Draußen war es später Nachmittag. Am Morgen hatten Rin und Jemis ihm gesagt, er könne heute früher gehen. Wenn er so darüber nachdachte, war von den beiden Runensprechern nichts zu sehen gewesen, als er den Turm verließ. Und auf dem Oberen Burghof hatte eine seltsame Stille geherrscht. Was ging hier vor?

Travis schaute aus dem Fenster. Der Schnee hatte endlich aufgehört zu fallen. Es war, als hätte jemand Urath, die Rune des Öffnens, an den Himmel gerichtet gesprochen. Die Wolkendecke über dem Schloß war aufgebrochen und enthüllte ein Stück saphirblauen Himmel. Bleiernes Sonnenlicht machte aus den cremefarbenen Wolken honigfarbene, und sie schmolzen dahin.

Travis fröstelte. So wie es aussah, blieb es ihm überlassen, das Feuer in Gang zu bringen. Er kniete vor dem Kamin nieder und stocherte in der Asche herum.

»Travis, ich bin froh, daß ich dich gefunden habe.«

Der Schürhaken landete klappernd auf dem Stein, und Travis sprang mit pochendem Herzen in die Höhe. Dann holte er tief Luft. »Hast du noch nie gehört, daß man anklopft?«

Grace biß sich auf die Lippe. »Die Tür war offen.«

»Mit anderen Worten, sämtliche Höflichkeit ist aus dem Raum geweht?«

Sie umklammerte den Türrahmen, ihr Gesicht hatte jede Farbe verloren. »Es tut mir so leid, Travis. Ich werde ... ich werde ...«

Er seufzte und hob die Hand. »Du wirst reinkommen, Grace. Bitte.«

Sie nickte, trat ein und schloß die Tür. Travis beobachtete sie dabei. Ihr violettes Gewand war schlichter als gewöhnlich, aber sie war noch immer wunderschön. Es fiel nicht schwer, ihr die Herzogin abzunehmen. Sie war so selbstbewußt, so majestätisch. Doch warum schienen dann die einfachen Dinge wie Türen oder andere Menschen sie immer so aus der Bahn zu werfen?

»Was geht hier vor, Grace? Das Schloß erscheint wie ausgestorben.«

Ihr Gewand knisterte, als sie näherkam. »Heute abend findet ein großes Fest statt. Alle sind unten im Großen Saal.«

»Und was für eine Überraschung, daß ich nicht eingeladen wurde.«

»Eigentlich wurdest du das ja, aber ich sagte Lord Alerain, daß du dich nicht wohl fühlst, daß ich dich pflegen will und daß keiner von uns zu dem Fest kommen könnte.«

»Warum?«

Sie befeuchtete sich die Lippen. »Travis, ich brauche deine Hilfe.«

Instinkt ließ seine Nackenhaare sich aufrichten. Vielleicht war es das Feuer in ihrem Blick, vielleicht der entschlossene Zug um ihren Mund, vielleicht auch der Umhang, den sie über das Gewand geworfen hatten. Er war schwer, mit Pelz abgesetzt, ein Reitumhang. Was auch immer es nun war, Travis drehte sich um und schaute aus dem Fenster. Er hob sich schon bleich vom hellen Winterhimmel ab, aber er konnte ihn sehen, wie er sich dem westlichen Horizont näherte: der zur Sichel geschmolzene Mond.

»Es ist heute, nicht wahr?« fragte er. »Heute ist der Tag, an dem du jene beiden Personen gesehen hast, die innerhalb des Steinkreises stritten.« Er runzelte die Stirn und versuchte, die Dinge zu sortieren. »Ich meine, du hast sie nicht heute gesehen. Aber heute ist der Tag, an dem es geschah. Oder geschehen wird. Oder geschieht, oder ...«

Er faselte; das mußte aufhören. Sie zögerte, dann ergriff sie seine Hand.

»Das ist unsere einzige Möglichkeit zu erfahren, wer sie sind, Travis. Zu erfahren, was tatsächlich im Schloß vor sich geht.«

Travis stöhnte. Es war lächerlich. Es war gefährlich. Es war dumm. Und was das schlimmste war, es stimmte. Es war dem Kreis nicht gelungen, die Leute des Rabenkults auf frischer Tat zu ertappen – oder eine Markierung in der Nähe von König Boreas' Gemächern zu entdecken. Das war die Chance, die Identität der Verschwörer aufzudecken.

»Aber warum hast du nicht Durge oder Beltan gefragt?«

»Boreas oder Sorrin würden ihre Abwesenheit auf dem Fest bemerken. Sie könnten mißtrauisch werden.«

Travis seufzte und warf einen sehnsüchtigen Blick auf den Kamin, wo seine Bemühungen ein paar winzige Flammen zurück ins Leben gerufen hatten. Etwas sagte ihm, daß es eine Weile dauern würde, bevor ihm wieder warm sein würde.

»Ich hole meinen Umhang«, sagte er.

Grace lächelte. Das war ein Ausdruck, den man nur selten bei ihr sah, und darum nur um so kostbarer. »Vielen Dank, Travis.«

Im Stall befand sich nur ein einziger Stallbursche, und es fiel der Herzogin von Beckett nicht schwer, ihn zu überzeugen, sie einzulassen. Er gähnte und nickte, als sie ihm sagte, sie würden zwei gesattelte Pferde brauchen.

»Komm schon«, sagte Grace, als sie ein Pferd an den Zügeln in den Mittelgang des Stalls führte.

Travis betrachtete das große, schwarze Schlachtroß, das sie hoch überragte. »Auf *diesem* Pferd willst du reiten?«

»Er heißt Schwarzlocke – das ist Durges Pferd.« Grace strich dem Hengst über die Nüstern, und das Pferd schnaubte leise. »Ich glaube, er erinnert sich an mich.«

»Und ich glaube, er könnte mich ins Stroh trampeln, ohne es zu bemerken.« Für Travis hatte der Stallbursche den sandfarbenen Wallach gesattelt, auf dem er aus Kelcior gekommen war. Neben Schwarzlocke sah der Wallach wie ein Pony aus. »Ich habe da meine Zweifel, ob Durge es amüsant finden wird, daß du sein Pferd stiehlst, Grace.«

»Unsinn. Durge findet nichts amüsant.«

»Kannst du überhaupt reiten?«

»Schwarzlocke wird mir bestimmt helfen.«

Travis gab es auf.

Die Sonne stand niedrig am Himmel, als sie aus den Toren Calaveres ritten. Travis stellte sich dem kalten Wind und atmete tief ein. Es fühlte sich gut an, wieder draußen zu sein, unterwegs, egal wohin. Er hatte sich an das Reisen in dieser Welt gewöhnt. Im Schloß festzusitzen war so einschränkend, so bedrückend erschienen. Jetzt waren sie auf der Straße, und keiner konnte vorhersagen, wohin der Wind sie trieb. Trotz des Leichtsinns ihres Vorhabens mußte er grinsen, und er versuchte, nicht darüber nachzudenken, was Melia mit ihm anstellte, wenn sie ihn dabei erwischte.

Sie ritten die sich windende Straße hinunter, die zum Fuß des Schloßhügels führte. Travis warf einen Blick zu Grace herüber. Sie war nur mit geringen Schwierigkeiten in ihren Damensattel gestiegen und hatte Gewand und Umhang um ihre Beine drapiert. Jetzt saß sie kerzengerade auf dem Rücken des Schlachtrosses, die Zügel locker in der behandschuhten Hand, und bot dieser Welt – aller Welt – einen Anblick, als ritte sie schon ihr ganzes Leben lang. Grace war vielleicht nicht besonders gut darin, mit anderen lebendigen Geschöpfen zu sprechen, aber sie war eine Naturbegabung, wenn es darum ging, ihnen Befehle zu erteilen. Travis klammerte sich an der Mähne des Wallachs fest und versuchte, im Vergleich nicht wie ein Sack Kartoffeln auszusehen.

Sie erreichten den Fuß des Hügels und ließen die Pferde auf der geraden Strecke frei laufen. Zu dieser Tageszeit waren nur wenige Bauern auf der Straße unterwegs. Bald würde die Sonne untergehen. Die meisten Leute trugen eine letzte Ladung Torf oder Holz hinein und schlossen Türen und Fensterläden gegen die eisige Winternacht.

Und warum bist du dann hier draußen, Travis?

Steinmauern und blätterlose Bäume, die alle weiß bestäubt waren, blitzten vorbei. Es war seltsam, wie still der Schnee die Dinge aussehen ließ, als hätten sie sich seit Jahrhunderten nicht mehr bewegt und würden sich auch niemals mehr bewegen.

Das Donnern der Hufe verwandelte sich in ein hohles Trommeln, als der Lehmpfad unter ihnen von einem Steinbogen ersetzt wurde. Sie hatten die alte tarrasische Brücke erreicht. In der Tiefe strömte dunkles Wasser, an dessen Oberfläche Eisstücke trieben. Es mußte kälter als gedacht sein. Hatte Falken nicht gesagt, daß der Dimduorn seit Jahrhunderten nicht mehr zugefroren war?

Brücke und Fluß rasten an ihnen vorbei und blieben hinter ihnen zurück. Hufe galoppierten wieder über gefrorenen Schlamm. Bald wurden die Steinmauern kleiner und primitiver, dann verschwanden sie ganz. Es gab keine klapprigen Hütten mehr, keine blauen Rauchschwaden, die dem Himmel entgegenstrebten. Sie befanden sich jetzt im Sumpfland von Calavan.

»Weißt du überhaupt, wo dieser Ort ist?« fragte Travis. Es war nicht nötig, über dem Getöse der Pferde zu schreien. Die Luft war wie Kristall, seine Stimme hallte in ihr wider.

»Ich glaube schon. Durge hat es mir beschrieben. Es ist in einem Tal zwischen zwei identischen Hügeln.«

Das war nicht gerade eine genau Beschreibung, aber bevor Travis weitere Fragen stellen konnte, zog Grace hart an den Zügeln, und Schwarzlocke verließ die Straße und galoppierte über ein schneebedecktes Feld. Travis fummelte an seinen Zügeln herum, aber der Wallach war klüger als er und folgte seinem Gefährten. Feine weiße Flocken wogten in die Höhe und bestäubten Travis' Umhang.

Sie ritten jetzt direkt der untergehenden Sonne entgegen. Sie erschien so groß und rot und alt. Die Luft wurde jede Minute kälter. Eiskristalle klebten an Travis' Bart – er mußte sich wirklich mal rasieren. Von seinem Pferd stieg eine gewisse Wärme in die Höhe, aber er fing bereits an zu zittern. Er fragte sich, wie lange Beltan und Durge wohl brauchen würden, um das Schloß zu verlassen und sie zu finden. Wie lange würde es unter diesen Bedingungen wohl dauern, zu erfrieren?

Travis blickte über die Schulter. Calavere war noch immer zu sehen, aber es sah nun zu klein aus, um real zu sein, hockte auf seinem Hügel wie ein achtlos von Kinderhand dorthin geworfenes Spielzeug. Er hielt das Gesicht wieder in den Wind hinein. Seine Finger waren steif, es fiel schwer, sie zu bewegen, aber er zwang seine Hände, die Zügel zu halten.

Die Sonne hatte gerade den westlichen Horizont berührt, als sie es fanden. Sie erklommen den Kamm einer Anhöhe, und Grace stieß einen Schrei aus. Im ersten Augenblick tat Travis'

Herz einen Satz. Er glaubte, etwas wäre nicht in Ordnung. Dann blickte er in die Richtung, in die Grace zeigte. Vor ihnen fiel der Boden sanft ab. Auf der anderen Seite der Senke wuchsen zwei konische Hügel in die Höhe, die so perfekt geformt waren, daß sie unmöglich natürlichen Ursprungs sein konnten. In der Talsenke am Fuß der beiden Hügel erhoben sich neun hohe Gebilde, die einen Kreis bildeten.

Travis beschattete die Augen mit der Hand. Die aufrecht stehenden Steine warfen lange Schatten, und man konnte nur schwer in ihre Mitte hineinsehen, um einen Eindruck davon zu bekommen, was sich möglicherweise dort verbarg. Grace und Travis wechselten einen langen Blick, dann trieben sie ihre Pferde den Hang hinunter. Das blutrote Licht der untergehenden Sonne durchflutete das Tal. Auf dem weißen Schnee sah es wie Blut aus.

Die Luft war kalt und still, als sie sich dem Steinkreis näherten, eine Stille, die nur von dem leisen Schnauben der Pferde und dem Knirschen des von Hufen niedergetretenen Schnees durchbrochen wurde. Die Sonne tauchte hinter den Horizont und verschwand. Der Himmel nahm eine schiefergraue Färbung an, und über den Zwillingshügeln leuchtete der sichelförmige Mond.

»Das ist es«, flüsterte Grace. »Genauso habe ich es gesehen.«

Travis brachte bloß ein Nicken zustande. Seine behandschuhte Hand griff nach dem Stilett im Gürtel. Der Edelstein blieb dunkel, aber etwas sagte ihm, daß hier trotzdem Gefahr lauerte.

Sie erreichten den Rand des Kreises und stiegen ab. Schnee knirschte unter ihren Stiefeln. Die Pferde senkten die Köpfe, und ihr Atem dampfte in der Luft, als spürten sie ebenfalls die Notwendigkeit, sich still zu verhalten. Travis und Grace gingen auf den Kreis zu. Die Steine, die die doppelte Höhe eines Mannes erreichten, bestanden aus dunklem Felsgestein; lange

Jahrhunderte Wind und Wetter hatten Narben hinterlassen. Travis wußte nicht mehr, wann er und Grace sich an den Händen gefaßt hatten, aber jetzt griff er noch stärker zu und war froh über die Berührung. Gemeinsam traten sie zwischen zwei Steinen vorbei in den Kreis.

Er war leer.

Nein, das stimmte so nicht. Es gab Fußabdrücke im Schnee, zwei Paare. Und da war Blut. Es sprenkelte den weißen Boden wie scharlachrote Beeren.

Travis und Grace gingen in die Mitte des Kreises. Der Schnee war hier nicht so tief. Die Steine fingen eine Menge davon in Verwehungen ab und schützten die Mitte. Die Luft innerhalb des Kreises war reglos, und etwas lag in ihr verborgen, vielleicht eine Art Bewußtsein. Es war nicht wütend, aber es war auch nicht freundlich. Es war uralt und anders, und es beobachtete sie.

Grace kniete neben den Fußabdrücken nieder, zog einen Handschuh aus und berührte einen der scharlachroten Flecken auf dem Schnee. »Das ist noch nicht gefroren. Es kann nur wenige Minuten her sein, daß das Blut zu Boden getropft ist.«

Travis nickte. Vögel ließen sich auf den Steinsäulen nieder, als hätte sie etwas vor wenigen Augenblicken aufgescheucht, und sie würden jetzt zurückkehren. »Ich glaube, sie waren gerade hier, Grace. Ich glaube, sie hörten uns kommen und flohen.«

Sie erhob sich und sah ihn an. »Aber natürlich. In meiner Vision … ich glaubte, er würde mich dort stehen sehen. Ich glaube, das tat er auch, nur sah er nicht mich in meiner Vision, sondern uns, heute abend. Sie sahen uns kommen, und sie flohen.«

Sie tauschten einen Blick aus, dann rannten sie wie auf ein unhörbares Kommando zur anderen Seite des Kreises. Jenseits der Steine wurden die Fußspuren von zwei Reihen von Hufabdrücken ersetzt. Travis und Grace folgten ihnen an den seltsamen Hügeln vorbei, dann blieben sie keuchend im Schnee stehen. Es war sinnlos. Die beiden Reiter waren weg.

»Wir sind zu spät gekommen, Grace.« Travis schnappte nach Luft, obwohl ihre Kälte ihn zusammenzucken ließ. »Wir sind völlig umsonst hergekommen.«

Grace studierte die Hufabdrücke, dann nickte sie. »Vielleicht auch nicht.«

Travis blickte sie mit gerunzelter Stirn an.

»Sieh«, sagte sie. »Ein Paar Hufabdrücke führt zurück zum Schloß. Und sieh dort.« Sie zeigte auf den Schnee. Ein einzelner roter Tropfen. Blut.

Travis versuchte, Eis aus dem Bart zu kratzen. »Ich kann dir nicht folgen.«

Graces Augen leuchteten auf. »Aber verstehst du denn nicht, Travis? Der verwundete Verschwörer ist zurück nach Calavere geritten.«

Die Kälte hatte seinen Verstand in Mitleidenschaft gezogen. Es dauerte einen Augenblick, bevor die Erkenntnis über ihn hereinbrach, dann sah er Grace erstaunt an. »Wir brauchen im Schloß also bloß jemanden zu finden, der heute abend verwundet wurde, und wir haben unseren Verschwörer.«

Grace grinste. Sie wollte etwas erwidern, aber plötzlich hallte ein anderer Laut durch die Luft. Hoch, durchdringend, silberhell: der Klang winziger Glocken.

»Was ist das für ein Ort, Travis?« Ihre Stimme war ein Flüstern aus Staunen und Furcht.

»Ich weiß es nicht. Ich glaube, vor langer, langer Zeit war er den Alten Göttern geweiht.«

»Den Alten Göttern?«

»Nicht die Götter der Mysterienkulte, sondern die, die es davor gab, die die Mütter und Väter des Kleinen Volkes waren, bevor sie alle verschwanden.«

Er konnte sehen, daß sie unter dem Umhang zitterte. Die Worte entschlüpften ihren Lippen zusammen mit den Wölkchen, die ihr Atem verursachte. »Das Kleine Volk …«

Wieder ertönte das Glockenspiel, deutliche, hohe Töne. Travis nahm Grace bei der Hand – sie mußten ihm folgen. Sie gingen zur anderen Seite des Kreises. Direkt dahinter schloß sich eine kurze weiße Fläche an, dann stieg eine miteinander verwachsene Mauer vom Boden in die Höhe, die in der immer finster werdenden Dämmerung schwarz aussah. Wieder ertönten die Glöckchen, aber Travis und Grace brauchten sie eigentlich nicht mehr, denn ihnen war klar, daß sie geführt wurden.

Als sich knorrige Gebilde vor ihnen auftürmten, blieben sie stehen. Das war der Rand des Dämmerwaldes. Jenseits gab es nur Schatten. Sie lauschten, aber es war nur noch das klagende Zischen des Windes zu hören, der durch die nackten Äste strich. Hier war nichts.

Nein, das stimmte nicht.

»Sieh«, sagte Grace.

Zuerst hielt er es für eine Art von Spuren, die sich im Schnee abzeichneten. Dann erkannte er, daß es sich überhaupt nicht um Spuren handelte. Es waren Worte.

KEIN SCHMERZ.

»Aber was bedeutet das?« fragte er.

»Ich weiß es nicht.« Die Worte kamen kaum an ihren klappernden Zähnen vorbei. »Es ist eine Botschaft.«

Er zitterte. Es war so kalt, und die Nacht brach herein. Er drehte sich zu ihr um. *Wie schaffen wir es zum Schloß zurück, Grace?* Er wollte die Frage laut stellen, aber er war zu starr, zu müde.

Grace blickte zu den Bäumen hin, dann zurück zu Travis,

und sie nickte, als hätte sie eine Entscheidung getroffen. Sie streckte die Arme aus und zog ihn an sich, dann schloß sie die Augen. Er glaubte, sie etwas flüstern zu hören.

»Berühre die Bäume …«

Und plötzlich war die Welt so warm wie im Frühling.

24

Sie erreichten das Schloß lange nach Einbruch der Dunkelheit, und zu dieser Zeit froren sie schon wieder. Als sie zu Calaveres Toren hinaufritten, verspürte Grace einen Stich der Panik. *Du warst zu lange fort, Grace. Die Tore sind geschlossen, und du bist zu müde, die Weltenkraft erneut zu berühren. Ihr werdet beide hier draußen erfrieren.*

Doch als sie näher heranritten, sahen sie, daß die Tore noch nicht geschlossen waren. Das Fest würde bis tief in die Nacht hinein dauern, und viele der geringeren Adligen und Berater übernachteten in der Stadt und nicht im Schloß und mußten daher in der Kälte den Hügel hinunter in ihre wartenden Betten stolpern. Die Wächter hoben die Hellebarden, als sie heranritten, aber nach einem Blick auf Graces geisterhaftes Antlitz nickten sie bloß. Sie und Travis ritten auf den Hof.

Sie übergaben dem Stallburschen, der genauso schläfrig wie zuvor erschien, die Pferde, dann kehrten sie in Travis' Gemach zurück. Es war noch immer leer – die anderen waren noch nicht von dem Fest zurückgekehrt. Eigentlich war es auch noch gar nicht so spät. Sie waren kaum mehr als drei Stunden weggewesen. Es hatte nur den Anschein, als wären sie auf einer unglaublich langen Reise gewesen.

»Ich bringe das Feuer in Gang«, sagte Travis, nachdem sie die Tür geschlossen und ihre Umhänge aufs Bett geworfen hatten.

Grace hielt sich die Arme. Eine Zeitlang waren sie so warm gewesen, so wunderbar warm. Es war so leicht gewesen, mit der Gabe zuzugreifen, das Leben zu fühlen, das in den blätterlosen Bäumen verborgen lag, und es heranzuziehen. Die Weltenkraft war hier viel ergiebiger, viel potenter als alles, was sie im Garten gefühlt hatte. Selbst die Pferde schienen die von ihnen ausstrahlende Wärme zu spüren, als sie aufsaßen, denn sie schnaubten und tänzelten umher, und sie galoppierten munter drauflos, als es zurück zum Schloß ging.

Grace war davon überzeugt, daß ihre Magie sie vor Erfrierungen oder Schlimmerem bewahrt hatte. Doch als sie zur Brücke über den Dimduorn kamen, hatte die Wärme angefangen sich zu verflüchtigen, und als sie den Fuß des Schlosses erreichten, zitterten sie wieder.

Sie schob eine widerspenstige Strähne aschblondes Haar hinters Ohr. »Du hast nicht danach gefragt, Travis. Du hast nie gefragt, wie ich uns warm halten konnte.«

Er schaute zu ihr hoch, einen Kienspan in der Hand. »Ich wußte, du würdest es mir erzählen, wenn du soweit bist, Grace.« Er schichtete das Holz im Kamin auf, dann schloß er die Augen und sprach ein leises Wort. »*Krond.*«

Flammen sprangen in die Höhe, goldener Lichtschein leuchtete.

Die Hitze des Feuers lockte Grace an. Es war härter als die Wärme der Weltenkraft, heller und bösartiger. Die Hitze des Verzehrens, nicht des Lebens. Trotzdem streckte sie ihre steifgefrorenen Hände aus. Daß Travis gerade Magie mit der gleichen Sicherheit wie sie benutzt hatte, wurde ihr erst eine Minute später bewußt.

»Wir haben beide soviel gelernt, Travis.« Sie sah in das Feuer. »Es sind noch keine zwei Monate vergangen, aber wir gewöhnen uns an diese Welt, werden ein Teil von ihr.«

Travis starrte ebenfalls in die Flammen. Oder blickte er auf seine Hände, die er vor sich ausgestreckt hielt? Es waren schöne Hände, wie Grace zum ersten Mal auffiel, sie waren lang und wohlgeformt.

»Ich weiß nicht, Grace«, sagte er leise. »Ich weiß nicht, ob ich mich jemals an diese Welt gewöhnen könnte. O ja, teilweise ist sie wunderbar. Es ist schön hier, wenn auch manchmal furchteinflößend, und ich habe mehr Freunde als je zuvor im Leben. Aber ich gehöre nicht hierher, das kann ich nicht vergessen. Darum muß ich zurück nach Colorado, zurück nach Hause.«

Grace wollte darauf etwas erwidern, aber dann überlegte sie es sich anders. Was sollte sie sagen? Teilte sie diese Meinung? Da war sie sich nicht so sicher. Wie oft dachte sie an Denver, an die Notaufnahme? Sicher, im Prinzip jeden Tag. Aber es erschien ihr auch irgendwie distanziert, als handele es sich um das Leben einer anderen Person – ein Film, der durch einen nicht sehr hellen Projektor gesurrt und jetzt zu Ende war. Grace blickte auf ihre Hände. Sie war sich nicht so sicher, daß sie zurückkehren wollte. Sie war sich nicht so sicher, daß sie es konnte.

»Wie wäre es mit einem Schluck Wein?« fragte er.

Sie richtete sich mit ihm auf. »Ich kann ihn holen.«

»Nein, ich bin der Barbesitzer, schon vergessen? Das ist meine Aufgabe.«

Aus dem Becher Wein wurden zwei volle Karaffen. Sie gingen in den Nebenraum des Gemachs, in dem Melia schlief, erweckten das dortige Feuer zu neuem Leben und warfen sich auf das riesige Bett. Sie tranken einen Becher nach dem anderen und lachten, während sie über die Dinge sprachen, die sie in dieser Welt vermißten.

»Pizza«, sagte Travis. »Ich würde die ganze Horde Könige für eine gute Pizza eintauschen.«

»Ich würde sie alle für eine heiße Dusche eintauschen.« Allein bei dem Gedanken daran streckte Grace auf dem Bett alle Glieder aus. Die Duschen waren das einzige gewesen, das sie in der Notaufnahme hatten funktionieren lassen. Sie hatte sich immer unter die Dusche im Umkleideraum der Assistenzärzte gestellt, sie bis zum Anschlag aufgedreht und all die

Furcht und das Blut und das Leiden abspritzen lassen. Sauber zu sein, hieß den Frieden zu kennen.

»Wie ist es mit Bier, in dem nichts rumschwimmt?« fragte Travis.

Sie nickte und trank ihren Wein. »Oder Blue jeans? Und T-Shirts? Und richtige Unterwäsche, aus Baumwolle mit elastischem Bund, jeden Tag ein sauberes Paar?«

Travis stöhnte. »Hör auf. Du machst mich fertig!«

Grace hielt sich den Bauch. Das Lachen tat weh – es war so lange her und sie hatte es verlernt –, aber es war gut und wärmte sie mindestens genausogut wie der Wein und das Feuer.

Am Ende forderten der lange Ritt, die Wärme und der Alkohol ihren Tribut. Ihre Stimmen wurden leise und schläfrig, während sie auf dem Bett lagen, dann verstummten sie ganz. Das letzte, was Grace sah, waren große Schneeflocken, die draußen vor dem Fenster herunterrieselten. Dann versank auch sie im Schlaf.

Ein leises Geräusch weckte sie. Zuerst hielt Grace es für Schneegestöber, da es so leise war. Sie schmiegte sich an den warmen Körper neben ihr – Travis – und überließ sich wieder dem Schlummer.

Aber wenn es der fallende Schnee war, wieso war es dann im Inneren des Gemachs ertönt?

Grace schlug die Augen auf. Es war ziemlich dunkel – das Feuer war heruntergebrannt. Sie sah nichts, dann hatten sich ihre Augen angepaßt. Im letzten blutroten Licht der Holzscheite funkelte über ihr etwas auf; es war lang, schlank und spitz. Dahinter schwebte ein Schatten, von dem sie ebenfalls keine weiteren Einzelheiten ausmachen konnte. Dann raste das Ding in die Tiefe, und sie wußte, was es war.

Grace rief das einzige Wort, zu dem ihr Zeit blieb. »Travis!«

Sie stieß hart gegen seine Schultern – er stöhnte protestierend auf –, dann rollte sie sich in die andere Richtung. Ein scharfes Zischen sauste an ihrem Ohr vorbei, gefolgt von einem dumpfen Geräusch. Das Messer hatte sich in etwas hineingebohrt. Matratze oder Fleisch? Sie konnte sich nicht herumdrehen, um es herauszufinden, sie hatte sich zu weit weggerollt. Das Bett unter ihr hörte plötzlich auf, und sie stürzte hart zu Boden.

Auf Händen und Knien blickte sie auf. Der Schatten stand jetzt vor ihr. Es handelte sich um einen Mann in einer schwarzen Kutte. Sie konnte das Gesicht nicht sehen – es war ein dunkler Fleck inmitten der schweren Kapuze –, aber seine Hand war groß und kräftig, und mit ihr hielt er das Messer gepackt. Seine Spitze war rot befleckt, und ihr Magen verkrampfte sich. Travis.

Nein, als er das Messer wieder hob, verwandelte sich die Klinge in kühles Silber. Es war der Feuerschein gewesen, kein Blut. Das Messer verharrte über ihr. Grace war klar, daß sie ihm niemals würde ausweichen können, sobald es wieder den Weg nach unten begann.

»Laß sie in Ruhe!«

Travis stand hinter dem Angreifer, das Stilett gezückt. Das Juwel in seinem Griff funkelte im Licht des sterbenden Feuers rot. Nein, das stimmte nicht. Der Edelstein reflektierte kein Licht. Das Licht flackerte vielmehr in seinen Tiefen, als besäße er ein eigenes Leben. Travis stieß mit dem Stilett zu.

Es erschien wie eine beiläufige, beinahe träge Geste. Der Mann in der schwarzen Kutte drehte sich um und schlug Travis das Stilett aus der Hand. Es flog quer durch den Raum und landete irgendwo in dem Dämmerlicht klirrend auf dem Boden. Dann stieß der Angreifer mit seinem Messer zu, während Travis ihn mit großen Augen anstarrte.

Nein. Grace dachte gar nicht daran, einfach nur dabei zuzusehen. Sie hatte in der Notaufnahme genug Tod gesehen.

Sie warf sich aus ihrer unbeholfenen Position einfach nach vorn und griff nach allem, was ihre tastenden Hände finden konnten. Ihre Finger verkrallten sich in grobem Stoff. Die Kutte des Angreifers. Sie zog mit aller Kraft, die sie aufbringen konnte.

Das war nicht viel – sie hatte keinen guten Griff –, aber es reichte. Sie riß den Kopf hoch und sah, daß der Angreifer stolperte und sein Stich ins Leere ging. Das Messer bohrte sich in das Holz der Türfassung. Travis wollte sich von dem Angreifer wegdrehen, aber eine dieser kräftigen Hände schoß mit unmöglicher Geschwindigkeit vor und traf seinen Hinterkopf.

Travis erschlaffte und brach auf dem Boden zusammen.

Grace schrie auf. Travis bewegte sich nicht. War er tot? Oder starb er gerade, entglitt ihm sein Leben mit jeder verstreichenden Sekunde, während sich sein Schädel mit Flüssigkeit füllte oder sich Splitter seines Hinterkopfs in sein Gehirn bohrten? Sie wollte zu ihm kriechen, aber schwarze Stiefel verstellten ihr den Weg.

Grace legte den Kopf in den Nacken. Der Mann in der schwarzen Kutte türmte sich über ihr auf. Er hatte sich sein Messer zurückgeholt und hielt es mit beiden Händen gepackt. Die Spitze zielte genau auf ihr Gesicht. Sie kannte die Schnelligkeit, mit der er sich bewegen konnte. Jeder Ausweichversuch war völlig sinnlos.

Ich komme, Leon.

Ein weiteres Aufblitzen zerschnitt das Halbdunkel. Das Messer glitt aus den Händen des Angreifers, sein Kopf kippte zur Seite. Grace runzelte unwillkürlich die Stirn. Warum zögerte er? Dann fiel sein Kopf mitsamt Kapuze von seinen Schultern und landete mit einem feuchten Dröhnen auf dem Boden. Der Mann stürzte wie ein gefällter Baum, und Grace sah zu, wie dunkles Blut aus dem Halsstumpf pumpte.

»Mylady, geht es Euch gut?«

Der Klang der Stimme ließ sie aufsehen. Eine andere Gestalt stand über sie gebeugt, in schmuckloses Grau gekleidet. Sein Gesicht war hart wie Stein, wütend wie der Sturm, aber selbst in der Dunkelheit konnte sie die Sorge erkennen, die in den braunen Augen funkelte. Er senkte das riesige Schwert, an dessen Schneide Blut entlangströmte.

Das Wort, das sie hervorstieß, war eine Litanei aus Überraschung, Dankbarkeit und Erleichterung. »Durge.«

Er beugte sich herunter und half ihr auf die Füße.

»Travis«, sagte sie. »Er ist verletzt.«

Sie hatte noch nicht zu Ende gesprochen, als auch schon die anderen kamen. Beltan kniete neben Travis nieder. Melia und Falken blieben in der Tür stehen.

»Wie geht es ihm?« fragte die kleine Frau. Ihre bernsteinfarbenen Augen leuchteten in der Dunkelheit so hell wie die Augen des erschrockenen Kätzchens, das sie in den Armen hielt.

»Aua«, sagte Travis, als Beltan ihm half, sich aufzusetzen. Er hielt sich den Hinterkopf. »Wer hat den Boden dahin getan, wo die Wand sein sollte?«

Beltans Grinsen leuchtete im Halbdunkel. »Ich glaube, er ist in Ordnung, Vathris sei Dank.«

»Du solltest eher seinem harten Schädel danken«, sagte Melia.

»Ihr hattet recht, Durge«, sagte Falken, als er in das Gemach trat.

»Recht? Wieso?« fragte Grace.

»Ich geriet in Sorge um Euch, während wir auf dem Fest waren, Mylady«, sagte Durge. »Man hat Euch schon einmal angegriffen. Und ein Fest, bei dem das ganze Schloß anwesend war, schien eine gute Gelegenheit für einen erneuten Versuch zu sein. Ich wäre früher gekommen, aber es war nicht so einfach, mich aus König Sorrins Gesellschaft freizumachen. Einer seiner Leibwächter war heute abend unauffindbar, und der König fürchtete sich ohne eine ausreichend große Anzahl Ritter um sich herum. Es tut mir leid, daß ich nicht früher kommen konnte.«

Sie lächelte trotz ihres noch immer heftig pochenden Herzens. »Aber Ihr seid gekommen, Durge.«

Er verbeugte sich tief vor ihr.

Falken fachte das Feuer an. Flammen füllten den Raum mit Licht. Beltan half Travis auf das Bett. Der blonde Ritter sah beunruhigt aus.

»Mir tut es auch leid, Travis. Nie bin ich zur Stelle, wenn die, die unter meiner Obhut stehen, in Gefahr sind.«

»Nein, Beltan.« Travis' Stimme war heiser, aber nachdrücklich. »Du warst genau dort, wo du sein mußtest, an Melias Seite. Du bist ihr Ritter-Hüter.«

Beltan biß sich auf die Zähne, sagte aber nichts. Melia trat heran und untersuchte Travis' Kopf.

»Ich glaube, du wirst es überleben, Travis. Aber da wächst eine Beule von der Größe Galts heran. Lady Grace sollte mal einen Blick darauf werfen.«

Grace setzte sich in Bewegung, dann hielt sie inne. Die Leiche ihres Angreifers lag ihr im Weg. Falken kniete neben dem Toten nieder und rollte ihn herum.

»Und wer ist das nun?« fragte er.

Melia zeigte auf den Kopf. »Ich glaube, der Teil, der dort drüben liegt, kann uns das eher beantworten.«

Falken grunzte, dann schob er die Kapuze zurück, die eng um den abgetrennten Kopf lag, um das Gesicht zu enthüllen. Es war streng und zerfurcht, mit matten braunen Augen. Grace hatte ihn noch nie zuvor gesehen.

»Medarr.« Durge hörte sich an, als würde er mit den Zähnen Steine zermalmen.

Die anderen blickten den Ritter an.

»Ihr kennt diesen Mann, Durge?« fragte Falken.

»Hier also steckte König Sorrins vermißter Ritter«, sagte der Embarraner mit einem Seufzen.

Melia musterte den Kopf, die Augen zu Schlitzen verengt. »Ihr meint, dieser Mann war Angehöriger von Sorrins Leibwache? Aber warum sollte er Grace angreifen, und dann auch noch in der Kutte eines Rabenanhängers?«

»Er trug nicht nur die Kutte.« Falken hatte den Unterarm des Toten entblößt. Von der bleichen Haut hob sich eine wulstige Brandnarbe ab. »Er ist Mitglied des Rabenkults, da besteht kein Zweifel. Oder er war es zumindest.«

»Gibt es noch andere Zeichen?« fragte Melia.

Falken öffnete die Kutte, die die Leiche verhüllte. »Nein. Allerdings sieht er so aus, als hätte er einige Kämpfe bestanden. Da ist eine häßliche Narbe auf seiner Brust, aber ansonsten …«

»Halt!« rief Grace, als Falken sich anschickte, die Kutte wieder zu schließen.

Die anderen starrten sie an. Falken riß die Hand von der Leiche weg. Sie wollte es nicht sehen, aber sie zwang sich dazu, einen Blick auf die Leiche zu werfen. Die Narbe war dick und rosafarben, sie schlängelte sich die Mitte seiner nackten Brust hinunter. Eine solche Narbe hatte Grace schon einmal gesehen.

»Schneidet ihn auf«, sagte sie.

Ein besorgter Ausdruck trat auf Melias Gesicht. »Wovon redet Ihr, mein Kind?«

»Tut es, Durge.« Graces Tonfall war plötzlich ganz ruhig, emotionslos; es war die Stimme einer Ärztin, die im Traumaraum ihre Anweisungen gab. »Schneidet seine Brust auf.«

»Mylady«, erwiderte der Ritter, »vielleicht solltet Ihr …«

»Dann gebt mir Euer Schwert. Ich mache es selbst.« Sie nahm ihm das Schwert aus der Hand, noch bevor er reagieren konnte. Es war schwer. Sie zerrte es unbeholfen zu der Leiche.

»Nein, Grace, tu das nicht«, sagte Travis entsetzt, aber sie ignorierte ihn.

Sie mußte es wissen, mußte sicher sein. Die anderen traten zusammen mit dem Raum in den Hintergrund. Da waren nur noch sie und die Leiche. Sie setzte die Schwertspitze auf die Brust, dann stemmte sie sich mit ihrem ganzen Gewicht gegen den Griff. Rippen knirschten, als die Klinge in den Körper eindrang. Sie bewegte sie hin und her, dann warf sie sie beiseite und sank neben dem Leichnam auf die Knie. Mit bloßen Händen griff sie in den Schnitt und zog. Aber sie konnte nicht richtig zufassen, die Rippen waren zu stark. Sie brauchte eine vernünftige Stelle, wo sie ansetzen konnte. Da, das Messer des Angreifers. Sie hob es vom Boden auf, stieß es in den Einschnitt, drückte es mit einer gezielten, geübten Anstrengung herunter und schuf eine richtige Öffnung in der Brust. Schwarzes Blut quoll empor.

»Bei allen Göttern!« fluchte Falken.

»Ich verstehe nicht«, sagte Beltan angespannt. »Was ist das?«

Grace flüsterte die Worte, eine schreckliche Diagnose. »Es ist ein Herz aus Eisen.«

Sie ließ das Messer fallen. Starke Hände halfen ihr auf die Füße. Durge. Ihre Hände waren blutverschmiert.

»Was geht hier vor, Grace?« fragte Travis; sein Gesicht war bleich vor Schmerz und Furcht.

Grace setzte zu einer Erklärung an, aber Falken kam ihr zuvor.

»Ihr habt meine Geschichte vor dem Rat gehört«, sagte der Barde. »Daß der Fahle König ein aus Eisen geschmiedetes Herz hatte. Ich habe jedoch nicht erzählt, daß Berash seinen Sklaven ebenfalls Eisenherzen gab, um sie an sich zu binden.«

Melia betrachtete Grace nachdenklich. »Woher wußtet Ihr über die Eisenherzen Bescheid, mein Kind?«

Sie holte zitternd Luft. Wie sollte sie das alles nur erklären, die Nacht in der Notaufnahme, in der sich alles verändert hatte? »Ich habe schon einmal eins davon gesehen. Auf der Erde.«

»Aber wie konnte einer von Sorrins Leibwächtern ein Diener des Fahlen Königs sein?« fragte Beltan.

Durge strich sich über den Schnurrbart. »Und warum sollte ein Sklave Berashs die Kutte eines Anhängers des Rabenkults tragen?«

»Versteht Ihr denn nicht, Durge?« Das kam von Travis. Er stand auf den Füßen, als hätte er den Schlag auf den Kopf vergessen. »Der Rabenkult ist mit dem Fahlen König verbunden. Was bedeutet, daß der Fahle König hinter dem Mordkomplott hier im Schloß steckt.«

Falken runzelte die Stirn. »Mordkomplott?«

Grace und die anderen Mitglieder des Kreises des Schwarzen Dolches tauschten schuldige Blicke aus.

»Ich glaube, einige Leute haben hier etwas zu erklären«, sagte Melia scharf. Dann fiel ihr Blick auf die Leiche, und ihre Worte wurden sanfter. »Aber das kann bis zum Morgen warten.«

»Wir müssen dem Rat davon Bericht erstatten«, sagte Falken.

Melias Miene war unbewegt. »Und was sollen wir ihnen sagen?«

Der Barde holte tief Luft. »Daß der Fahle König seiner Freiheit schon näher ist, als wir befürchteten.«

Die Worte des Barden ließen Grace erschaudern, und sie wußte, daß keine Magie dieser oder einer anderen Welt die schreckliche Kälte in ihr hätte *erwärmen* können.

ZWEITER TEIL

Die Tore des Winters

25

Grace schaute aus dem Fenster in die eisengraue Morgendämmerung und wußte, daß sie König Boreas alles sagen mußte.

Sie drehte sich um, fröstelte, trank einen Schluck vom Maddok, den eine Dienerin beim ersten Licht gebracht hatte, dann zog sie sich vor dem Feuer an. In letzter Zeit hatte sie die helleren Gewänder ihrer Garderobe getragen: amethystviolett, rubinrot, jadegrün. Sie war zu gut darin geworden, die Kleidung dieser Welt anzuziehen – sie hatte zugelassen, daß die Gewänder zu bequem wurden. Heute wählte sie ein schmuckloses, unbequemes Kleid, das die gleiche Farbe wie der Nebel hatte, der Calaveres Türme einhüllte. Hätten ihr die alten Hosen und die weiße Bluse zur Verfügung gestanden, wären sie nicht zu Asche verbrannt worden, sie hätte sie angezogen.

Vergiß nicht, wer du bist, Grace Beckett. Du konntest nicht das Leid in der Notaufnahme einer mittelgroßen Stadt heilen. Nicht mal annähernd. Wie kommst du auf die Idee, du allein könntest eine ganze Welt heilen?

Sie trat von dem Kamin fort, schaute auf und sah in der Fensterscheibe einen Geist. Er war bleich und durchsichtig; das Gewand verschmolz mit dem Nebel, in dem er trieb, die grün-goldenen Augen strahlten hell in dem ausdruckslosen Antlitz. Grace studierte den Geist. In der Notaufnahme hatte es mal einen hysterischen Mann gegeben, der behauptete, *Senora Blanca* gesehen zu haben, die Dame in Weiß, und daß er dazu verdammt sei, noch vor Ende der Nacht zu sterben. Um halb acht war er allen Tests zufolge bei guter Gesundheit gewesen. Um drei Minuten nach Mitternacht hatte Grace seinen Tod festgestellt.

Sie begegnete dem ätherischen Blick des Geistes. Vielleicht hätte sie Angst haben sollen. Statt dessen grinste sie, und der Geist grinste mit einem kadaverhaften und zugleich heiteren Ausdruck zurück. Andererseits, warum sollte man Angst haben, wenn das einzige, was einen heimsuchte, man selbst war? Grace trank ihren Maddok aus, stellte die Tasse ab und verließ das Gemach, um sich ihrem Untergang zu stellen.

»Guten Morgen, Mylady.«

Die Stimme klang tief und düster, und sie ließ Grace lächeln, wie keine fröhliche Begrüßung es jemals zustande gebracht hätte.

»Durge. Habt Ihr dort die ganze Nacht gestanden?«

»Nein, Mylady. Ich habe mich eine Zeitlang mit Aufundabgehen beschäftigt.«

Grace studierte Durges verwittertes Gesicht; es wies tiefe Linien auf, aber nicht mehr als gewöhnlich. Wann schlief der Ritter? Sie wußte es nicht, aber sie war dankbar für seine Gegenwart. Es erschien unwahrscheinlich, daß der Rabenkult zweimal in einer Nacht einen Anschlag auf ihr Leben unternehmen würde – andererseits erschien es auch unwahrscheinlich, daß sie überhaupt ihren Tod wollten.

»Welchen Dienst kann ich Euch erweisen, Mylady?«

»Ihr könnt Euch ausruhen, Durge. Bitte.«

»Dafür wird später noch Zeit sein.«

Ihr Tonfall klang einstudiert, die heruntergeleierte Erwiderung einer überarbeiteten Ärztin. »Längerer Schlafentzug kann Halluzinationen und Gefühle extremster Euphorie erzeugen.«

»Höhenflüge voller Phantasie und Luftschlössern?«, sagte Durge tadelnd. »Mylady, ich bin ein Ritter Embarrs.«

Sie biß sich auf die Lippe. Was hatte sie sich nur dabei gedacht? »Es tut mir leid, Durge. Ja, da gibt es etwas, das Ihr für mich tun könntet. Geht zu Lady Aryn und bringt sie zu König Boreas' Gemächern.«

Der Ritter verbeugte sich, drehte sich dann ohne eine Frage zu stellen um und schritt den Korridor entlang. Grace schloß fest die Augen. Sie verdiente keine solche Loyalität. *Eines Tages werde ich ihm einen Befehl geben, der ihn umbringt.* Nein, so durfte sie nicht denken. Durge war nicht nur ihr Ritter-Hüter. Er war ihr Freund. Sie öffnete die Augen wieder und eilte den Korridor entlang.

Falken machte die Tür auf, an der sie schließlich anklopfte.

Das Gesicht des Barden sah abgezehrt aus, seine blauen Augen blickten trüber als je zuvor. Trotzdem brachte er ein Lächeln zustande. »Lady Grace. Ich nehme an, Ihr hattet seit unserer letzten Begegnung keine weiteren Besucher mehr?«

»Nur Durge. Er verbrachte die ganze Nacht vor meiner Tür.«

»Gut«, sagte Beltan. Der blonde Mann stand hinter dem Barden. Er trug einen grimmigen Ausdruck im Gesicht, doch statt des Schwertes hielt er einen Kanten braunes Brot in der Hand.

Falken blinzelte Grace zu. »Wir hatten vergangene Nacht unseren eigenen Türsteher. Ich glaube, es liegt an den Kettenhemden. Sie bringen sie dazu, reglos in einer Ecke stehen zu wollen.«

Grace schlug sich eine Hand vor den Mund, um nicht laut loszuprusten.

»Das habe ich gehört!« sagte Beltan. Er stopfte sich mehr Brot in den Mund.

»Kein Wunder, daß Ritter Rüstungen tragen müssen«, sagte Melia. »Sie sind schrecklich empfindlich.«

Die kleine Frau stand neben dem Kamin. Travis saß vor ihr auf einem Stuhl. Sie tauchte einen Lappen in eine Schale voller heißem Wasser, in dem Kräuter schwammen, und drückte ihn auf Travis' Hinterkopf. Travis stöhnte schmerzerfüllt.

»Wie geht es ihm?« fragte Grace.

»Der Blutbann, den Ihr mir gegeben habt, hilft. Die Schwellung geht zurück. Ich glaube, er wird es überleben.«

Travis zog eine Grimasse. »Das ist Eure Meinung, Melia.«

»Ja, mein Bester«, erwiderte Melia. »Und vergiß nicht, es ist die einzige Meinung, die zählt.«

»Wollt Ihr irgendwo hin, Lady Grace?« fragte Falken.

Sie wandte sich dem Barden zu. »Ja, Falken, das will ich. Und ich hoffte, ihr alle würdet mich begleiten.«

Er runzelte die Stirn, und die anderen sahen sie neugierig an.

Zehn Minuten später blieben sie vor der geschlossenen Tür von König Boreas' Schlafgemach stehen. Aryn und Durge waren bereits eingetroffen. Die Baronesse betrachtete Grace und ihr Gefolge verblüfft. Ihr Gewand saß schief, und ihr Haar war zerzaust.

»Grace«, sagte sie mit einem Gähnen. »Was ist los?«

Grace schluckte schwer. Jetzt gab es kein Zurück mehr. »Wir alle werden uns mit dem König unterhalten.«

Aryns verschlafene Miene zeigte Beunruhigung.

»Und was genau sollen wir ihm sagen, Lady Grace?« fragte Melia.

»Alles.«

Einen Augenblick lang trat vollkommene Stille ein, dann sprachen ein halbes Dutzend Stimmen zugleich.

Grace hielt die Hände hoch. »Bitte, hört mir zu.«

Die anderen schwiegen und sahen sie abwartend an. Grace hatte im Grunde ihres Herzens nicht ernsthaft damit gerechnet, daß sie mit ihrer Bitte Erfolg haben würde. Jetzt, wo sie die Aufmerksamkeit aller hatte, blieb ihr wohl keine andere Wahl, als zu sprechen.

»Mir ist bewußt, daß ich diejenige war, die zuvor nicht mit Boreas sprechen wollte. Aber das war, bevor wir das wußten, was … was wir vergangene Nacht in Erfahrung gebracht haben.« Sie wandte sich an Falken und Melia. »Es gibt da ein paar Dinge, die auch ihr noch erfahren müßt. Ihr werdet sie hören, wenn wir mit dem König sprechen. Aber ich hatte Grund zu der Annahme, daß Boreas möglicherweise hinter dem Plan steckte, einen der Könige oder Königinnen im Schloß zu ermorden, aber nun wissen wir, daß er es nicht ist. Es war die ganze Zeit der Fahle König.«

»Mord?« sagte eine knurrige Stimme. »Der Fahle König? Wovon sprecht Ihr, Mylady?«

Wie ein Mann drehte sich die Gruppe zu dem Sprecher um. Er stand in der offenen Tür, lediglich mit einem weißen Nachthemd bekleidet, das bis zu seinen Knien reichte. Sein stählerner Blick war auf Grace gerichtet. Darin war nicht die Wut zu erkennen, die sie eigentlich erwartet hatte. Statt dessen war da Nachdenklichkeit zu sehen und, wenn sie sich nicht irrte, Traurigkeit.

»Euer Majestät!« sagte sie. »Ich wußte nicht, daß Ihr schon wach seid.«

»Wer soll denn schlafen, wenn vor seiner Tür ein solcher Lärm veranstaltet wird?« Er musterte die anderen, die sich hinter Grace versammelt hatten. »Wie ich sehe, habt Ihr und mein Mündel denselben schlechten Geschmack entwickelt wie mein geliebter Neffe, was Freunde angeht.«

Grace fing an, eine Entschuldigung zu stottern, aber Boreas winkte ab. »Es reicht, Mylady. Ihr habt die Fanfare geblasen, jetzt ist es zu spät, die Attacke abzubrechen. Kommt rein. Oder wollt Ihr Euren Feind dazu bringen, hier stehenzubleiben, damit er sich als zusätzliche Beleidigung noch sein Schwert und seine Juwelen abfriert?«

Grace senkte den Kopf. »Natürlich nicht, Euer Majestät.«

Sie folgte ihm in den Raum, und die anderen schlossen sich ihr an. Das Schlafgemach des Königs war weder größer noch komfortabler als ihres, obwohl das Bett so massiv war – die

Pfosten waren aus großen Eichenstämmen gehauen –, daß es so verteidigungsfähig wie ein kleines Bergfort aussah.

»Was habt Ihr mir also zu sagen, Mylady?«

Mitten im Satz drehte sich Boreas um, schob die Vorderseite seines Nachthemds hoch, beugte die muskulösen Beine und fing an, einen Messingnachttopf zu füllen. Falls er mit dieser Handlung beabsichtigte, sie aus dem Gleichgewicht zu bringen, war er gescheitert. Grace hatte in ihrem ersten Jahr als Praktikumsärztin mehr Bettpfannen geleert, als er in einem Jahrzehnt hätte füllen können.

Sie trat näher an ihn heran. »Auf Calavere findet eine Verschwörung mit der Absicht statt, einen der beim Rat der Könige teilnehmenden Herrscher zu ermorden.«

Er beendete sein Geschäft, drehte sich um und betrachtete sie, als wäre sie die einzige andere Anwesende im Raum. »Wie lange wißt Ihr davon?«

Sie rührte keine Miene. »Schon seit mehreren Tagen, Euer Majestät.«

»Und warum habt Ihr mir das nicht früher gesagt? Seid Ihr nicht meine Spionin, Euer Durchlaucht?«

»Ich habe es Euch nicht gesagt, da ich fürchtete, Ihr könntet hinter der Verschwörung stecken, Euer Majestät.« Sie nahm die Schultern zurück, in der Erwartung, daß der König wütend reagierte, sie mit seinen starken Händen packte und sie zur Seite schleuderte oder sie in kleine Stücke riß. So wie sie ihn verraten hatte, wäre es vielleicht sogar eine Erleichterung gewesen.

Statt dessen grinste er sie an. »Gut, Mylady. Sehr gut! Ich bin ein geübter Beurteiler von Charakteren, aber Ihr seid in diesem Spiel noch viel besser, als ich jemals gerechnet hätte.«

Sie hatte sich auf Zorn eingestellt. Sein Gelächter brachte sie aus der Fassung. »Euer Majestät?«

»Aber versteht Ihr denn nicht, Mylady? Ein guter Spion verwirft keinen Verdacht und keine Möglichkeit, bis das Gegenteil erwiesen ist. Ihr habt recht getan damit, daß Ihr mich nicht für unschuldig hieltet, bis Ihr Beweise in der Sache hattet. Es gibt andere, die viel von Euch lernen könnten.«

Sein Blick fiel auf Aryn, und sein Mündel errötete.

»Aber sagt mir, Mylady Spionin«, fuhr Boreas fort. »Jetzt, da Ihr wißt, daß nicht ich hinter der Verschwörung in meinem Schloß stecke, wer ist es dann?«

Grace befeuchtete sich die Lippen. »Der Rabenkult und der Fahle König.«

Boreas strich sich den schwarzen Bart. »Also glaubt Ihr dem Barden?«

Falken trat vor und setzte zum Sprechen an, aber Grace schüttelte den Kopf.

»Nein, Falken. Bitte, laßt es mich erzählen. Ich muß es tun.«

Der Barde erwiderte ihren Blick, dann nickte er. Sie holte tief Luft und trat einen Schritt näher an den König von Calavan heran.

»Ihr habt recht, Euer Majestät. Ich bin eine gute Spionin, obwohl ich mir nicht hätte träumen lassen, daß ich so etwas sein könnte. Ich habe in den vergangenen Wochen eine Menge gelernt, unter anderem, etwas nicht als unglaubwürdig zu betrachten, bloß weil andere es geringachten. Was auch immer Ihr von Falkens Geschichte haltet, ich habe die Beweise gesehen, und meine … Freunde auch. Ich weiß, daß es den Fahlen König gibt.«

Boreas erwiderte ihren trotzigen Blick mit ruhigem Verständnis. »Ich habe nie gesagt, ich würde nicht an den Fahlen König glauben, Mylady.«

Grace war nicht die einzige, die vor Erstaunen aufkeuchte.

Boreas runzelte die Stirn. »Ihr braucht nicht alle so überrascht zu tun. Oder glaubt ihr wirklich, euer König ist so schwer von Begriff?« Er wandte sich von Grace ab, ging zum Feuer und kniete nieder, um eine der schwarzen Bulldoggen zu streicheln, die vor dem Kamin schliefen. »Ich weiß über den Fahlen König Bescheid. Warum, glaubt ihr, habe ich den Rat einberufen?« Er schnaubte. »Weil ich vor ein paar zerlumpten Räubern Angst habe, so wie Eminda behauptete?«

Grace schüttelte den Kopf. Sie konnte sich nicht vorstellen, daß sich Boreas vor irgendeinem Sterblichen fürchtete.

Der König richtete sich auf und wandte sich dem Barden zu. »Nach Eurem letzten Besuch, Falken Schwarzhand, habe ich Eure Warnung, in Falengarth rege sich Finsternis, keinesfalls gedankenlos verworfen – auch wenn Ihr das geglaubt habt. Ich hatte die Anzeichen selbst gesehen, und ich habe ein paar eigene Nachforschungen betrieben. Ich konnte mir nicht sicher sein, nicht bevor Ihr dem Rat die zerbrochene Rune zeigtet, aber sobald Ihr damit fertig wart, wußte ich, daß ich recht hatte, daß der Fahle König wieder zu Macht gekommen ist.«

Falken ballte die Hand mit dem schwarzen Handschuh zur Faust. »Wenn Ihr mir geglaubt habt, warum habt Ihr dann nichts vor dem Rat gesagt?«

Boreas stemmte die Hände in die schlanken Hüften. »Und wie, glaubt Ihr, hätte mir das geholfen, mich mit dem Grimmigen Barden nach seinem Ausbruch zu verbünden? Wieviel Einfluß hätte ich dann über den Rat gehabt? Eure Neuigkeiten haben mir geholfen, Falken, sie bestätigten mir, daß ich recht darin getan hatte, die Versammlung einzuberufen, aber Eure Vorstellung hat meinen Plan, den Rat zur Mobilmachung zu überzeugen, zurückgeworfen, vielleicht sogar endgültig zunichte gemacht. Obwohl Lady Graces Neuigkeiten, so schlimm sie auch sind, vielleicht Anlaß zu neuer Hoffnung geben, den Rat doch noch zu vereinigen.«

Falken öffnete den Mund, aber es kamen keine Worte heraus. Zum ersten Mal erlebte Grace, daß der Barde sprachlos war. Sie richtete ihre Aufmerksamkeit wieder auf Boreas. Selbst im Nachthemd, das Haar vom Schlaf zerzaust, wirkte er mächtig und majestätisch. Ein Krieger, ja, aber kein Verrückter – das wußte sie nun.

»Nun, Ihr habt es geschafft, mich zu überraschen, Mylady«, richtete Boreas das Wort wieder an Grace, »und das ist nicht leicht. Es ist mir nie in den Sinn gekommen, Eure Tätigkeit als Spionin könnte tatsächlich nützliche Informationen zutage fördern.«

Sie starrte ihn an. »*Was?*«

Boreas lachte. »Jetzt hört aber auf, Lady Grace, Ihr habt doch sicher nicht geglaubt, die einzige zu sein, die ein Geheimnis bewahren kann? Ich hatte die Hoffnung, daß Ihr, falls Ihr Euch mit Eurer Herumschnüffelei genug zum Ärgernis machen würdet, jemanden unabsichtlich dazu zwingt, sich preiszugeben. Sticht man einen Mann in eine wunde Stelle, zuckt er aller Wahrscheinlichkeit zusammen. Aber wie sich herausgestellt hat, seid Ihr eine erfolgreichere Spionin, als ich gedacht hätte.«

Grace wußte nicht, was sie sagen sollte. Die ganze Zeit hatte sie umsonst spioniert? Nur daß es nicht umsonst gewesen war …

Der König nahm einen grimmigen Gesichtsausdruck an. »Ich muß sagen, Mylady, das mit dem Rabenkult ist eine Neuigkeit. Ich wußte, daß die Mysterien des Raben in Calavan Fuß gefaßt hatten. Ich wußte aber nicht, daß der Kult mit dem Fahlen König verbündet ist.«

»Das ist er.« Grace atmete tief durch. Es war Zeit, ihm den Rest zu erzählen. Alles. Sein Plan hatte funktioniert – ihr Spionieren hatte jemanden zum Handeln gezwungen. »Und da ist noch mehr, Euer Majestät. Ihr müßt wissen, ich wurde …«

Er unterbrach sie mit einem Fingerzeig. »Nein, Mylady, ich möchte nicht alles wissen. Ein Spion weiß, was er berichten muß und was nicht. Zuviel Wissen kann eine Behinderung sein und keine Hilfe. Ich weiß alles, was ich wissen muß. Ich werde dem Rabenkult ein Ende bereiten, genau wie dem Komplott in meinem Schloß.«

Boreas' Augen funkelten, in seinen Worten lag Stahl. Das war der König, den Grace kannte.

»Und jetzt«, fuhr Boreas fort, und seine Stimme schwoll zu einem Brüllen an, »alle raus aus meinem Gemach!«

Grace sprang zurück, dann machte sie einen flüchtigen Knicks. Die anderen schlossen sich ihrem Beispiel an mit Hofknicksen und Verbeugungen – selbst Lady Melia –, dann eilten sie aus dem Raum und überließen den König seinen Hunden und seiner Privatsphäre.

Die Tür fiel donnernd ins Schloß.

»Und jetzt?« fragte Travis.

Darauf wußte Grace keine Antwort. Sie hatte nicht weitergeplant, als Boreas über das Mordkomplott zu informieren. Es hatte den Anschein, als hätte der König die Angelegenheit selbst in die Hand genommen. Vielleicht war das das Ende – vielleicht war sie fertig mit all dem.

Melia tippte sich nachdenklich gegen die Wange. »Frühstück, würde ich sagen. Sollen wir alle in mein Gemach gehen?«

Die anderen willigten ein, und Beltans Zustimmung kam ganz besonders von Herzen. Zusammen gingen die Sieben den Korridor entlang. Es war schon seltsam, daß Grace hier mehr Kameradschaft finden sollte, als sie jemals auf ihrer eigenen Welt erfahren hatte. Es war seltsam, aber es fühlte sich trotzdem richtig an.

Ihr Weg führte sie an der Eingangshalle des Bergfrieds vorbei. Sie durchquerten sie und waren fast schon auf der anderen Seite angelangt, als die großen Türen aufschwangen. Ein Schwall Winterluft zupfte an Graces Gewand. Die anderen griffen nach Kleidern, Umhängen oder Wämsern, dann schlossen sich die Türen wieder, und der Sturm versiegte. Grace richtete ihr Gewand, und als sie aufschaute, fiel ihr Blick auf eine bunte Schar von seltsamen Figuren, die in die Empfangshalle marschierten.

Ja, Figuren. Genauso sehen sie aus. Figuren aus einem Theaterstück.

Sie waren bekleidet mit ausgefallenen Kostümen. In den Haaren der Frauen steckten Blätter. Die Männer trugen zottelige Hosen. Ein alter Mann in Weiß streute getrocknete Blüten wie Schnee auf den Boden.

Aryn runzelte die Stirn. »Oje, sie kommen zu früh. Wo sollen wir sie unterbringen?«

»Zu früh?« Grace sah ihre Freundin an. »Du meinst, du hast sie erwartet?«

Die Baronesse nickte. »Das sind Schauspieler. König Boreas hat sie angeheuert. Ihre Truppe wird beim Wintersonnenwendfest auftreten. Aber das ist erst in einer Woche, und da sind sie schon.«

Schauspieler? Grace beobachtete, wie die seltsame Truppe vorbeizog. Sie bogen um eine Ecke, und dabei fiel ihr unter ihnen eine Gestalt auf, die sie bis jetzt nicht bemerkt hatte. Er war ein winziger Mann, kaum größer als anderthalb Meter, der ganz in Gelb und Grün gekleidet war. Der Mann zeigte nicht die gewöhnlichen Anzeichen für Achondroplasie und war gutproportioniert. Vermutlich handelte es sich dann um von einer Störung der Hypophyse ausgelösten Zwergenwuchs.

Neben ihr holte jemand zischend Luft, und sie wandte den Kopf. Travis starrte den kleinen Mann erstaunt an.

»Trifkin Moosbere!« flüsterte er.

Noch während Travis sprach, wandte sich der kleine Mann

in ihre Richtung und tippte sich an die befiederte Mütze – obwohl er viel zu weit weg war, um es gehört haben zu können.

Bevor Grace sich weitere Gedanken machen konnte, verschwanden der kleine Mann und die Schauspieler in einem Durchgang und ließen die Empfangshalle kalt und leer zurück.

26

Dieses Mal traf sich der Kreis des Schwarzen Dolches bei Tageslicht.

Sie kamen wieder in dem alten Wachturm zusammen. Es war später Nachmittag, aber der Morgennebel hatte sich nicht aufgelöst und hüllte die Welt draußen noch immer in seinen Mantel ein. Ein kleiner, nun erkalteter Kamin hatte die Wächter vergangener Zeiten mit Wärme versorgt, während sie von diesem Ort nach Feinden Ausschau hielten. Travis betrachtete die Feuerstelle und fragte sich, ob sie wohl über kurz oder lang wieder benutzt werden würde.

Beltan traf als letzter ein.

»Es tut mir leid, daß ich zu spät komme.« Der blonde Mann schloß die Tür, sein Kettenhemd klirrte.

Durge musterte die Rüstung. »Warum seid Ihr voll gerüstet, Bruder Ritter?« Der Embarraner trug wie immer das rauchgraue Wams und die dazugehörige Hose.

Travis betrachtete die beiden Männer. Jedesmal, wenn er sie sah, stach ihm die Unterschiedlichkeit der Ritter ins Auge, der eine dunkel und verdrießlich, der andere hell und jovial. Wie Tag und Nacht – nein, eher wie Eber und Löwe. Beide auf ihre Weise gefährlich. Er war froh, daß sie auf ihrer Seite standen.

Falten gruben sich in Beltans hohe Stirn. »Ich fürchte, ich bin von meinem Onkel zwangsverpflichtet worden. Er hat mir die Sicherheit des Schlosses übertragen. Wir sollen die Rabenkultanhänger aufspüren und Calavere von ihnen säubern. Heute haben wir bereits ein paar gefunden.«

Calavere von ihnen säubern. Travis konnte sich denken, was damit gemeint war. Er warf einen Blick auf Beltans Schwert und erschauderte. Der blonde Mann war immer so freundlich, aber Travis hatte die Narben des Ritters gesehen.

Beltan seufzte. »Ich weiß, es muß getan werden, aber ich kann nicht behaupten, daß ich diese Aufgabe gern übernehme. Wir sollen nach Mördern Ausschau halten, aber bis jetzt waren alle Kultanhänger, die wir gefunden haben, einfache Leute – Arme, Kranke oder Verzweifelte. Sie begreifen nicht, was hinter dem Rabenkult steckt. Sie haben einfach keine Hoffnung mehr, und sie suchen nach etwas – egal was –, das ihnen welche bieten kann.«

Travis hörte dem Ritter interessiert zu. Vielleicht hatte er seinen Freund falsch eingeschätzt.

»Ihr hättet nein sagen können«, meinte Grace.

Beltan schüttelte den Kopf. »Das hätte ich tun können, aber Falken und Melia haben mich ebenfalls darum gebeten, obwohl ich mir nicht sicher bin, aus welchem Grund.«

Eigentlich wollte Travis die Worte nicht laut aussprechen, aber er tat es trotzdem. »Vielleicht, weil sie wissen, daß du diejenigen nicht bestrafen wirst, die sich nur der Hoffnung schuldig gemacht haben, Beltan.«

Der große Ritter sah Travis überrascht an, dann nickte er. Er lächelte nicht, aber seine Miene hellte sich auf.

Jetzt, wo alle fünf Gegenverschwörer hier versammelt waren, konnten sie mit der Arbeit beginnen. Aryn war in Begleitung von Lord Alerain noch einmal mit dem König zusammengetroffen. Nach der Besprechung am Morgen hatte Boreas einen Plan geschmiedet, dem zufolge die Könige und Königinnen am Abend die Gemächer wechseln sollten, und danach jeden Abend. Auf diese Weise konnte sich niemand – der Rabenkult eingeschlossen – sicher sein, in welchem Raum ein bestimmter Herrscher übernachtete.

Alerain organisierte alles, und auf Boreas' Bitte hin verschwieg der Seneschall jedem der anderen Herrscher den wahren Grund für diesen ständigen Umzug. Der König von Calavan hatte den Rat noch nicht über das Mordkomplott informiert. Er wartete darauf, daß der mutmaßliche Mörder ertappt wurde. Dann konnte er die Verschwörer dem Rat präsentieren und diesen Sieg hoffentlich dazu benutzen, das Abstimmungsergebnis des Rates zu ändern. Alerain hatte sich Gründe einfallen lassen, um jeden der Herrschenden zu überzeugen, daß er oder sie in einem neuen Gemach besser aufgehoben waren. Die Geschichten reichten von tropfenden Decken und bröckelnden Wänden bis zu Ratten unter den Betten. Bis jetzt hatte der Plan funktioniert – sämtliche Ratsmitglieder waren in anderen Gemächern untergebracht –, aber Aryn bezweifelte, daß Boreas und Alerain diese List lange aufrechterhalten konnten. Die Verschwörer mußten gefunden werden, und zwar bevor es zu spät war.

»Also, was unternimmt der Kreis nun?« fragte Beltan.

»Wir durchsuchen das Schloß nach dem verwundeten Verschwörer«, sagte Grace energisch. »In meiner Vision sah ich, wie der eine den anderen verletzte. Und Travis und ich fanden im Steinkreis Blutspuren im Schnee, die zurück nach Calavere führten.«

Durge strich sich den Schnurrbart. »Wenn wir also jemanden finden können, der gestern verwundet wurde …«

»… haben wir den Verschwörer«, vollendete Travis den Satz.

Aryn kaute auf der Unterlippe herum. »Für gewöhnlich erfahre ich es, wenn jemand aus dem Haushalt zu Schaden kam. Und es gab gestern mehrere Verletzungen. Eine Dienerin in der Spülküche hat sich mit einem Topf kochendem Wasser verbrüht. Und der Geselle des Hufschmiedes ist von einem Pferd getreten worden.« Sie runzelte die Stirn. »O ja – und Lord Olstin verlangte nach einem Chirurgeon, allerdings hat er mir den Grund dafür nicht nennen wollen.«

Beltan schnaubte. »Ich glaube, ich kann uns Arbeit sparen. Wenn dieser Pudding Olstin einer der Mörder sein sollte, fresse ich mein Kettenhemd.«

»Nein, schließt ihn nicht aus«, sagte eine harte Stimme. Es war Grace. Ihr Gesicht war eine bleiche Maske, ihr Blick sah in die Ferne.

»Ein Rabenkultanhänger war ein Eisenherz«, sagte sie. »Das kann auch auf andere zutreffen. Man weiß es nicht. Man kann nicht sagen, wer einer von ihnen sein könnte. Es könnte jeder sein, die unauffälligste Person, die man niemals verdächtigen würde. Es gibt nur eine Möglichkeit, um sicherzugehen. Eine einzige Möglichkeit.« Sie erschauderte, dann klärte sich ihr Blick wieder. »Es tut mir leid, ich …«

»Nein, Mylady«, sagte Beltan. »Ich bin derjenige, dem es leid tut. Ihr habt recht. Wir können keinen ausschließen.«

Aryn seufzte. »Aber wenn das der Fall ist, wie sollen wir dann jemals den verwundeten Verschwörer finden …«

»Ihr müßt euch an die Worte im Dämmerwald erinnern«, sagte da eine Fistelstimme.

Travis und Grace fuhren herum. Vor ihnen stand ein kleiner Mann in gelben Hosen und grüner Jacke. Sein Gesicht war so braun wie von der Sonne getrocknete Beeren, und in seinen dunklen Augen funkelte der Schalk – sowie etwas Tiefgründigeres und Gefährlicheres.

»Trifkin Moosbere«, murmelte Travis.

Grace runzelte die Stirn. »Du kennst ihn?«

Der kleine Mann strich sich das bartlose Kinn. »Wir sind uns schon einmal begegnet. Nicht wahr?«

Travis brachte nur ein Nicken zustande. Er würde die Nacht in König Kels Festung niemals vergessen, in der er Trifkin und seine Truppe durch das Schlüsselloch beobachtet hatte. Und jetzt waren sie nach Calavere gekommen. Aber was wollten sie?

»Wir führen ein Stück auf, was sonst?« sagte Trifkin. »Und wir wollen euch helfen.«

»Helfen? Aber wie?«

Trifkin lächelte bloß.

Grace bückte sich, bis sie mit dem kleinen Mann auf Augenhöhe war. »›Die Worte vom Dämmerwald‹, was habt Ihr damit gemeint?«

»Vielleicht ist man ja gar nicht das, wonach man aussieht«, sagte der kleine Mann. »Andererseits, vielleicht sieht man gar nicht nach dem aus, was man in Wirklichkeit ist.«

»Ich verstehe nicht«, erwiderte Grace. »Wovon sprecht Ihr?«

Trifkin lächelte wieder.

Grace sah den kleinen Mann mit ihren grün-goldenen Augen bohrend an. »Wer seid Ihr?«

»Die Finsternis ist hier«, flüsterte Trifkin.

Ein Glockenspiel brachte die Luft zum Klingeln, und der kleine Mann war verschwunden.

Grace erhob sich und starrte Travis mit offenstehendem Mund an. Er schüttelte den Kopf. Was war gerade geschehen? Er wußte es nicht. Oder etwa doch? Vielleicht sogar sie beide?

»… der sich im Schloß verbirgt?« vollendete Aryn ihren Satz.

Travis und Grace drehten sich um und starrten ihre Freunde an.

Beltan runzelte die Stirn. »Stimmt was nicht?«

Auf Aryns und Durges Mienen spiegelte sich die Besorgnis des Ritters wider. Travis erkannte die Wahrheit. Keiner von ihnen hatte den Winzling in Grün und Gelb gesehen. Für Grace und ihn war eine Minute vergangen, aber für die anderen war es nur ein Herzschlag oder weniger gewesen.

Grace erwiderte seinen fragenden Blick, dann ergriff sie seine Hand. Er nickte und wandte sich den anderen zu.

»Da gibt es etwas, das wir euch erzählen müssen.«

27

Am nächsten Morgen stand Travis im farblosen Licht vor Morgengrauen auf, schlüpfte in sein Wams, wickelte den Umhang um seinen schlotternden Körper und schlurfte zum Turm der Runensprecher.

Jemis hatte noch schlechtere Laune als gewöhnlich, und die Liste der Runen, die er Travis gab, war endlos. Am späten Nachmittag war Travis nicht mal zur Hälfte fertig, und er hatte es nur Rins Fürsprache zu verdanken, daß er gehen durfte, ohne seine Arbeit beendet zu haben.

Er eilte zurück ins Schloß und holte sich im Großen Saal etwas zu essen – Brot, gelben Käse in einer harten Rinde, Rosinen mit Kernen und eine Scheibe zähes, wenn auch eßbares Wildbret. Es war kein gebackener Camembert mit Toast, aber so langsam gewöhnte er sich an das Essen auf dieser Welt. So wie er sich daran gewöhnte, schlanker zu werden. Das grüne Wams saß mehr als je zuvor wie ein Sack; zur Zeit hatte er nicht mehr Fett am Körper wie der Hirsch, von dem er gerade ein Stück verspeiste.

Als er das Wildbret aufgegessen hatte, war die Dämmerung hereingebrochen. Doch im tiefen Winter kam die Nacht immer vorzeitig. Der Kreis des Schwarzen Dolches würde erst in Stunden zusammentreffen. Nicht, daß er viel zu berichten hatte. Keiner der im Großen Saal Anwesenden trug einen sichtbaren Verband, und die Zeit reichte nicht aus, um im Schloß mit einer ernsthaften Suche zu beginnen. Travis beschloß, in das Gemach zurückzukehren, das er sich mit Falken und Melia teilte, und die verbleibende Zeit mit dem Versuch zu verbringen, vor dem Feuer warm zu werden.

Er war fast da, als er aus dem Augenwinkel eine graubraune

Bewegung sah. Er drehte sich rechtzeitig um, um eine verkrümmte, in graue Lumpen gekleidete Gestalt zu erblicken, die in einem Torbogen verschwand.

»Hey!«

Er zögerte, dann stöhnte er auf. Er setzte sich in Bewegung, rannte den Korridor entlang und polterte durch den offenen Torbogen. Auf der anderen Seite befand sich ein Raum mit drei Türen. Sie alle waren verschlossen. Er näherte sich der Tür, die ihm am nächsten war, dann wechselte er die Richtung und ging zu einer anderen. Da. Er zupfte ein Stück verschlissenen Stoff von der Türangel. Sie war hier entlang gegangen. Er riß die Tür auf und stürmte in den dahinterliegenden Korridor.

In einem abzweigenden Gang blitzte es Grau auf.

»Warte!« rief er.

Warum tat er das? Er hatte nicht einmal das schmutzige kleine Bündel dabei, das sie fallengelassen hatte – das lag in seinem Raum unter dem Bett. Aber wenn er sie einholte, konnte er sie bitten, auf ihn zu warten, und es dann für sie holen. Er wußte nicht, warum er sich überhaupt solche Mühe machte. Mal davon abgesehen, daß sie ihn sich so erbärmlich hatte fühlen lassen, als er sie beim letzten Mal über den Haufen gerannt hatte.

»Bitte, warte eine Sekunde!«

Entweder hörte sie ihn nicht oder sie wollte ihn nicht hören. Sie verschwand um eine Ecke. Er lief den Seitengang entlang, bog um dieselbe Ecke und rannte mit voller Geschwindigkeit …

… mitten in einen grauhaarigen Mann hinein, der in Schwarz und Kastanienbraun gekleidet war.

»Autsch«, stieß Travis hervor und stolperte zurück.

Der Mann streckte eine Hand nach ihm aus. »Braucht Ihr Hilfe, Meister Travis?«

Wie immer sah Lord Alerain in seinem zurückhaltenden Aufzug sauber und adrett aus. Das ergrauende Haar und der Bart waren kurzgeschnitten.

Travis rang nach Luft. »Ich suche …« Wonach? Er konnte schlecht sagen, daß er eine verrückte alte Vettel suchte, die etwas fallengelassen hatte, das aller Voraussicht nach nichts anderes als Müll war. »Ich suche Lord Beltan. Habt Ihr ihn gesehen?«

»Das habe ich in der Tat, vor wenigen Minuten. Er war im Westsaal. Wenn Ihr diesen Korridor bis zum Ende nehmt und die Treppe hinuntergeht, werdet Ihr ihn finden.« Der Seneschall setzte sich in Bewegung, dann verharrte er. »Ihr seid sein Freund, nicht wahr, Meister Travis?«

Die Frage überraschte Travis. »Ihr meint Beltan? Ja. Zumindest hoffe ich das.«

Alerain nickte. »Das freut mich. Er braucht Freunde wie Euch, die ihn daran erinnern, daß er ein guter Mann ist.«

»Was wollt Ihr damit sagen?«

Alerain begab sich zu einem Fenster. Die Welt draußen schimmerte silbrig in der Dämmerung.

»Ich liebe diese Aussicht. Es ist mir die liebste auf ganz Calavere. Von hier aus blickt man direkt ins Herz Calavans. Alles, was man sieht, liegt innerhalb der Domäne. Es erzeugt in mir das Gefühl …« Er seufzte und drehte sich wieder zu Travis um. »Beltan ist ein gutherziger Mensch, der eher dem Lachen als dem Zorn zugetan ist. Darin unterscheidet er sich sehr von seinem Vater, dem alten König Beldreas. Und darum glaubt er, er sei nicht so stark, wie Beldreas es war.« Er schüttelte den Kopf. »Ihr müßt wissen, daß Beltan die Hand nach dem Thron hätte ausstrecken können. Viele der Barone hätten ihn unterstützt.«

Travis dachte über das Gehörte nach. »Beltan *ist* stark.«

Alerain nickte. »Ich weiß das, und König Boreas auch.

Vielleicht könnt Ihr ja helfen, daß auch Beltan es glaubt. Ich habe es versucht, aber ich fürchte …«

Er schaute wieder aus dem Fenster. Travis runzelte die Stirn. Der Seneschall des Königs schien anders als sonst zu sein, melancholischer. In diesem Augenblick erinnerte er ihn an seinen Freund Jack Graystone, ohne daß er den genauen Grund dafür hätte benennen können.

Er trat einen Schritt auf den Seneschall zu. »Geht es Euch gut, Lord Alerain?«

Ein Lächeln umspielte Alerains Lippen. Es sah bitter aus. »Ob es mir gutgeht? Ja, Meister Travis, mir geht es gut. Mir wird es immer gutgehen.« Er schaute wieder aus dem Fenster. »Mir kann nie wieder etwas Schlimmes zustoßen.«

Travis biß sich auf die Lippe, unsicher, was er darauf erwidern sollte. Wovon sprach der Seneschall da?

Alerain trat von dem Fenster zurück, straffte sich und bot wieder ein so entschlossenes Bild wie eh und je. »Ihr solltet besser gehen, Meister Travis. Ich nehme an, Lord Beltan erwartet Euch.«

Travis verabschiedete sich, dann drehte er sich um und ging zu seinem Gemach. Und obwohl er die ganze nächste Stunde vor dem Feuer verbrachte, wollte es ihm aus einem unerfindlichen Grund nicht wärmer werden.

28

Grace stand vor dem Fenster ihres Gemachs und sah auf den sich seinem Ende neigenden Tag hinaus. Sie drehte unablässig eine kleine Phiole in den Fingern herum. Die darin enthaltene grüne Lösung funkelte wie ein flüssiger Smaragd. Sie brauchte sie nicht kosten, um zu wissen, daß sie den *Kräutertrank* diesmal genau richtig hinbekommen hatte. Sie konnte es fühlen. Ein Schluck senkte Fieber. Drei verursachten Erbrechen und Halluzinationen.

Du wirst gut darin, Grace. Viel zu gut …

Später am Abend sollte sie sich mit Ivalaine treffen. Bis jetzt hatte sie sich im Verlauf ihrer Studien noch nicht dazu überwinden können, die Königin direkt nach dem Rat der Könige zu fragen. Bei der Intensität des Unterrichts war dazu keine Zeit gewesen – zumindest redete sie sich das ein. Aber der Rat würde am nächsten Tag zu einer erneuten Abstimmung zusammentreten, und Ivalaine hielt den Schlüssel. Ihre Entscheidung konnte das Ergebnis in jede Richtung ausfallen lassen. Grace mußte herausfinden, was sie wollte. Was die Hexen wollten …

Ein hartes Klopfen ertönte an der Tür.

Beinahe hätte sie die Phiole fallen lassen, dann riß sie sich zusammen und schob sie in den Beutel an ihrer Taille. Sie wandte sich der Tür zu.

»Herein«, brachte sie hervor.

Es war nicht Königin Ivalaine, wie sie befürchtet hatte, die mit kühler Wut in ihr Gemach stolzierte, da sie auf magische Weise von Graces Absicht erfahren hatte, sie zu befragen. Statt dessen kam eine junge Frau in dem aschfarbenen Kleid einer Dienstmagd mit zögernden Schritten näher, den Kopf tief gesenkt, das braune Haar verbarg das Gesicht.

Grace erinnerte sich nicht daran, nach einer Dienerin geschickt zu haben. »Kann ich dir helfen?«

»Aye, das hoffe ich, Mylady.«

Die junge Frau hob den Kopf, und Grace erkannte sie. Es war Adira, die Magd, die sie vor Lord Olstins Zorn bewahrt hatte. Adira, aus deren Mund sie das erste Mal das Wort Hexe gehört hatte. An diesem Tag war sie stolz und mutig gewesen. Jetzt war ihr Gesicht schmutzig und tränenverschmiert. Graces Überraschung wich Empörung.

»Adira, hat Lord Olstin ...«

Die Magd schüttelte den Kopf. »Nein, Mylady. Das ist es nicht.« Trotz ihrer Tränen verzogen sich die vollen Lippen zu einem Lächeln. »Ich glaube, Ihr habt Lord Olstin eine Lektion erteilt, die er so schnell nicht vergessen wird. Eine Frau muß sich niemals dem Willen eines Mannes unterwerfen. Das habt Ihr mir gezeigt, Mylady.«

Grace legte eine Hand an den Ausschnitt ihres Gewandes. Konnte sie tatsächlich im Leben eines anderen Menschen einen solchen Unterschied bewirkt haben - nicht mit dem Skalpell, sondern mit bloßen Worten?

»Es ist mein Bruder, wegen dem ich zu Euch gekommen bin.« Das Lächeln verschwand. »Er ist krank, Mylady, schrecklich krank, und Vayla sagt, daß sie ihm nicht mehr helfen kann. Ich hörte ... ich hörte, daß Ihr eine Heilerin seid. Und Ihr habt bei der Hexenkönigin von Toloria gelernt. Ich weiß das ... ich habe euch zusammen gesehen.«

Das versetzte Grace den nächsten Schock.

»Bitte, Mylady.« Adira schluchzte. Sie kniete und ergriff den Saum von Graces Gewand. »Bitte, werdet Ihr kommen und uns helfen?«

Grace blickte auf Adira herunter. Da war nicht mehr die

geringste Spur von der temperamentvollen jungen Frau zu sehen, die den Wunsch geäußert hatte, eine Hexe zu werden. Zu ihren Füßen kniete ein verängstigtes Kind.

Sie kann kaum älter als siebzehn sein, Grace. Und sie hat Angst. Hilf ihr. Graces Unbehagen verschwand. Sie wußte, was sie zu tun hatte – das wußte sie immer, wenn jemand im Sterben lag. Der Wollumhang lag noch immer auf dem Stuhl, wo sie ihn zuvor hingeworfen hatte; das Feuer wärmte ihn, als hätte sie gewußt, daß sie ihn brauchen würde. Sie warf ihn sich über die Schultern.

»Gehen wir«, verkündete sie.

Zehn Minuten später blieben sie im kalten Schlamm des Unteren Burghofs stehen. Vor ihnen öffnete sich der schattenverhüllte Eingang des Torhauses, dahinter schlossen sich die Tore Calaveres an. Grace sah Adira verwirrt an.

»Mein Bruder liegt in unserem Haus, unten in der Stadt.«

In Gedanken versetzte sich Grace einen Tritt. Durch die Dringlichkeit der Situation war ihr niemals in den Sinn gekommen, sich nach dem Aufenthaltsort von Adiras Bruder zu erkundigen. Sie hattte angenommen, er hielte sich irgendwo im Schloß auf.

Die junge Frau zupfte an ihrem Umhang. »Kommt, Mylady. Wir müssen uns beeilen, wenn Ihr vor dem Schließen der Tore zurück sein wollt.«

Adiras Tränen waren getrocknet, das scharfe Tempo, das sie vorgelegt hatte, hatte ihre Wangen gerötet. Ihre Furcht schien verschwunden zu sein. Vielleicht hatte die Magd ein paar eigene Tricks gelernt.

Grace nickte ruckartig. Was tat sie da nur? Aber es blieb keine Zeit, sich eine Antwort auszudenken, als Adira sie in den dunklen Tunnel führte. Sie passierten zwei Wächter, die sich verbeugten, als Grace an ihnen vorbeiging, dann blieben die Schloßmauern hinter ihnen zurück, und sie gingen den zerfurchten, ungepflasterten Weg entlang, der sich an dem hohen Hügel entlangschlängelte, auf dem Calavere thronte. Auf einem besonders steilen Stück wäre Grace beinahe gestürzt, dann umrundeten sie eine scharfe Biegung, und die Stadt kam in Sicht.

Die blauen Rauchschwaden, die in der Luft hingen, machten es schwer, ihre genaue Größe zu bestimmen. Grace schätzte, daß es sich etwa um fünfhundert Gebäude handelte, von denen einige wenige aus Stein gebaut und mit Schieferdächern ausgestattet waren, während die meisten strohgedeckte Holzkonstruktionen darstellten; schätzungsweise lebten hier zweitausend Menschen. Für eine Stadt, die man mit dem Sitz der mächtigsten aller Domänen in Verbindung brachte, machte sie nicht viel her. Andererseits wußte Grace, daß dies ein Land der Schlösser und Lehngüter war und nicht der Städte und Straßen. Die meisten Menschen lebten über das Land verstreut in kleinen Dörfern, und die meisten von ihnen starben, ohne jemals weiter als zehn Meilen von dem Ort ihrer Geburt gereist zu sein. Nur wenige lebten in den Städten, die man im Umkreis der Burgen der Lords und Ritter und Barone gegründet hatte oder die an vielbereisten Kreuzungen wie Pilze emporschossen. Sie waren Handelsmärkte und religiöse Zentren, das war alles.

»Bitte, Mylady. Wir müssen uns beeilen. *Bitte.*«

In Adiras rundes Gesicht stand wieder Dringlichkeit geschrieben. Vielleicht war ihre Angst doch nicht vollständig vorgetäuscht. Grace folgte der Dienstmagd.

Sie überquerten eine schmale Brücke über einen Bach, der den Hügel hinunterplätscherte, dann betraten sie die Stadt. Grace würgte und schlug die Hand vor den Mund. Sie hatte geglaubt, sich an die Gerüche dieser Welt gewöhnt zu haben, aber da hatte sie sich geirrt. An das hier kamen weder die Gerüche der Notaufnahme noch des Schlosses auch nur annähernd heran.

»Kommt, Mylady, kommt.«

Um ein Haar hätte es Grace nicht geschafft. Dann rief sie sich ins Gedächtnis zurück, daß es hier um einen kranken Mann ging. Sie hielt sich einen Zipfel ihres Umhangs vor den Mund und stolperte weiter.

Die Dämmerung sickerte wie Ruß vom Himmel, die Stadt war ein verschwommener Schatten. Die Straßen verliefen völlig willkürlich. Sie führten nach rechts und links, endeten abrupt, verwandelten sich in Gassen, die so schmal waren, daß sich die beiden Frauen hintereinander nur mit Mühe an den Holzwänden vorbeischieben konnten, um sich dann zu Wegen zu verbreitern, die große Ähnlichkeit mit offenen Jauchegruben hatten.

Zuerst begegneten ihnen nur wenig Leute, dann kamen sie zu einem Platz. Hier gab es einen Steinbrunnen. Schafe liefen umher sowie Menschen in grobgewobenen, schmutzstarrenden Kitteln. Ihre Gesichter waren pockennarbig, ihre Rücken krumm, ihre Hände deformiert und mit fehlenden Fingern. Selbst damals in den Appalachen hatte Grace keine derartige Verwahrlosung gesehen.

Und das ist die blühendste aller Domänen, Grace.

Adira zerrte sie über den Platz. Auf dem schlammigen Boden sickerten zahllose braune Rinnsale vor sich hin. Der Gestank, der dick und atemraubend aus ihnen aufstieg, war wie ein lebendiges Wesen, das mitten in den primitiven Kern von Graces Gehirn hineinstach und Ängste auslöste, die älter als jedes Schloß waren. Der Geruch menschlicher Exkremente. Es war zuviel. Ihr Magen verkrampfte sich, ein saures Feuer brannte in ihrer Kehle. Sie wandte sich ab, lehnte sich gegen eine Wand und übergab sich in einen offenen Abwassergraben.

»Das ist schon in Ordnung, Mylady«, sagte Adira leise und mit einem spöttischen Unterton. »Das ist nur der Gestank der Abwassergruben. Kommt, drinnen wird es besser sein.«

Grace schaffte es, sich aufzurichten, dann wischte sie sich den Mund mit dem Handrücken ab und nickte.

»Bring mich zu deinem Bruder«, sagte sie.

Als sie zu einer kleinen Hütte am Rand des anderen Endes der Stadt kamen, fühlte sie sich besser. Es war kaum mehr als ein Verschlag mit Wänden aus dünnen Brettern und einem mit Lehm gefüllten Flechtwerk, das sich an eine Seite schmiegte. Hühner pickten auf dem nackten Boden herum. Es waren dürre und schmutzige Viecher. Grace fragte sich, von welchem Nutzen sie wohl sein konnten.

Adira öffnete eine Tür, und Grace folgte ihr. Die Luft war voller Rauch. Ein junger Mann, der höchstens ein oder zwei Jahre älter als Adira sein konnte, lag mit geschlossenen Augen auf einer Pritsche. Eine andere Gestalt beugte sich über ihn. Sie blickte bei Adiras Worten auf.

»Ist die Herzogin also vom Schloß heruntergestiegen?« Die Stimme war wie der Rauch, der vom Feuer aufstieg – rauh und giftig. »Wird sie also dem Fieber befehlen, zu verschwinden?«

»Sie wird mehr als das tun, Vayla. Sie ist eine Heilerin, und sie studiert bei der tolorianischen Königin.«

Die Antwort bestand aus einem Schnauben.

Die junge Magd bedeutete Grace, näher heranzutreten. Aber Grace stand wie gelähmt da. Sie sollte nicht hier sein, sie sollte so schnell sie nur konnte zum Schloß zurücklaufen, bevor man die Tore schloß und sie hier gefangen war. Dann fiel ihr wieder der Kranke ein. Das Entsetzen verflog, und sie näherte sich dem Bett. Dabei war sie sich bewußt, daß sie durch einen Schlitz in einem Vorhang beobachtet wurde. Der Rest von Adiras Familie. Sie hatten Angst vor ihr. Gut. So würden sie ihr wenigstens nicht im Weg stehen. Sie erreichte den Rand der Pritsche.

»Was hat er?« fragte sie.

»Was? Kannst du das nicht sagen, indem du ihn ansiehst, Herzogin?«

Die in der Stimme liegende Härte ließ Grace zusammenzucken. Im Schloß wäre ein Diener, der so zu einem Adligen gesprochen hätte, geprügelt oder sogar noch schlimmer bestraft worden.

Aber du bist nicht im Schloß, Grace. Du bist nicht mal eine echte Herzogin.

Sie zog die Decke zurück und untersuchte den Mann. Er war nackt, seine Haut wächsern vor Schweiß. Er war klein, kaum größer als ein Meter sechzig, aber offensichtlich voll ausgewachsen. Daß die Männer im Vergleich zu den Frauen größer waren, war ein Resultat guter Ernährung. Bei einer hohen Belastungen unterliegenden Bevölkerung waren die Männer nur selten größer als die Frauen. In Gedanken machte Grace eine Bestandsaufnahme.

Männlicher Weißer, schätzungsweise neunzehn Jahre alt, bewußtlos und unterernährt. Knochenbau gibt Hinweise auf Rachitis in der Kindheit. Schlecht gerichtete, aber verheilte Brüche der proximalen rechten Ulna und des distalen linken Radius sowie der medialen linken Clavicula. Zusätzlich zu diesem Unterarm- und Schlüsselbeinbruch Narbengewebe von einer Brandverletzung an der linken Bauchseite.

Wäre dieser Mann in die Notaufnahme eingeliefert worden, hätte Grace ihn für das Produkt einer mißhandelten Kindheit oder für ein Straßenkind gehalten. Falls er unter achtzehn war, hätte sie die Sozialbehörden informiert. Hier war er ein normaler Mann mit Menschen, die sich um ihn sorgten. Auf dieser Welt lebte jeder auf diese Art, das hieß, zumindest das normale Volk. In Grace stieg Wut auf. Was für eine Hölle war das hier eigentlich?

Eine knorrige Hand legte ein warmes Tuch auf die Stirn des jungen Mannes. Ein stechender Geruch stieg daraus auf. Grace erkannte ihn aus ihrem Unterricht. Das Tuch war in Trauerkranz getaucht worden. Sie konnte die Salizylsäure beinahe schmecken. Es war eine Art Analgetikum, gut gegen Schmerzen.

Grace ließ den Blick von der verkrümmten Hand zum Gesicht der Frau schweifen, die Adira Vayla genannt hatte, und sog zischend die Luft ein. Also waren nicht alle Hexen wie Ivalaine oder Kyrene. Die Frau war uralt, ihr Rücken ein Buckel unter einer Handvoll Lumpen. Dünne graue Strähnen entschlüpften der schäbigen Kapuze wie Rauchschwaden durch Dachspalten. Ihr Gesicht war faltig, die Wangen eingefallen; ein Auge quoll hervor, während das andere nur noch aus einer runzeligen Masse Fleisch bestand.

Die alte Vettel grinste Grace an und enthüllte gelbe Zähne. »Was denn? Findest du mich nicht schön, Herzogin?«

Grace konnte sie bloß anstarren, dann biß sie die Zähne zusammen und wandte sich wieder ihrem Patienten zu. »Er hat erhöhte Temperatur. Er ist nicht zyanotisch, also gibt es keinen Hinweis auf einen Pneumothorax. Es ist keine Virusinfektion. Abdomen ist nicht gespannt oder empfindlich. Keine Zeichen für eine Blinddarmentzündung.«

»Wovon sprecht Ihr da, Mylady?« Adiras Gesicht war furchterfüllt. »Belegt Ihr ihn mit einem Zauber? Was macht Ihr mit ihm?«

Grace ignorierte sie. »Es muß einen anderen Grund für das Fieber geben. Aber welchen?«

»Er stirbt«, sagte die Alte.

Grace sah Vayla wütend an. »Nicht, solange ich etwas dagegen tun kann.«

Die Alte erwiderte den Blick, dann nickte sie. »Was soll ich tun, Herzogin?«

»Hilf mir, ihn auf die Seite zu drehen.«

Grace brauchte die Hilfe des alten Weibes eigentlich gar

nicht. Er fühlte sich so leicht und hohl wie ein Vogel an. Das Delirium ließ ihn stöhnen – er wachte auf. Grace tastete ihn mit Händen und Blicken ab, auf der Suche. Es mußte etwas geben, einen Hinweis …

Da. Sie entdeckte es erst, nachdem Vayla die zerknüllte Decke von seinen Füßen genommen hatte. Direkt über seinem linken Knöchel war eine Wunde, klein, aber tief. Grace beugte sich darüber, und der süße Geruch der Fäulnis ließ sie würgen.

»Ich brauche mehr Licht.«

Das alte Weib hielt eine Kerze, und Grace untersuchte den Schnitt. Er war rund und voller Stoffasern und Dreck.

»Dafin hat sich neulich am Pflug geschnitten«, sagte Adira. »Er beschwerte sich, es täte ihm weh, aber es war doch bloß ein ganz kleiner Schnitt. Das kann ihn doch nicht so krank gemacht haben, oder?«

Grace antwortete nicht. Ihr fehlte die nötige Zeit, eine junge Frau aus dem Mittelalter über unsichtbare Keime und Blutvergiftung aufzuklären. Entzündet aussehende rote Linien schlängelten sich bereits das Bein empor. Ein paar Stunden später wäre Amputation die einzige Möglichkeit gewesen, und Grace war klar, daß er das nicht überleben würde – nicht hier, nicht unter diesen Bedingungen. Im Augenblick gab es noch eine andere Möglichkeit.

Grace zog das Messer aus dem Stiefelschacht und hielt es Vayla hin. »Erhitze die Klinge.«

Die Alte nickte und stieß das Messer ins Feuer. Sie warteten, dann zog sie es wieder heraus und reichte es Grace mit dem Griff zuerst. Grace konnte die Hitze spüren, die von dem Metall ausging.

»Halt ihn fest.«

»Hilf mir«, befahl die Alte Adira.

Adira schüttelte den Kopf, gehorchte aber. Sie hielten den Körper ihres Bruders fest. Das Delirium ließ ihn sich bewegen und Worte murmeln. Grace beugte sich über ihn und verharrte. Trotz seines geschundenen Körpers sah sein Gesicht wunderschön aus. Ein zerbrochener Engel, der vom Himmel gefallen war. Es gab auf dieser Welt so wenig, das gut war. Grace würde nicht zulassen, daß er sie verlassen mußte.

Sie verstärkte den Griff um das Messer, dann drückte sie die heiße Stahlspitze in die Wunde. Der Gestank von brennendem Fleisch erfüllte die Luft. Er riß die Augen auf, sein Kopf flog zurück, und er schrie vor Schmerzen.

»Mörderin!« kreischte Adira. »Ihr bringt ihn ja um!«

»Still, du dumme Göre!« zischte Vayla. »Sie ist seine einzige Chance.«

Adira schlug beide Hände vor den Mund, die Augen vor Entsetzen weit aufgerissen. Der junge Mann fiel zurück auf die Pritsche; er hatte das Bewußtsein wieder verloren. Ein kleiner Segen. Grace legte das Messer weg und richtete sich auf.

»Wir müssen seine Temperatur sofort herunterbekommen, oder sein Blut wird ihm das Gehirn kochen.«

Die Alte nickte. »Kaltes Wasser, Mädchen«, fauchte sie Adira an. »Hol es sofort.«

Es gab ein kleines Fenster über dem Bett. Grace trat zu ihm hin und warf die hölzernen Schlagläden weit auf. Kalte Luft strömte in den Raum. Sie schloß die Augen und ließ die Kälte ihre Wangen kühlen und den Rauch aus ihrem Verstand fortblasen. Sie schlug die Augen wieder auf und sah einen Teller mit Brot auf der Fensterbank stehen, zusammen mit einem Holzbecher voller Wein.

»Das sind Opfergaben«, erklärte Vayla.

Grace drehte sich um. »Opfergaben? Wofür?«

»Für das Kleine Volk. Es heißt, sie können den Geist eines kranken Mannes stehlen. Wir überlassen ihnen Wein und Brot, damit sie beschwichtigt werden und zum nächsten Haus weiterziehen.«

Grace warf noch einen Blick auf das Brot. Falken hatte behauptet, das Kleine Volk sei in Vergessenheit geraten, aber offensichtlich stimmte das nicht. Aber gehörte das Kleine Volk nicht zu den Guten?

»Es sind seltsame Wesen«, sagte Vayla, als hätte sie Graces unausgesprochene Frage gehört. »Gut oder Böse bedeutet ihnen nichts. Sie existieren einfach nur.«

Adira kehrte mit einem Eimer Wasser zurück. Sie schluchzte, als sie ihn abstellte. Grace und Vayla tauchten Lappen in den Eimer und legten sie dem jungen Mann auf Arme und Brust. Dann gab Grace Vayla die Phiole, die sie mitgebracht hatte, und erklärte ihren Gebrauch.

»Wird er es überstehen?« fragte Adira mit zitternder Stimme.

Grace legte ihm die Hand auf die Stirn. Ja, seine Temperatur sank, und die Heilkräuter würden helfen. Sein Schlaf war bereits viel friedlicher. Es gab so vieles, das jetzt noch schiefgehen konnte. Das Messer hatte möglicherweise nicht alles von dem gangränen Fleisch weggebrannt. Die Infektion war möglicherweise schon zu weit fortgeschritten. Die Verbrennung hatte ihn in einen Schockzustand versetzt. Sie schloß die Augen. Nein, nichts davon traf zu. Sie konnte es fühlen, konnte die Stärke seines schlagenden Herzens fühlen, als hielte sie es in der Hand.

»Er wird leben«, sagte sie.

Als sie die Hütte verließen, war es bereits völlig dunkel. Der Junge, den Adira beauftragt hatte, Grace ins Schloß zurückzuführen – einer der jüngeren Brüder der Dienstmagd –, hielt eine kleine, aus Horn geschnitzte Laterne hoch, in der ein Kerzenstumpf brannte.

»Kommt, Mylady.« Seine Stimme klang dünn und ängstlich.

Grace nickte und ging hinter ihm her. Sie war erschöpft, fühlte sich aber auch auf seltsame Weise leicht und aufgeladen, wie eine in einem elektrischen Feld gefangene Staubflocke. Auf dieser Welt gab es soviel Schmerz, soviel Leid. War sie es überhaupt wert, gerettet zu werden?

Doch sie hatte sich diese Frage noch nicht richtig gestellt, als sie auch schon an ihre letzte Unterhaltung mit Leon Arlington denken mußte. Sie wußte, wie er sich entschieden hätte, und sie wußte, wie sich die Menschen entscheiden würden. Egal, wie groß das Leiden auch war, es war immer besser, am Leben zu sein.

Sie kamen zu dem großen Platz, und Grace war überrascht, daß er nicht verlassen dalag. Ein paar Fackeln flackerten und maskierten den Gestank der Abwasserkanäle mit ihrem beißenden Rauch. Eine Handvoll Leute hatte sich in dem Licht versammelt. Der Junge zupfte an Graces Ärmel, und sie suchte sich hinter ihm einen Weg durch den Dreck.

Sie hatten die andere Seite des Platzes fast erreicht, als Grace den Mann in der schwarzen Kutte entdeckte. Ein kalter Stich durchfuhr ihr Herz, und sie kam stolpernd zum Stehen.

»Bitte, Mylady«, sagte der Junge. »Bitte, wir dürfen nicht verweilen. Nicht nach Einbruch der Dunkelheit.«

Grace nahm seine Worte kaum wahr. Sie tat einen Schritt vorwärts. Der Mann wandte ihnen die Seite zu, die schwere Kapuze der Kutte verbarg sein Gesicht. Fackelschein flackerte über den dunklen Stoff und verlieh ihm eine blutrote Aura. Zuerst glaubte sie, er sei es – der Mann, den sie in jener Nacht im Schloß erblickt hatte, der den Dolch hatte fallen lassen –, aber dann erkannte sie, daß das nicht möglich war. Er war kleiner und stämmiger als derjenige, den sie dabei beobachtet hatte, wie er etwas in die Tür schnitzte.

Der Mann breitete die Arme aus. Er sprach zu der Gruppe. Nein, er sprach nicht, er *predigte*, seine Stimme hob und senkte sich wie bei einem wütenden Lied, doch sie konnte die Worte nicht verstehen. Die Menge betrachtete ihn, die Gesichter, die im Fackelschein einen blutroten Anstrich bekamen, verzückt gehoben. Grace tat den nächsten Schritt.

Die Arme des Mannes erstarrten mitten in der Luft. Er verstummte. Dann, als würde er spüren, daß er beobachtet wurde, drehte er den Kopf, und die Kapuze fiel zurück. Er ließ die Blicke über den Platz schweifen, dann entdeckte er Grace, und ihr Atem verwandelte sich in ihren Lungen zu Eiswasser.

Selbst in dem schwachen Licht konnte sie sehen, daß das Gesicht des Mannes grobschlächtig und bösartig war. Auf seiner Stirn war ein mit Asche aufgemaltes Symbol, das sie mittlerweile gut kannte. Zwei gebogene Linien: die Rune des Raben. Aber nicht das bannte ihre Aufmerksamkeit. Es war die Farbe seiner Augen. Das eine war blau, das andere braun. Die Erinnerung schlug wie eine Woge über ihr zusammen. Sie hatte solche Augen schon einmal gesehen.

Furcht legte ihre feuchten Finger um Graces Hals. Er kannte sie. Er hatte sie gesehen und sich an sie erinnert, und jetzt würde er den schlammigen Platz überqueren und sie töten.

Grace taumelte zurück, und das Glühen einer Fackel brannte sich in ihre Netzhaut ein. Sie fuhr herum und stolperte vorwärts, tastete mit blinden Händen suchend umher, dann prallte sie gegen etwas Hartes. Eine Steinmauer.

»Mylady … was ist?«

Ihre Sicht klärte sich. Sie sah den Jungen vor sich stehen, sein Gesicht ein bleicher Mond der Angst. Sie sah über die Schulter. An der Gassenmündung flackerte es rötlich – der Stadtplatz. Aber von dem Mann des Rabenkults war nichts zu sehen, anscheinend verfolgte er sie nicht. Ihr blieb noch genug Zeit.

Neue Dringlichkeit erfüllte sie.

»Das Schloß«, sagte sie. »Ich muß ins Schloß. Sofort.«

Der Junge nickte ruckartig und mit weit aufgerissenen Augen. Sie wußte, daß ihr Antlitz so hart wie ihre Worte war, aber das war ihr egal. In diesem Augenblick spielte nur eine Sache eine Rolle. Der Junge lief die schlammige Gasse entlang. Sie hob den Saum ihres Gewandes und eilte ihm mühsam nach, während die Erkenntnis wie Gift in ihrem Verstand brannte.

Kein Schmerz.

Grace wußte, wer der Verschwörer war.

29

Travis ließ den Schürhaken fallen, mit dem er das Feuer bearbeitet hatte, und schaute auf, als die Tür zu seinem Gemach aufflog.

»Grace«, sagte er, als er die Sprache wiedergefunden hatte. »Was ist denn?«

Sie trat in den Raum. Er hatte sie noch nie so gesehen. Ihre Stirn war schweißüberströmt, der Umhang saß verrutscht über dem Gewand. Ihre grün-goldenen Augen blitzten.

»Ich weiß, was sie bedeuten, Travis«, sagte sie. »Die Worte, die wir im Schnee gesehen haben, im Dämmerwald.«

Es war, als wäre das Feuer plötzlich erloschen, obwohl Travis wußte, daß es noch immer im Kamin prasselte. Er erhob sich. In dem Raum war es still – er hatte weder Falken noch Melia den Tag über gesehen. Der Barde und die Lady schmiedeten wie gewöhnlich ihre Pläne.

»Was meinst du damit, Grace?«

»Kein Schmerz. Sie fühlen keinen Schmerz.«

»Wer fühlt keinen Schmerz?«

»Die Eisenherzen.« Ihre Worte kamen so schnell wie Maschinengewehrfeuer. »Ich meine, sie fühlen schon Schmerz. Das habe ich selbst erlebt. Das hat mir geholfen, ihnen in Denver zu entkommen. Aber ich glaube nicht, daß sie Schmerz auf die gleiche Weise wie wir empfinden, und ich glaube auch nicht, daß sie ihn lange Zeit empfinden. Die Annahme, wir könnten einen verwundeten Verschwörer aufspüren, war falsch. Wir hätten ihn trotz seiner Verletzung niemals aufgespürt.«

Plötzlich verstand Travis, und er fröstelte. »Das also wollte Trifkin uns sagen – daß die betreffende Person nicht wie ein Verwundeter aussieht.«

Grace nickte steif. »Aber da ist noch mehr, Travis.« Sie befeuchtete sich die Lippen. »Ich habe etwas in der Stadt gesehen ...«

Übelkeit stieg in ihm empor, als er ihren hastigen, bruchstückhaften Worten lauschte. Als sie geendet hatte, zwang er sich, sein Entsetzen herunterzuschlucken. Sie hatten sich geirrt – auf schreckliche Weise geirrt.

Ihre Blicke trafen sich. »Wir müssen die anderen holen.«

Minuten später liefen sie zu fünft einen Korridor entlang. Beltans Kettenhemd klirrte mißtönend; sowohl er wie auch Durge hielten die Griffe ihrer Schwerter gepackt. Aryn sah verwirrt aus, aber Travis und Grace hatten keine Zeit gehabt, alles genau zu erklären. Sie hatten die anderen bloß gebeten, ihnen zu folgen, da Grace etwas über Lord Alerain in Erfahrung gebracht hatte.

»Wo hast du ihn noch mal zuletzt gesehen, Travis?« fragte Grace zwischen zwei keuchenden Atemzügen.

»Ich glaube, es war direkt hinter dieser ...«

Weitere Worte waren unnötig. Sie rannten durch einen Torbogen und kamen am Rand eines langgezogenen Raums zum Stehen. Scharlachrotes Fackellicht ergoß sich auf den Boden. Es war schwer zu sagen, wo der Lichtschein endete und das Blut begann.

Aryn schrie auf, dann drückte sie eine Hand vor den Mund, während Beltan ihre Schultern ergriff. Travis' drehte sich der Magen um, Grace schrie ebenfalls entsetzt auf. Mit langsamen Schritten näherte sich Durge der Leiche.

Alerains Kopf war abgeschlagen worden und mehrere Meter von seinem Körper entfernt zu Boden gefallen; ein roter Strom verband sie. Seine Augen starrten auf eine schreckliche Weise in die Höhe. Durge kniete neben dem Leichnam nieder und löste mit überlegten, zielgerichteten Bewegungen die Schnüre, um das Wams des Seneschalls zu öffnen. Eine wulstige, frisch verschorfte Wunde schlängelte sich die schmale Brust hinunter.

Mir kann nie wieder etwas Schlimmes zustoßen …

Jetzt wußte Travis, warum Alerain ihn an Jack erinnert hatte – beide hatten den gleichen traurigen Ausdruck in ihren Augen gehabt. Der Seneschall hatte sich verabschiedet, genau wie Jack zuvor im Magician's Attic.

Durge schaute auf. »Alerain war ein Eisenherz. Und der Verschwörer. Wie es aussieht, hat sein Partner ihn vor uns erwischt.«

Beltans Stimme klang heiser. »Woher habt Ihr es gewußt, Grace?«

Sie starrte den Toten an und berichtete in scharfen, emotionslosen Worten von dem Mann mit dem blauen und dem braunen Auge – wie sie Alerain und ihn einst bei einer Unterhaltung angetroffen hatte und wie sie ihm am Abend in der Stadt wiederbegegnet war, als er die Lehre des Raben verkündete.

Durge stand auf und stieß einen Seufzer aus. »Wenigstens hat er seinen Frieden gefunden.«

Travis betrachtete Alerains verzerrtes Gesicht und wünschte, er könnte dem Ritter glauben.

Aryn schluchzte, den Kopf an Beltans Brust gelegt. »Oh, Alerain. Was soll Boreas nur ohne Euch tun?«

Beltan fluchte.

Sorge verdrängte das Entsetzen, das sich auf Graces Gesicht widerspiegelte. »Was ist?«

»Die Herrscher«, sagte Beltan. »Es war Alerain, der den Gemächertausch aller Könige und Königinnen in die Wege leitete.«

»Was bedeutet, daß er genau wußte, wer wo schläft«, bemerkte Durge.

Die fünf sahen sich an, dann rannten sie los.

»Grace, Travis, ihr kommt mit mir«, stieß Beltan durch die zusammengebissenen Zähne hervor. »Durge, nehmt Aryn und berichtet dem König. Wir müssen alle Herrscher überprüfen. Jetzt sofort!«

Durge nickte, nahm Aryn bei der Hand, und die beiden stürmten einen Korridor entlang. Beltan lief in die andere Richtung, und Grace und Travis schlossen sich ihm an.

»Glaubst du, daß der Mörder in diesem Augenblick zuschlägt?« keuchte Travis.

Graces Gesicht zeigte grimmige Entschlossenheit. »Er hat Alerain getötet, was bedeutet, daß er weiß, wie nahe wir ihm gekommen sind. Wenn er jetzt nicht zuschlägt, wann dann?«

»Aber wer wird das Opfer sein?«

»Jemand, der für Krieg gestimmt hat – und an den der Mörder heranzukommen glaubt.«

Travis lief schneller.

Sie kamen zuerst zu König Persards Gemach. Beltan blieb nicht einmal stehen. Er stieß im vollen Lauf zwei Wächter beiseite, trat die Tür ein und stürmte in das Gemach. Travis und Grace stolperten hinter ihm her.

»Halt!« sagte eine gereizte Stimme. »Was soll das? Kann ein König hier denn nicht einmal seine Ruhe haben?«

Travis brauchte einen Augenblick lang, um den Anblick zu deuten, der sich ihm bot. Der schwächliche König von Perridon saß auf dem Bett, an jeder Seite eine hellhäutige Dame. Sie alle befanden sich in verschiedenen Stadien des Entkleidetseins.

Beltan wurde knallrot. »Es tut mir leid, Euer Majestät. König Boreas wird es Euch später erklären.«

»Und ob er das wird!« fauchte Persard.

Aber da waren die Freunde schon bereits aus der Tür und rannten den Gang entlang.

»Wer ist der nächste?« stieß Grace zwischen zwei Atemzügen hervor.

»König Kylar«, antwortete der blonde Ritter. »Wir sind fast da.«

Sie bogen um eine Ecke und vernahmen ein furchtbares Krachen, das Geräusch von Stein auf Stein. Eine graue Staubwolke schoß unter einer Tür hervor, vor der zwei Bewaffnete Wache hielten. Sie sahen zuerst den Staub überrascht an, dann die beiden Männer und die Frau, die auf sie zuliefen.

»Öffnet die Tür!« befahl Beltan.

Die Männer zögerten nicht. Einer stieß die Tür auf. Dichter Staub wallte heraus und erschwerte das Atmen.

Travis versuchte, etwas durch die Wolke zu erkennen. »Was ist passiert?«

Beltan blinzelte. »Beim Stier! Es sieht aus, als wäre die Wand auf das Bett gestürzt.«

Travis sank das Herz. Sie waren zu spät gekommen. Der freundliche junge König von Galt war das Ziel des Mörders gewesen, und der Verschwörer hatte Erfolg gehabt.

Beltan hielt einen Umhangzipfel als Staubschutz vor den Mund. »Ich gehe dort rein und …«

Er verstummte, als sich eine Gestalt aus den Dunstschwaden schälte. Dann griff er beherzt zu und zog jemanden in den Korridor.

Grace klatschte in die Hände. »König Kylar!«

Gesicht und Haar waren voller Steinstaub, ein Husten ließ seine Schultern erbeben, aber es war klar ersichtlich, daß der junge König von Galt unversehrt und am Leben war. Grace eilte zu ihm hin, um ihn zu stützen, und Travis half ihr.

Beltan verschwand in dem Gemach und kehrte einen Moment später mit weißem Haar und Gesicht zurück. Er sah Kylar erstaunt an. »Die ganze Wand ist eingestürzt, ich glaube, der Mörtel wurde herausgehämmert, und das Bett besteht nur noch aus Splittern. Wie konntet Ihr überleben?«

»Das B-b-ett«, stotterte Kylar. »Es war voller W-w-anzen, darum schlief ich statt dessen im K-k-kleiderschrank.«

Zu Travis' Erstaunen fing Grace an laut zu lachen. Und ohne es zu wollen, fiel er darin ein.

Grace ergriff Kylars Hand. »Anscheinend habt Ihr gelegentlich doch mal Glück, Euer Majestät.«

Er grinste sie durch den Staub an. »Schon möglich. Wer weiß?«

30

Am darauffolgenden Tag trat Boreas vor den Rat der Könige und unterrichtete die anderen von dem gescheiterten Attentat auf König Kylars Leben.

Als Grace das Ratsgemach betrat, hielt sie auf ihren gewöhnlichen Platz in einer der ersten Sitzreihen zu, zögerte dann aber. Sonst saß sie zwischen Aryn und Lord Alerain. Aber Aryn war noch nicht da, und Alerain …

Eine rundliche, rothaarige Frau winkte ihr zu. Es war Tressa, Königin Ivalaines Hofdame. Grace erstarrte. Was würde Boreas denken, wenn er sie neben Ivalaines engster Beraterin und allseits bekannter Hexe sitzen sah?

Das ist sein Problem, Grace. Davon abgesehen erwartet man von dir, Ivalaines Pläne in Erfahrung zu bringen.

Sie nahm entschlossen die Schultern zurück und gesellte sich zu der rothaarigen Tressa.

Es war nicht schwer, sich in dem Ratsgemach zurechtzufinden. Die Reihen steinerner Sitzbänke waren nicht mehr so bevölkert wie noch am ersten Tag. Viele der niederrangigen Adligen waren in ihre Domänen zurückgekehrt, einige mit Nachrichten oder Befehlen ihres Königs oder ihrer Königin. Zweifellos waren die Herrscher begierig, in ihre eigenen Burgen und Schlösser zurückzukehren, um sich um ihre Domänen zu kümmern – und um sicherzugehen, daß während ihrer Abwesenheit keine Barone übermäßigen Ehrgeiz entwickelt hatten. Aber ihnen waren durch die uralten Regeln des Rates die Hände gebunden.

Aryn hatte gesagt, daß keiner von ihnen den Rat verlassen konnte, bevor er zu einer endgültigen Entscheidung gekommen war.

Falls König Boreas' Plan funktionierte, konnte es allerdings heute zu dieser Abstimmung kommen.

Vergangene Nacht hatte Boreas sehr seltsam auf die Neuigkeit von Alerains Verrat und Tod reagiert. Sie waren nicht alle in das Gemach des Königs gegangen. Grace und Beltan hatten das allein erledigt. Beltan hatte erzählt, daß Alerain in Boreas' Jugend wie ein Onkel für den König gewesen war. Sie hielten es für besser, wenn er die Neuigkeit von so wenig Leuten wie nur möglich erhielt.

Der König hatte die ganze Zeit, in der sie Bericht erstatteten, reglos auf seinem Drachenthron gesessen und in die Flammen geblickt. Als sie geendet hatten, hatte Grace Unglauben oder Wut erwartet. Aber er hatte bloß genickt und darum gebeten, allein gelassen zu werden. Dann hatte er einem seiner Hunde die Hand auf den Kopf gelegt und weiter ins Feuer gestarrt. So hatten sie ihn zurückgelassen.

Am Morgen war Boreas wie ein anderer Mann erschienen. Er hatte Grace einen seiner seltenen Besuche in ihrem Gemach abgestattet. Sie hatte seine dröhnende Stimme schon im Korridor gehört, während sie noch mit Ankleiden beschäftigt war, und es war ihr kaum genug Zeit geblieben, in ihr Gewand zu schlüpfen, bevor er auch schon hereinstürmte.

Das war der Boreas, den sie kannte – das Gemach schien für seine Masse und Energie viel zu klein zu sein. Der König hatte ihr seinen Plan erklärt, den Rat über das Mordkomplott und den Anschlag auf Kylars Leben zu informieren, in der Hoffnung, daß die Herrscher angesichts dieser gemeinsamen Bedrohung ihre Differenzen beiseite legten oder daß zumindest derjenige, der sich gegen die Mobilmachung ausgesprochen hatte, seine Meinung nun änderte, denn Boreas wollte den Rat heute zu einer Abstimmung zwingen.

Grace war die Frage schon entschlüpft, bevor sie überhaupt darüber nachdachte, ob es klug war, sie zu stellen. »Euer

Majestät, werdet Ihr dem Rat von dem Rabenkult und dem Fahlen König berichten?«

Boreas hatte den Kopf schiefgelegt und sie durchdringend angesehen. Dann hatte er sich auf dem Absatz umgedreht und ohne ein weiteres Wort zu verlieren das Gemach verlassen. Er schien dabei ein Vakuum zu hinterlassen, und Grace hatte das Bedürfnis verspürt, sich an einem der Bettpfosten festzuklammern, um nicht hinter ihm aus dem Raum gesogen zu werden. Nachdem sie Luft geschöpft hatte, wollte sie Aryn und die anderen über Boreas' Pläne informieren, aber da war auch schon ein junger Page gekommen, um sie zur Ratsversammlung zu bringen.

Grace setzte sich neben Tressa.

»Guten Morgen, Lady Grace«, sagte die Hofdame.

Grace lächelte. »Guten Morgen, Lady Tressa.«

Tressas Alter war schwierig einzuschätzen, obwohl Grace in dieser Disziplin sehr begabt war. Das rundliche Gesicht der Hofdame war glatt und hübsch, aber es gab andere Zeichen – die feinen Falten um ihre Augen, die paar grauen Strähnen in ihrem dichten Haar, die blauen Adern auf ihren Handrücken –, die Grace zu dem Schluß kommen ließen, daß sie älter war, als sie aussah.

Grace fing an, ihr Gewand zurechtzuziehen, denn es kostete immer eine gewisse Mühe, wenn man verhindern wollte, auf einem Haufen Stoff zu sitzen, und hielt inne. Ihre Nackenhärchen sträubten sich, und sie schaute auf. Die feurigen Blicke zweier smaragdgrüner Augen schienen sie durchbohren zu wollen. Grace versuchte nicht hinzusehen, aber es war wie das Vorbeifahren an einem Autounfall: es gelang ihr nicht.

Kyrene saß auf der anderen Seite des Ratssaals allein auf einer Bank. Sie trug eines ihrer verschwenderischen grünen Gewänder, aber sie schien darin zu versinken, und ihr dunkelblondes Haar, das sonst immer so sorgfältig gebürstet und frisiert gewesen war, wirkte verfilzt und stumpf. Die Gräfin kaute auf einem Fingernagel, während sie Grace anstarrte. Sie sah verletzt und gefährlich aus, wie ein kleines Tier, das zwar verwundet, doch noch immer ziemlich lebendig war. Kyrene bemerkte Grace und lächelte: ein zugleich mürrischer und selbstgefälliger Ausdruck.

Grace hielt den Atem an. *Sie plant noch immer etwas, es kann nicht anders sein. Ivalaine mag sie verbannt haben, aber so leicht gibt Kyrene nicht auf. Aber was glaubt sie erreichen zu können?*

Vor Graces innerem Auge tauchte ein Bild auf, dunkle Hände auf weißer Haut. Logren. Würde sie versuchen, Logren etwas anzutun? Grace fing an zu zittern, und Tressa war es wohl nicht verborgen geblieben, denn sie nahm sie bei der Hand.

»Ihr müßt sie einfach ignorieren, mein Kind«, sagte die Hofdame. »Sie verfügt nicht über die nötige Macht, um uns zu schaden.«

Grace schüttelte den Kopf. Sie wollte Tressa sagen, daß sie sich irrte, daß Kyrene etwas plante, und zwar bestimmt nichts Gutes. Dann ertönten die Fanfaren. Die Sitzung begann.

Die Herrscher betraten nacheinander den Raum. Grace sah, daß Falken und Melia auf einer der vorderen Bänke Platz genommen hatten. Travis, Aryn, Durge und Beltan saßen direkt dahinter. Sie mußten in dem Moment hereingekommen sein, in dem Grace abgelenkt gewesen war. Sie versuchte ihre Aufmerksamkeit zu erregen, scheiterte aber. Sie ließ sich auf ihre Bank zurücksinken; sobald der Rat eine Pause einlegte, würde sie mit ihnen sprechen.

Die Adligen nahmen ihre Plätze auf den Bänken und die Herrscher auf ihren eigenen Stühlen ein – mit Ausnahme des Stuhls von Malachor, der so leer blieb wie schon seit Jahrhunderten. Die Herrscher hatten sich kaum gesetzt, als Boreas auch schon die Hände auf die Kante des runden Steintisches legte und wieder aufstand.

»Vergangene Nacht«, verkündete der König mit donnernder Stimme, »ist auf König Kylar von Galt ein Mordanschlag verübt worden.«

Ein Aufstöhnen durchlief den Saal. Die anderen Herrscher starrten Boreas an – mit Ausnahme von Kylar, der sich in seinem Stuhl klein machte, da ihm die Aufmerksamkeit anscheinend unangenehm war. Grace zuckte innerlich zusammen. Boreas verschwendete wahrlich keine Zeit.

»Ist das wahr?« fragte Sorrin von Embarr in seiner tiefen, aber dumpfen Stimme.

Kylar nickte. »Ich f-f-fürchte, d-d-as ist es.«

Lysandir roch an einem mit goldenem Stickwerk verzierten Taschentuch. »Ich muß sagen, für jemanden, der ermordet wurde, seht Ihr heute aber erstaunlich wohlauf aus, Euer Majestät.«

»Glücklicherweise«, sagte Boreas.

Der König von Brelegond stieß ein schrilles Lachen aus. »Glück? Das ist kein Wort, das in Verbindung mit König Kylar von Galt benutzt wird.«

Boreas schaute Lysandir finster an. »Was ist, König Lysandir? Seid Ihr enttäuscht, daß das Attentat gescheitert ist?«

Lysandir ließ das Taschentuch fallen. Selbst ohne die dicke Puderschicht wäre sein Gesicht leichenblaß gewesen. »Was wollt Ihr damit sagen, König Boreas?«

»Was glaubt Ihr, daß ich damit sagen will?« knurrte Boreas.

Ivalaine erhob sich. Augenblicklich richteten sich alle Blicke auf die anmutige Königin. »Wollt Ihr ein Mitglied dieses Rates etwa beschuldigen, dieses schreckliche Verbrechen befohlen zu haben, Euer Majestät?« fragte sie Boreas.

Er ließ den Blick durch die Runde wandern, dann schüttelte er den Kopf. »Nein, das will ich nicht. Ihr müßt wissen, ich weiß bereits, wer hinter dem Mordkomplott steckt, denn einer meiner eigenen Leute hat sich in einem Akt des Verrats mit dem Feind verbündet.«

Ein erneutes Aufstöhnen ging durch die Zuschauer.

Persard hob interessiert eine zottige weiße Braue. »Tatsächlich, König Boreas? Ein Verräter an Eurem eigenen Hof? Wer ist dieses Individuum, und was wird mit ihm geschehen?«

Boreas schien die Worte zu zerkauen, bevor er sie aussprach, und es war allen ersichtlich, daß er sie bitter fand. »Es war Lord Alerain, und er ist tot.«

Es brauchte mehrere Minuten und ein paar energischer Gesten des Königs von Calavan, bevor in dem Saal wieder Ruhe einkehrte. Grace war klar, daß die Nachricht von Alerains Verrat für jedermann ein Schlag war, ganz besonders für den Adel Calavans. Wenn schon der stets gute und phlegmatische Alerain nicht gegen einen Verrat gefeit war, wer dann? Aber Grace kannte die Wahrheit. Es gab finstere Gaben, denen nicht einmal gute Männer die Kraft zu widerstehen hatten. Was hatte Alerain geglaubt, mit seinem Herzen zu erkaufen? Daß die Finsternis Calavan verschonte, wenn er einwilligte, dem Feind zu helfen? Wenn das zutraf, war es eine vergebliche Hoffnung gewesen.

»Das sind unheilvolle Neuigkeiten, Euer Majestät«, sagte Sorrin. Das Gesicht des Königs von Embarr war noch hagerer und blasser als sonst. »Aber Ihr habt uns noch nicht verraten, wer dieser Feind ist, mit dem sich Alerain verbündete, und wer den Tod Kylars von Galt wünschte. Sagt uns, wer ist für diese verruchte Tat verantwortlich?«

Stille senkte sich über das Ratsgemach, und jedermann beugte sich vor, damit ihm nichts entging. Boreas schaute jedem der Herrscher nacheinander in die Augen.

»Ich werde es Euch sagen«, sagte er leise. »Und danach werde ich den Rat zur Abstimmung rufen, denn wenn ihr gehört habt, was ich gleich sagen werde, werdet ihr begreifen, daß es nur eine Handlungsmöglichkeit gibt.« Er holte tief Luft. »Das Komplott, Kylar zu ermorden und die Entscheidung dieses Rats zu ändern, wurde vom Rabenkult ausgeführt, der unter der Kontrolle des Fahlen Königs steht.«

Graces Herz tat einen Sprung in ihrer Brust. Er hatte es gesagt. Boreas hatte es gewagt, dem Rat die Wahrheit zu sagen! Falken sprang auf die Beine. Alle Anwesenden starrten den Rat an, als wären das die letzten Worte, die sie von Boreas erwartet hätten, und für Falken galt das gleich doppelt.

Grace legte eine Hand an den Ausschnitt ihres Gewandes, da sie nicht zu atmen wagte. *Der Rat kann sich ihm jetzt nicht mehr verweigern. Boreas hat ihnen seinen eigenen Seneschall präsentiert, sie können das nicht einfach unberücksichtigt lassen. Sie müssen für die Mobilmachung stimmen, sie müssen …*

Eine keifende Stimme durchschnitt die Luft.

»Wie könnt Ihr es wagen, Boreas?«

Es war Eminda. Die Königin von Eredane hatte sich erhoben und starrte Boreas mit ihren kleinen Augen an, das Gesicht vor Wut gerötet. »Wie könnt Ihr es wagen, eine solch widerwärtige und gemeine Arglist zu versuchen? Erwartet Ihr allen Ernstes, daß ich Euch glaube, daß Euer kostbarer Alerain tot ist, während er sich in Wirklichkeit in diesem Schloß versteckt hält, solange Ihr Euren abscheulichen kleinen Trick veranstaltet?«

Boreas zitterte am ganzen Leib. Es hatte den Anschein, als würde er den Steintisch gleich mit bloßer Hand zerbrechen.

»Ich werde Euch seinen Kopf zeigen, Euer Majestät«, stieß Boreas durch die zusammengebissenen Zähne hervor.

Eminda beeindruckte das nicht. »Also habt Ihr ihn getötet. Ich halte einen von Vathris' Stieren durchaus für fähig, für die Pläne seines Herrn ein solches Opfer zu bringen. Ihr glaubtet,

Ihr könntet uns mit dieser Geschichte Angst einjagen, uns zu der Entscheidung zwingen, die Ihr gern hättet. Aber ich werde mich von Euch nicht zum Narren machen lassen, Boreas.« Ihre Stimme wurde zu einem schrillen Kreischen. »Ihr werdet Eure Abstimmung nicht bekommen – nicht bevor alle Argumente auf die richtige Art und Weise vorgebracht wurden. Ich werde das nicht zulassen!«

Boreas sagte kein Wort, sondern machte seiner Wut mit einem unartikulierten Laut Luft. Grace betrachtete Eminda. Wie konnte die Königin Eredanes so blind sein? Wie konnten sie alle so blind sein? Sahen sie denn nicht, was sich da vor ihnen abspielte? Sie hielt verzweifelt nach Logren Ausschau. Vielleicht konnte er ja mit seiner Königin reden, vielleicht konnte er ja der Sache ein Ende bereiten. Aber der Erste Berater Eredanes war nirgendwo zu sehen. Es war hoffnungslos. Die Könige und Königinnen erhoben sich alle von ihren Plätzen. Eminda wandte sich ab. Es würde keine Abstimmung stattfinden, kein Krieg beschlossen werden …

»Was ist eigentlich mit euch los?« sagte da eine Stimme. Sie war leise und zittrig, aber irgendwie erfaßte sie den ganzen Ratssaal. »Wo liegt euer Problem?«

Grace suchte nach dem Sprecher, und dann sah sie ihn. Er stand vor der ersten Sitzreihe; er trug ein schlechtsitzendes Wams, und in den grauen Augen hinter der Nickelbrille stand ein niedergeschlagener Ausdruck. Travis. Die Herrscher starrten ihn an.

Travis trat einen Schritt auf den Tisch zu. »Habt ihr nicht begriffen, was er euch gesagt hat?« Er hob die Stimme, die voller Empörung und Angst war. »Seht ihr nicht, was sich vor eurer Nase abspielt? Der Fahle König ist kein Mythos. Er ist Wirklichkeit, und seine Diener befinden sich hier im Schloß. Er hat versucht, Kylar zu töten, und jeder von euch könnte der nächste sein. Wie könnt ihr nur so dumm sein?«

Er näherte sich dem Ratstisch. Die Könige wichen beunruhigt zurück. Eminda schrie voller Entsetzen auf.

»Haltet ihn auf«, kreischte sie. »Schafft diese Kreatur hier weg!«

Beltan sprang vor, um Travis zur Bank zurückzuzerren, aber er war zu langsam.

»Ihr müßt etwas unternehmen!« schrie Travis. »Ihr müßt etwas unternehmen, bevor es zu spät ist!« Beim letzten Wort schlug er mit der Faust auf den Tisch.

Ein Lichtblitz zuckte durch das Gemach; ein Donnerschlag spaltete die Luft. Angst- und Entsetzensschreie hallten von den Wänden wider. Grace blinzelte ungläubig. Von der Stelle, die Travis getroffen hatte, schlängelte sich eine schwarze Linie die Steinplatte entlang. Der Spalt raste dem Mittelpunkt des Tisches entgegen und traf die weiße Scheibe, die dort eingelassen war. Die Scheibe zerbrach, das aufgemalte Symbol wurde unkenntlich. Travis sprang zurück, dann starrte er mit entsetztem Gesichtsausdruck auf seine Hand.

Man hätte eine Stecknadel fallen hören können. Alle Blicke richteten sich auf den Tisch. Dann ergriff Falken mit leiser Stimme das Wort.

»Die Rune des Friedens wurde zerbrochen.«

Neben Grace holte jemand zischend Luft. Tressa. Die rothaarige Frau schaute gebannt zu. Ein geflüstertes Wort entschlüpfte ihren Lippen.

»Runenbrecher.«

Chaos brach aus. Die Herrscher eilten aus dem Raum, und die Adligen flohen von ihren Sitzen. Travis stand noch immer neben dem Tisch und starrte auf seine Hand. Beltan, Melia und Falken waren an seine Seite getreten.

Grace stand auf und drängte sich der Menge entgegen. Sie verspürte keine Furcht, sondern Entzücken. Gerade war etwas Wichtiges geschehen, etwas, das unbedingt nötig gewesen war. Diese Menschen waren so selbstgefällig geworden, ihr Horizont so eng. Jetzt hatten sie erlebt, daß ihr kostbarer Frieden doch gebrochen werden konnte. Vielleicht würden sie jetzt etwas unternehmen.

Sie stieß zwei flüchtende Adlige beiseite, dann hatte sie die anderen erreicht. »Travis.«

Er schaute auf, einen unglückseligen Ausdruck auf dem Gesicht.

»Travis, das war wunderbar«, sagte sie. »Was du getan hast … du hast sie wachgerüttelt. Das war einfach großartig!«

Sie griff nach seiner Hand, aber er wich ihr aus.

»Nein, Grace. Ich kann nur Dinge zerstören.«

Bevor die anderen ihn aufhalten konnten, drehte er sich um und lief aus dem Raum.

31

Travis sah zu den eisengrauen Wolken hinauf, die über dem Schloß umherwirbelten, und fragte sich, ob er den indigofarbenen Himmel Colorados jemals wiedersehen würde.

Er fröstelte und zog den Nebelmantel enger um den Körper. Vielleicht war es hier ja doch besser. Vielleicht war es besser, eine Welt von den Erinnerungen entfernt zu sein. Andererseits hatte ihn das aber noch nie daran gehindert, sich zu erinnern.

Gute Nacht, großer Bruder.

Nacht, Kleines.

Der Winterwind wehte seinen Seufzer fort.

Drei Tage waren vergangen, seit er im Ratssaal die Rune des Friedens zerbrochen hatte. Falken zufolge hatte der größte aller Runenbinder sie dort vor Jahrhunderten gebunden. Wie war es nur möglich, daß Travis über die Macht verfügte, sie zu zerbrechen? Doch irgendwie hatte er es getan. Er spürte noch immer die Energie durch seinen Arm strömen, durch seine Hand in den Steintisch eindringen.

In ihrem Gemach hatte Falken ihn immer wieder nach diesem Augenblick befragt, aber Travis war sich noch immer nicht sicher, was genau sich dort zugetragen, was genau er getan hatte. Er war so wütend gewesen, das war alles, wütend auf die Herrscher und ihren Widerwillen, die vor ihnen liegende Wahrheit zu akzeptieren. Er hatte die dunklen Wolken über Imbrifale gesehen, er hatte das grausame Licht der Phantomschatten gesehen, und er hatte das Herz aus Eisen gesehen, das Grace einem Toten aus der Brust geschnitten hatte. Warum konnten sie noch immer nicht glauben? Er hatte bloß mit der Faust auf den Tisch schlagen wollen, aber die Wut war aus ihm herausgeströmt wie ein Blitz einen Draht entlang, und es war ihm unmöglich gewesen, sie aufzuhalten.

Als der Rat am nächsten Tag wieder zusammentrat, hatte Königin Eminda Travis' Kopf auf einem silbernen Tablett verlangt. Es war kein Geheimnis, daß sie nichts von Runensprechern oder Magie hielt. Zu seinem Glück hatte sich Boreas aber durchsetzen können. Der König hatte folgendermaßen argumentiert: Falls Eminda wegen der Zerstörung der Rune des Friedens besorgt war, mußte sie doch auch mit Sicherheit die zerbrochene Rune beunruhigen, die Falken dem Rat gezeigt hatte – das Siegel des Runentors. Es war ein brillanter Schachzug von seiten Boreas' gewesen; Eminda verstummte augenblicklich. Travis hatte es nicht miterlebt – er hielt sich von dem Ratssaal so fern wie nur möglich –, aber Grace hatte es ihm beschrieben, und er konnte sich die Königin von Eredane vorstellen, wie sie mit vor Wut aufgedunsenem und knallrotem Gesicht aus Angst, die eigene Position zu schwächen, keinen Widerspruch wagte. Selbst in einer Niederlage gab es kleine Triumphe.

Nachdem Boreas Travis vor dem Rat verteidigt hatte, hatte er ihn zu sich befohlen, und Falken hatte ihn begleitet. Travis wußte, daß seine Tat in gewisser Weise Boreas' Zielen geholfen hatte. Trotzdem hatte er erwartet, daß der König über seinen Ausbruch vor der Ratsversammlung wütend sein würde. Sobald die Tür hinter ihm ins Schloß gefallen war, straffte er sich und fragte sich, wie lange er wohl schreien würde, während Boreas ihn mit diesen kräftigen Händen in kleine Stücke riß.

Zu seiner Überraschung nickte ihm der König zur Begrüßung ernst zu, bot ihm Wein an und bat ihn, Platz zu nehmen. Dann unterhielt er sich kurze Zeit mit Travis, während Falken in der Nähe stand. Der König wollte wissen, ob Travis jemals zuvor Runen zerbrochen hatte, und wenn ja, wie viele.

Nachdem die Befragung vorbei war, starrte der König ins

Feuer. »Der Legende zufolge würde Calavan niemals fallen, solange die Rune des Friedens mit dem Ratstisch verbunden ist.«

Travis wußte nicht, was er sagen sollte. Beschuldigte ihn der König, die Domäne in Gefahr gebracht zu haben?

»Nein, Freisasse«, sagte Boreas, als hätte er die unausgesprochene Frage erahnt. »Calavan ist nicht in Gefahr, weil Ihr die Rune zerbrochen habt. Ihr habt die Rune zerbrochen, weil Calavan in Gefahr ist.« Der König seufzte und schaute auf. »Ihr dürft gehen.«

Das war vor zwei Tagen gewesen. Seitdem hatte Travis den größten Teil seiner Zeit damit verbracht, allein durch das Schloß zu wandern. Trotz Rins und Falkens Protesten hatte er seine Studien bei den Runensprechern an den Nagel gehängt. Der einzige Sinn des Studiums der Runen hatte darin gelegen, Kontrolle über seine Macht zu erlangen, und das war offensichtlich ein Fehlschlag gewesen. Wozu also weitermachen? Nur um stärker zu werden, damit er das nächste Mal mehr als bloßen Stein schädigen konnte?

Ich werde es nicht tun, Jack. Ich weiß nicht, warum du mir das angetan hast, aber bestimmt nicht dafür – nicht um andere Menschen zu verletzen.

Falken war wütend geworden, als er sich geweigert hatte, seine Studien wieder aufzunehmen, aber zu seiner Überraschung hatte Melia dem Barden eine beschwichtigende Hand auf den Arm gelegt.

»Laß ihn gehen, Falken«, hatte sie gesagt. »Er muß das allein entscheiden.«

Travis hatte ihr einen dankbaren Blick zugeworfen, und sie hatte nachdenklich genickt. Dann hatte er das Gemach verlassen. Er wußte nicht, was er auf seinen Wanderungen eigentlich zu finden hoffte, aber irgendwie beruhigten sie ihn und halfen ihm beim Nachdenken. Vielleicht wollte er bloß ein paar

Trümmer seines eigenen zerbrochenen Friedens wiederfinden. Schließlich würde es nicht mehr lange dauern, bis der Sturm über sie hereinbrach.

Vor ihm wuchs eine Mauer aus ineinander verwachsenem Grün empor, mit einem steinernen Torbogen als Durchgang, aus dem ein schwacher, süßer Geruch und das Plätschern von Wasser heranwehte. Der Schloßgarten.

Travis trat unter dem Steinbogen hindurch, zögerte dann aber. Er legte den Kopf schief. Ihm war, als hätte jemand seinen Namen gerufen. Er lauschte, aber in der Ferne erklang nur das Wispern des Windes und das Plätschern des Wassers. Mehr war da bestimmt nicht gewesen. Trotzdem lockte ihn der Garten noch immer an. Er durchschritt das Tor und betrat den sich dahinter anschließenden abgeschiedenen Ort.

Trotz der späten Jahreszeit und der frostigen Luft wuchsen einige Dinge. Er konnte keine der Pflanzen benennen. Da gab es eine Schlingpflanze mit glänzenden Blättern, die an den Wänden emporwuchs, und eine Art federiges Immergrün, das in Büscheln wuchs. Der Boden war mit Blättern übersät, hoch über seinem Kopf streckten Bäume ihre kahlen Äste aus und webten ein Netz, um den herabsinkenden Himmel einzufangen.

Ein aus Steinplatten gefertigter Pfad zog Travis vorwärts, vorbei an einem vereisten Springbrunnen. Der Brunnen wurde von einem Moosteppich voller blasser Blumen umgeben, von denen jede so winzig und zerbrechlich wie eine Schneeflocke war. Sie verbreiteten den Duft eines Winterwaldes. Der Weg führte Travis tiefer in den Garten hinein. Er sträubte sich nicht dagegen. Das hier war ein friedlicher Ort.

Nein, nicht friedlich. Dazu hat er zuviel von einer Wildnis an sich. Es ist eher so, als würde er sich ausruhen und warten. Aber auf was? Oder auf wen?

Er ging weiter. Der Pfad führte unter einem weiteren Torbogen hindurch in eine Nische. Travis blieb stehen und schaute staunend auf.

Sie waren in einen Kampf um Leben und Tod verstrickt.

Man hatte sie aus weißem Stein erschaffen, aber Travis ahnte, daß der Stier auch im Leben dieselbe Farbe gehabt hätte. Er konnte fast die Muskeln sehen, die sich unter der milchigen Haut spannten, wie sie sich zusammenzogen, als er gegen den Krieger anrannte.

Der Mann war nackt und schön. Steinerne Locken fielen ihm in die Stirn. Das Antlitz war stolz, wild und zu perfekt für einen normalen Menschen. Wie bei dem Stier verliefen Muskelstränge unter der glatten Oberfläche der Haut, traten an den breiten Schultern hervor, den schmalen Hüften, den kräftigen Beinen. Der dicke Pfahl seines Phallus stand aufgerichtet da. Eines stand für Travis unumstößlich fest: Wäre der Krieger aus Fleisch und Blut statt aus Stein gewesen, es hätte keine lebende Person gegeben, die sich seinem Willen oder Forderungen hätte widersetzen können. Oder seinem Messer.

Der Krieger hielt das Messer in der linken Hand, und der Bildhauer hatte ihn in dem Augenblick eingefangen, in dem er dem Stier die Klinge in die Kehle gestoßen hatte. Der Schädel des Stiers war zurückgebeugt, Augen und Schnauze waren weit aufgerissen, so daß Travis sein Todesröcheln beinahe zu hören glaubte. Aus dem Schnitt im Hals quoll Flüssigkeit, nur daß es kein Blut war. Es war Wasser. Das Wasser strömte den Hals hinunter und floß in ein Becken am Fuß der Statue, um von dort im Garten zu versickern.

»Ein prächtiges Exemplar«, sagte eine Stimme bewundernd. »Findet Ihr nicht auch?«

Travis fuhr herum. Ein neuer grüner Fleck war im Garten aufgetaucht, so hell wie ein Smaragd.

Die Frau kam auf ihn zu, obwohl das Wort schweben wohl eher zutraf. Sie war wunderschön, wenn auch auf eine gänzlich andere Art als der harte, weiße Krieger. Sie bestand nur aus Kurven und weichen Rändern. Dunkelblondes Haar strömte auf ihre Schultern, ihre Haut hatte den süßen Glanz von Aprikosen. Nur ihre Augen waren hart und strahlend; sie hatten die gleiche Farbe wie ihr Gewand.

Travis suchte nach einer Antwort. *Ein prächtiges Exemplar.* Ihm war nicht klar, ob sie den Krieger oder den Stier meinte. Vielleicht hatte sie ja auch über *ihn* gesprochen.

Nein, das war wenig wahrscheinlich. Er kratzte seinen struppigen Bart und ließ die Schultern sinken. Wer war sie? Was wollte sie von ihm?

»Eine Freundin«, sagte sie, »die nur mit Euch sprechen will.«

Er holte bebend Luft.

Ihre Lippen teilten sich und enthüllten kleine, weiße Zähne. »Ich bin Kyrene, die Gräfin von Selesia.«

Irgendwie gelang es Travis, sich an seine Manieren zu erinnern. Er ergriff tolpatschig ihre Hand, hielt sie an die Lippen und ließ sie wieder fallen. »Ich bin Travis Wilder.«

Jetzt, wo sie nahe bei ihm stand, erkannte er die Wildheit in ihr; sie war wie der Garten … nein, das stimmte so nicht. Der Garten war ruhig und friedlich. Ihr Blick dagegen hatte etwas Beunruhigendes. Ihr prächtiges Haar war ungekämmt, und ihr Gewand, das auf modische Weise enthüllend war, saß nicht richtig und hätte dringend gerichtet werden müssen.

Kyrene ging an ihm vorbei auf die Statue zu. »Vathris Stier-Töter«, zischte sie. Sie drehte sich um. »Es gibt Leute, die die Meinung vertreten, daß das Schwert die Antwort für alles ist. Glaubt Ihr das auch, Travis Wilder?«

Er schaute auf seine Hände. »Nein. Es ist niemals richtig, einen anderen zu verletzen. Niemals.«

Der Duft von Aprikosen. Er schaute auf, und sie stand neben ihm. Ihre Brüste waren zwei reife Früchte in dem perlenbesetzten Korb ihres Dekolletés. Fror sie nicht?

»Ihr reist in interessanter Gesellschaft, Freisasse Travis.«

»Ihr meint Falken und Melia?«

»Ja. Falken Schwarzhand und Melindora Nachtsilber sind in diesen Landen wohlbekannt, wenn auch nicht überall besonders angesehen. Aber Ihr habt einen feinen, starken Freund im Neffen des Königs. Steht Ihr und Beltan euch … sehr nahe?«

Sie lachte, aber es war ein seltsamer Laut, und seine Nackenhärchen richteten sich auf. Etwas sagte ihm, er sollte gehen, aber er kam sich wie angewurzelt vor, als hätten sich die Schlingpflanzen des Gartens um seine Beine gelegt.

»Was wollt Ihr?« flüsterte er.

»Euch nur etwas fragen, mein Lieber.« Ihre Stimme war beruhigend, und doch durchfuhr sie seinen Kopf wie ein Stich. Sie pflückte ein Blatt von einem Busch. »Es gibt da welche von uns, die an die Macht des Lebens glauben.« Sie ließ das Blatt fallen und zertrat es mit ihrem Schuh. »Und es gibt jene, die glauben, Dinge zu zerstören sei immer die Antwort.«

Er konnte den Blick nicht von ihr nehmen. Trotz der kalten Luft rann ihm an den Seiten der Schweiß herunter. Sie hob die Hand und strich über seine rauhe Wange.

»Du solltest dich nicht hinter diesem Bart verstecken, mein Lieber. Du hast ein so hübsches Gesicht.«

Er befeuchtete sich die Lippen. Das Denken fiel ihm so schwer. Sein Verstand fühlte sich an wie in Honig getaucht. »Was wolltet Ihr mich denn fragen?«

»Nichts Besonderes. Nur eine Kleinigkeit. Weißt du, ich habe dich gesehen, im Ratssaal, die Rune, die du zerbrochen hast, und ich fragte mich, ob ich mir wohl deine Hand ansehen dürfte …«

Nein, Travis, sagte eine Stimme in seinen Gedanken. *Das darfst du ihr nicht erlauben.*

Doch die Stimme war leise und kam aus großer Ferne. Er

wehrte sich nicht, als sie seine rechte Hand nahm. Sie beugte den Kopf mit leuchtenden Augen darüber, um seine Handfläche zu untersuchen.

»Geht weg von ihm, Kyrene!«

Der warme Hauch, der Travis einhüllte, riß schlagartig auseinander. Er schnappte keuchend nach Luft; sie war eiskalt und ließ ihn husten. Er und Kyrene sahen gleichzeitig auf. Zwei Gestalten traten durch den Eingang der Nische: eine kleine Frau in einem dunkelblauen Unterkleid mitsamt passendem Überrock und ein Mann mit einem einzelnen schwarzen Handschuh.

Kyrenes Blicke glichen zwei smaragdgünen Dolchen. »Er gehört Euch nicht, Melindora Nachtsilber.«

»Er wird aber auch nicht Euch gehören, Kyrene.« Melias kupferfarbenes Gesicht war zu einer zornigen Maske erstarrt. »Ich habe Euch befohlen, Euch von ihm zu entfernen.«

»Tritt zurück, Travis«, sagte Falken in ernstem Tonfall. »Sofort.«

Travis verstand nicht, was hier vor sich ging, aber er gehorchte. Es war ihm ein Rätsel, wie Melia immer wußte, wo er zu finden war, aber er war wieder einmal dankbar dafür.

Kyrene zögerte, dann schien sie eine Entscheidung zu fällen. Sie nahm das Kinn hoch. »Ich habe keine Angst vor Euch, Melindora. Ihr seid nicht mehr das, was Ihr einst wart.«

Travis hörte gebannt zu. Wovon redete sie da?

»Das ist wahr«, sagte Melia. Sie kam heran, bis sie nur noch wenige Zentimeter von der Gräfin trennten. Ihre Stimme klang kühl und gefährlich. »Andererseits verfüge ich noch immer über einige Verbindungen. Ich bin ziemlich sicher, ich könnte es arrangieren, daß Ihr nie wieder Zugang zur Gabe habt, Kyrene.«

Kyrenes mutiger Ausdruck geriet ins Schwanken, sie erbleichte. »Das könnt Ihr nicht tun! Das würdet Ihr nicht tun!«

Melia lächelte. Es war kein gütiges Lächeln. »Seid Ihr Euch da ganz sicher … *meine Liebe?*«

Kyrene öffnete den Mund, aber es kamen keine Worte heraus. Sie sah in Falkens grimmiges Gesicht, dann in Melias. Sie machte den Mund zu, raffte ihr Gewand hoch und eilte aus der Nische – aber nicht, bevor sie Melia noch einen haßerfüllten Blick zugeworfen hatte.

Falken hob eine Braue. »Man könnte glauben, sie mag uns nicht.«

Melia schnaubte. »Entweder man hat Geschmack, oder man hat ihn nicht.«

»Und warum war Kyrene an Travis interessiert?«

»Meiner Erfahrung nach sind Hexen auf alles neugierig. Manchmal zu neugierig. Wir werden sie wohl im Auge behalten müssen.« Melia trat vor die Statue. »Ich grüße Euch, Vathris.«

Ihre Stimme klang beinahe liebevoll, was Travis merkwürdig fand. Er stellte sich neben sie.

»Er ist einer der Neuen Götter, nicht wahr?«

Melia nickte. »Ja, die Götter der Mysterienkulte sind die Neuen Götter. Es gibt viele von ihnen, nicht nur die sieben, die in den Domänen bekannt sind. Einige von ihnen verfügen über große Macht, viele nur über geringe. Die meisten ihrer Anhänger leben im tiefen Süden, in den Ländern am Sommermeer.«

Travis dachte über das Gehörte nach. Wieso wußte Melia so viel? Dann kam ihm die Erleuchtung. »Ihr kommt aus dem Süden, Melia, nicht wahr?«

Sie pflückte ein Blatt von einer Schlingpflanze und spielte damit herum. »Ja«, sagte sie gedankenverloren. »Ja, einst lebte ich dort. Manchmal sehe ich noch immer die roten Klippen von Urundar vor mir, und die Männer in ihren weißen *Serafis*, wie sie in der Dämmerung tanzen.« Das Blatt fiel zu Boden.

»Aber das ist lange vorbei. Nun beschäftigen mich andere Dinge.«

Falken betrachtete sie nachdenklich, dann änderte sich sein Ausdruck, und er grinste wölfisch. »Eine Sache, die mich im Augenblick beschäftigt, ist das Abendessen. Wollen wir sehen, was im Großen Saal aufgetischt wird?«

Melia nickte, und sie und Falken drehten sich um und gingen. Travis zögerte. Er betrachtete die Statue von Vathris. Würde er doch nur einmal im Leben über diese Kraft verfügen, hätte er diese Kontrolle über sein Schicksal. Wenn er doch bloß …

»Wartet, ich komme mit«, sagte er und eilte hinter dem Barden und der Lady her.

32

Grace sorgte sich um Travis. Es war seltsam, wie schnell man sich an etwas gewöhnen konnte, das man nie zuvor gehabt hatte – so etwas wie Freunde –, aber im Verlauf der letzten Wochen hatte sie Travis' Kameradschaft zu schätzen gelernt.

Am Vortag hatte sie Falken und Melia einen Besuch abgestattet. Die kleine Frau verfügte noch immer über die Fähigkeit, Grace im Handumdrehen zu entwaffnen.

»Wir behalten ihn schon im Auge, Liebes«, hatte Melia gesagt.

Wie immer erschien ihr glattes Antlitz jung und zugleich mütterlich. Das schwarze Kätzchen spielte mit dem Saum ihres Unterkleides, und Grace runzelte die Stirn. Das Tier schien nicht gewachsen zu sein, seit sie es das erste Mal gesehen hatte, und das war vor Wochen gewesen. Wuchsen Katzenkinder normalerweise nicht unglaublich schnell heran? Melia entging ihr nachdenklicher Gesichtsausdruck nicht, denn sie lächelte.

»Wir versuchen Travis zu überzeugen, daß er den Unterricht bei den Runensprechern fortsetzt«, sagte Falken. »Aber die Entscheidung liegt bei ihm.«

Melia nahm das Kätzchen auf den Arm. »Ich fürchte, seine Tat im Ratssaal hat ihm einen Schrecken eingejagt, vielleicht sogar noch mehr als den Königen und Königinnen.«

»Aber *was* hat er da eigentlich genau getan?« fragte Grace.

»Etwas, das seit Jahrhunderten nicht mehr vorgekommen ist«, antwortete Falken leise.

Anscheinend wollte der Barde seine Behauptung nicht weiter ausführen, und Melia versprach ihr, sie wissen zu lassen, wenn sie wieder mit Travis gesprochen hatten.

»Aber vielleicht wollt Ihr es ja mal versuchen, Lady Grace«, sagte Melia an der Tür. »Er hält Euch für eine Freundin, wie Ihr ja wißt.«

Grace wollte sagen, daß sie genauso empfand, aber die Worte blieben ihr im Hals stecken. Also nickte sie nur und fand sich im nächsten Augenblick allein auf dem Korridor wieder.

Im Verlauf der folgenden Tage hatte Grace mehr über Travis' Tat im Ratssaal nachgedacht. Falken und Melia hatten sie über ihren Zusammenstoß mit Kyrene im Garten informiert. Diese Neuigkeit hatte Grace fasziniert. Bis jetzt hatte Kyrene Travis anscheinend nie zur Kenntnis genommen. Dieses plötzliche Interesse ergab keinen Sinn.

Oder doch? *Runenbrecher.* Dieses Wort hatte Tressa mit leuchtenden Augen im Ratssaal geflüstert. Hatten die Hexen an jemandem Interesse, der Runen zerbrechen konnte? Grace hatte versucht, Ivalaines rothaarige Beraterin auf dieses Thema anzusprechen, dabei aber kein Glück gehabt. Und dennoch, falls die Hexen Travis für diesen Runenbrecher hielten, würde das Kyrenes Interesse an ihm erklären. Vielleicht hatte die Gräfin geglaubt, daß sie, falls es ihr gelingen sollte, etwas über Travis in Erfahrung zu bringen, damit Ivalaines Gunst zurückgewinnen konnte. Falls es sich so verhielt, hatten Falken und Melia den Versuch durch ihr Eingreifen verhindert.

Grace hatte die letzten Tage damit zugebracht, sich auf ihre Studien bei Königin Ivalaine zu konzentrieren. Es gab nichts anderes zu tun. Sie sah keinen Sinn darin, die anderen weiter auszuspionieren – es war allgemein bekannt, welche Position die anderen Herrscher zur Frage des Krieges einnahmen –, also war es auch sinnlos, die Täuschung aufrechtzuerhalten, daß sie und Boreas sich entzweit hatten. Nicht, daß Boreas auch nur im geringsten an ihr interessiert schien. Er bestellte sie nicht in seine Gemächer, und wenn sie sich in einem Korridor begegneten, rang er sich nur mühsam einen geknurrten Gruß ab.

Vielleicht wäre es anders gewesen, hätte sie etwas über Ivalaines Motive in Erfahrung bringen können. Doch jedesmal, wenn Grace versuchte, die Unterhaltung unauffällig auf den Rat zu lenken, brachte die Königin von Toloria das Gespräch geschickt auf die gerade stattfindende Lektion zurück.

»Wissen hat eine Ordnung, Schwester«, sagte Ivalaine eines Nachmittags. »Man kann nicht tanzen, bevor man gehen gelernt hat.«

Grace vermochte nicht zu sagen, ob diese Bemerkung auf ihre Fragen oder ihren Unterricht gemünzt war. Auf jeden Fall war es jedoch offensichtlich, daß sie nicht erfahren würde, was Ivalaine oder die Hexen für Pläne hatten, bevor die Königin bereit war, es ihr zu sagen.

Auch der Kreis des Schwarzen Dolches hatte weiter nichts zu tun. Das Mordkomplott gegen König Kylar war gescheitert. Zwar war der zweite Verschwörer auch weiterhin unerkannt auf freiem Fuß, aber jetzt trug Beltan die Verantwortung für die Sicherheitsmaßnahmen, und es war zweifelhaft, daß ein zweites Attentat Erfolg haben würde, selbst wenn es eins gegeben hätte.

Der Rat der Könige hatte sich vertagt und würde erst wieder in drei Tagen am Wintersonnenwendtag zusammentreten; dann würde man die letzten Argumente vortragen und die letzte Abstimmung abhalten. Aber es war kein Geheimnis, wie das Ergebnis aussehen würde. Es war ihnen gelungen, die Verschwörer aufzuhalten, aber sie hatten völlig darin versagt, den Rat umzustimmen. Kein Herrscher hatte seine ursprüngliche Position aufgegeben. König Boreas war gescheitert. Eminda hatte seinen letzten Zug zunichte gemacht. Die Domänen würden dem Fahlen König nicht geschlossen entgegentreten.

Grace schaute aus ihrem Fenster und seufzte. Der Himmel war schon wieder dunkel. Der Nebel schien sich überhaupt nicht mehr aufzulösen, sondern drückte gegen die Steinwände des Schlosses, als wollte er sie sprengen.

Vielleicht ist es ja doch nur ein Mythos, Grace. Vielleicht ist der Fahle König nur eine Geschichte, mit der man kleine Kinder erschreckt.

Doch Mythen konnten real sein, das wußte sie mittlerweile, das konnte sie nicht abstreiten, und obwohl sie schon lange kein Kind mehr war, fürchtete sie sich bis ins Mark. Sie beobachtete die schweren Wolken, die sich auf Calaveres neun Türme herabsenkten und sie verschluckten. Bald war es soweit. Sogar schon sehr bald.

Grace drehte sich um und betrachtete versonnen die Tür. Vielleicht war es ja doch noch nicht vorbei. Da gab es noch immer jemanden, der ihr helfen konnte, die Entscheidung des Rates zu ändern, der möglicherweise helfen konnte, diese Welt zu heilen. Sie überprüfte ihr Haar in dem Spiegel aus poliertem Silber, versuchte es mit den Fingern in eine Art Form zu bringen – es war gewachsen –, dann begnügte sie sich damit, die haltlosesten Strähnen hinter ein Ohr zu stecken. Sie spritzte sich kaltes Wasser auf die Wangen, um sie zu erfrischen, dann richtete sie ihr violettes Gewand.

Warum tust du das, Grace?

Voller Angst, daß sie die wahre Antwort kannte, eilte sie aus der Tür. Mittlerweile kannte sie sich gut im Schloß aus, und ihre Füße schienen den Weg allein zu finden. Sie zögerte nur einen Herzschlag lang, dann klopfte sie an der Tür.

Er ist nicht da, Grace. Er war nicht einmal bei der letzten Ratssitzung, er wird nicht aufmachen.

Doch trotz dieses Gedankens wußte sie, daß er es tun würde, und einen Augenblick später schwang die Tür auf. Er schien zuerst ehrlich überrascht zu sein, dann lächelte er, und sein

Blick, der so braun und stark wie *Maddok* war, wanderte ihren Körper entlang, bevor er dann wieder dem ihren begegnete.

»Lady Grace, Ihr habt gerade dafür gesorgt, daß mein Tag trotz der Dunkelheit draußen strahlend hell sein wird.«

Er brachte ein Mittelding zwischen einem Nicken und einer Verbeugung zustande. Beinahe hätte sie gelacht – es war so perfekt. Respektvoll und doch vertraut. Sie lächelte und versuchte sich an einem Knicks. Langsam wurde sie besser.

»Lord Logren …«

Sie wollte ihm mehr sagen, warum sie gekommen war, was sie von ihm wollte, aber die nötigen Worte verließen sie genauso gewiß, als hätte sie ihre halbierte Silbermünze verloren.

»Ich habe mir gerade gewürzten Wein bringen lassen«, sagte er. »Er ist noch warm. Ich finde, daß ist ein so guter Schutz gegen die Kälte. Natürlich nicht so gut wie Gesellschaft.«

Der Erste Berater von Eredane bat Grace mit einer Handbewegung hinein. Und es war Ihre Durchlaucht die Herzogin von Beckett, die die Einladung annahm. Die Tür schloß sich hinter ihr, und sie atmete tief ein. In dem kargen Raum roch es nach Gewürzen, allerdings war sie sich nicht sicher, daß sie nur von dem Wein stammten. Er roch genauso. Er reichte ihr einen Pokal Wein, prostete ihr mit seinem zu, und sie tranken. Sie wartete, bis sich die Wärme der Flüssigkeit in ihrem ganzen Körper ausgebreitet hatte, dann schöpfte sie Atem, um zu sprechen.

»Lord Logren, ich brauche Euch.«

Er hob eine Braue, als wäre er sich nicht ganz sicher, wie er diesen Satz zu interpretieren hatte. Ihre Wangen röteten sich, und das lag nicht nur an dem Wein.

»Eure Hilfe, meine ich.«

Stimmte das denn? Hatte ihr erster Satz nicht viel näher an der Wahrheit gelegen?

Nein, Grace, du bist nicht aus diesem Grund hier, um wie Kyrene einen belanglosen Zauber zu wirken.

Sie zwang sich, den Pokal abzustellen, dann betrachtete sie Logren mit einem, wie sie hoffte, geschäftsmäßigen Blick. »Ich habe Euch letztens bei der Ratssitzung vermißt, Mylord, aber ich bin sicher, Ihr wißt, was geschehen ist.«

Er nickte neugierig. »Das weiß ich allerdings.«

Sie schluckte mühsam und fuhr fort. »Ich bitte Euch nicht, an den Fahlen König zu glauben, Mylord. Ich tue es, aber das ist jetzt nicht wichtig. Das ist nicht der Grund, aus dem ich gekommen bin. Was auch immer Ihr von Falkens Geschichten haltet, das Komplott zur Ermordung König Kylars war echt. Das kann keiner bestreiten, egal was Königin Eminda auch sagt.«

Ihre Stimme wurde kräftiger, überzeugender. Sie hob den Saum ihres Gewandes an und ging vor dem kleinen Kaminfeuer auf und ab, während sie sprach.

»Lord Alerain ist tot, aber er hat nicht allein gearbeitet – mit Sicherheit hat er sich nicht selbst geköpft. Das bedeutet, daß sich der andere Verschwörer noch immer im Schloß aufhält. Könnten wir ihn aufspüren, könnten wir ihn verhören, und vielleicht würden wir mehr darüber erfahren, was sie – ich meine, was er wirklich plante. Dann könnte der Rat dieses Wissen benutzen, um eine Entscheidung zu treffen. Das Ergebnis der Abstimmung würde dann eigentlich keine Rolle mehr spielen. Zumindest wüßten wir, daß sie vor ihrer Entscheidung über alle nötigen Informationen verfügten, und daß wir alles getan haben, was in unserer Macht stand.«

Sie stockte, als sie erkannte, daß sie alles gesagt hatte. Er betrachtete sie, und sie kam sich vor wie eine Bühnenschauspielerin, die ihren Text in genau dem Augenblick vergaß, in dem der Scheinwerferkegel auf sie zeigte. Ihr Instinkt befahl ihr, die Flucht zu ergreifen, aber ihre Beine schienen diese

Empfindung nicht zu teilen. Er würde sie auslachen oder sie verspotten oder wütend über sie herfallen. Sie war eine Närrin, daß sie ihn in dem Glauben besucht hatte, sie könnte ihn beeinflussen.

Er stellte den Pokal ab und ging entschieden auf sie zu. Sie stählte sich. Es war soweit.

»Ich werde Euch helfen, Mylady.«

Sie blinzelte – sie mußte sich verhört haben. Doch in seinem Gesicht war weder Spott noch Wut zu erkennen. Sein Blick war dunkel und ernst.

»Ihr fragt Euch, warum ich zustimme.« Er zuckte mit den Schultern. »Vielleicht kenne ich den Grund selbst nicht. Oder vielleicht bin ich es müde, meiner Königin dabei zuzusehen, wie sie sich vor dem Rat zur Närrin macht.« Jetzt verzogen sich seine Lippen zu einem spöttischen Lächeln, aber Grace wußte, daß es nicht auf sie gemünzt war. »Mitglieder eines Königshauses werden geboren, nicht auserwählt, und Inzucht ist nicht immer gut für den Intellekt. Ob es den Fahlen König nun gibt oder nicht, in diesem Schloß ist etwas im Gange, der Versuch, den Rat gegen den Krieg zu beeinflussen. Und obwohl auch ich diese Position vertreten habe, frage ich mich, wer sonst noch an diesem Ergebnis interessiert sein könnte, wer so darauf erpicht ist, daß er bereit ist, dafür zu morden. Und warum.« Er holte tief Luft. »Wie kann ich Euch helfen, Mylady?«

Graces Herz machte einen Freudensprung. Sie hätte nie gedacht, daß er ihr tatsächlich helfen würde. Aber warum nicht? Er verfügte über einen logisch denkenden Verstand, und er hatte die Dinge besser durchdacht als sie.

»Ihr müßt achtgeben, Mylord«, erwiderte sie. »Ihr kennt die an dem Rat beteiligten Leute besser als ich. Ihr müßt für mich diejenigen beobachten, die Euch vertraut sind, und darauf achten, ob sich einer von ihnen … anders oder seltsam verhält.« *Oder ob sie Narben auf der Brust haben.* Aber das sagte sie nicht. Wie hätte sie es erklären sollen?

»Das kann ich machen, Mylady. Und auch ich verfüge über Informationsquellen. Ich werde sehen, was ich über Alerains Mörder in Erfahrung bringen kann.«

Sie blickten sich verstehend an, dann grinste er, und sie konnte nicht anders, als das Grinsen zu erwidern. Vielleicht bestand ja doch noch Hoffnung. An diesem Punkt wollte sie sich bei ihm bedanken, ihm sagen, daß sie bald wieder miteinander sprechen würden, und das Gemach verlassen.

Die dazu nötigen Worte kamen nicht über ihre Lippen, die Tür blieb geschlossen. Statt dessen erbebte die Luft, und sie lag in seinen Armen. Er senkte den Kopf – nicht sehr weit, da sie hochgewachsen war –, und seine Lippen berührten die ihren. Sie schmeckte Wein und noch etwas anderes: Leidenschaft. Gierig trank sie davon, als wäre es ein Lebenselixier.

Seine Lippen wurden fordernder. Ein elektrisierendes Kribbeln durchfuhr sie. Ihre Hände wanderten wie kleine Tiere über seinen Körper. Er trug Hosen und ein weißes Hemd, aber sie konnte das feste Fleisch unter dem Stoff fühlen. Es erregte sie, und er war ebenfalls erregt, das war offensichtlich – zumindest in dieser Hinsicht hatte Kyrene recht gehabt.

Ihre Finger fanden den Weg unter das Hemd. Den Bruchteil einer Sekunde fürchtete sie sich vor dem, was ihre Berührung möglicherweise entdeckte …

Es könnte jeder sein …

… aber seine Brust war hart, glatt und unversehrt.

Seine Hand fand die Schnüre ihres Ausschnitts, und sie schienen sich wie von selbst zu öffnen. Seine Finger glitten hinein, warm und zärtlich. Ihr entschlüpfte ein Stöhnen, und sie drückte sich an ihn.

Viel von dem, was Ihr seid, liegt hinter einer Tür verborgen, und ich kann nicht durch sie hindurchsehen.

Grace versteifte sich, als ihr diese Worte ungebeten durch den Kopf gingen.

Falls Ihr diese Macht jemals erforschen wollt, werdet Ihr diese Tür entriegeln müssen.

Angst durchfuhr sie wie ein Messer. Nein, sie konnte es nicht tun. Sie konnte diese Tür nicht öffnen. Nicht jetzt, niemals. Falls sie es täte, was würde das Feuer daran hindern, aus seinem Gefängnis auszubrechen und sie zu verschlingen?

Mit einem Aufschrei stieß Grace ihn von sich weg. Sie taumelte, stützte sich an der Wand ab. Logren sah überrascht und verletzt aus. Er streckte eine Hand nach ihr aus.

»Lady Grace …«

Sie schüttelte den Kopf. »Es tut mir leid«, sagte sie. »Es tut mir so leid.«

Sie gab ihm keine Gelegenheit zur Antwort. Sie drehte sich um, ergriff die beiden Seiten des Vorderteils ihres Gewandes, um es zu schließen, und stieß die Tür auf. Dann rannte sie den Korridor entlang und ließ das Hämmern ihrer Stiefelsohlen seine Rufe übertönen.

33

Travis stand auf einem der hohen Wehrgänge Calaveres. Es war eiskalt, aber er hatte an die frische Luft gemußt, um dem Qualm und dem Gestank zu entkommen, die im Schloß herrschten, und sei es nur für eine Weile. Die Höfe in der Tiefe unter ihm waren winzig: Adlige, Ritter, Bauern und Schafe sahen von hier oben wie Spielzeuge aus. Vielleicht waren sie das ja auch in Wirklichkeit. Er legte den Kopf in den Nacken und musterte die dunklen Wolken, die aus dem Norden herandrängten. Ein neuer König kam – oder ein alter, es spielte keine Rolle.

Vielleicht waren sie alle Spielzeuge.

Nein, Travis, so kannst du nicht einfach aufgeben. Jemand muß sich dem Fahlen König entgegenstellen, selbst wenn es nur ein Narr ist wie in Falkens Geschichte.

Er wandte das Gesicht der frostigen Brise zu und schloß die Augen, und das Gespür für die unermeßlichen Möglichkeiten meldete sich zurück, wie immer, wenn er sich dem Wind stellte. Vielleicht erkannte der Rat seinen Fehler, vielleicht vereinten sich die Domänen doch noch gegen den Fahlen König, vielleicht fand er doch noch einen Heimweg nach Colorado.

Die Luft gefror, der Wind hörte auf, und das Gespür für die Möglichkeiten verschwand. Er öffnete die Augen. Dort draußen war nichts, nur harter Stein und eine zu Eis erstarrte Landschaft, die nie wieder auftauen würde.

Er zitterte. Das waren kalte Gedanken, und ihm war schon kalt genug. Es war besser, ins Gemach zurückzukehren und sich am Feuer aufzuwärmen, selbst wenn Falken und Melia dort sein sollten. Er trat durch die Tür, die auf den Wehrgang führte, zog sie hinter sich ins Schloß und betrat den halbdunklen Wachraum.

Eine Faust raste aus den Schatten und traf ihn mitten auf der Brust.

Travis schlug hart gegen die hinter ihm befindliche Mauer. Er starrte erstaunt in das Dämmerlicht, dann rutschte er an der Wand zu Boden. Er versuchte, mit aufgerissenem Mund zu atmen, aber seine Lungen fühlten sich wie zerquetscht an – sie wollten keine Luft einsaugen.

Die Schatten vor ihm gerieten in Bewegung. Ein Stück Dunkelheit löste sich vom Rest, trat heran und blieb über ihm stehen: ein Mann in einer schwarzen Kutte.

Travis starrte zu ihm hoch. Vielleicht war es der Schrecken, vielleicht ein Reflex, aber er erschauderte, und mit einem heiseren Keuchen strömte ein Luftschwall in seine Lungen. Seine Hände scharrten über den Boden, Atmen war schmerzhafter als Ersticken. Der Mann schlug die Kapuze zurück, und Travis erblickte das Symbol, das auf seiner Stirn eingebrannt war.

Der Gefolgsmann des Raben grinste. Er berührte das Brandmal mit einem schwieligen Finger; es war noch frisch und sonderte eine gelbe Flüssigkeit ab.

»Gefällt es dir?« fragte er in einem krächzenden Flüstern. »Ich nahm es an, um meinem Meister meine Hingabe zu zeigen. Bald werden alle Menschen der Welt sein Zeichen tragen. Aber du nicht, Runenzauberer.« Sein abstoßendes Grinsen wurde noch breiter, ein Messer erschien in seiner Hand. »Du wirst tot sein.«

Travis versuchte sich zu bewegen, aufzustehen, aber sein Körper wollte ihm nicht gehorchen. Seine Hände zappelten wie sterbende Fische über den Boden.

Der Mann in der Kutte ging vor Travis in die Hocke, sein Gesicht war nur wenige Zentimeter entfernt. Der Gestank, den er ausströmte, eine Mischung aus Schweiß, Fäulnis und altem Blut, ließ Travis würgen. Der Kultanhänger betrachtete ihn fahrig, und erst jetzt erkannte Travis, daß er ein blaues und ein braunes Auge hatte. Graces Worte fielen ihm wieder ein, und er erschauderte erneut.

»Du warst schwierig, Runenzauberer«, zischte der Mann. »Als erstes hast du das kleine Schoßtier des Meisters getötet. Dann nahmst du den Kopf eines meiner Brüder. Aber jetzt hat der Meister die Aufgabe mir anvertraut, und ich glaube nicht, daß du diesmal entkommen wirst.«

Travis starrte das Messer an. Das ergab doch alles keinen Sinn. Warum hatte ihn der Kultanhänger angegriffen? Es war Grace, die sie töten wollten … oder nicht?

Er schaffte es, ein Wort zu krächzen. »Warum?«

»Warum ich dich vernichten muß?« Der Mann spuckte aus. »Du bist etwas, das man nicht erlauben darf. Ein Runensprecher ist gefährlich genug. Aber ein Runenbinder, das ist noch schlimmer. Der Meister hat nichts für Runenzauberer übrig, und für Runenbinder schon gar nicht. Er glaubte, es gäbe euch nicht mehr.« Das Grinsen trat wieder in Erscheinung, es war schwarz und faulig. »Und so wird es auch sein.«

Der Mann hob das Messer. Travis wollte zurückweichen, aber hinter ihm gab es nur harten Stein.

»Bete«, flüsterte der Mann. »Bete zu dem Weißen auf seinem Thron, vielleicht mache ich es dann nicht so schmerzvoll.«

Travis starrte die Klinge an und fragte sich, welchen Körperteil sie zuerst durchbohren würde.

Was tust du da, Travis?

Er versteifte sich beim Klang dieser Worte. Es war nicht der Angreifer, der da gesprochen hatte, sondern eine Stimme in seinem Kopf. Eine vertraute Stimme.

Jack?

Bei Durnachs Hammer, sitz doch nicht einfach da wie ein Lamm auf der Schlachtbank. Unternimm etwas!

Ich kann nicht, Jack. Ich kann mich nicht bewegen.

Das brauchst du auch nicht. Sprich bloß die Rune des Steins.

Die Rune des Steins?

Verdammt, Travis! Mußt du immer so schwer von Begriff sein? Du kennst die Rune. Du mußt sie nur aussprechen ...

Aber ...

Kein Aber, Travis. Diese Welt braucht dich. Du mußt es tun. Jetzt!

Travis befeuchtete die trockenen Lippen und holte unter Schmerzen Luft. Das Messer raste seinem Herzen entgegen. Jetzt oder nie. Er zwang seine Lippen, das Wort zu formen.

»*Sar!*«

Ein Schrei ertönte, gefolgt von einem merkwürdigen, feuchten Geräusch. Dann folgte noch ein Schrei, aber er drückte keinen Schmerz aus, sondern puren, wortlosen Haß.

»Nein! Befreie mich! Befreie mich und laß mich dich töten!«

Travis schlug blinzelnd die Augen auf, und Schock verdrängte den Schmerz. Noch vor einer Sekunde war der Anhänger des Raben nur Zentimeter von ihm entfernt gewesen. Jetzt war der Mann mit steinernen Fesseln an die gegenüberliegende Wand gebunden. Sie schlangen sich um seine Knöchel, seine Handgelenke und seinen Hals. Er kämpfte gegen sie an, aber selbst seine unnatürliche Kraft war gegen die von der Rune des Steins erschaffenen Fesseln nutzlos. Sie verschmolzen ansatzlos mit der Wand. Travis' Blick fiel auf etwas anderes, das zwischen ihm und dem Kultanhänger auf dem Boden lag: eine kleine Schatulle. Sie stand offen, daneben lag ein graugrüner Stein.

Panik stieg in ihm auf. Die Schatulle mußte ihm aus der Tasche gefallen sein, als ihn sein Angreifer geschlagen hatte, und sich beim Aufprall geöffnet haben. Travis kam taumelnd hoch. Zwar schmerzte die Brust immer noch, aber das Luftholen fiel schon wieder bedeutend leichter. Er setzte mühsam einen Fuß vor den anderen, beugte sich herunter und hob den Stein auf.

»Du!« fauchte der Kultanhänger. »Du bist der Besitzer von Sinfathisar! Dir sind die Fahlen gefolgt, bevor sie die Spur verloren!«

Travis schluckte. Er sollte gehen und die anderen holen, aber er konnte einfach nicht widerstehen, von grauenhafter Faszination getrieben eine Frage zu stellen. »Warum? Warum will der Fahle König die Großen Steine in seinen Besitz bringen?«

Der Mann starrte ihn mit einem so brennenden Blick an, daß sich Travis unwillkürlich fragte, ob er nicht sein eigenes Brandzeichen hinterlassen würde.

»Sobald der Meister alle Imsari beisammen hat, wird ihn nichts mehr aufhalten können. Ganz Eldh wird ihm gehören. Und er wird sie bekommen. Gelthisar ist bereits Teil der eisernen Halskette, die er trägt, und bald wird dein Stein daneben glänzen.« Gelächter schüttelte seinen Körper. »Die Fahlen finden dich – Sinfathisars Spur wird ihnen nicht entgehen. Vielleicht hast du mich mit deinen Runen aufhalten können, aber der Stein hat dich verraten.«

Travis hob die Schatulle auf, verschloß den Stein darin und stopfte sie sich in die Tasche. Aber er wußte, daß der Anhänger des Rabenkults recht hatte, daß es zu spät war.

Die Fahlen finden dich …

»Es spielt keine Rolle.« Travis hoffte, daß der Trotz in seiner Stimme das Entsetzen in seinen Eingeweiden maskierte. »Du hast verloren. Dein Plan, einen König zu ermorden, ist gescheitert. Wir werden dich vor den Rat bringen und dich zu einem Geständnis zwingen, und alle werden es glauben müssen. Die Domänen werden sich deinem geliebten Fahlen König entgegenstellen und ihn wieder in Imbrifale einsperren.«

Der Mann fing wieder wie ein Verrückter an zu lachen. »Der Rat? Welcher Rat sollte so etwas denn tun?«

Travis erstarrte, sein Trotz verflog. »Was willst du damit sagen?«

Zuerst antwortete der Mann ihm nicht, dann murmelte er etwas in einem seltsamen Singsang-Tonfall. »Nicht immer sind die Dinge so, wie du sie siehst, alles kann verschwinden, ehe du dich versiehst.«

Travis schüttelte den Kopf. »Was sagst du da?«

»Bitte«, flüsterte der Kultanhänger plötzlich gequält. »Bitte, du mußt mich dich töten lassen.«

Travis wich vor ihm zurück.

Die Stimme des Mannes steigerte sich zu einem Kreischen. Er kämpfte gegen die steinernen Fesseln an. »Nein! Ich wage es nicht, ihn zu enttäuschen. Du verstehst nicht, was er tun wird. Bitte, ich muß dich töten! Der Meister wird ...«

Er verstummte, die Augen quollen ihm hervor. Seine Hände verkrampften sich zu Klauen, ein gurgelnder Laut entfuhr seiner Kehle. Dann sah Travis es: Aus dem Vorderteil der Kutte stieg Rauch empor. Eine einzelne Flamme schoß in die Höhe, gefolgt vom Geruch verbrannten Fleisches. Der Mann schrie. Etwas brannte sich wie ein Stück glühender Kohle durch Fleisch und Stoff und fiel zu Boden. Der Schrei des Kultanhängers verstummte. Er sackte in den Steinfesseln zusammen, und seine seltsamen Augen starrten in leblosem Entsetzen ins Leere, während die Flammen ihn verschlangen. Travis sah auf den Gegenstand herab, der rauchend auf dem Boden lag, und Übelkeit stieg in ihm auf.

Es war ein glühender Eisenklumpen.

34

»Ich kann nicht sagen, wie der Fahle König Imsaridur und Gelthisar in seine Finger bekommen hat«, sagte Falken. »Aber es erklärt den strengen Winter, der über die Domänen hereingebrochen ist.«

Sie hatten sich alle in Falkens und Melias Gemach versammelt, nachdem Travis zuerst Grace und dann den Barden und die Lady gesucht und ihnen von dem Vorfall berichtet hatte. Jetzt saß Travis auf dem mit Roßhaar gepolsterten Stuhl vor dem Feuer. Melia hatte ihm eine Decke um die Schultern gelegt. Er schwitzte, und ihm war so heiß, daß er das Gefühl hatte zu verbrennen, trotzdem konnte er nicht aufhören zu zittern. Aryn und Durge hatten allen heißen Wein eingeschenkt, und es kostete ihn seine ganze Konzentration, den Pokal zu halten und die dampfende Flüssigkeit zu trinken, ohne sie zu verschütten.

Beltan kratzte sich am Kopf. »Vielleicht verstehst du es ja, Falken, aber könntest du jenen, die zufällig nicht die ganze Weltgeschichte kennen, freundlicherweise einen kleinen Hinweis geben, was du meinst?«

»Gelthisar ist der Stein des Eises, einer der Imsari, der drei Großen Steine«, erklärte Falken. »Mit Hilfe seiner Magie dürfte der Fahle König keine Mühe gehabt haben, kalte Winde und eisige Witterung herbeizuzaubern. Oder das Runentor zu schwächen.« Der Barde entlockte seiner Laute einen tiefen, ernsten Ton. »Was er anscheinend beides getan hat.«

»Aber war Imbrifale nicht schon seit Jahrhunderten ein Land aus Eis und Schnee?« fragte Melia. Sie saß auf dem Stuhl gegenüber von Travis, das schwarze Kätzchen lag auf ihrem Schoß zusammengerollt und schlief. Offenbar war es anstrengende Arbeit, überall umherzustreifen und Travis in die Knöchel zu beißen.

»Du hast recht, Melia«, erwiderte Falken. »Der Fahle König wurde seit jeher mit Kälte und Eis in Verbindung gebracht, zumindest aber seit dem Fall Malachors.« Er warf ihr einen bedeutsamen Blick zu.

Melia nickte und seufzte schwer.

Beltan stöhnte. »Und?«

Melia schaute zu dem Ritter hoch. »So wie es aussieht, befinden sich der Stein Gelthisar und die eiserne Halskette Imsaridur schon seit Jahrhunderten im Besitz des Fahlen Königs.«

Falken rieb sich mit dem Handschuh das Kinn. »Das würde einen Sinn ergeben. Während der Herrschaft Malachors bewachten die Runenmeister die von Zwergen geschmiedete Halskette Imsaridur, die die drei Großen Steine enthielt. Aber als Malachor fiel, wurden die Runenmeister vernichtet und die drei Imsari in alle Welt verstreut.« Er klang traurig. »Wir haben die ganze Zeit geglaubt, die Großen Steine wären verlorengegangen, aber es sieht so aus, als hätten Gelthisar und die Halskette kurz nach dem Untergang Malachors irgendwie den Weg nach Imbrifale gefunden.« Er blickte Travis stirnrunzelnd an. »Und wir wissen, wo Sinfathisar ist. Damit bleibt nur noch einer der Imsari übrig – Krondisar, der Stein des Feuers.«

Melia schüttelte den Kopf. »Und ohne jeden Zweifel suchen seine Diener in diesem Augenblick danach, genau wie nach Sinfathisar.«

Travis öffnete den Mund. Er wollte Falken und Melia fragen, was geschehen würde, wenn der Fahle König alle drei Imsari in seinen Besitz brachte und die Halskette Imsaridur wieder komplett war. Zwar hatte das Eisenherz es gesagt, aber er wollte es von ihnen hören. Doch eine grimmige Stimme kam ihm zuvor.

»Warum jetzt?«

Alle wandten ihre Aufmerksamkeit Grace zu.

Als Travis sie in ihrem Gemach aufgesucht hatte, schien sie einer seltsamen Stimmung verfallen gewesen zu sein – sie hatte einen so abwesenden Eindruck gemacht –, und sie hatte kein Wort gesprochen, seit er ihr und den anderen den Kultanhänger gezeigt hatte. Oder vielmehr das, was von ihm übriggeblieben war außer einem Aschehaufen und dem zur Hälfte geschmolzenen Eisenklumpen, der ihm als Herz gedient hatte. Die Steinfesseln waren leer gewesen.

»Es ergibt keinen Sinn«, fuhr Grace fort. »Wenn er diesen Stein des Eises schon so lange Zeit in seinem Besitz hat, warum hat der Fahle König dann bis jetzt gewartet, um etwas zu unternehmen?«

Falken stellte seine Laute ab. »Vor tausend Jahren haben König Ulther und Kaiserin Elsara Berash ihm eine schlimme Niederlage beigebracht. Man hielt ihn für tot – obwohl der Tod für einen wie ihn nicht unbedingt dasselbe bedeutete wie für uns. Ich schätze mal, daß er so lange gebraucht hat, um seine Kräfte zu sammeln, und daß er erst jetzt bereit ist, aus seinem Reich zu reiten.«

Travis sprach mit klappernden Zähnen. »Da haben wir aber Glück, daß wir gerade zur richtigen Zeit gekommen sind.«

Beltan fuhr sich mit der Hand durch das dünner werdende Haar. »Und was tun wir jetzt?«

Falken nahm einen Ledersack vom Fenstersims. Nach der Art und Weise zu urteilen, wie er damit umging, war er ziemlich schwer. Travis fühlte, wie sein Mageninhalt nach oben stieg. Er wußte, was der Sack enthielt.

»Wir sprechen mit den Königen und den Königinnen«, sagte Falken. »Wenn wir Audienzen bei ihnen bekommen. Und wir zeigen ihnen dies hier.« Er hob den Sack in die Höhe. »Wir müssen versuchen, sie davon zu überzeugen, daß es noch nicht zu spät ist, dem Fahlen König entgegenzutreten.«

»Ich spreche mit König Boreas«, sagte Beltan. »Hoffentlich kann er die Treffen mit den anderen Herrschern arrangieren.«

»Ich helfe dabei«, sagte Aryn.

Der blonde Ritter warf Durge einen scharfen Blick zu, der embarranische Ritter nickte ernst, dann verließen Beltan und Aryn das Gemach.

»Was jetzt?« fragte Falken an Melia gerichtet.

Sie setzte das Kätzchen auf dem Boden ab und stand aus ihrem Stuhl auf. »Ich möchte gern den Ort, an dem Travis dem Eisenherzen begegnet ist, noch etwas länger untersuchen.«

»Warum?«

Melia warf ihm einen ihrer atemberaubenden Blicke zu.

Er nickte – eine weitere Geheimbotschaft. Der Barde und die Lady begaben sich zur Tür.

»Er hat gesagt, die Fahlen würden Sinfathisars Licht erblicken«, sagte Travis mit leiser Stimme.

Er hatte Falken und Melia erzählt, daß der Stein aus der Schatulle gefallen war, aber er hatte ihnen verschwiegen, was geschehen war, als er ihn berührte: daß ein paar seiner Rippen gebrochen gewesen und jetzt wieder völlig in Ordnung und heil waren.

Die beiden blieben stehen. »Da hat das Eisenherz nicht gelogen«, sagte der Barde ernst. »Wir hatten sie nach dem Weißen Turm abgeschüttelt, und zwar, wie ich hoffte, für alle Zeiten. Aber als der Stein aus seinem Behälter befreit wurde, konnte nichts ihn daran hindern, hell aufzuleuchten. Es wird für sie wie ein Signalfeuer gewesen sein. Es ist nur eine Frage der Zeit, bis die Phantomschatten hier eintreffen.«

Travis brachte bloß ein Nicken zustande.

»Komm, Falken.« Melia berührte seinen Arm. »Laß uns nicht

zu früh verzagen. Es gibt noch immer viel, was wir tun können.«

Falken nahm sie bei der Hand, und die beiden verließen das Gemach.

Grace wandte sich Travis und Durge zu. Sie waren als einzige dageblieben.

»Und was tun wir jetzt?« fragte sie.

»Was können wir tun, Mylady?« stellte Durge die Gegenfrage. »Der zweite Verschwörer ist tot. Lord Falken und Lady Melia werden alles in ihrer Macht Stehende tun, um den Rat zum Handeln zu veranlassen. Am besten bleiben wir hier und halten nach jenen Ausschau, die auf der Suche nach Freisasse Travis sind.«

»Nein.« Travis sah auf. »Nein, das reicht nicht, Durge.«

Grace wandte sich ihm zu. »Was ist los, Travis?«

Er warf die Decke ab und stand auf. Etwas stimmte nicht. Etwas, das er übersehen hatte. Aber was war es? Er versuchte sich zu erinnern – er war so nah dran.

Der Rat? Welcher Rat sollte so etwas denn tun?

Travis schüttelte den Kopf. »Es ist noch nicht vorbei. Das Eisenherz ist tot, aber die Angelegenheit ist noch lange nicht erledigt.«

»Was meinst du?« fragte Grace.

Er ging nun vor dem Feuer auf und ab, seine Gedanken rasten. »Das Eisenherz sagte noch etwas, bevor er … vor seinem Tod. Etwas über den Rat.«

Durge legte die Stirn in Falten. »Was denn?«

Nicht immer sind die Dinge so, wie du sie siehst, alles kann verschwinden, ehe du dich versiehst.

Für dieses Rätsel konnte es nur eine Antwort geben. »Der Rat«, sagte Travis. »Sie wollen den ganzen Rat der Könige vernichten.«

Grace trat entsetzt einen Schritt zurück. »Bist du sicher?«

»Auf jeden Fall. Sie werden alle Herrscher auf einen Schlag töten.«

»Wie kommt Ihr darauf?« wollte Durge wissen. »Der zweite Verschwörer ist tot.«

»Nein, das glaube ich nicht«, erwiderte Travis dem Ritter. »Das Eisenherz hat eine Andeutung fallengelassen, daß den Ratsmitgliedern etwas zustoßen wird. Das bedeutet, es ist noch jemand da, der sich darum kümmern wird. Ich glaube nicht, daß der Tote der zweite Verschwörer war. Ich glaube, Alerains Mörder befindet sich noch immer in Freiheit.«

»Du hast bestimmt recht, Travis. Der Mann, der dich angriff, den ich in der Stadt sah, er war viel kleiner und stämmiger als derjenige, den ich in meiner Vision sah.«

»Aber wann wird der Verschwörer zuschlagen, und wie?« fragte Durge. »Es erscheint doch sehr unwahrscheinlich, daß er alle Könige und Königinnen auf einen Schlag töten kann. So wie die Dinge stehen, wird man im Moment kaum zwei zusammen in einem Raum antreffen, geschweige denn alle sieben.«

Grace riß die grün-goldenen Augen weit auf. »Das Fest!«

Travis und Durge starrten sie beide an.

»Aryn sagte, König Boreas wolle am Abend der Wintersonnenwende ein Fest abhalten«, sagte sie. »Das ist der einzige Zeitpunkt, an dem alle Herrscher vor der Ratsversammlung zusammenkommen werden. Dort muß der Verschwörer zuschlagen. Das ist seine einzige Chance.«

»Aber Mylady, der Große Saal wird schwer bewacht sein«, erwiderte Durge. »Dessen kann ich Euch versichern.«

»Das wird keine Rolle spielen.« Travis wußte nicht, warum er so dachte, aber er war davon überzeugt, daß Grace recht hatte. »Nicht, wenn sich der Mörder bereits im Saal befindet.«

»Und in diesem Fall müssen wir ihn vor Beginn des Festes entlarven«, sagte Grace.

»Eine gute Idee, Mylady«, sagte Durge. »Und was schlagt Ihr vor, wie wir das anstellen sollen?«

Sie zog eine Grimasse. »Das weiß ich nicht. Wir brauchen irgendein Ablenkungsmanöver, etwas, das den Mörder so überrascht, daß er sich verrät. Aber mir fällt nichts ein.«

Travis wollte ihr zustimmen, dann zuckte er schmerzerfüllt zusammen. Er blickte nach unten und sah, daß das Kätzchen wie ein Miniaturpanther auf sein Schienbein einhieb. Seine scharfen Krallen durchbohrten den Stoff seiner Hose und schlitzten seine Haut auf. Er wollte protestierend losbrüllen, verharrte dann aber. Das Kätzchen setzte sich und schaute mit seinen großen goldenen Augen zu ihm hoch. Natürlich ... es spielte bloß, es tat nur so, als wäre es wild.

Es spielt bloß, es tut nur so, als wäre es wild ...

Travis lachte. Die Antwort war absolut unglaublich, aber noch während er dies dachte, wußte er, daß sie richtig war, daß es ihre einzige Chance darstellte. Grace und Durge starrten ihn an, vielleicht fürchteten sie, daß er den Verstand verloren hatte. Er bückte sich, nahm das Kätzchen in die Hand und richtete sich wieder auf.

»Ich glaube, ich kennen da jemanden, der uns helfen kann«, sagte er.

Grace und Durge traten einen Schritt näher heran, um keines seiner Worte zu verpassen. Das Kätzchen in seiner Ellbeuge leckte eine Pfote sauber und schnurrte.

Wenige Minuten später standen die drei – ohne Kätzchen – vor einer Tür. Dies hier war ein stiller Teil des Schlosses, ein Turm, der ein Stück abseits vom Bergfried lag.

Travis sah sich um. »Seid Ihr sicher, daß wir hier richtig sind?« fragte er Durge.

Der Ritter zuckte mit den Schultern. »Lady Aryn erwähnte, daß des Königs Schauspieler im Nordturm untergebracht sind.

Das hier ist das einzige Gemach, das groß genug ist, um eine ganze Truppe aufzunehmen.«

»Das muß es sein«, sagte Grace.

Travis holte tief Luft. Wollte er das wirklich tun? Aber es gab keinen anderen, an den sie sich um Hilfe wenden konnten. Er hob die Hand, zögerte, dann klopfte er an der Tür.

Keine Antwort. Stille schlich auf verstohlenen Pfoten durch den Korridor. Travis schluckte schwer, dann streckte er die Hand erneut aus.

Die Tür schwang auf.

»Wer ist da?« rief Travis.

Keine Antwort. Jenseits der Tür waren nur Schatten und Halbdunkel zu erkennen.

»Gehen wir«, sagte Grace.

Durge lockerte das Messer in seiner Scheide. »Ich warte hier draußen. Ruft mich, wenn Ihr Hilfe braucht.«

Travis bezweifelte, daß die Klinge des Ritters viel gegen das ausrichten konnte, was jenseits dieser Tür auf sie wartete. Doch er sparte sich die Bemerkung. Er wechselte einen Blick mit Grace, dann traten sie zusammen durch die Tür.

Hinter ihnen ertönte ein dumpfes Geräusch – vermutlich die zuschlagende Tür, auch wenn es gedämpft und wie aus weiter Ferne klang. Travis rückte die Brille zurecht und blickte sich um. In dem Gemach gab es schon Licht, es war silbrig und schien keiner bestimmten Quelle zu entspringen. Auf dem Boden lagen Binsen gestreut, Wandteppiche bedeckten die Steinwände. Sie zeigten einen grünen Wald, dessen dichtes Unterholz weiße Hirsche, Vögel und kristallklare Brunnen verbarg. Er tastete nach Graces Hand und ergriff sie, und sie schritten tiefer in das Gemach hinein.

Helles Glockengeläut ließ die Luft flimmern und verklang, nicht ohne ihm jedoch eine Gänsehaut zu verschaffen.

»Hier entlang«, sagte Grace.

Sie folgten dem Gebimmel durch einen Durchgang hindurch. Weitere Wandteppiche bedeckten die Wände, aber sie schienen enger beieinander zu hängen und dunkler zu sein. Die Wandteppiche waren mit großer Kunstfertigkeit gewebt worden. Travis konnte winzige Einzelheiten ausmachen: die Beschaffenheit von Baumrinde, das gesprenkelte Licht auf der Oberfläche eines Baches. Sie gingen weiter. Ein feuchter Geruch stieg auf, frisch und grün, so ganz anders als der übliche Geruch, der im Schloß herrschte.

Der nächste Torbogen; er war zur Hälfte von einem der Wandteppiche verhüllt. Travis wollte ihn zur Seite drücken, um den Weg freizumachen.

Seine Hand strich über glatte Rinde, kühle Blätter liebkosten sein Gesicht.

Nein, das war unmöglich. Es war nur ein Wandteppich. Er drehte sich zu Grace um. Sie schien überrascht zu sein. Er wollte etwas sagen, aber ein raschelndes Geräusch hielt ihn davon ab, und etwas Blutrotes schoß an ihnen vorbei. Travis blickte ihm nach. Es ließ sich auf einem Ast nieder: ein kleiner Vogel, dessen Brust die Farbe von Beeren hatte. Der Vogel betrachtete sie mit leuchtenden Augen.

Grace drückte fest seine Hand. »Travis, wo sind wir?«

Hier und dort waren noch immer die steinernen Wände des Gemachs auszumachen, der Fußboden bestand noch immer aus Holz, allerdings bedeckten ihn nun keine zurechtgeschnittenen Binsen mehr, sondern abgefallene Blätter. Irgendwo plätscherte Wasser, und statt Deckenbalken krümmten sich Äste über ihren Köpfen.

»Ich bin mir nicht sicher.«

Aber vielleicht entsprach das nicht der Wahrheit. Vielleicht war das hier zugleich Schloß und Wald.

»Ich grüße euch«, sagte eine Fistelstimme.

Travis und Grace drehten sich um.

»Trifkin!« sagte Travis.

Der kleine Mann saß mit übereinandergeschlagenen Beinen auf einem Baumstumpf, seine Jacke verschmolz mit den Blättern. Es war nur schwer zu sagen, aber das silbrige Licht schien aus seiner Richtung zu kommen.

»Ich wußte, daß ihr beiden kommt«, sagte Trifkin. »Und zugleich fürchtete ich, ihr würdet es nicht tun.«

»Trifkin, wir brauchen Eure Hilfe.« Grace trat einen Schritt auf ihn zu. »Wir müssen eine Möglichkeit finden ...«

Der kleine Mann hob eine Hand und nickte. »Ich weiß.«

Travis gesellte sich wieder an Graces Seite. »Aber wie könnt Ihr das wissen?«

»Ich habe gesehen, wie er ausgeführt wird«, sagte Trifkin. »Euer Plan für das Fest der Wintersonnenwende.«

»Dann wird er funktionieren?« wollte Grace wissen.

»Ja«, erwiderte Trifkin. »Nein.«

Travis stöhnte auf. Das alles war zu viel. »Aber was wollt Ihr damit denn sagen? Wie kann denn beides sein?«

Der kleine Mann breitete die Arme aus. »Ein Baum hat viele Äste, und doch ist es nur ein Baum. Aber am Ende kann man immer nur einen Ast wählen, dem man folgt.«

Travis zögerte, dann grinste er. Es war wie das Gemach und der Wald. Manchmal konnten zwei Möglichkeiten gleichzeitig existieren, eine Straße gabelte sich, dem Baum entsprang ein Ast. Man könnte unmöglich wissen, welches der richtige Weg war, nicht, bevor man ihn gewählt hatte.

»Es ist noch nicht zu spät«, sagte Grace. »Das wollt Ihr doch damit sagen. Uns bleibt noch eine Alternative.«

»Es wird immer Alternativen geben«, erwiderte Trifkin. »Nur weiß man nicht, für welche Möglichkeit ihr euch entscheiden werdet.«

Travis ging noch einen Schritt auf den kleinen Mann zu. »Ihr helft uns also?«

Trifkins rundes Gesicht wurde ernst. »Das Kleine Volk hat sich vor langer Zeit aus dieser Welt zurückgezogen. Sie hatte ihre Neuen Götter, also brauchte sie die Alten und ihre Kinder nicht mehr.«

Grace seufzte. »Dann helft Ihr uns also nicht.«

»Ja, das ist eine der Möglichkeiten.« Er stellte sich auf den Baumstumpf. »Aber es gibt auch noch eine andere Möglichkeit. Das, was einst vergessen war, kehrt zurück. Wir haben uns in unseren Träumen von der guten alten Zeit verloren, aber jetzt kehrt die gute alte Zeit zurück. Die Zeit zum Handeln ist gekommen.«

»Aber was können wir tun?« fragte Travis.

Trifkin lächelte wieder. »Aber das weißt du doch schon. Du mußt diesem Ast nur bis zu seinem Ende folgen.«

Travis schüttelte den Kopf. Wie in aller Welt sollte er das wissen? Doch plötzlich, auf eine ihm unbekannte Weise, war ihm alles klar. Es leuchtete vor ihm auf, perfekt und vollkommen, wie eine reife Frucht, die er bloß noch zu pflücken brauchte. Er sah Grace an. Ihre Augen funkelten – sie verstand.

»Ihr müßt jetzt gehen«, sagte Trifkin.

Unheil lag in seiner Stimme. Die Bedeutung war klar: Sterbliche waren an diesem Ort nicht sicher.

»Aber zuerst muß ich jedem von euch ein Geschenk überreichen«, sagte der kleine Mann.

In seiner winzigen Hand erschien ein silberner Armreif. Daran baumelte ein dunkler, keilförmiger Stein. Er reichte ihn Grace, die ihn sich über die Hand streifte.

»Folge ihm, Klingenheilerin«, sagte er, »bis du lernst, deinem Herzen zu folgen.«

Ein in Blättern eingewickelter Gegenstand erschien in Trifkins Hand. Er überreichte Travis das Bündel.

»Was ist das?« fragte dieser.

»Beeilt euch«, flüsterte Trifkin.

»Aber …«

Travis blinzelte, wandte sich Grace zu. Vor ihnen fiel die Holztür ins Schloß. Sie drehten sich um und erblickten den embarranischen Ritter.

»Durge!« rief Grace aus. »Ihr seid ja noch immer hier.«

»Aber natürlich, Mylady. Ihr wart nur einen kurzen Augenblick fort. Er hat also nicht mit euch gesprochen?«

Grace brachte bloß ein Kopfschütteln zustande. Sie hob die Hand, und an ihrem Handgelenk blitzte es silbern auf.

Travis betrachtete das Bündel in seinen Händen. Es war nicht länger in Blätter eingepackt, sondern in grünen Filz. Mit zitternden Fingern schlug er das Tuch beiseite. Zum Vorschein kam eine Scheibe aus sahnig-weißem Stein. Sein Herz pochte wie verrückt. Er brauchte Falken nicht, um ihm zu sagen, worum es sich bei diesem Gegenstand handelte. Er kannte die Bedeutung der winkelförmigen Rune, genau wie die Bedeutung des gezackten Risses, der die Scheibe in zwei Hälften teilte.

Es war *Gelth*.

Das zweite Siegel des Runentors.

Und es war zerbrochen.

35

Nach einer Woche dunkler Wolken und Nebel brach der Tag vor der Wintersonnenwende strahlend und klar über Calavere herein. Während der Nacht hatte es geschneit, und ein dicker weißer Mantel bedeckte die Felder und Mauern Calavans. Grace stand bei Sonnenaufgang auf, stieß das Fenster weit auf und atmete die eisige Luft tief ein. Schnee bedeckte die Türme und Zinnen des Schlosses und verbarg zumindest für kurze Zeit den schlammigen Untergrund der Burghöfe.

Grace verbrachte den Tag mit einfachen Dingen. Sie ließ den Morgen am Kamin verstreichen und las ein Buch aus der Schloßbibliothek. Es war eine Geschichte Calavans. Sie las von dem furchtbaren Winter vor fünf Jahrhunderten, als der Dunkelwein einfror und Barbaren über das Eis einfielen. Aber der tarrasische Hauptmann Calavus – der in seinem ganzen Leben keinen Fuß in die große Stadt Tarras gesetzt hatte – stellte sich ihnen entgegen, doch nicht mit Schwertern, sondern mit Weinschläuchen und gebratenem Fleisch. Er schmiedete einen Pakt mit den Barbaren, sie knieten vor ihm als ihr Führer nieder, und das war die Geburtsstunde Calavans.

Grace legte das Buch zur Seite und betrachtete wieder die zu Eis erstarrte Welt außerhalb des Fensters. Seit jenem Winter vor fünfhundert Jahren war der Dimduorn kein einziges Mal wieder zugefroren. Wie sie gehört hatte, waren einige der Schloßbewohner der Ansicht, er würde in der kommenden Nacht zufrieren.

Mittags brachte ihr eine Dienerin ein Tablett mit ihrem Essen. Sie aß, dann verbrachte sie den Nachmittag mit ihrer Stickarbeit. Aryn hatte gesagt, in den Domänen könnten alle

Frauen von adliger Geburt sticken. Grace hatte geglaubt, gut darin zu sein – schließlich hatte sie in der Notaufaufnahme genügend Wunden genäht. Doch es stellte sich heraus, daß sie darin gräßlich schlecht war. Ganz egal, auf welchem Daumen sie den Fingerhut trug, sie schien sich immer in den anderen zu stechen, und was Blumen und Eicheln darstellen sollte, ähnelte eher etwas, das sie in einer Petrischale gezüchtet hätte.

Als das Tageslicht verblaßte, blickte sie mit steifem Nacken auf. Es war fast soweit. Sie legte die Stickerei weg, erhob sich, zog ein anderes Gewand an – das in der Farbe frostbestäubter Winterveilchen, ihr Lieblingsgewand – und bürstete ihr Haar, bis es wie die letzten Sonnenstrahlen leuchtete, die die Turmspitzen des Schlosses vergoldeten. Sie legte die Bürste auf der Kommode ab, drehte sich um und wandte sich der Tür zu. Draußen schlichen Schatten über den Schnee – eine dunklere Farbschattierung als die ihres Gewandes.

»Dann wollen wir mal, Frau Doktor«, murmelte sie.

Grace öffnete die Tür, verließ das Gemach und brach auf, um den Mörder zu fangen, der frei im Schloß herumlief.

Während der beiden vergangenen Tage hatte der Kreis des Schwarzen Dolches seinen Plan, den Verschwörer bei der Wintersonnenwendfeier zu entlarven, noch weiter ausgefeilt, allerdings hatten sie niemanden – nicht einmal Falken oder Melia – über ihr Vorhaben informiert.

Nach der Begegnung mit Trifkin Moosbere waren Grace und Travis augenblicklich zu dem Barden und der Lady geeilt, um ihnen das zerbrochene Siegel des Runentors zu zeigen. Falken hatte einen Fluch ausgestoßen und sie dann gefragt, wo sie es her hatten, und sie hatten ihm von ihrem Treffen mit Trifkin erzählt.

»Sieht so aus, als hättest du von Anfang an recht gehabt, Travis«, sagte Falken, als er schließlich die Scheibe wieder in ihr Tuch wickelte.

Melia hob fragend eine Braue.

»Travis sah sie in König Kels Festung«, erklärte der Barde. »Trifkin und seine Schauspieler, meine ich. Er hat mir erzählt, etwas an ihnen sei merkwürdig, aber ich war der Ansicht, er hätte nur zuviel Bier getrunken.«

Melia stützte ihr Kinn auf den Rücken einer schlanken Hand. »Travis ist ein aufmerksamer Beobachter. Das sollten wir lieber nicht vergessen.«

Falken grunzte nur.

Diese neue Enthüllung hatte den Barden nur noch mehr in seinem Entschluß bestärkt, mit den Königen und Königinnen über die Gefahr zu sprechen, denen die Domänen gegenüberstanden, sie zum Handeln zu überzeugen, und er wollte die zerbrochene Rune *Gelth* als weiteren Beweis vorlegen. Grace hatte ihm nicht widersprochen. Doch etwas hatte ihr gesagt, daß es mehr als ein paar zerbrochener Steine und alter Geschichten brauchen würde, um die Ansichten der Herrscher zu ändern, die nicht an den Fahlen König glaubten.

Sie und Travis hatten einen Blick gewechselt, und ihr war sofort klargewesen, daß sie übereinstimmten – sie hatten ihren Plan für den Wintersonnenwendabend mit keinem Wort erwähnt.

Grace blieb vor einer Tür stehen und wollte anklopfen, aber sie schwang auf, bevor ihre Finger gegen das Holz pochten. Vor ihr stand Durge.

»Die anderen sind bereits alle da, Mylady.«

Sie nickte und trat ein, und der dunkelhaarige Ritter schloß hinter ihr die Tür. Travis, Aryn und Beltan nickten ihr zur Begrüßung zu.

Grace war noch nie zuvor in Durges Gemach gewesen. Sie hatte nicht mit dem gerechnet, was sie zu sehen bekam. Der Raum war klein und hatte als Fenster lediglich einen schmalen Schlitz. Er wurde nicht durch einen Kamin beheizt, sondern mit einer kleinen Kohlenpfanne, die die Luft verqualmte und sich darauf verließ, daß der Rauch durch Spalten in Wand und Decke abzog. Es gab ein niedriges Bett und eine schwere Holztruhe, die vermutlich zur Aufbewahrung von Durges Rüstung bestimmt war, wenn er sie nicht gerade trug, und die im Augenblick zweifellos leer war. Der Ritter trug sein graues Wams und den Umhang, aber die Kleider wirkten massiver als sonst, und bei jeder seiner Bewegungen klirrte es leise. Sein Breitschwert war an seiner schlanken Taille festgeschnallt.

Am meisten zog jedoch die Kommode des Gemachs Graces Aufmerksamkeit auf sich. Hier standen Tiegel, Glasphiolen, Tontöpfe und Öllampen mit schmiedeeisernen Ständern, die zur Aufnahme von Gegenständen dienten, die erhitzt werden sollten. Irdene Gefäße enthielten dicke Flüssigkeiten oder farbiges Pulver. Alles in allem erinnerte es an ein gutausgestattetes Chemielabor.

»Durge, was ist das alles hier?« fragte Grace den Ritter.

Er strich sich anscheinend verlegen den Schnurrbart. »Nichts, Mylady. Ich habe ein gewisses Interesse an Alchimie, das ist alles. Ich weiß nur wenig.« Er trat an die Kommode, nahm etwas und reichte es Grace. »Danke, daß ich es studieren durfte.«

Grace nahm den Gegenstand entgegen. Es war Trifkin Moosberes Armband. Als Durge es am Vortag gesehen hatte, hatte er sein Interesse daran zum Ausdruck gebracht, insbesondere an dem Talisman aus dunklem Stein, und sie darum gebeten, es untersuchen zu dürfen. Grace hatte es ihm gegeben, aber erst jetzt begriff sie den Grund seiner Neugier. Sie schob sich den Reif über die Hand.

»Wißt Ihr, was es ist?« fragte sie. »Ich meine natürlich den Talisman.«

»Ich konnte ein paar Tests durchführen«, erwiderte Durge. »Ich glaube, es ist ein Stück von einem Magnetstein.«

»Magnetstein?« Aryn runzelte die Stirn. »Ihr meint einen Stein, der vom Himmel fiel?«

Durge nickte. »Das ist richtig, Mylady. Ich habe gehört, daß die Astronomen im Süden solche Steine Meteoriten nennen, aber in den Domänen heißen sie Magnetsteine. Es handelt sich um dieselbe Art Stein, aus dem auch das Artefakt Malachors im Großen Saal besteht.«

Beltan stieß einen Pfiff aus. »Das muß aber ein gewaltiger fallender Stern gewesen sein. Man braucht zehn Männer, um das Ding zu verrücken. Allerdings kann man den Steinring selbst ohne große Probleme drehen.«

Grace betrachtete den Armreif mit seinem Talisman, dann dachte sie an den massiven Ring aus schwarzem Stein im Großen Saal. Also bestand zwischen den beiden eine Verbindung. Diese Tatsache schien irgendwie von Bedeutung zu sein, obwohl sie nicht sagen konnte, warum das so war.

»Ist jeder bereit?«

Das war Travis. Die grauen Augen hinter der Nickelbrille blickten ernst, und das über dem Bart zu erkennende Gesicht war bleich.

Verengung der Kapillaren – eine unwillkürliche Reaktion. Er hat Angst, Grace. Diese Diagnose hätte sie beinahe auflachen lassen. Vermutlich waren ihre Kapillaren genauso verengt.

Sie atmete tief durch, dann trat sie auf die anderen zu. »Ich bin bereit.«

Beltan nickte. »Ich auch.«

Aryn richtete sich auf. Ihr dunkles Haar war auf komplizierte Weise in Rollen gelegt und mit Perlen durchzogen. »Ich schätze, ich bin auch bereit.«

»Und ich ebenfalls«, verkündete Durge in seinem grimmigen Tonfall.

Travis seufzte und legte eine Hand auf das Stilett in seinem

Gürtel. »Ich auch. Dann sind wir wohl alle bereit. Jeder weiß, was er zu tun hat?«

Jeder der fünf Anwesenden nickte.

»Dann ist wohl die Zeit zum Aufbruch gekommen.«

Sie gingen in Richtung Tür, aber dann blieb Grace noch einmal stehen, drehte sich um und sah Travis an.

»Können wir ihnen vertrauen?« sagte sie leise. »Ich meine Trifkin und seine Truppe?«

Travis schien über ihre Frage nachzudenken, dann schüttelte er den Kopf. »Nein, ich glaube nicht, daß wir ihnen vertrauen können. Sie sind älter als wir und anders. Aber ich glaube auch nicht, daß sie viel für den Fahlen König übrig haben.« Er zuckte mit den Schultern. »Wir müssen eben hoffen, daß das reicht.«

Grace nickte. Sie musterte jedes Mitglied des Kreises, und erst als sie damit fertig war, begriff sie, daß sie sich jeden ins Gedächtnis eingeprägt hatte, und zwar genauso, wie er oder sie in diesem Augenblick aussahen. Voller Furcht, den eigentlichen Grund dafür zu kennen, eilte sie zur Tür, bevor sie ihre Entschlossenheit verlor, bevor sie den Gedanken zuließ, daß dieser Plan möglicherweise einen dieser Menschen – einen ihrer Freunde – in seinen oder ihren Tod schickte.

»Tun wir's«, sagte sie.

Sie verließen Durges Gemach einer nach dem anderen und ließen dazwischen eine oder zwei Minuten vergehen, damit niemand sie zusammen sehen konnte. Grace ging nach Beltan als zweite. Sie trat in den Korridor und blickte in beide Richtungen. Ein paar Diener eilten vorbei, in ihre Aufgaben vertieft, aber das war alles. Sie nahm den Kopf hoch und zwang sich, den Gang in aller Ruhe entlangzugehen. Es wäre nicht gut gewesen, als nervös oder gar in Eile aufzufallen. Darüber hinaus verblaßte das Licht außerhalb der Schloßfenster; sanfter Purpur verhärtete sich zu einem Schiefergrau. Es dauerte noch, bevor das Fest – und die längste Nacht des Jahres – begann.

Sie vernahm das dumpfe Stimmengedröhn, lange bevor sie den Großen Saal erreichte. In den letzten Tagen waren viele Gerüchte über das Wintersonnenwendfest im Umlauf gewesen, und zweifellos war jedermann erschienen, um zu sehen, ob sie der Wahrheit entsprachen. Den Geschichten zufolge hatte Boreas keine Kosten und Mühen gescheut. Angeblich sollte es einen ganzen am Spieß gebratenen Ochsen geben. Nein, es waren zwei gebratene Ochsen, und jeder sollte mit Lamm gefüllt werden, und das Lamm mit einem Hasen, und der Hase mit einem Rebhuhn, und das Rebhuhn wiederum mit einem Taubenei. Es sollten geschmorte Schwäne und Neunaugen aufgetischt werden, und Finessen, die die Könige und Königinnen der Domänen nachbildeten. Grace wußte nicht, was von diesen Gerüchten zu halten war, aber sie hoffte, daß das letztere der Wahrheit entsprach. Es würde bestimmt Spaß machen, König Boreas anzuknabbern.

Sie stählte sich und bog um die Ecke, die sie zum Eingang des Großen Saals bringen würde.

»Lady Grace.« Die Stimme klang bedrohlich. »Wie majestätisch Ihr doch heute abend ausseht.«

Grace verfluchte sich dafür, aber sie konnte nicht verhindern, daß sie zusammenzuckte. Sie hatte die Frau dort in dem schattenverhüllten Alkoven nicht stehen gesehen. Jetzt trat sie ins Licht, aber die Schatten schienen an ihr haften zu bleiben.

»Lady Kyrene«, sagte Grace, dann erinnerte sie sich daran, einen flüchtigen Knicks zu machen.

Kyrene lächelte und neigte den Kopf.

Grace hatte die Gräfin schon seit Tagen nicht mehr gesehen. Bei ihrer letzten Begegnung hatte Kyrene außer Kontrolle und zerzaust ausgesehen, halb von Sinnen darüber, daß sie Königin Ivalaines Gunst verloren hatte. Jetzt sah Kyrene … anders aus.

Ihr Haar glänzte, aber es war dunkler, als Grace in Erinnerung hatte, und zu einem strengen Knoten gebunden. Ihre Haut war so milchweiß wie immer, aber der rosa Farbton, den sie sonst auf ihre Lippen auflegte, war durch ein dunkles Rot ersetzt worden, das an Wein denken ließ. Sogar ihr Kleidungsstil hatte sich geändert. Das tief ausgeschnittene Gewand, das sie für gewöhnlich trug, war verschwunden. Statt dessen trug sie ein sich eng an den Körper schmiegendes Kleid von der gleichen Farbe wie ihre Lippen, dessen hoher Kragen eng von einer Spange aus Muscheln und Jade verschlossen wurde.

»Seid Ihr auch gekommen, um Euch bei dem Fest zu amüsieren?« fragte Kyrene.

»Warum sonst?« erwiderte Grace. Sie gab sich alle Mühe, nicht defensiv zu klingen, aber ihr war klar, daß es ihr nicht gelungen war.

Kyrene lächelte wieder. Ihre smaragdgrünen Augen waren heller und härter als je zuvor. »Warum Ihr sonst kommen solltet? Vielleicht um sinnlose Zauber zu weben, wie es Hexen nun mal tun.« Sie kam näher. »Sagt mir, Lady Grace, seid Ihr noch immer Ivalaines Spielzeug?«

Graces Augen wurden schmal. »Wovon redet Ihr, Kyrene?«

»Keine Sorge, meine Liebe. Ich bin Euch nicht böse wegen dem, was Ihr mir angetan habt. Es war ein Gefallen, heute weiß ich das.« Kyrene glättete ihr Haar. »Ivalaine ist eine Närrin. Sie spielt ihre kleinen Spiele und glaubt, sie sei so wichtig. Aber da gibt es jetzt andere, andere, die viel mächtiger als sie sind.«

Trotz ihrer Schönheit dünstete Kyrene einen sauren Geruch aus. Grace wurde übel.

»Ich muß gehen«, sagte sie.

Kyrene nickte wissend. »Aber natürlich, meine Liebe. Ich übrigens auch. Wir müssen zu unseren Verbündeten stehen. Lebt wohl, Lady Grace.«

Die Gräfin schenkte Grace noch ein selbstgefälliges Lächeln

und tänzelte dann weiter. Grace eilte den Korridor entlang, erleichtert, von ihr wegzukommen. Vielleicht war Kyrene ja tatsächlich verrückt, vielleicht hatte sie auch eine neue Fraktion gefunden, mit der sie sich verbündet hatte. Was davon nun zutraf, Grace war es egal. Sie blieb noch einmal kurz stehen, sammelte ihre Gedanken und betrat den Großen Saal von Calavere.

»Lady Grace?«

Sie blinzelte. Jemand zupfte an ihrem Ärmel. Ein Page stand neben ihr.

»Hier entlang, Lady Grace.«

Sie nickte wortlos und ließ sich zu den aufgebockten Tischen führen, an denen die Adligen saßen. Wieder einmal war der Schloßsaal so dekoriert worden, daß er einem Wald ähnelte, und einen kurzen Augenblick lang verspürte Grace dieselbe Desorientierung, unter der sie in Trifkins Gemach gelitten hatte. Es hatte den Anschein, als betrete sie tatsächlich eine von Nebelschwaden durchzogene Waldlichtung. Doch das war in Wirklichkeit nur eine vom Qualm der Fackeln erzeugte Sinnestäuschung. Die schwarzen Deckenbalken waren mit Tannenzweigen verkleidet, in den Ecken standen blattlose Schößlinge, die an schüchterne, schlanke Damen erinnerten, die darauf warteten, zum Tanz aufgefordert zu werden.

Grace nahm an, an einem der unteren Tische hingesetzt zu werden, aber statt dessen führte der Page sie zu dem Podium am Kopf des Großen Saals. Sie würde an der Hohen Tafel sitzen. Das war Glück. Von dort oben würde sie eine viel bessere Sicht haben, und es war unumgänglich, daß sie den ganzen Saal im Auge hatte. Falls ihr Plan wie gedacht funktionierte und sich der Mörder im Saal befand, würden sie und Travis ihn entdecken.

Sie nickte König Kylar im Vorbeigehen zu, dann König Boreas, der ihren Gruß nur flüchtig erwiderte, bevor er seinen düsteren Blick wieder dem Saal zuwandte. Es sah nicht so aus, als würde der König von Calavan sein eigenes Fest genießen. Der Page geleitete sie zu dem freien Platz an der Hohen Tafel, und ihr stockte der Atem. Sie hatte heute abend doppeltes Glück.

»Guten Abend, Lady Grace«, sagte Logren mit einem breiten Lächeln.

Er erhob sich, während sie Platz nahm, und setzte sich dann wieder.

»Einen guten Abend, Mylord«, erwiderte sie. Es war ihr zuvor gar nicht aufgefallen, aber eigentlich war es im Großen Saal viel zu warm und ihr Gewand zu beengend.

»Ihr seht wunderschön aus, Mylady.« Er sagte es bewußt leise, nur für sie bestimmt.

Ihr auch, Mylord, wollte sie sagen. Er trug Perlgrau, wie an dem Abend, an dem sie ihn kennengelernt hatte. Sie trank seine Gesichtszüge wie Wein. Warum war sie bei ihrer letzten Begegnung nur vor ihm weggelaufen? Er mußte sie für eine Närrin gehalten haben.

»Vielen Dank, Mylord«, sagte sie, als sie erkannte, daß er auf eine Antwort wartete.

»Ich habe die Augen offen gehalten, Mylady, wie Ihr es gewünscht hattet.« Seine Stimme klang ungezwungen, er hätte genausogut über Vogelbeobachtung im Garten sprechen können, aber er nickte ihr auf verschwörerische Weise zu. »Ich fürchte, mir ist nichts von dem aufgefallen, wovon Ihr gesprochen habt.«

Ja, er beherrschte dieses Spiel ausgesprochen gut. »Das macht nichts, Mylord. Ich bin Euch dankbar für Eure Hilfe.«

»Stets zu Diensten, Mylady.«

Ein aufgeregtes Kribbeln durchfuhr Grace, unwillkürlich mußte sie lächeln. Er war intelligent, freundlich und attraktiv. Wenn nicht er, wer dann? Kyrene hatte ihre neuen Freunde –

Logren war dem Netz der Gräfin entronnen. Vielleicht konnte sie einen neuen Versuch starten, diesmal aber ohne jeden Gedanken an Zauberei und dergleichen. Sie erinnerte sich an die sanfte Berührung seiner Lippen bei seinem Kuß. Vielleicht brauchte sie ja gar keine Magie, um Logren einzufangen. Vielleicht war er ja bereits …

»Etwas zu trinken, Mylady?«

Beinahe hätte sie gelacht. Genau das waren die ersten Worte gewesen, die er je zu ihr gesagt hatte, an jenem Abend im Großen Saal, als das alles noch so neu für sie gewesen war, als sie voller Angst vor den Adligen geflohen und er zur Stelle gewesen war, um ihr beizustehen.

»Ja«, sagte sie. »Das wäre wunderbar.«

Er nahm eine Karaffe mit Wein und füllte einen Pokal. Wärme erfüllte sie, die einen neuen Entschluß mitbrachte. Natürlich, es war so … richtig. Wieso hatte sie es bis jetzt nur nicht erkennen können? Sie würde Logren alles erzählen, jetzt sofort, auf der Stelle; ihren Plan, den Mörder auf dem Fest zu entlarven. Sie konnte seinen Verstand und sein scharfes Auge zu denen der anderen hinzufügen. Hätten sie und die anderen einen besseren Verbündeten finden können?

Sie beugte sich zu ihm herüber. »Lord Logren, da gibt es etwas, das ich Euch sagen muß …«

Er reichte ihr den Pokal, und sie streckte die Hand aus, um ihn entgegenzunehmen.

Seine braunen Augen blickten sie gespannt an. »Ja, Mylady?«

Grace holte tief Luft, um ihn in alles einzuweihen …

… und erstarrte. Ihr Blick fiel auf den zierlichen Armreif, der ihr Handgelenk umschloß – das Gelenk der Hand, die sie ausgestreckt hatte, um den Pokal entgegenzunehmen. An der Siberkette baumelte der keilförmige Magnetstein. Er drehte sich langsam erst nach links, dann nach rechts, und dann –

während sie ihn noch anstarrte – kam er zum Stehen. Die Wärme verließ sie und wurde durch eine schreckliche Kälte ersetzt. Der Talisman zeigte direkt auf die Mitte von Logrens Brust.

Er lächelte sie an. »Was wolltet Ihr mir sagen, Mylady?«

36

Travis eilte den Korridor entlang, so schnell er konnte, ohne dabei den Anschein zu erwecken, ein bestimmtes Ziel im Auge zu haben. In diesem Teil Calaveres hielten sich nur wenige Leute auf, die meisten waren bereits zum Fest im Großen Saal aufgebrochen. Doch er wollte nichts tun, was möglicherweise Aufmerksamkeit erregte. Der Mörder befand sich noch immer irgendwo im Schloß, und es konnte jeder sein, selbst der niederste Diener.

Er kam zu einer Kreuzung, blieb kurz stehen und bog nach links ab. Die Umgebung sah bereits vertraut aus. Ja, er war fast da, hatte den Nordturm fast erreicht – und damit das Gemach, in dem sich Trifkin Moosbere und seine Schauspieler aufhielten. Er hoffte nur, daß der kleine Mann sein Hilfsangebot nicht vergessen hatte. Andererseits hatte er das Gefühl, daß sich Trifkin an Dinge erinnern konnte, die weitaus älter als jede lebende Person waren, sogar älter als dieses Schloß, vielleicht sogar so alt wie der Wald.

Er schwitzte, seine Hand tastete nach dem Stilett im Gürtel. Die anderen würden in diesem Augenblick ihre Positionen einnehmen. Zum Aufhören war es zu spät, selbst wenn er gewollt hätte. Er atmete tief durch und versuchte daran zu denken, was er tun würde, wenn diese Nacht vorüber war. *Vielleicht könntest du unten in der Stadt vor dem Schloß eine Taverne eröffnen. Selbst diese Welt braucht Wirtshäuser, nicht wahr? Orte, an die man für eine Weile entfliehen kann.*

Der Gedanke ließ Travis lächeln. Dort draußen konnte es nicht allzu viele interplanetarische Saloonwirte geben. Er ging weiter, und seine Cowboystiefel trommelten auf den Boden. Die Stiefel waren abgestoßen und mitgenommen. Wie viele

Meilen hatte er darin auf dieser Welt zurückgelegt? Er wußte es schon längst nicht mehr. Davon abgesehen standen sie kurz davor, sich in ihre Bestandteile aufzulösen. Er würde sich ein neues Paar besorgen müssen, wenn er zurückkam ... Das hieß, falls er jemals zurückkam ...

Eine leises Summen erfüllte die Luft.

Travis' Schritte wurden langsamer. Er schaute sich in beide Richtungen um, aber der Korridor war leer. Es mußte der Winterwind gewesen sein, der gegen die Schloßmauern anstürmte, das war alles. Er beschleunigte seine Schritte wieder.

Das metallische Summen wurde lauter, bis die Luft und der Stein vibrierten.

Travis erstarrte. Diesmal konnte man es nicht für den Wind halten. Er kannte diesen Laut, würde ihn niemals vergessen, die Art und Weise, wie er die Luft zerschnitt und in seiner Brust widerhallte. Etwas Warmes berührte seine Hand, und er sah nach unten. Das Juwel im Griff des Stiletts leuchtete wie ein wütendes Auge. Sein Herz verkrampfte sich mitten im Schlag, er riß den Kopf hoch.

»Nein«, flüsterte er, aber das Wort hatte nicht die Macht, das zu ändern, was er sah.

Aus einem voraus liegenden Torbogen quoll fahler Lichtschein. Mit jedem verstreichenden Moment wurde er heller und kam näher, als würde derjenige, der ihn erschuf, eine schreckliche Geschwindigkeit an den Tag legen.

Das Summen füllte Travis' Schädel und übertönte das Hämmern seines Pulsschlages. Er starrte den Torbogen an, unfähig zu einer Bewegung, ein kleines Tier, das auf den Todesstoß des Jägers wartete. Das glühende Licht schwoll weiter an, wurde rein und kalt. Und dann sah er sie, Silhouetten, die sich darin bewegten und die groß, dürr und in ihrer Anmut furchteinflößend waren.

Nacktes Entsetzen spülte die Lähmung hinweg. Travis drehte sich um und rannte in den Korridor hinein, die Stiefel hämmerten im Einklang mit seinem Herzschlag. Er erreichte die Stelle, an der sich die Gänge kreuzten, schlug den Weg ein, den er gekommen war, stolperte und wich zurück. Es war nur undeutlich zu erkennen, aber es gewann zusehends an Umfang – das magische Licht pulsierte auch in diesem Korridor. Sie kamen aus zwei Richtungen auf ihn zu.

Travis warf sich in den rechten Gang, senkte den Kopf und rannte los. Er griff in die Tasche seines Wamses und umklammerte die Schatulle aus Eisen. Der Stein hatte sie angezogen, den Stein wollten sie haben. Ihre großen Augen konnten die magischen Spuren wahrnehmen, die er in der Luft hinterließ.

Vor ihm gabelte sich der Korridor in zwei Richtungen. Wohin? Er wählte die eine Abzweigung. Das Summen wurde lauter, unheimliche Schatten zuckten die Wände entlang. Er wich zurück, nahm den anderen Gang. Auch dieser füllte sich mit dem farblosen weißen Glühen, das jede verstreichende Sekunde an Kraft gewann. Travis drehte hektisch den Kopf hin und her. Sie hatten ihn eingekreist, es gab keinen Ausweg mehr, keinen …

»Hier entlang«, sagte eine Stimme.

Die Worte durchschnitten seine Angst. Es blieb keine Zeit, die Stimme in Frage zu stellen, keine Zeit, um zu sehen, wer es war. In der Korridorwand klaffte eine Tür auf, die er zuvor übersehen hatte. Eine warme Hand ergriff die seine, und er ließ sich durch die Öffnung in ein Gemach ziehen. Ein Luftzug rauschte zischend vorbei, Stein knirschte auf Stein. Die Tür schloß sich hinter ihm und sperrte das unheilverkündende Licht aus.

Seine Augen gewöhnten sich an das gewöhnliche Flackern einer Öllampe, die von einer Eisenkette herabhing. Die Furcht ebbte ab und wurde von Überraschung ersetzt.

»Lady Kyrene!«

Dunkelrote Lippen spannten sich zu einem Lächeln. »Alles in Ordnung, Freisasse Travis?«

Ihm fielen wieder die Verfolger ein, und er warf einen Blick über die Schulter auf glatten Stein, wo eben noch die Tür gewesen war.

»Keine Sorge«, sagte sie. »Selbst sie können nicht durch Stein gehen.«

Ihre Worte troffen vor Haß und nicht vor Furcht, und das fand Travis merkwürdig. Wie hatte die Gräfin gewußt, wo er zu finden war? Aber es spielte keine Rolle. Er war dankbar, ihnen entkommen zu sein, und wenn es auch nur für einen kurzen Augenblick war. Jetzt mußte er Falken und die anderen finden, um sie vor dem Feind zu warnen, der das Schloß heimsuchte.

»Wie komme ich zum Großen Saal, Kyrene? Ich muß mit Falken und Melia sprechen.«

Kyrene kam mit langsamen Schritten auf ihn zu. Sie sah anders aus als an jenem Tag im Garten. Das dunkelrote Gewand klebte an den Rundungen ihres Körpers, es schmiegte sich um Arme, Hals und Brüste. Ihre grünen Augen glitzerten wie kleine Steine.

»Vergeßt sie, mein Lieber«, sagte sie. »Ihr braucht sie nicht länger.«

Sie streckte die Arme aus, liebkoste seine Wange, ließ die Hände über seine Schultern, seine Brust und seine Hüften gleiten.

Ein Schauder durchfuhr ihn. Er konnte den Blick nicht von ihren Augen wenden. »Was meint Ihr damit?« flüsterte er.

Ihre Hände strichen über etwas Kleines und Metallisches unter dem Stoff seines Wamses und verharrten dort. Instinktiv richteten sich seine Nackenhärchen auf. Er sprang zurück.

Kyrene hob die Hand, nur daß sie jetzt einen bösartig aussehenden Dolch mit gekrümmter Klinge hielt. »Gebt mir den Stein!« fauchte sie.

Er schüttelte den Kopf und drückte sich mit dem Rücken an die Wand. Was hatte er getan? Nein, was hatte sie getan? Dann wußte er es, und ein Stöhnen entfuhr seinen Lippen.

»Ihr seid eine von ihnen.« Um ein Haar hätte er sich übergeben. »Ihr seid eine von ihnen, nicht wahr?«

»Gebt mir den Stein, Travis. Ich muß ihn haben.« Sie deutete mit dem Dolch an die Wand. »Er zieht sie vor, seine ach so kostbaren Fahlen. Wie ich sie verabscheue! Aber wer wird sein größter Favorit sein, wenn ich es bin, die ihm Sinfathisar bringt?«

»Nein.« Er umklammerte die Schatulle.

»Wehrt Euch nicht, mein Lieber. Ihr müßt nicht sterben, nicht ein so attraktives Ding, wie Ihr es seid.« Sie breitete die Arme aus. »Kommt, schließt Euch mir an. Ich kann Euch zu ihnen bringen, sie können auch Euch eins geben. Und unsere Schönheit wird niemals verwelken!«

Starr vor Entsetzen konnte er sie bloß anstarren.

Sie trat näher an ihn heran. »Es ist nicht so, wie Ihr glaubt. Nichts ist so zerbrechlich wie ein menschliches Herz. Ihr könnt Euch nicht vorstellen, wie es ist, davon befreit zu sein.« Verzückung verzerrte ihre perfekten Züge. »Ich bin jetzt so stark, so mächtig. Mich können weder Schmerz, Furcht noch Leid berühren.«

Travis schaute in ihr leeres Gesicht und verstand. »Ja«, sagte er leise. »Und keine Liebe, keine Freude und keine Freundlichkeit. Versteht Ihr denn nicht, Kyrene? Ihr habt Euer Herz weggegeben.« Die Worte ließen ihn erzittern. »Ihr habt Euer Herz weggegeben.«

Sie starrte ihn mit weit aufgerissenen Augen an, als würde sie einen kurzen Augenblick lang die Wahrheit erkennen, die in seinen Worten lag. Dann verhärtete sich ihr Gesicht zu einer Maske des Zorns.

»Nein.« Sie hob den Dolch. »Das ist nicht wahr!«

Sie warf sich auf ihn, der Dolch zielte genau auf seine Brust. Im letzten Moment – die Klinge war noch einen Zentimeter von seinem Herzen entfernt – gelang es ihm, ihr Handgelenk zu ergreifen. Sie war stark, sogar schrecklich stark, genau wie sie gesagt hatte, aber er war fast doppelt so groß wie sie, und die Angst verlieh ihm fast übernatürliche Kräfte. Mit einem Aufschrei stieß er sie beiseite. Sie prallte gegen die Wand, der Dolch entglitt ihrer Hand, und sie sackte zu Boden.

Er blickte sich verzweifelt um. Da – eine Tür in der gegenüberliegenden Wand. Er warf sich ihr entgegen, drückte sie auf. Hinter ihm ertönte ein Schrei, der ihm das Blut in den Adern erstarren ließ.

»Das wird Euch noch leid tun, Freisasse Travis«, rief sie. »Wenn Ihr nicht mein sein wollt, dann nehme ich mir etwas, das Ihr liebt! Ich werde es nehmen, und ich werde es vernichten! Dann hat Euer Herz etwas, das es ertragen muß!«

In seinem ganzen Leben war er noch nie solch nacktem Haß begegnet. Kyrene war einst eine Frau gewesen, aber das Ding da hinter ihm war kein Mensch mehr und würde es auch nie wieder sein.

Travis schlug die Tür hinter sich zu. Es gab ein Querholz, und er schob es in die dafür vorgesehenen Halterungen. Dann rannte er den Korridor entlang, fort von dem Licht, fort von dem Wahnsinn des Bösen.

Er bog um eine Ecke; voraus war eine weitere Tür. Er stieß sie auf, eiskalte Luft traf sein Gesicht. Vor ihm erstreckte sich der Untere Burghof. Nicht weit entfernt ragte ein dunkler Umriß empor: der Turm der Runensprecher. Ja, wenn er irgendwo Hilfe finden würde, dann dort. Er sah sich nach beiden Seiten um, entdeckte niemanden, und sprintete über den Hof.

Er erreichte den Turmeingang. Der Puls dröhnte ihm in den Ohren und drohte seine Trommelfelle zerplatzen zu lassen, aber er hatte es geschafft. Er riß die Tür auf und keuchte die Stufen hinauf, die an der Innenseite des Turms spiralenförmig nach oben führten.

»Rin!« rief er. »Jemis! Wo seid ihr?«

Er platzte in das Hauptgemach des Turms. Rin schaute überrascht auf. Der muskulöse junge Runensprecher kniete neben der Kohlenpfanne und machte sich gerade an ihrem Inhalt zu schaffen.

Er stand auf, klopfte sich Asche von den Händen. »Travis, was ist los?« fragte er besorgt.

Travis schüttelte den Kopf, rang nach Luft. Wie sollte er es erklären? »Sie haben mich gefunden, Rin. Sie sind direkt hinter mir.«

Der junge Runensprecher runzelte die Stirn. »Von wem sprichst du? Ist jemand im Schloß? Ein Eindringling?« Seine Miene verfinsterte sich. »Ein Feind des Königs?«

Travis nickte, dann schüttelte er den Kopf. Es handelte sich nicht um das, was Rin glaubte. Keine Räuber oder abtrünnige Ritter. Es fehlte die Zeit für Erklärungen. »Ich muß in den Großen Saal«, stieß er hervor. »Ich muß mit Lord Falken sprechen. Er kann es erklären.«

Rin seufzte, dann nickte er. »Ich kann nicht behaupten, daß ich dich verstehe, Travis. Aber wenn du sagst, es sei wichtig, dann ist es das auch.«

Travis blickte Rin dankbar an. Er konnte sein Glück gar nicht fassen, in einer solchen Nacht einen solchen Freund zu finden. Vielleicht bestand ja doch noch Hoffnung.

»Aber du bist erschöpft, Travis.« Rins breites Gesicht verriet Besorgnis. »Du wirst weder Falken noch sonst jemandem von

Nutzen sein, wenn du auf dem Weg zum Großen Saal zusammenbrichst. Komm, ich gebe dir einen Schluck Wein.«

Dringlichkeit wühlte Travis' Herz auf. Er wollte sagen, daß Eile dringend geboten war, aber seine Kehle war zu trocken. Rin hatte recht, er mußte was trinken, einen Augenblick lang ausruhen, dann konnte er weiterlaufen. Er ließ sich neben der Kohlenpfanne auf einen Stuhl fallen.

»Wo steckt denn Jemis?« krächzte er.

»Der ist schon im Großen Saal.« Rin ging zu einer Anrichte und füllte zwei Pokale mit Wein.

Travis hielt die Hände über die Kohlenpfanne. Trotz der körperlichen Anstrengungen war ihm kalt. Er rieb die Hände aneinander. Dann sah er etwas Weißes und Regloses am Boden liegen. Genau neben der Kohlenpfanne. Er bückte sich und hob es auf: eine tote Taube. Er strich mit dem Daumen über den kleinen Kadaver. Ob sie wohl von den Dachbalken heruntergefallen war? Nein, ihr Kopf baumelte auf der Seite. Man hatte ihr den Hals umgedreht.

»Wir müssen ohnehin bald da sein«, fuhr Rin fort; er wandte Travis noch immer den Rücken zu. »Wir müssen vor Festbeginn die Rune der Reinheit sprechen.«

Travis nahm den Runensprecher nur unbewußt wahr. Er starrte die Taube an. Plötzlich erschien ein roter Fleck auf ihrem weißen Federkleid. Blutete sie? Ein zweiter roter Punkt erschien neben dem ersten, dann noch einer. Travis hob den Kopf und schaute nach oben.

Er war an einem Dachbalken festgebunden, die Augen kreisrund vor Entsetzen, das Gesicht purpurrot angelaufen. Jemis. Blut sickerte aus seinem Mundwinkel und tropfte in die Tiefe. Der Kopf des älteren Runensprechers ruhte in einem unnatürlichen Winkel auf seiner Schulter – man hatte ihm das Genick gebrochen, genau wie der Taube. Nur daß man dazu kräftige Hände gebraucht hatte, schrecklich kräftige Hände …

Rin drehte sich um. »Hier ist dein Wein, Travis. Und nun erzähle, was ist los?«

Travis starrte die Pokale in Rins Händen an, diesen großen Bauernhänden. Einen Herzschlag lang kam die Welt zum Stillstand. Dann schoß Travis aus dem Stuhl empor, stieß ihn um und wich zurück. Rin sah unbewegt zu. Aber dann warf er die Pokale zu Boden und kam auf Travis zu.

Ein Laut entschlüpfte Travis' Kehle: Trauer und Schrecken. »Rin, was haben sie aus dir gemacht?«

»Du bist ein Narr, dich ihm zu widersetzen, Travis.« Rins Stimme war tonlos. »Du kannst ihm nicht entkommen.« Der junge Runensprecher zögerte, und in seinen braunen Augen schien ein beinahe trauriger Ausdruck zu stehen. »Du wirst schon noch begreifen. Am Ende wird er dich zu einem der seinen machen.«

»Aber warum …?«

»Warum ich mich dazu entschieden habe? Warum ich Runensprecher blieb? Warum ich dich nicht in dem Augenblick tötete, in dem mir klar wurde, daß du Runen binden kannst?« Seine Lippen verzogen sich zu einem freudlosen Lächeln. »Man hat mich hergeschickt, um die Runensprecher im Auge zu behalten. Und ich beobachtete dich, Travis – von deinem ersten Tag im Schloß an, als Falken zu uns kam und mit uns sprach. Es war die Aufgabe der anderen Diener meines Herrn, dich zu töten. Aber sie haben versagt, und jetzt ist die Zeit für Fragen vorbei.«

Travis bewegte sich langsam auf die oberste Treppenstufe zu. Rins Lächeln verschwand. Seine Augen waren so leblos wie Kieselsteine.

»Travis, gib mir Sinfathisar.«

»Nein.« Er machte einen Satz in Richtung Treppe.

Seine rechte Handfläche fing in dem Augenblick an zu kribbeln, in dem Rin das Wort aussprach.

»Krond!«

Travis fühlte es sofort: die Luft um ihn herum verwandelte sich in einen Ofen. Der vom Stoff seiner Kleider aufgesogene Schweiß verdampfte. Die Temperatur stieg an. Travis wußte, beim nächsten Herzschlag würde er in Flammen stehen.

Zerbrich sie, Travis!

Jack. Es war Jack.

Zerbrich seine Rune.

Seine Kehle war eine Wüste, seine Zunge wurde in seinem Mund gekocht. Er konnte kaum einen Laut formen, aber dann gelang es ihm.

»Reth!«

Er fühlte mehr, daß seine Hand aufblitzte, als er die Rune des Zerbrechens sprach, als daß er es sah. Die sengende Hitze verschwand, und er nahm wahr, wie die Magie von ihm wegströmte, zurück zu ihrem Ausgangspunkt. Ein Schrei ertönte und brach ab, gefolgt von einem dumpfen Aufprall.

Travis kämpfte sich wieder auf die Füße, schwankte, fing sich aber. Rin lag auf dem Boden, und Travis stolperte auf den jungen Runensprecher zu. Rins Augen starrten mit dem leeren Blick des Todes nach oben, aus seinem aufgerissenen Mund wehte ein Rauchwölkchen in die Höhe. Die Macht des Treffers hatte sein Wams zerfetzt. Die zerklüftete Narbe auf seiner Brust war deutlich zu sehen.

Gut gemacht, Travis! Als du seine Magie zerbrochen hast, hast du auch seinen Verstand zerbrochen.

Er ballte die rechte Hand zur Faust. Nein, das hatte er nicht gut gemacht. Er hatte sein Versprechen schon wieder gebrochen. Travis drehte sich um, lief die Treppe hinunter und stürmte in die eisige Nacht hinaus. Er sog die kalte Luft mit tiefen Zügen ein, aber sie konnte die Übelkeit in seinen Eingeweiden nicht beseitigen. Die Hände auf die Knie gestützt, spie er seine Furcht und seinen Abscheu in den gefrorenen Schlamm.

Du mußtest es tun, Travis. Es war die einzige Möglichkeit.

Er war die Stimme so leid. Er wollte nicht zuhören. Er stolperte in einen Eingang hinein, zurück in den Schutz des Schlosses. Er mußte in den Großen Saal. Falken würde wissen, was zu tun war. Oder Melia. Sie würden wissen, wie man alle retten konnte, wie er gerettet werden konnte.

Travis hastete einen Korridor entlang. Doch er war noch nicht weit gekommen, als aus einem Torbogen ein Lichtstrahl fiel. Er drehte sich auf dem Absatz um – das Leuchten kam auch aus dieser Richtung. Gestalten bewegten sich in dem Licht und streckten spindeldürre Hände aus. Die Geste erschien beinahe liebevoll, aber Travis wußte, daß in dieser Umarmung nur Kälte und Tod lagen. Er wählte die einzige Richtung, die ihm noch offenstand, ein schmaler Seitengang.

Der Gang endete nach wenigen Schritten vor einer Wand. Travis strich mit den Händen über den Stein, aber da war weder ein Hebel noch ein Spalt zu finden. Es war eine Sackgasse. Travis drehte sich um und ließ sich mit dem Rücken gegen die Wand sacken. Er war ohnehin zu müde, er konnte nicht weiterlaufen. Er umklammerte die Eisenschatulle durch den Stoff des Wamses hindurch.

»Es tut mir leid, Jack«, flüsterte er.

Dann sah er zu, wie der fahle Lichtschimmer vor ihm immer heller wurde.

37

Aryn, Baronesse von Elsandry, stand in einer Ecke von Calaveres Großem Saal und beobachtete, wie sich die Gäste des Wintersonnenwendfestes versammelten.

Sie hatte eine Position neben einer Seitentür gewählt – direkt neben einer Gruppe mehrerer blattloser Schößlinge, die man zu Dekorationszwecken dort aufgestellt hatte –, um unauffällig zu wirken. Nicht, daß ihr das schwergefallen wäre. Schon ihr ganzes Leben lang gingen die Leute an ihr vorbei, ohne sie zu bemerken. Denn hätten sie sie bemerkt, hätten sie auch ihren Arm ansehen und sich eingestehen müssen, daß er da war, und das war etwas, das sie vermeiden wollten. Aryn seufzte, als buntgekleidete Festgäste lachend vorbeigingen. Keiner wandte den Kopf in ihre Richtung. Das war schon in Ordnung – sie hatte neunzehn Jahre Zeit gehabt, sich daran zu gewöhnen. Außerdem hatte sie schon als Kind gelernt, daß es besser war, ignoriert statt angestarrt zu werden.

Aryn fröstelte in ihrem azurblauen Gewand und dem Umhang aus weißem Hasenpelz. Trotz der Kleidung und dem Qualm und den vielen Menschen im Großen Saal war ihr kalt. Falls Grace und Freisasse Travis recht hatten – und sie hatte keinen Grund, das Gegenteil anzunehmen –, dann hielt sich Alerains Mörder in genau diesem Augenblick irgendwo in diesem Saal auf.

Sie ließ die Blicke über die Gruppen aus Adligen, Rittern und Dienern schweifen. Es konnte jeder sein, hinter der Maske jedes dieser Gesichter konnte das Böse lauern. Sie musterte einen Gast nach dem anderen, suchte nach irgendwelchen Anzeichen, und wenn ihr Blick öfters auf jenen verweilte, die schön oder attraktiv oder wohlgeformt waren, dann war das nur logisch. Alle gingen immer von der Annahme aus, daß die Häßlichen oder die Außenseiter böse waren oder schreckliche Taten begangen hatten. Denn was konnte ihre Erscheinung anderes sein als die Bestrafung für ein ruchloses Verbrechen?

Aber Aryn wußte, daß das nicht stimmte, und sie lächelte bitter. Warum eine so einfache Verkleidung wählen? Nein, der Mörder war dafür viel zu schlau. Es war viel effektiver, das Böse hinter einem beruhigenden Lächeln oder einem ehrlichen Gesicht oder gar Augen, in denen man tagelang einfach so versinken konnte, zu verbergen.

Noch mehr Adlige strömten in den Großen Saal, und Aryns Herz flatterte wie ein gefangener Spatz in ihre Brust. Sie wußte, daß König Boreas nach ihr Ausschau halten würde. Da es Alerain nicht mehr gab, war die ganze Organisation ihr zugefallen. Aber sie hatte mit dem Kellermeister und der Küchenfrau alle nötigen Vereinbarungen getroffen; sie würden sich darum kümmern, daß die Adligen zu essen und ihren Wein bekamen.

Und wenn sie den Met vergessen haben?

Panik stieg in ihr auf. König Persard von Perridon zog Met Wein vor und würde laut werden, wenn er ihn nicht vorgesetzt bekam. Und König Sorrin würde nur frische Ziegenmilch trinken – auch wenn er, seiner ausgemergelten Erscheinung nach zu urteilen, lieber mehr davon hätte trinken sollen. Was, wenn der Kellermeister und die Küchenfrau das vergaßen? Aryn hob den Saum ihres Gewandes und setzte sich in Bewegung.

Nein, Aryn. Sie zwang sich dazu, dort stehenzubleiben. *Diese Sorgen mußt du ihnen überlassen, ihnen oder König Boreas. Es kann nicht immer nur deine Aufgabe sein, dafür zu sorgen, daß jeder genau das hat, was er oder sie will. Du hast wichtigere Dinge zu tun.*

Diese Gedanken ließen sie blinzeln. Wo waren sie nur

hergekommen? Ihr ganzes Leben lang hatte sie sich auf die Bedürfnisse anderer konzentriert. Das war die einzige Funktion, bei der sie sich in ihrer Gegenwart entspannten. Nicht ein einziges Mal hatte sie König Boreas etwas verweigert, das er verlangte. Aber trotzdem wußte sie genau, daß sie, hätte er in diesem Augenblick quer durch den Saal nach ihr gerufen, nicht sofort zu ihm rennen würde. Wo kam diese Entschlossenheit nur her?

Ihr Blick streifte durch den Großen Saal zur Hohen Tafel, und sie wußte, dort lag die Antwort. Königin Ivalaine beobachtete das Fest mit ihren eisfarbenen Augen, ihr majestätisches Antlitz war ruhig und mächtig zugleich. Neben ihr saß Tressa: kleiner, dicker, mit einem freundlicheren Gesicht, und doch auf ihre mütterliche Weise stark. Am anderen Ende der Tafel saß Grace neben Logren von Eredane. Die beiden steckten die Köpfe zusammen; er musterte sie unablässig. Hatte sie ihn einem Zauber unterworfen?

Sei nicht albern. Grace würde so etwas nie tun ... oder doch?

Die Baronesse atmete tief durch und zwang sich dazu, sich auf ihren Teil des Plans zu konzentrieren. Grace und Travis sollten die Identität des Mörders aufdecken. Sobald sie sie erfahren hatten, würde Grace Aryn ein Zeichen geben. Dann mußte sie handeln. Sie sollte vor den Mörder hintreten und ihn unverfänglich darüber informieren, daß eine wichtige Botschaft auf ihn wartete. Dann sollte sie ihn in einen kleinen Warteraum führen; dort wartete jedoch kein Bote, sondern Durge mit seinem embarranischen Breitschwert. Zusätzlich würde Beltan vor dem Großen Saal stehen und Aryn folgen, während sie den ertappten Verbrecher zu dem Warteraum brachte.

Aryns Herz pochte schneller. Würde sie das tatsächlich schaffen? Sie war dankbar für Graces Vertrauen, aber sie kannte ihr beschränktes Talent für Falschheiten besser als jeder andere. Was war, wenn der Mörder ihre Lüge auf Anhieb durchschaute? Nein, so durfte sie nicht denken. Sie mußte an den Erfolg glauben.

Aryn schloß die Augen und murmelte ein schnelles Gebet an Yrsaia. Sie hatte Grace nie erzählt, daß sie Anhängerin der Mysterien von Yrsaia der Jägerin war. Vermutlich hätte Grace sie ausgelacht – nein, hätte sie nicht, Grace würde sie niemals verspotten, so wie es die anderen manchmal taten –, aber Aryn hatte gespürt, daß Grace kein Mensch war, der sich mit der Bitte um Hilfe an Götter oder Göttinnen wandte. Grace war es gewöhnt, sich auf sich selbst zu verlassen. Aryn hoffte, eines Tages so stark, so majestätisch zu sein, aber bis dahin konnte es nicht schaden, die Jägerin um Hilfe zu bitten. Schließlich wollten sie heute abend einen Mörder fangen.

»Euer Hoheit, welch glücklicher Zufall.«

Beim Klang dieser sanften Stimme riß Aryn überrascht die Augen auf. Vor ihr stand ein Mann, der nur wenig älter oder größer als sie war. Sie musterte ihn von oben bis unten – goldene Locken, sauber gestutzter Bart, breite Schultern unter einem flotten roten Wams –, bevor sie ihn erkannte.

»Lord Leothan!«

Er machte eine tiefe Verbeugung. »Ich hatte auf eine Gelegenheit gehofft, mit Euch auf dem Fest zu sprechen, Mylady. Ich wußte nur nicht, daß sich mir die Chance dazu so früh bieten würde.«

Sie schüttelte den Kopf und versuchte zu begreifen, worauf er hinauswollte. Was konnte er bloß von ihr wollen?

»Mylady, ich habe Euch Unrecht angetan.«

Aryn konnte ihn bloß anstarren. Auf seinem Gesicht zeigte sich Bedauern und machte es noch attraktiver.

»Ihr habt mir Unrecht getan?«

»Sogar schreckliches Unrecht.« Er trat näher heran, ohne

dabei jedoch den als schicklich erachteten Abstand zu unterschreiten. »Mylady, als ich an diesen Hof kam, war ich arrogant und überheblich. Ich glaubte, mich erhöhen zu können, indem ich andere kleiner machte.« Er schüttelte den Kopf. »Ich war natürlich ein Narr, das weiß ich jetzt. Ihr müßt wissen, vor kurzem erkrankte ich plötzlich …«

Aryn versteifte sich bei seinen Worten. Konnte er Bescheid wissen? War ihm klar, daß sie für seine Schmerzen verantwortlich gewesen war? Nein, sein Blick verriet nur Sorge.

»… und da ich ans Bett gefesselt war, hatte ich Zeit zum Nachdenken und konnte über meine eigenen Unzulänglichkeiten nachsinnen. Ich dachte über mein Benehmen nach – Euch und anderen gegenüber, Mylady –, und ich schämte mich. Ich beschloß, mich nach meiner Genesung zu entschuldigen.« Er holte tief Luft. »Ich weiß, es ist unmöglich, daß Ihr mir vergebt, trotzdem bitte ich Euch darum.«

Zu ihrem Erstraunen ließ er sich auf ein Knie sinken und senkte den Kopf.

»Mylady, ich bitte Euch, verzeiht Ihr mir, daß ich Eure Ehre beleidigte?«

Sie hielt eine Hand vor den Mund. Was sollte sie sagen? Seelenpein stieg in ihr auf. Sie war diejenige, die gemein gewesen war, die echten Schaden angerichtet hatte.

»Bitte, Mylord«, sage sie. »Oh, erhebt Euch doch bitte. Da ist nichts, weswegen Ihr um Vergebung bitten müßtet.«

Leothan gehorchte und stand wieder auf; er lächelte sie an. »Sagt mir, Mylady …« Er legte den Kopf schief und betrachtete sie. »… habt Ihr Euch irgendwie verändert? Euer Haar vielleicht?«

Aryn schüttelte den Kopf. Wie sollte sie es erklären? Ja, es hatte sich etwas verändert, aber nichts, das man hätte sehen können. Oder doch?

Leothan blickte sich verstohlen um. »Mylady, könnten wir kurz unter vier Augen sprechen? Da ist noch eine andere Sache, die ich gern … mit Euch besprechen möchte, wenn Ihr gestattet.«

Er deutete auf die Seitentür hinter ihr, und die Geste erschien beinahe schüchtern. Ihre Haut prickelte. Was könnte er ihr sagen wollen, das er nicht auch vor den Augen der Gäste hätte sagen können? Möglichkeiten schossen ihr durch den Kopf, und das Prickeln wurde stärker. Sie warf einen Blick zur Hohen Tafel. König Boreas saß noch nicht auf seinem Platz, ihr blieb noch etwas Zeit, bevor das Fest offiziell begann.

Aryn erwiderte Leothans Blick und nickte. Er legte sanft die Hand auf ihren Ellbogen und führte sie durch die Tür. Sie schloß sich hinter ihnen. Sie waren allein in dem Nebenraum.

»Worüber wolltet Ihr mit mir sprechen, Mylord?« Sie hoffte, daß sie die Antwort bereits kannte, wagte es aber nicht zu denken, wagte es nicht zu glauben. Dann ergriff er das Wort, und ihre Wünsche wurden wahr.

»Ich war ein Narr, mich von Euch abzuwenden, Aryn. Jetzt habe ich eine zweite Chance. Ich werde sie nicht wieder wegwerfen.«

Er kam näher, sogar ganz nahe. Sie konnte seine Wärme spüren.

»Darf ich Euch küssen?« flüsterte er.

Aryn zitterte – vor Entzücken und Angst. Unsicherheit schlich sich in ihre Gedanken. War es wirklich möglich, daß Leothan einen solchen Sinneswandel erfahren hatte? Sie verdrängte die Frage. Er war hier, und er war wunderschön. Alles andere zählte nicht.

Sie hielt ihm das Gesicht hin. »Ja, Mylord.«

Leothan lächelte, schlang die Arme um sie und zog sie eng an sich. Seine Lippen brannten wie Feuer. Sie hatte noch nie zuvor einen Mann geküßt – nicht so, nicht aus Leidenschaft. Sie trank es gierig. Vielleicht konnte sie ja einen eigenen Zauber weben …

Sein Griff wurde fester, er drückte sie härter an sich, bis sich seine Lippen drängend auf die ihren preßten. Es tat weh, und sie wollte sich zurückziehen, aber seine Arme waren wie Stahlbänder. Sie drückten ihren Brustkorb zusammen, das Atmen fiel ihr schwer.

Es gelang ihr, den Kopf zu drehen. »Mylord …«

»Hör auf, dich zu wehren.« Er stieß die Worte zwischen den zusammengebissenen Zähnen hervor. »Ist es nicht das, wovon du geträumt hast?«

Aryn starrte ihn an. Die Leidenschaft verflog und hinterließ nur Kälte und Furcht. Sie versuchte, sich seinem Griff zu entwinden, aber er hielt ihren linken Arm fest, und ihr rechter war nutzlos – er stieß kraftlos gegen seine Brust.

Leothan stieß sie gegen die Wand, ihr wurde schmerzhaft die Luft aus den Lungen getrieben. Sie stöhnte auf. Wie hatte sie nur so blind sein können? Sie hatte sich von seinen Worten und seiner Schönheit täuschen lassen, hatte sich des Verbrechens schuldig gemacht, das sie anderen vorwarf. Jetzt würde sie dafür bezahlen.

Leothan drückte sich gegen sie, und sie konnte spüren, wie sich seine Härte an ihrem Bauch rieb.

»Nein«, sagte er mit einem schrecklichen Grinsen. »Schrei nicht, oder ich verspreche dir, daß es noch viel schlimmer wird.«

Er hielt sie mit der einen Hand fest und griff mit der anderen nach dem Vorderteil seiner Kniebundhose. Das war ihre einzige Chance. Sie drehte sich ruckartig zur Seite und glaubte, es geschafft zu haben, glaubte, sich befreien zu können. Da packte er sie erneut. Sie schlug mit der Linken zu, aber ihre Hand verfing sich an einer Schlaufe am Kragen seines Wamses.

Er wirbelte sie herum und warf sie hart gegen die Wand. Etwas riß, und ein Schmerz durchraste sie.

Sie blinzelte, ihre Sicht klärte sich wieder. Er stand immer noch vor ihr, aber sein Gesicht war nicht länger ebenmäßig und ansehnlich, sondern eine verzerrte Maske aus Haß und Verlangen. Bei dem Handgemenge war sein Wams aufgerissen worden. Aryns Blick fiel auf seine Brust, sie war breit und ganz glatt. Dann bewegte er sich, das Wams klaffte noch weiter auf – und da sah sie es. Die Wunde zog sich die Mitte seines Oberkörpers hinunter, grobe Stiche hielten die rissigen Ränder zusammen.

Neues Entsetzen machte sich in Aryn breit. Sie war in Gefahr, aber auf eine ganz andere Weise, als sie geglaubt hatte. Sie hatte es nicht mit dem Verlangen eines Mannes zu tun, denn das Ding, das da vor ihr stand, war kein Mensch mehr. Sie versuchte sich zu befreien, aber er war viel zu stark.

Er grinste. »Man braucht schon zwei Hände, um gegen mich zu kämpfen.«

Nein. Sie wollte um Hilfe rufen, Grace oder Beltan alarmieren. Sie würden ihr beistehen. Aber er griff so brutal zu, daß sämtliche Luft aus ihr herausströmte und sie keinen Laut von sich geben konnte. Seine anzüglich grinsende Visage kam auf sie zu. Sie roch den Fäulnisgestank, der von der mörderischen Wunde in seiner Brust aufstieg.

»Du hast ein hübsches Gesicht«, zischte Leothan. »Zu schade, daß du ein Monstrum bist. Aber ich bin heute abend großzügig gestimmt. Ich werde dich zu einer richtigen Frau machen.« Er griff wieder nach seiner Hose.

Aryn starrte ihn an. Ihre Furcht schmolz dahin, an ihre Stelle trat kochende Wut. Ihr ganzes Leben lang hatte sie Leute wie ihn ertragen müssen: Leute ohne Herz. Ihr ganzes Leben lang hatte sie sich ihnen unterworfen, um zu vermeiden, daß ihre abscheuliche Deformierung sie aus der Fassung brachte. Jetzt reichte es. Blutroter, lange genährter Zorn stieg in ihr auf. Aryn ließ zu, daß er sie ausfüllte, bis sie sich ganz leicht, voller Auftrieb und stark fühlte. Sie fixierte Leothan mit ihrem Blick und sprach die folgenden Worte, während die Macht von neunzehn Jahren Wut sie erbeben ließ.

»Ich … bin … eine … richtige … Frau!«

Er keuchte auf, riß die Augen weit auf. Ein Zittern durchfuhr seinen Körper, Blut tropfte aus seiner Nase.

Aryn ließ ihren Zorn in ihn hineinfließen. Jetzt war er derjenige, der von ihr wegzukommen versuchte, aber seine Glieder waren von Krämpfen befallen. Er rang nach Luft, die Augen quollen ihm aus den Höhlen. Blut schoß ihm in roten Strömen aus Nase und Ohren. Er wimmerte, neues Blut befleckte seine Hosen.

»Laß mich in Ruhe«, sagte sie und stieß ihn von sich.

Er schrie auf, ein gurgelnder Schmerzensschrei, der aber bereits abbrach, bevor er auf dem Boden auftraf. Er blieb verkrümmt auf dem Steinfußboden liegen, in einer ständig größer werdenden Lache aus Blut und Gehirn.

Aryn schaute auf die Leiche herunter, mit angespannten Muskeln und erstarrtem Körper, die Hand vor Wut zur Faust geballt. Ja! Sie hatte es geschafft! Dann durchfuhr sie ein Schauder. Die Wut floß aus ihr heraus wie Wein aus einer zerbrochenen Flasche. Sie legte die linke Hand an den Mund, aber ein leiser Entsetzenslaut entschlüpfte ihren Fingern. Sie konnte den Blick nicht von dem toten Grafen wenden. Was hatte sie getan? Er war ein Ungeheuer gewesen, aber sie hatte ihn getötet, ihn mit ihrem Zorn vernichtet. Zu was machte sie das?

Zu etwas Schlimmerem als einem Ungeheuer?

Die Wand im Rücken, sank Aryn zu Boden, schlang den gesunden Arm um ihre Knie und weinte.

38

Im Schloß lauerte Gefahr. Durge spürte es genau.
Er verlagerte das Gewicht von einem Fuß auf den anderen, und das Kettenhemd unter dem Wams klirrte. In dem kleinen Warteraum war es kalt. An den Wänden hingen keine Wandteppiche, der Boden war nackt, und im Kamin brannte kein Feuer. Durge störte das nicht. Es war besser, wenn einem kalt war – Wärme konnte einen Mann schläfrig und unkonzentriert machen. Die Kälte würde seine Augen offen und seinen Verstand geschärft halten; die ganzen Jahre als Ritter wie auch seine gesamte Schlachterfahrung sagten ihm, daß er beides noch brauchen würde, bevor der Abend vorbei war.

Er bewegte die Finger seiner Schwerthand. Trotz des dicken Lederhandschuhs waren sie steif und wund, und er konnte fühlen, wie bei jeder Bewegung die Knochen aneinanderschabten. Das war das einzige Problem, das die Kälte mit sich brachte. Die Rüstung strahlte sie aus, und sie schlich in seine Gelenke und nagte an ihnen wie kleine Drachen. Früher hatte ihn die Kälte nie gestört. In seinen Tagen als Landjunker hatte er mehrere rauhe embarranische Winter mit Postenstehen auf den Mauern der Forts verbracht, die im Hinterland der Domäne standen, wo der weiße Wind vom Wintermeer heranbrauste und einem die Pisse gefror, bevor sie am Boden ankam. Allerdings war das vor langer Zeit gewesen.

Die nach vorn gekrümmten Schultern des Ritters bewegten sich, als er einen Seufzer ausstieß. *Das wird dein vierundvierzigster Winter sein, Durge. Du bist kein junger Mann mehr. Bald wirst du deine Tage in eine Decke eingewickelt am Feuer verbringen und die Geschichten alter Schlachten erzählen, an die sich längst keiner mehr erinnert, geschweige denn sie hören will.*

Durge streckte die steifen Finger aus, zwang sie dazu, sich zu strecken, dann packte er den Griff seines Breitschwerts. Nein, er war noch nicht bereit, ein zahnloser Onkel am Feuer zu werden, noch nicht. Im Grafen von Steinspalter war noch immer etwas Leben.

Er pustete Luft durch die herabhängenden braunen Schnurrbarthaare und sah zur Tür des kleinen Raums. Unmöglich zu sagen, wann sie sich öffnen würde. Sobald Lady Grace und Freisasse Travis im Großen Saal den Mörder entlarvt hatten, sollte Lady Aryn ihn in diesen Raum führen, während Sir Beltan ihnen außer Sicht folgte. Sobald sie den Mörder in diesem Raum hatten, würden Durge und Beltan ihn mit ihren Schwertern überwältigen, allerdings sollten sie ihn nicht töten. Grace war da eisern gewesen. Sie hoffte, den Gefangenen dazu benutzen zu können, den Rat der Könige von der Notwendigkeit zum Handeln zu überzeugen, damit sie sich alle gemeinsam den Horden des Fahlen Königs entgegenstellten.

Durge schüttelte den Kopf. Sie war wirklich energisch, seine Herrin, die gab nicht so leicht auf. Stets glaubte sie die Macht zu haben, andere retten zu können, solange sie nur hart genug dafür arbeitete. Es war ein edles Ideal, dem man nur nacheifern konnte. Doch Durge wußte nur zu genau, daß Entschlossenheit manchmal nicht ausreichte, daß man manchmal – egal wie verzweifelt man sich bemühte, wie hart man auch kämpfte – denjenigen, der einem am meisten am Herzen lag, den man am meisten liebte, nicht retten konnte.

Dann war da die Sache mit den Herrschern. Lady Grace verfügte über einen scharfen und logischen Verstand. Sie stellte eine Hypothese auf, sammelte Beweise und überprüfte dann, ob sich ihre Annahmen als wahr oder falsch erwiesen. Durge verstand ihre Methoden – in den alchimistischen Wissenschaften, in denen er sich versuchte, erlangte man Fortschritte auf dieselbe Weise. Der einzige Fehler in Lady Graces Überlegungen bestand aber darin, daß sie erwartete, daß die Könige und Königinnen genauso logisch dachten wie sie selbst.

Wäre das doch nur der Fall gewesen! Aber Durge hatte aus erster Hand die Unberechenbarkeit der Herrscher erlebt. Ihre Größe brachte es manchmal mit sich, daß sie dem Glauben verfielen, sie könnten über die Wahrheit bestimmen. Befahl ein König, daß der Himmel von nun an grün war, dann war er eben so grün wie ein Smaragd. Selbst wenn man die Ratsmitglieder mit der Realität der Eisenherzen konfrontierte, war Durge nicht davon überzeugt, daß sie sich umstimmen lassen würden. Eminda würde es als Schwindel brandmarken, der weinerliche Lysandir würde sich ihrer Führung anschließen, und Sorrin – der arme König Sorrin – war so verrückt, daß er kaum begreifen würde, was da eigentlich um ihn herum vorging.

Trotzdem war es ein guter Plan. Durge selbst hatte mit seiner Erfahrung dabei geholfen, die Einzelheiten zu verfeinern. Falls etwas die Chance hatte zu funktionieren, dann das. Doch genau wie die Kälte konnte er das bedrückende Gefühl der Sorge nicht abschütteln, das nun zusehends stärker wurde. Sie hatten sich bemüht, jede Möglichkeit zu durchdenken, alles, was schiefgehen konnte, in Betracht zu ziehen, aber da war etwas anders, etwas, das sie vergessen hatten. Davon war er überzeugt. Selbst die Luft der Schloßfestung roch nach Gefahr.

Er ging auf dem nackten Boden auf und ab, um sein Blut in Bewegung zu halten. »Du bist ein Narr gewesen, sie allein zu lassen, Durge«, murmelte er vor sich hin. »Aber du hast ihr den Schwertschwur geleistet, und du kannst dich ihren Wünschen nicht widersetzen. Selbst wenn du in deinem Herzen weißt, daß Lady Grace an diesem Abend in Gefahr schwebt.«

Ein leises Geräusch ließ ihn innehalten. Er schaute auf. Stille. Drei Herzschläge vergingen. Dann ertönte es wieder: etwas kratzte an der Tür. Konnten es Lady Aryn und ihr Verschwörer sein?

Er hatte den Gedanken noch nicht zu Ende gebracht, als sich seine Finger um den Griff seines Breitschwerts schlossen. Es war viel zu früh für seine Kameraden, außerdem hätte Lady Aryn nicht angeklopft. Seine Nackenhaare richteten sich steil auf.

»Kommt her«, stieß er zwischen zusammengebissenen Zähnen hervor. »Kommt her, wenn es mein Blut ist, das ihr sucht!«

Die Tür schwang auf, er zog die Waffe. Es huschte durch die nur ein Stück weit geöffnete Tür und brachte einen Geruch der Fäulnis mit. Das Ding bewegte sich mit einem ungelenken Rhythmus, als würde ihm jeder Schritt Schmerz zufügen. Aber für etwas derart Mißgestaltetes konnte jeder Augenblick der Existenz nur reine Agonie darstellen. Trotz seines Erschreckens berührte Mitleid Durges Herz. Hatte Lord Falken nicht erzählt, daß die Feydrim dem Kleinen Volk angehörten, bevor die Magie des Fahlen Königs sie entstellt hatte?

Um ein Haar hätte ihn das Mitleid umgebracht. Der Feydrim streckte seine spindeldürren Hinterbeine und tat einen Sprung, mit dem er die Hälfte des Raumes durchquerte. Er öffnete die stumpfe Schnauze und entblößte gelbe Reißzähne, zwischen denen strähniger Speichel hing. Er zischte, dann sprang er auf Durges Kehle zu.

In diesem Moment der Ablenkung hatte Durge ihn zu nahe an sich herankommen lassen – er hatte nicht genug Platz, um richtig mit dem Schwert ausholen zu können. Er verfluchte sich. *Stein und Bein, langsam wirst du schwerfällig, Durge! Alt und schwerfällig. Was würden die anderen von dir denken, daß du dein Leben so einfach aufgibst?* Er stolperte zurück, ignorierte das Feuer, das durch die unnatürliche Position in seinem Knie aufflammte, und brachte das Schwert nach oben. Es lag nur wenig Kraft in dem Stoß – er hatte nicht genug Schwung –, aber der Feydrim mußte zurückweichen, um der scharfen Seite der Klinge zu entgehen. Seine Reißzähne verfehlten ihr Ziel, und Durge fuhr herum.

Jetzt hatte er mehr Platz für die Arbeit.

Er suchte sich mit seinen Stiefeln einen sicheren Stand, spannte die schlanken Beinmuskeln an, und hob das Breitschwert. Die Klinge war so lang, daß er, hätte er die Spitze auf dem Boden abgestellt, das Kinn auf dem Griff hätte aufstützen können. Es gab jüngere Männer, die sie nicht hätten heben können, ohne umzukippen. Für Durge galt das nicht. Trotz seines Alters, seiner Wehwehchen und seiner Müdigkeit waren seine Arme so hart wie der steinige Boden Embarrs. Das Breitschwert sauste sirrend durch die Luft und beschrieb einen Bogen.

Der Feydrim war schnell, aber nicht schnell genug. Er versuchte auszuweichen, aber die Klinge traf ihn an der Seite. Stahl biß sich durch Blut, grub sich durch Knochen. Das Geschöpf quiekte und stürzte zu Boden. Durge zog das Schwert zurück, stolperte und fing sich wieder.

Das Geschöpf lag zu seinen Füßen. Seine Brust hob und senkte sich krampfartig, dunkles Blut tränkte sein verfilztes graues Fell. Es blickte mit gelben Augen zu ihm hoch, die viel zu intelligent für ein Tier waren. Dann flackerte das Licht in diesen Augen noch einmal auf und erstarb. Der Feydrim tat einen letzten Seufzer, so als sei er erleichtert, als habe der Schmerz endlich ein Ende, und lag dann still da.

Durges Herz hämmerte in seiner Brust, und er genoß das Rauschen des Blutes in seinen Adern. Ja, Durge von Embarr hatte noch immer etwas Kampf in sich.

Metall quietschte. Die Tür zum Warteraum schwang ein Stück weiter auf. Eine graue, sich linkisch bewegende Gestalt schlich hinein. Ihr folgte eine weitere, und dann noch mehr, bis insgesamt fünf von ihnen ihre dürren Glieder ausstreckten, scharfe Zähne bleckten und Schmerz und Wut hinauszischten.

Feydrim.

Durge hob das große Schwert und wich zurück. Das in ihm tobende Feuer verbrannte zu Asche, und sein Mund wurde trocken. Ein weiteres dieser Ungeheuer hätte er mühelos besiegen können, drei vielleicht mit Schwierigkeiten. Aber fünf? Wie konnte ein Mann gegen von fünf von ihnen antreten? Er verfluchte seine alten Knie, aber sie waren so schwach, daß sie zitterten.

Buckelige Rücken krümmten und streckten sich schlangengleich, die Feydrim rückten vor. Sie ließen sich Zeit – sie wußten, daß er in der Falle saß. Durge packte sein Schwert fester. Er dachte an seine Freunde: Grace, seine mutige Herrin, ihr netter Freund Travis, der anständige Ritter Beltan. Zuletzt dachte er an die junge Lady Aryn und ihr hübsches Gesicht und die Stärke, die ihren himmelblauen Augen innewohnte. Es tat ihm leid, daß er ihnen nicht Lebewohl würde sagen können.

Einer der Feydrim wagte sich vor, hieb mit seinen Krallen zu und wich der zuschlagenden Klinge aus. Sie testeten ihn; kluge Ungeheuer. Sein Herz fing wieder an zu hämmern, Wärme flutete in seine Glieder zurück. Ja, so fühlte es sich an, wenn man wieder jung war.

»Warum wartet ihr?« schrie er den Geschöpfen entgegen. Hinter seinem Schnurrbart grinste er wie schon seit Jahrzehnten nicht mehr. »Tötet mich, wenn ihr deshalb gekommen seid. Aber denkt an meine Worte … Durge von Embarr wird nicht der einzige sein, der heute abend stirbt!«

Er brachte das Schwert in Angriffsposition, und die Feydrim warfen sich auf ihn.

39

Beltan stand in der Nähe der Flügeltür zu Calaveres Großem Saal und wartete darauf, daß Aryn mit ihrem Mann herauskam. Er war den Plan in Gedanken immer wieder durchgegangen, um sicherzugehen, daß er auch alles begriffen hatte, um sicherzugehen, daß er keine Fehler machte. Täuschungsmanöver gehörten nicht zu Beltans Stärken. Er war viel besser darin, für alle Welt sichtbar eine nackte Klinge zu schwingen, als einen Dolch hinter dem Rücken versteckt zu halten.

Er atmete tief durch. *Das hier darfst du nicht verderben, Beltan. Du hast nur eine einzige Chance. Wenn Aryn auftaucht, denke nicht, sondern handle.*

Seine Sorge war albern, der Plan war einfach. Er sollte vor dem Eingang zum Großen Saal stehen, auf und ab gehen und so tun, als würde er auf einen Kameraden warten, der sich verspätete. Wenn Aryn dann mit dem Mörder durch die Tür kam, sollte er ihr höflich zunicken wie jedem vorbeigehenden Adligen und seinen Marsch wieder aufnehmen. Doch sobald die beiden um die Ecke verschwunden waren, sollte er ihnen nachschleichen und ihnen zu dem kleinen Warteraum folgen, in dem Sir Durge wartete. Dort würden sie dann den Mörder überwältigen, und ihr Plan war aufgegangen.

Falls er ihn nicht ruinierte. Das Problem mit Plänen bestand darin, daß es stets zu Fehlern kommen konnte. Beltan fühlte sich viel wohler, wenn er seinem Feind ohne jede Hinterlist gegenübertrat. Schließlich konnte man schlecht einen logischen Fehler machen, wenn alles, was man zu tun hatte, darin bestand, den Gegner zu durchbohren, bevor er einen durchbohrte.

Er schnaubte. *Und da gibt es Leute, die der Ansicht waren, du hättest der König sein können, Beltan der Bastard. Die müssen noch beschränkter gewesen sein, als du es bist.*

Ein paar Adlige, die sich verspätet hatten, eilten an ihm vorbei. Beltan tastete nach dem Tafelmesser in seinem Gürtel und wünschte sich, es wäre sein Schwert. Wäre es nach ihm gegangen, hätte er sein Kettenhemd getragen und nicht sein bestes grünes Wams mit dem passenden Umhang. Aber die Tradition verlangte es, die Wintersonnenwende unbewaffnet zu begrüßen. Später in der Nacht würden die Feiernden im Großen Saal das Ewige Scheit entzünden, damit sein Licht die Sonne von ihrer winterlichen Reise nach Süden zurückholte. Falls auch nur ein Teilnehmer eine Waffe trug – so erzählte es zumindest die Legende –, würde die Sonne aus Furcht noch weiter nach Süden fliehen und der Winter niemals enden.

Eine Gänsehaut lief Beltan den Rücken hinunter. Er war nicht davon überzeugt, daß dieser Winter endete, egal wie hell das Ewige Scheit in dieser Nacht auch brannte. Es war eine seltsame Kälte, die das Schloß gepackt hielt; sie drohte seine Mauern zu spalten. Er hatte noch niemals etwas Vergleichbares gefühlt und bezweifelte, daß es die anderen hatten. Mit Ausnahme von Falken natürlich.

Beltan berührte eines der Blumengebinde aus grünen Blättern und roten Beeren, die um seinen Hals hingen. Mehrere Jungfrauen waren früher am Abend auf ihn zugekommen, jede mit einem selbstgefertigten Kranz in der Hand. Beltan hatte höflich den Kopf gesenkt und zugelassen, das sie alle ihm ihre Kränze umhängten. Es war eine weitere Tradition des Wintersonnenwendfestes, daß eine junge Frau für den Mann, dem sie Sympathie entgegenbrachte, einen Kranz flocht. Die Frau, die dem Mann, der die meisten Kränze erhielt, als letzte ihr

Gebinde umhängte, war diejenige, deren Wunsch in Erfüllung ging.

Die Jungfrauen, die an Beltan herangetreten waren, waren süß und hübsch gewesen, aber er wußte, daß weder sein Gesicht noch sein Geschick mit dem Schwert der Grund für ihre Aufmerksamkeit gewesen waren. Wer stellte schon eine bessere Partie dar als der Neffe des Königs? Aber die älteren Mitglieder des Hofes wußten, was auch Beltan klar war – daß er mit seinen einunddreißig Wintern schon weit über das beste Heiratsalter hinaus war, daß er zwar spät hätte heiraten können, um einen Erben für seine Ländereien zu produzieren, er jedoch keine Ländereien zum Vererben hatte. Nein, die Reize der Jungfrauen würden keine Wirkung zeigen, wie sie schon selbst bald genug herausfinden würden. Beltan hatte den Ruf des Stiers schon vor langer Zeit vernommen.

Er schaute wieder zum Eingang des Großen Saals und seufzte. Dort drinnen war keiner mit etwas Größerem als einem Tafelmesser bewaffnet, und im Schloß trieb ein Mörder sein Unwesen. Vor dem Fest hatte er Melia gesagt, König Boreas hätte ihn angewiesen, an der Tür Wache zu halten. Die Lüge nagte an ihm. Er hätte dort drin sein und sie schützen sollen. Vor drei Jahren war er verloren gewesen, hatte nicht gewußt, was er mit seinem Leben anfangen sollte. Er hatte die Straßen der Domänen als vagabundierender Ritter bereist, war kaum besser als ein Strauchdieb gewesen. Dann hatte er Melia und Falken in einer Taverne in Galt kennengelernt, und er hatte sofort gewußt, daß er hier jemandem gegenüberstand, der es wert war, daß man ihm diente. Er hatte ihr sein Schwert gereicht und geschworen, sie damit zu beschützen, und sie hatte den dargebotenen Griff akzeptiert, ihn mit der flachen Klinge angetippt und ihn gebeten, wieder aufzustehen. Seit damals war er nie weit von ihrer Seite entfernt gewesen.

Melia brauchte seinen Schutz eigentlich nicht. Aber in

einigen Dingen wiederum doch. Es gab so vieles an Melia, das er bis heute nicht verstanden hatte, das er niemals verstehen würde. Es spielte keine Rolle. Er wußte, daß das, was sie und Falken taten, wichtig war. Und das reichte ihm.

Ist das so, Beltan? Die alte Frage drängte sich wieder in den Vordergrund seiner Gedanken. *Oder ist es nicht eher so, daß es viel einfacher ist, jemand anderes Schwert zu sein? Schließlich kann ein Schwert sehr mächtig sein, ohne für sich selbst denken zu müssen.*

Beltan verdrängte die Frage. Was geschehen war, war geschehen. Das Schwert eines Ritters zu sein, war sein Leben, auf das er einen Eid abgeleistet hatte. Er hätte dort im Saal sein sollen.

Nur daß Travis Wilder ebenfalls sein Schützling war. Melia hatte ihn unter ihre Fittiche genommen, und das machte ihn zu Beltans Problem. Aber es war noch mehr als das, denn er hatte Travis im Weißen Turm ein Versprechen gegeben; er hatte ihm zugesichert, daß er sich keiner Gefahr allein stellen mußte. Von den beiden schwebte heute abend Travis mit Sicherheit in der größeren Gefahr, davon war er überzeugt.

Beltan schüttelte den Kopf. In gewisser Weise war ihm Travis ein ebenso großes Rätsel wie Melia, und das nicht nur, weil Falken behauptet hatte, er stamme von einer anderen Welt als Eldh. Travis war recht ansehnlich, doch er ging leicht gekrümmt, damit er niemandem auffiel. Er war freundlich, benahm sich aber, als wäre er keinerlei Aufmerksamkeit wert. Und er hatte einen scharfen Verstand, ließ aber immer die anderen für ihn die Entscheidungen treffen. Warum? Beltan vermochte es nicht zu sagen. Trotzdem hatte er das Gefühl, daß Travis von allen am dringendsten Schutz brauchte.

Seine Nackenhaare stellten sich auf. Beltan war Veteran von viel mehr Kämpfen, als er zählen konnte. Er wußte, wann sich hinterrücks Gefahr näherte. *Bei Vathris, du bist ein Narr,*

Beltan von Calavan! Du läßt dich ablenken. Konzentriere dich auf deine Aufgabe!

Er griff nach dem Messer in seinem Gürtel und drehte sich um. Vor ihm stand Gefahr, auch wenn sie keine schwarze Kutte oder feuchten grauen Pelz trug. Statt dessen war sie in ein blutrotes Gewand gekleidet, und ihre Augen funkelten so hart wie grüne Juwelen. Sie verzog den Mund zu einem Lächeln – die Lippen hatten dieselbe Farbe wie ihr Kleid –, und er holte tief Luft.

»Eine schöne Wintersonnenwende, Lord Beltan.«

Er runzelte die Stirn. »Was wollt Ihr, Lady Kyrene?«

»Was will jede Jungfrau an diesem Abend?« Sie hielt einen Kranz aus dunkelgrünen Blättern und blutroten Beeren hoch.

Er grunzte. »Was könnt Ihr schon über die Bedürfnisse von Jungfrauen wissen, Mylady?«

Kyrene lachte; es klang amüsiert, aber zugleich auch rauh, wie Wein, der angefangen hatte, sauer zu werden. »Viel mehr, als sie selbst wissen, mein Lieber. Kommt, laßt es mich Euch zeigen.« Sie ließ unverfroren die Hand über seine Brust und seinen Bauch gleiten, dann griff sie ein Stück tiefer kurz zu.

Er wich einen Schritt zurück.

In ihre Augen trat ein Glitzern. »Dann sind die Geschichten also wahr. Keine Frau kann den mächtigen Beltan dazu bringen, sich zu erheben. Seid Ihr also so sehr in eine mögliche Priesterschaft verliebt? Wollt Ihr dem Inneren Kreis der Mysterien von Vathris angehören? Oder macht es Euch mehr Spaß, mit Euren Stierbrüdern unter der Decke zu schnauben?«

»Mit wem ich das Lager teile, geht Euch nichts an, Lady Kyrene.«

»O doch, Lord Beltan, denn ich möchte, daß Ihr *mein* Lager teilt.«

Sie trat einen Schritt näher an ihn heran, und er wich erneut zurück.

Ein frohlockender Ausdruck trat in ihr Gesicht. »Aber begreift Ihr denn nicht? Zusammen können wir uns Boreas' entledigen, wir können Calavan als König und Königin beherrschen. Ihr habt Eure Stärke, ich meine Schönheit. Denkt doch nur an die prächtige Brut, die wir beide in die Welt setzen könnten.« Sie lachte wieder. »Und keine Angst, ich bin keine Närrin. Ich würde von Euch nicht verlangen, mich zu lieben. Ihr könntet in Euer so kostbares Labyrinth von Vathris hinabsteigen, die Stiermaske anlegen und es so vielen von den hübschen jungen Initiierten besorgen, wie ihr Lust habt. Mir ist das egal. Tatsächlich könnte es sogar durchaus sein, daß ich gelegentlich Lust hätte, in den Schatten zu stehen und zuzusehen.«

Die ganze Zeit, die sie gesprochen hatte, war er noch weiter vor ihr zurückgewichen. Nun standen sie vor einem dunklen Torbogen.

»Verschwindet!«

Kyrene stieß einen Seufzer aus. »Wie schade, mein Lieber. Aber gut, so soll es sein. Ich weiß, wann ich besiegt bin.« Die Gräfin wandte sich ab, dann verharrte sie. Sie hielt den grünen Kranz hoch. »Laßt mich Euch wenigstens das hier geben. Tut mir den Gefallen, für meine Mühen.«

Er zögerte. Sämtliche Instinkte befahlen ihm, sich von dieser Frau zu entfernen. Etwas stimmte nicht mit ihr, es war wie eine Krankheit. Doch ihr den Gefallen zu tun, schien die leichteste Weise zu sein, sie loszuwerden. Er beugte den Kopf, und sie streckte die Arme aus, um ihm den Kranz um den Hals zu legen.

Die Dornenzweige zwischen den Blättern und Beeren sah er viel zu spät.

Beltan wollte ausweichen, aber diese Handlung drückte den Kranz bloß gegen seinen Nacken. Er verspürte ein halbes Dutzend schmerzhafte Nadelstiche, als sich die Dornen in seine Haut bohrten. Ein Schleier senkte sich über ihn, seine

Gliedmaßen wurden kalt. Er taumelte zurück. *Was habt Ihr getan, Hexe?* wollte er sagen, aber kein Laut kam über seine Lippen.

Ihr Gesicht schwebte nun über ihm, genau wie ihr blutrotes Lächeln. »Das wär's, mein Lieber.« Ihr zuckersüßes Schnurren hallte in seinem Kopf wider, wie Stimmen in einer Höhle. »Schlaft jetzt. Wenn Ihr aufwacht, werdet Ihr viel stärker sein.«

Er starrte sie an, zu keiner Bewegung fähig. *Was wollt Ihr mir antun?* Aber wieder konnte er die Worte nicht formen. Durch den Nebel sah er graue Gestalten aus den Schatten heranhuschen.

»Schafft ihn weg«, sagte sie.

Das letzte, was Beltan hörte, war bösartiges Gelächter, dann schlangen sich feuchte Hände um seine Arme und Beine und zerrten ihn in die Dunkelheit.

40

Grace starrte den Talisman an, der von ihrem Armreif herabbaumelte.

Die Hitze und der Lärm des Großen Saals zogen sich in die weite Ferne zurück, und das Vakuum, das sie hinterließen, war kalt und leer. Stille hüllte sie ein wie erstickende Plastikfolie. Der Talisman füllte ihre Sicht aus, bis sie sich im Vergleich winzig vorkam, ein Satellit, der sich von der Schwerkraft eines finsteren, zerklüfteten Planeten hatte einfangen lassen.

In ihrem Kopf drehte sich alles, wie eine den Norden suchende Kompaßnadel. Sie sah wieder Detektive Janson vor sich, wie der leere Ausdruck in seinen kleinen Augen von einem Augenblick zum anderen von dem heißen Licht des Bösen ersetzt wurde.

Nein. Sie konnte es nicht glauben. Es war bloß ein Talisman aus Stein – es konnte nichts bedeuten. Das war unmöglich. Sie hatte über seine Brust gestreichelt, hatte die glatte, unversehrte Haut selbst gefühlt. Es mußte ein Fehler sein.

Folge ihm, Klingenheilerin, bis du lernst, deinem Herzen zu folgen.

Furcht kristallisierte sich in Graces Innerem. Narbe oder nicht, ein Magnet konnte nicht lügen. Sie hätte geschrien, aber in einem Vakuum wurde ein Geräusch nicht weitergeleitet, oder? Im Weltraum würde die Haut zu Eis erstarren, während einem das Blut in den Adern kochte. Feuer und Eis, und dann nichts mehr, für alle Ewigkeit. Die süße, gesegnete Ewigkeit …

»Lady Grace?«

Die Stille zersplitterte, der Talisman schrumpfte, und der Lärm des Großen Saales schlug wie eine Welle über ihr zusammen.

Graces Finger berührten noch immer den Pokal, den er ihr entgegenhielt, und der magnetische Talisman des Armreifs zeigte noch immer direkt auf seine Brust. Ihre Gedanken wanden sich voller Panik. Wie lange war sie so erstarrt gewesen? Bestimmt wußte er Bescheid, bestimmt las er das Entsetzen in ihren Augen und erkannte, was es bedeutete. Jede Sekunde würde er den Pokal zur Seite schleudern, seine unnatürlich starken Hände um ihren Hals legen und das Leben aus ihr herauswürgen.

Nein, der Ausdruck auf seinem Gesicht – diesem außerordentlich attraktiven Gesicht – verriet nur Belustigung. Er hob eine Braue.

Tu was, Grace. Du mußt was tun.

Ihre Finger schlossen sich um den Pokal. Er lächelte und ließ los. Sie führte den Pokal mit beiden Händen zum Mund und ließ die Flüssigkeit ihre Lippen berühren, aber sie trank nicht, denn sie wagte es nicht aus Angst, sich zu verschlucken. Dann stellte sie den Pokal ab, und irgendwie schaffte sie das, bevor er ihr aus den Händen glitt.

Wie sollte es weitergehen?

»Ein guter Jahrgang, findet Ihr nicht?« sagte Logren. »Dieser Wein kommt aus den Flußländern des westlichen Eredane. Meine Königin brachte fünf Fässer davon mit.« Der Berater hob den Pokal und trank einen Schluck. Er tat es so unbeschwert, so lässig. Unvorstellbar, daß in ihm das absolute Böse lauerte. Nein – es war nicht unvorstellbar.

»Und was wolltet Ihr mir nun sagen, Mylady? Ich warte.«

Sie befeuchtete sich die Lippen. Was sollte sie ihm sagen? Wenn sie den Mund öffnete, würde sie mit Sicherheit schreien. Dann ertönte eine Stimme, und es hörte sich an, als würde eine andere Person als sie dort sprechen.

»Daß es mir leid tut, Mylord. Schrecklich leid. Das wollte

ich Euch sagen. Es war falsch von mir, vor Euch wegzulaufen, letztens in Eurem Gemach.«

Grace sog zischend Luft ein. Wo waren denn diese Worte hergekommen? Sie vermochte es nicht zu sagen, aber dem Leuchten in seinen Augen nach zu urteilen, war es genau richtig gewesen, ihm das zu sagen, und ihre von der Furcht verursachte Atemlosigkeit verlieh ihren Worten eine Ernsthaftigkeit, die sie nur noch glaubhafter machte. Sie sah zu, wie ihre Hand über den Tisch glitt, als gehörte sie einer anderen Person und wäre kein Teil von ihr. Sie berührte ihn. Er schaute zu ihr hoch, und sein Lächeln wurde noch breiter. Grace hätte sich am liebsten übergeben, aber sie zwang sich, das Lächeln zu erwidern.

Sie hatte sich für eine so gute Spionin gehalten, für so logisch, so wissenschaftlich. Jetzt wußte sie, wie lächerlich dieser Glaube war. Die ganze Zeit war sie der Überzeugung gewesen, Kyrene hätte Logren in ihr Hexennetz eingesponnen, und sie hatte geglaubt, es ihr gleichzutun. Jetzt kannte sie die Wahrheit. Nicht Kyrene hatte Logren eingefangen, das Gegenteil traf zu. Grace erinnerte sich an ihre Begegnung mit Kyrene vor dem Fest, und sie sah wieder die neue, strenge Schönheit der Gräfin vor ihrem inneren Auge.

Was hast du getan, Kyrene? Was hast du nur getan?

Grace kannte die Antwort – sie kannte den einzigen Grund, warum die Gräfin ihre alten, freizügigen Gewänder gegen eines mit einem hochgeschlossenen Kragen eintauschen würde, das so dunkel wie Blut war.

Logren fixierte sie mit seinem Blick. »Ich kann Euch nicht sagen, wie froh ich bin, diese Worte zu hören, Mylady.«

Seine Stimme war ein heiseres Flüstern, das allein für sie bestimmt war. Sie versteifte sich. Wo hatte sie eine ähnliche Stimme schon gehört?

Jetzt scher dich zurück zum Schloß und bring zu Ende, was wir begonnen haben …

Neun dunkle Umrisse warfen Schatten auf ihre Gedanken. Der Kreis aus Steinen. Ja, da hatte sie diese Worte gehört. Damals hatte er geflüstert, um sich zu verstellen. Jetzt sollte es dazu dienen, sie in seine geheime Welt zu locken. Aber es war dieselbe Stimme – derselbe Mann.

»Ihr müßt wissen, Lady Grace, seit dem Tag, an dem ich Euch kennengelernt habe, hoffe ich von ganzem Herzen, daß Ihr und ich …«

Fanfarenschall hallte von den Wänden wider. Grace riß die Hand zurück und drehte den Kopf. König Boreas hatte sich von seinem Platz erhoben, und alle Anwesenden an der Hohen Tafel und im Saal verstummten und richteten die Aufmerksamkeit auf ihn.

»Willkommen an meinem Tisch«, begann der König von Calavan. »Willkommen an dieser längsten Nacht des Jahres. Heute abend sind wir zusammengekommen, um uns zu vergnügen, um das Ewige Scheit zu entzünden und die Sonne zurückzurufen. Heute abend feiern wir den Tod des Winters und freuen uns auf die Ankunft des Frühlings.« In seiner grollenden Stimme lag ein tiefer Ernst. »Das heißt, *falls* der Frühling kommt.«

Ein Murmeln ging durch den Saal. Der König fuhr fort.

»Während die Wintersonnenwende auf uns zukommt, kommt auf die Domänen ihre eigene dunkelste Nacht zu. Und wir alle müssen uns fragen, was muß jeder einzelne von uns tun, damit wir die Dämmerung jemals wieder erblicken können.«

Die Könige und Königinnen an der Hohen Tafel rutschten bei seiner Ansprache unruhig auf ihren Sitzen umher. Eminda runzelte sogar unverblümt die Stirn. Selbst Grace fand Boreas' Ansprache eigenartig. Worauf wollte er hinaus?

»Einen Trinkspruch«, sagte Boreas. Er hob seinen Pokal, und alle Anwesenden folgten seinem Beispiel, offensichtlich froh darüber, etwas tun zu können, was einen Sinn ergab. »Mögen wir alle diese Nacht gemeinsam durchschreiten und wie ein Mann den Morgen willkommen heißen!«

Rufe wie *Hört! Hört!* ertönten, aber es gab auch eine gleich große Anzahl abweichendes Gemurmel. Grace trank einen Schluck Wein, ohne ihn zu schmecken. Die Furcht war verschwunden und von Taubheit ersetzt worden. Der Mörder saß neben ihr, und Boreas' Worte stießen auf taube Ohren. Die Domänen würden nicht Seite an Seite stehen. Sie würden die Morgendämmerung nicht mehr erleben.

»Und jetzt, bringt die Schauspieler!« donnerte Boreas.

Grace erstarrte beim Klang dieser Worte, sie umklammerte den Pokal. Der Plan! In ihrem Schrecken hatte sie ihn total vergessen. Neues Entsetzen durchflutete sie. Sie ließ die Blicke durch den Großen Saal irren, aber es war keine hübsche junge Frau in einem blauen Gewand zu sehen. Wo steckte Aryn? Sie hätte in der Ecke stehen sollen, um auf Graces Signal zu warten, sobald diese sich sicher war. Nur daß Grace die Identität des Mörders bereits kannte – er saß neben ihr, in sein bestes Grau gekleidet –, und von der Baronesse fehlte jede Spur.

Eine Seitentür öffnete sich, und eine winzige Gestalt sprang heraus, schlug mitten in der Luft einen Purzelbaum und landete von Applaus und entzücktem Raunen begleitet auf dem Podium. Trifkin Moosbere schwenkte seine befiederte Mütze, verbeugte sich und richtete sich mit einem Lächeln auf dem breiten Engelsgesicht wieder auf. Er breitete die kleinen Hände aus und sprach mit seiner Fistelstimme.

»Der alte Winter stirbt heut nacht
Ihr Anwesenden hier, gebt gut acht,

Während wir unser fröhlich' Spiel präsentieren,
wird ein jeder von euch eine Rolle spielen.

Laßt euch nicht verblüffen, horcht und gebt acht,
Wir haben eine Bitte mitgebracht …
Während wir beschreiten unseren Weg diese Nacht,
sollt ihr des Winters Grabrede halten, voller Pracht.

Seid unerschrocken, laßt eure Phantasie walten,
Sagt sie leise zum Winter, dem Alten,
Und legt eure Hand auf seine Brust, nur nicht verzagen,
wenn wir den Winter zu Grabe tragen.«

Trifkin sprang beiseite, und das Schauspiel nahm seinen Anfang. Trotz ihres Entsetzens konnte Grace den Blick nicht von den Schauspielern wenden, so gebannt war sie von ihrem Zauber.

Baumfrauen rannten auf das Podium und standen dann in ihren rindenbraunen Gewändern stocksteif da und hoben die wie Zweige aussehenden Arme, um einen entblätterten Wald darzustellen. Der Winter wandelte zwischen ihnen mit seinem weißen Bart und dem langen Gewand. Er bewarf die Baumfrauen mit schneeweißen Blüten und kicherte, wenn die eiskalte Berührung sie erzittern ließ. Er hob die knochigen Hände, und von den Dachbalken regneten Blüten in die Tiefe, die schattenhafte Gestalten aus Körben schüttelten. Sein eisiges Gelächter ließ die Luft erstarren …

… und erstarb, als ein Dutzend Ziegenmänner mit nackten Oberkörpern, haarigen Hosen und auf die Stirnen gebundenen Hörnern auf das Podium sprangen. Jeder von ihnen hielt einen Stock in der Hand, und als sie den Alten umkreisten, schoß aus jedem Stock eine Flamme und verwandelte sie in flackernde Fackeln. Die Ziegenmänner liefen immer schneller. Der

Kreis wurde enger, der Winter hob die weißen Arme und schrie auf. Dann hielten die Ziegenmänner ihre Fackeln an sein Gewand.

Grace keuchte auf, und mit ihr im Saal Hunderte andere. Als wäre sein Gewand aus dem Blitzpapier eines Zauberkünstlers geschneidert, flammte der Winter hell auf. Das grelle Licht blendete Grace einen Herzschlag lang, und als sich ihre Sicht wieder klärte, war der Alte verschwunden.

Nein, das stimmte nicht. Wo eben noch der Winter gestanden hatte, ragte nun eine hölzerne Bahre auf. Darauf lag ein von Kopf bis zu den Zehen mit einem schwarzen Tuch bedeckter Körper. Vier Ziegenmänner hoben die Bahre mit muskulösen Armen hoch, während die Baumfrauen vor Freude erbebten. Dann trugen die Ziegenmänner die Bahre durch den Großen Saal. Sie blieben immer wieder stehen, damit jeder Gast eine Hand auf den Leichnam des Winters legen konnte und ein paar Worte sprach, wie Trifkin es befohlen hatte.

»Schmelze, alter Mann!« riefen sie.

»Gut, daß du verschwindest!« riefen andere.

»Jetzt bist du so kalt wie mein Ehemann«, verkündete eine ältere Gräfin zur allgemeinen Heiterkeit jedes im Saal Anwesenden mit Ausnahme des grauhaarigen Mannes, der neben ihr saß.

Grace sah dem Spektakel zu, und ihr stockte der Atem. Nein, das lief doch alles falsch. Wo war Travis? Er sollte eine Rolle in dem Stück spielen, als Narr verkleidet hätte er neben der Bahre gehen und sich umsehen sollen. Sobald er Grace dann das Zeichen gegeben hatte, sollte sie Aryn das verabredete Signal geben. Aber keiner der beiden war in Sicht, der Plan war spektakulär gescheitert, und Grace saß allein mit einem Mörder an ihrer Seite.

Die Ziegenmänner drehten sich um, und die Bahre näherte

sich der Hohen Tafel. Einige Herrscher runzelten die Stirn – vor allem Sorrin und Eminda –, aber andere machten mit. Boreas legte genau wie Kylar eine Hand auf die Leiche, und beide gaben lautstark ihre Freude über sein Dahinscheiden kund. Ein offensichtlich betrunkener Lysandir lallte etwas Unverständliches und wäre auf die Bahre gefallen, hätten ihn zwei Diener nicht festgehalten. Die Ziegenmänner schritten die Reihe ab.

Grace atmete in kurzen, abgehackten Zügen. Was sollte sie nur tun? Aber es war zu spät. Die Prozession war fast zu Ende – sie konnte nichts tun.

Nein, Grace. Das ist nicht richtig. Es ist noch lange nicht vorbei.

Die Stimme, die das sagte, war trocken und kalt; es war ihre Ärztinnenstimme. Die Furcht versiegte. Ein harter Teil von ihr drängte sich in den Vordergrund, der Teil, der ein Skalpell mit emotionsloser Effizienz führte, der Teil, der ohne zusammenzuzucken in lebende Körper hineingriff, um das in Ordnung zu bringen, was nicht länger funktionierte. Die Zeit verlangsamte sich, und die Luft war so hart und klar wie Harz. Sie wußte, was sie zu tun hatte. Wieder balancierte sie auf der Wippe. Wieder überschritt sie die Grenze.

Die Ziegenmänner blieben vor Logren und Grace stehen. Sie erhob sich von ihrem Platz und setzte ein spielerisches Lächeln auf.

»Wer ist dort in Schwarz gehüllt?« fragte sie. »Müßte der Winter nicht in Weiß gehüllt sein?«

Sie nahm ihre Serviette vom Tisch, entfaltete das weiße Tuch und legte es auf die Leiche. Dann wandte sie sich noch immer lächelnd Logren zu.

Er blickte sie nachdenklich an, dann zuckte er mit den Schultern und lächelte ebenfalls. Er streckte die Hand aus und legte sie auf den verhüllten Leichnam.

»Ich weiß«, sagte er mit seiner sonoren Stimme, »daß wir alle froh sein werden, wenn dieser Winter nur noch eine ...«

Er verstummte, als ein Raunen durch den Großen Saal ging. Logren runzelte die Stirn, dann fiel sein Blick auf die Bahre.

Blutrote Flecken erblühten auf der schneeweißen Serviette.

Logren holte zischend Luft und riß die Hand zurück. Die Flecken wuchsen noch immer. Das Raunen verwandelte sich in Entsetzensschreie. Grace betrachtete die Bahre mit einem seltsamen Frohlocken.

»Was ist hier los?« fragte Boreas finster mit gerunzelter Stirn.

Grace stand aufrecht da, von Macht erfüllt. »Seht selbst, Euer Majestät!«

Sie riß Serviette und Leichentuch weg. Noch mehr Schreie ertönten, Gäste sprangen auf die Füße. Auf der Bahre lag nicht der alte Schauspieler, der den Winter gespielt hatte. Es war Alerains Leiche. Sie hatten seinen Kopf wieder an die Schultern angesetzt. Aus dem Schnitt am Hals, aus Augen und Ohren sowie der verheerenden Wunde in seiner Brust quoll schwarzes Blut.

Boreas starrte ihn an; sein Gesicht war vor Entsetzen aschfahl. »Lady Grace, was habt Ihr getan?«

»Ich habe den Mörder Eures Seneschalls gefunden, Euer Majestät.« Ihre Stimme hallte durch den Saal. »Ihr kennt die Legende, nicht wahr? Daß in der dunkelsten Nacht eines Jahres ein Toter über die Macht verfügt, seinen Mörder anzuklagen?«

Grace war sich nicht sicher, woher sie das wußte. Sie wußte nur, daß Trifkin Moosbere in dem seltsamen Waldgemach dieses Wissen an sie übermittelt hatte. Es handelte sich um eine uralte, urtümliche Magie, viel älter noch als die Hexen oder die Runensprecher. So alt wie der Dämmerwald. Am Abend der Wintersonnenwende würde eine Leiche in Gegenwart ihres Mörders bluten.

Logren trat vom Tisch zurück. »Das ist Wahnsinn! Die Lüge einer Hexe!«

»Das ist keine Lüge«, sagte Grace.

Sie erwiderte seinen Blick. Einen Augenblick lang hielt sein verwirrter Ausdruck noch an, dann zerbröckelte er wie eine Maske. In seinem Blick leuchtete das Böse auf, in seiner ganzen Reinheit, ohne zu schwanken. Ja, jetzt wußte er Bescheid, das konnte sie sehen. Er brauchte es nicht länger vor ihr zu verstecken.

»Sie werden es Euch niemals glauben«, sagte er in einem Tonfall, der giftiger war, als ein Gift jemals hätte sein können.

Sie gab ihm ihre Antwort mit kühler Präzision, eine Ärztin, die ihre Diagnose stellte. »Ich glaube, da irrt Ihr Euch, Mylord.«

Wütende Rufe ertönten aus der Menge. Boreas starrte Logren mit zornrotem Gesicht an. Eminda erhob sich von ihrem Stuhl.

»Logren, Ihr seid ein Narr!« sagte sie hart. »Was habt Ihr getan? Mit diesem Wahnsinn habt Ihr alles verdorben. Ihr werdet Euch auf der Stelle von dieser Tafel hier entfernen!«

Logren zögerte. Er starrte die Menge finster an, dann Grace und schließlich Königin Eminda. Ein furchteinflößendes Grinsen trat in sein Gesicht und merzte jede noch so kleine Spur der Schönheit aus, die dort einst ihren Sitz gehabt hatte.

»Ihr geht nirgendwohin, Eminda«, sagte er. »Keiner von euch!«

Die Bewegung erfolgte so schnell, daß sie keiner hätte verhindern können. Logren riß das Tafelmesser aus dem Gürtel und machte eine schnippende Handbewegung. Eminda taumelte mit weit aufgerissenen Augen zurück. Sie griff sich an den Hals und berührte das Messer, das dort herausragte. Dann sackte sie gegen König Boreas.

Bevor die anderen reagieren konnten, hob Logren beide

Arme. »Jetzt, meine wilden Bestien!« rief er mit schrecklicher Stimme. »Kommt zu mir!«

Sie gehorchten. Sie schlängelten sich durch die hohen Fenster und krabbelten die Wände hinunter. Feydrim. Der Große Saal verwandelte sich in ein Meer aus Angst und Panik.

Logren richtete seinen leblosen Blick auf Grace. »Ihr habt verloren, Euer Durchlaucht.«

Grace antwortete ihm nicht. Sie konnte bloß die Feydrim anstarren, die in den Großen Saal strömten.

41

Travis drückte sich mit dem Rücken an die Wand und blickte in das stetig heller werdende Licht. Das metallische Summen ließ seinen Körper vibrieren wie einen Draht.

Er hielt die Schatulle aus Eisen durch den Stoff seines Wamses umklammert. Das war es, was ihn verraten hatte, was sie zu ihm geführt hatte. Er hätte sie wegwerfen oder irgendwo im Boden verscharren, sie viele Meilen von hier entfernt einfach verlieren sollen. Aber obwohl er das dachte, wußte er doch genau, daß er so etwas niemals übers Herz gebracht hätte. Jack hatte ihm die Schatulle anvertraut, und er hatte ihm ein Versprechen gegeben. Es war seine Last, die er tragen mußte. Und in einem Moment würde alles vorbei sein.

Das Licht gewann noch an Stärke, und er hob eine Hand, um seine Augen zu beschatten. Die Helligkeit strömte durch seine Finger, als stellte das Fleisch kein Hindernis dar. Einen kurzen Augenblick lang dachte er an Grace und die anderen. Er hoffte, daß es ihnen allen gutging, und es tat ihm leid, daß er sie nie wiedersehen würde, daß er sich niemals von ihnen würde verabschieden können. Dann flohen seine Gedanken und ließen nur noch blankes Entsetzen zurück, als sie in der Mitte des Lichtscheins auftauchten, hochgewachsen, spindeldürr und böse.

»Jack, ich habe Angst«, flüsterte er.

Die Phantomschatten hoben die dünnen Arme und kamen auf ihn zu. Er konnte nicht einmal feststellen, wie viele es waren. Er sah bloß silberne Haut, mundlose Gesichter und riesige, obsidianschwarze Augen. Jetzt konnte ihn keine Schatulle aus Eisen mehr beschützen.

Furcht bringt eine seltsame Klarheit mit sich, und Travis

wurde beinahe ganz ruhig, als die Phantomschatten näherkamen. Sein ständiges Weglaufen, das ewige Verstecken, das Vergessen, das alles hatte nun ein Ende. Nun würde er sich nicht mehr entscheiden müssen, was er mit seinem Leben anfangen wollte oder was sein sollte. Diese letzte Entscheidung würde man für ihn treffen. Er holte die Schatulle hervor und hielt sie in beiden Händen.

Er sah nicht nur, wie sie schneller wurden; er konnte es fühlen. Ihr Licht flackerte, als bebte es voller Erwartung. Sie drängten sich in den Korridor, angezogen von dem, was er in Händen hielt, und doch gleichzeitig von Ehrfurcht ergriffen, vielleicht sogar ängstlich. Er hielt ihnen die Schatulle hin.

Hör auf damit, Travis!

Es fiel ihm schwer, die Stimme durch das Brummen in seinem Schädel hindurch zu hören. Er hielt den Behälter höher.

Du hörst sofort damit auf!

Er zögerte. *Jack?*

Bei Ysanis lieblichen Tränen, was glaubst du denn, wer ich bin?

Travis zuckte trotz seiner Angst zusammen. Es war Jack, keine Frage.

Du mußt Sinfathisar benutzen, Travis.

Er hielt die Schatulle umklammert. *Den Stein? Aber genau den wollen sie doch haben.*

Ja, und der Stein ist deine einzige Hoffnung. Du mußt ihn dazu benutzen, um sie wieder zu dem zu machen, was sie einst waren.

Ich verstehe nicht.

Sie sind entstellt worden, Travis – entstellt und korrumpiert. Der Stein kann sie wieder zurückverwandeln. Das ist Sinfathisars Macht. Vor dem Licht und der Dunkelheit gab es das Zwielicht. Benutze den Stein. Heile sie.

Aber …

Jetzt sofort, Travis!

Die Phantomschatten hatten ihn erreicht. Sie griffen mit schmalen Händen nach ihm, in der Absicht, ihn zu berühren. Es blieb keine Zeit mehr. Travis fummelte an dem Verschluß herum, öffnete den Behälter, hätte um ein Haar seinen Inhalt fallen gelassen und nahm den Stein des Zwielichts in die Hand. Er war hart und glatt, und die in ihm liegende Macht hallte in ihm wider.

Die großen Augen der Phantomschatten wurden noch größer. Das schreckliche Licht um sie herum blitzte auf. Es durchdrang seine Haut, sein Fleisch, seine Knochen. Fahle Hände griffen nach ihm. Travis nahm den Stein und schrie in Gedanken die Worte.

Heile sie!

Der Laut war ihm vertraut; er hatte ihn zuvor schon in der Ruine des Weißen Turms gehört, ein Chor mundloser Schreie. Es war ein Laut des Schmerzes, ein Laut der Trauer, ein Laut der Befreiung. Das Licht der Phantomschatten loderte auf, bis es die Welt fortspülte. Travis schwebte an einem weißen Ort, einem Ort ohne Farbe, ohne Temperatur, ohne Materie. Nur ein rhythmisches Trommeln war zu hören, von dem er wußte, daß es sich um seinen Herzschlag handelte. Dann – wie bei der Filmaufnahme eines zersplitternden Fensters, die rückwärts lief – rasten die Splitter des Korridors – Wände, Boden und Decke – wieder aufeinander zu, und die Welt bestand wieder aus einem Ganzen.

Travis fummelte an seiner Brille herum, seine Sicht klärte sich. Das schmerzhafte Licht der Phantomschatten war nicht länger zu sehen. Es war von einer sanften Helligkeit ersetzt worden, die an eine Wintersonne denken ließ, die zwischen den Zweigen blattloser Bäume hindurchschimmerte. Er holte erstaunt Luft.

Die Phantomschatten waren verschwunden. Neun Wesen

waren an ihre Stelle getreten, so wunderschön, wie die Fahlen schrecklich gewesen waren. Sie waren in federleichtes Tuch gekleidet, das wie ein Sternennebel schimmerte. Sie waren groß – größer als Travis – und von unmöglicher Schlankheit. Selbst in ihrer reglosen Haltung war ihre Anmut klar erkennbar. Ihre Gesichter waren nicht menschlich, trotzdem waren sie lieblich anzusehen: Das Kinn war fein geschnitten, die Wangenknochen hoch angesetzt, Mund und Nase klein. Die Augen, die Travis anblickten, waren groß, aber keineswegs so grotesk wie die der Phantomschatten. Statt dessen leuchteten sie wie dunkle, schimmernde Edelsteine. Es waren uralte Augen.

Travis senkte den Stein. Er fühlte sich warm auf seiner Haut an. »Wer seid ihr?« flüsterte er.

Die Wesen antworteten ihm nicht, trotzdem wußte er Bescheid, als hätten sie ihm eine Antwort gegeben. Die Magie des Fahlen Königs hatte sie zu Zerrbildern gemacht, und nun waren sie wieder in das zurückverwandelt worden, was sie einst gewesen waren.

Das Feenvolk verbeugte sich vor ihm. Es erschien falsch, daß solch strahlende Wesen etwas Derartiges taten, aber noch während er dies dachte, überkam ihn eine tiefe Ruhe. Sie waren dankbar.

Die Elfen richteten sich wieder auf. Er erwiderte ihren alterslosen Blick, und es hatte fast den Anschein, als verzögen sich ihre winzigen Münder zu einem wissenden Lächeln. Dann verschwammen ihre Umrisse, bis sich dort, wo eben noch jeder Elf gestanden hatte, eine Lichtsäule erhob. Dann schrumpfte jede Säule zu einem winzigen Lichtpunkt zusammen. Neun silberne Funken schwebten in der Luft und tanzten um die Ecke wie Pusteblumen im Wind.

Im Korridor wurde es dunkel. Travis war allein. Er schaute auf den Stein in seiner Hand. Was war das für ein Ding, das zerstörte Dinge wieder genesen lassen konnte? Was war das für ein Ding, für das das Böse die Welt zerstören würde, um es in die Hand zu bekommen? Travis seufzte. Er schob den Stein zurück in die Tasche.

»Gut gemacht, mein Junge«, sagte eine heisere Stimme.

Er sah auf. Eine Gestalt schlurfte auf ihn zu; ihr konturloser Körper war in farblose Lumpen gekleidet. Es handelte sich um die alte Dienstmagd, die er bei zwei Gelegenheiten durch das Schloß verfolgt hatte. Jetzt hatte sie ihn gefunden.

Travis schüttelte den Kopf. Und wieder stellte er dieselbe Frage. »Wer bist du?«

Das alte Weib kicherte gackernd, dann schob sie mit knochigen Fingern den schmutzigen Schal herunter, der ihr Gesicht verbarg. Travis riß die Augen weit auf.

»Grisla?«

Ihr faltiges Gesicht verzog sich zu einem Grinsen. »Nun, die Königin von Malachor ist es bestimmt nicht.«

Er blinzelte. »Grisla?«

»So heiße ich, mein Junge«, fauchte sie. »Strapazier den Namen nicht so.«

In Travis' Kopf drehte sich alles, und er versuchte es zu verstehen. »Aber wie bist du …?«

Die Alte schlug sich mit einer knorrigen Hand vor die Stirn. »Und da geht es schon wieder los, Junge. Immer nur Fragen stellen, immer nur genau wissen wollen, warum dieses und wie jenes.« Sie schnaubte. »Das Fragen ist der leichte Teil, mein Junge. Wann fängst du endlich an, sie zu beantworten? Das ist nämlich der Trick dabei.«

Travis wollte etwas erwidern, aber er wußte nicht, was er sagen sollte.

»Also, wo ist das Bündel, das ich fallen ließ?« fragte die Alte. »Du hast es doch wohl nicht verloren, oder?«

Er stöhnte in Gedanken auf. »Es ist in meinem Gemach.«

»Tatsächlich? Bist du dir da sicher?«

»Ja ...«

Er hatte es noch nicht ganz ausgesprochen, als auch schon etwas Sperriges gegen seine Seite drückte. Er griff in die Tasche seines Wamses und holte einen Gegenstand hervor, von dem er wußte, daß er sich vor einem Augenblick dort noch nicht befunden hatte: das Lumpenbündel, das die alte Hexe hatte fallen lassen. Er hielt es ihr hin.

»Nein, mein Junge, das gehört dir. Na los, mach es schon auf und sieh es dir an.«

Travis zögerte, dann zupfte er mit spitzen Fingern an dem Bündel herum und zog die Lumpen auseinander. Ihm stockte der Atem. Dort lag ein kleiner polierter Knochen, in den drei gerade Linien eingeritzt waren.

Grisla starrte ihn mit ihrem hervorquellenden Auge an. »Also, mein Junge, hast du dich endlich entschieden, was es zu bedeuten hat?«

Er holte tief Luft, öffnete den Mund, und schüttelte dann den Kopf. Was sollte er sagen? Das Ende von allem oder der Beginn? Er konnte doch kaum rechts von links unterscheiden. Wie sollte er da eine Entscheidung treffen, die soviel bedeutsamer war?

Grisla drückte die verwelkten Lippen in einem Ausdruck des Bedauerns zusammen. Sie drehte sich um und legte eine Hand auf eine Tür in der Wand – eine Tür, die genau wie das Bündel vor einem Augenblick noch nicht dagewesen war. Sie stieß die Tür auf. Eisige Luft strömte in den Korridor und brachte hartgefrorene Schneeflocken mit.

»Sieh hin, mein Junge«, sagte Grisla mit krächzender Stimme.

Er zog den Saum seines Nebelmantels enger und trat auf die Tür zu. Sie führte nicht in ein Gemach, sondern in ein zugeschneites, vom Mondlicht erhelltes Tal. Die Silhouetten von Bergen bohrten sich wie schwarze Messer in den Himmel. Genau in ihrer Mitte gab es eine große dunkle Fläche. Sie sah aus wie eine Tür, die in den Berg hineinführte.

Nein, keine Tür. Ein Tor. Ein Tor aus Eisen, so hoch wie zehn Männer, das in eine Lücke zwischen den spitzen Gipfeln eingesetzt war.

Wie …? wollte er fragen, ließ es dann aber sein.

Das Fragen ist der leichte Teil …

Travis kannte die Antwort bereits. Irgendwie führte diese Tür in die Schattenkluft. Das war natürlich völlig unmöglich: Das Tal befand sich zweihundert Meilen nördlich von Calavere. Doch hier war es nur einen Schritt weit entfernt. Vor seinen Stiefelspitzen sammelte sich Schnee an.

»Das Runentor wird sich öffnen«, flüsterte Grisla. »Nur du allein kannst es schließen, Runenmeister.«

Travis schüttelte den Kopf. »Aber ich kann nicht.« Die Kälte, die durch die Tür hineinströmte, füllte seine Brust und ließ sein Herz erstarren. »Ich kann nur Dinge zerstören.«

»Ist das also deine Entscheidung, mein Junge?«

»Ich … ich weiß es nicht.«

Sie hob eine Hand und zeigte durch die Tür hindurch. »Dann geh und triff deine Wahl. Leben oder Tod.«

Er wollte sich umdrehen, weglaufen, aber er wußte, daß er nirgendwo anders hingehen konnte. Alle Wege, die er sich sein Leben lang hatte entlangtreiben lassen, hatten ihn an diesen Ort gebracht. Travis zog den Umhang enger und trat durch die Tür in das eisige Tal der Schattenkluft.

42

Beltan schwamm aufwärts auf ein flackerndes Licht zu. Es fiel ihm schwer. Die Finsternis zog ihn in die Tiefe, als wäre er in voller Rüstung in einen See gefallen. Er war so müde. Er wollte aufgeben, wollte sich auf den Grund sinken lassen und sich ausruhen. Aber es gab keinen Grund, und die Finsternis war endlos.

Das Licht war nun näher herangerückt, rot und heiß. Es flimmerte direkt über ihm, und er konnte eine schattenhafte Gestalt ausmachen, die sich davor abzeichnete und auf ihn heruntersah. Die Finsternis umklammerte seine Knöchel und zog ihn zurück.

Jetzt, Beltan. Tu es jetzt!

Er trat sich von der Finsternis frei, streckte die Arme aus und schoß nach oben in das rötliche Licht. Er schnappte nach Atem, und die Luft, die in ihn hineinströmte, war schmerzhafter als das Wasser, das die Lungen eines Ertrinkenden füllte. Er riß die Augen auf und starrte in ein Feuer.

»So, ist mein tapferer Ritter aufgewacht?«

Die Stimme war ein spöttisches Säuseln. Beltan blickte sich nach ihr um, aber alles, was er sah, war ein Mahlstrom aus heißen und wütenden Flammen, die ihn begierig verschlingen wollten.

»Ich wollte gar nicht, daß Ihr aufwacht, mein Lieber. Ihr seid stärker, als ich dachte. Aber das spielt keine Rolle. Vielleicht ist es sogar besser so. Vielleicht ist es gut, daß Ihr seht, zu was Ihr werdet.«

Die Flamme zog sich zurück, seine Wangen kühlten ab, und er blinzelte. Das Feuer stammte von einer Fackel, und sie hatte sie dicht an sein Gesicht gehalten. Jetzt steckte sie sie in einen eisernen Halter, der an einer Steinwand befestigt war. Sie wandte sich wieder ihm zu, und Wut erfüllte ihn. Sprechen war eine Qual, als hätte jemand seine Kehle zerquetscht, aber er schaffte es, ein Wort zu krächzen, bevor der Schmerz zu groß wurde.

»Kyrene …«

Ihre blutroten Lippen verzogen sich zu einem Lächeln. »Versucht nicht zu sprechen, mein Lieber. Das wird den Schmerz nur noch schlimmer machen.«

Diese Hexe sollte verdammt sein! Beltan wollte aufspringen, ihren Hals packen und ihn ihr umdrehen, bis er zerbrach.

Seine Glieder reagierten nicht. Sein ganzer Körper war von Taubheit erfüllt.

Ihr bösartiges Lächeln vertiefte sich noch. »In Euren Augen lodert ein solcher Haß, mein Lieber. Ich bin sicher, Ihr würdet mir gern die Kehle durchschneiden. Armer Kerl, wenn Ihr Euch doch bloß bewegen könntet. Aber ich fürchte, der Kranz, den ich webte, hat das verhindert. Es wird Stunden dauern, bevor Ihr auch nur wieder einen Finger rühren könnt, und dann wird es viel zu spät sein.« Sie ließ ihren harten Blick über seinen Körper streifen. »Eigentlich ist es eine Schande, daß der Schlangendorn alles von Euch lahmgelegt hat, mein Lieber.«

Beltan starrte sie an. *Laß mich gehen, Hexe! Laß mich sofort gehen!* Selbst wenn er sich hätte verständlich machen können, hätten die Worte nichts bewirkt. Er zwang sich zur Ruhe. In der Schlacht fühlte ein geschickter Krieger keine Wut, sondern Ruhe. Selbst wenn er sich nicht bewegen konnte, wußte Beltan, daß er hier einen Kampf austrug, und zwar einen Kampf bis zum Tod.

Seine Augen konnte er noch kontrollieren, also nutzte er sie dazu, um mehr über seine Umgebung in Erfahrung zu bringen. Er lag auf einer Art Steinplatte, sein Kopf ruhte auf einem Kissen, das, seiner Härte nach zu urteilen, ebenfalls aus

Stein bestand. Sie hatte ihm die Kleider weggenommen, und er war nackt. Er ging davon aus, daß die Platte kalt war, aber er spürte sie nicht. Der Körper unterhalb seines Kopfes hätte ebensogut einer anderen Person gehören können.

Er richtete die Augen auf die Steinbögen an der Decke. Aus den Augenwinkeln konnte er gerade noch eben ähnliche Platten sehen wie die, auf der er lag. Ja, er kannte diesen Ort.

Kyrene bemerkte seinen suchenden Blick. »Gefällt Euch meine Wahl, mein Lieber?« Sie breitete die Arme aus. »Die Gruft der Könige. Welch besseren Ort könnte es geben, um zu sterben und wiedergeboren zu werden?«

»Was …?« Dieses eine Wort war alles, das er herausbrachte.

»Was ich damit sagen will, mein Lieber?« Sie lachte, und der harte, ungesunde Laut hallte von den Wänden und Säulen wider. »Aber ich glaube, das wißt Ihr.«

Die Gräfin beugte sich über ihn. Das Vorderteil ihres Gewandes war geöffnet, und der Stoff teilte sich bei der Bewegung und enthüllte die weiße Fläche zwischen ihren Brüsten – und eine dicke, eiternde Kruste.

Seine Augen weiteten sich. Sie streichelte sein Gesicht.

»Ja, mein Lieber, davon spreche ich.« Sie roch nach Blut. »Bald werdet Ihr wie ich sein. Bald werdet Ihr wissen, wie es ist, über echte Kraft zu verfügen.«

Kyrene wandte sich ab und ging zu einer anderen Totenbahre. Beltan schaute ihr hinterher, aber dann bemerkte er eine kleine Bewegung. Er sah auf seine rechte Hand. Seine Finger krümmten und streckten sich wieder. Er starrte die Hand an, als würde sie nicht ihm gehören.

Kyrene drehte sich wieder um. Beltan setzte seine ganze Willenskraft ein, um seiner Hand zu befehlen, reglos dazuliegen, und sie rührte sich nicht mehr. War das ein Zufall gewesen, oder hatte er sie kontrolliert? Er mußte daran glauben, daß er es war. Er konnte sich bewegen. Und selbst wenn es nur eine Zuckung gewesen war, bedeutete es doch, daß sie sich irrte. Vielleicht hatte ihre Magie doch nicht so gut funktioniert, wie sie glaubte. Schließlich hatte sie auch nicht damit gerechnet, daß er aufwachte. Wenn es ihm gelang, sie abzulenken, sie am Reden zu halten, würde vielleicht genug Zeit dasein …

Kyrene kam wieder auf ihn zu. Sie hielt zwei Gegenstände. Einen Dolch mit einem Griff aus Onyx. Einen unfertig aussehenden Klumpen Eisen von der Größe einer Männerfaust. Ihm wurde übel.

In ihren smaragdgrünen Augen flackerte Wahnsinn und Triumph. »Ja, mein Lieber, das ist für Euch.«

Sie legte den Eisenklumpen mitten auf seine nackte Brust. Er war schwer und entsetzlich kalt. Begreifen durchdrang Beltans Furcht. Er konnte ihn fühlen, obwohl er noch vor einem Moment nicht in der Lage gewesen war, irgend etwas auf der Haut zu spüren.

»Die dazu nötige Magie ist sehr einfach.« Kyrene fuhr mit dem Finger über die Wunde zwischen ihren Brüsten. »Einfach und wundervoll zugleich. Ich muß nur Euer Herz rausschneiden und dafür das hier an die Stelle schieben, wo es in Eurer Brust schlug. Der Tod wird rückgängig gemacht, und Ihr werdet wiedergeboren werden, und zwar stärker, als Ihr es Euch jemals hättet vorstellen können. Zuerst ist da Schmerz, ja. Aber schon bald wird Schmerz für Euch keine Rolle mehr spielen.«

Er bekam eine Gänsehaut. Hatte sie es bemerkt? Nein, ihr Blick war auf das Herz aus Eisen gerichtet. Seine Glieder fühlten sich jetzt an, als stünden sie in Flammen, aber das war besser als die Taubheit, besser als das Schicksal, das sie für ihn bereit hielt. Aber er brauchte mehr Zeit. Er öffnete den Mund und zwang sich zu sprechen.

»Nein …«

Kyrene sah ihm wieder ins Gesicht. »Wehrt Euch nicht, mein Liebling. Das ist sinnlos.« Ihr Lächeln war so scharf wie der Dolch in ihrer Hand. »Außerdem werdet Ihr auf diese Weise wieder mit Eurem Freund Travis Wilder vereinigt.«

Beltan verspürte eine Woge der Furcht, sein Herz war plötzlich so kalt und hart, als wäre es bereits durch ein Stück Eisen ersetzt worden.

»Was ... habt ...?«

»Was ich mit ihm gemacht habe?« Ihr entfuhr ein eiskaltes Lachen. »Ich habe ihm nichts angetan. Euer edler kleiner Freund ist jetzt in der Gewalt meines Meisters, so wie Ihr in der meinen. Begreift Ihr nicht? Es ist besser, sich uns anzuschließen. Auf diese Weise könnt Ihr wieder mit ihm zusammen sein.«

Wut mischte sich in seine Angst. Hatte sie Travis etwas angetan, irgend etwas, würde er ... nein, er mußte kühlen Kopf behalten, nur auf diese Weise konnte er Travis helfen. Er konnte die Füße bewegen, da war er sich sicher, obwohl er es nicht ausprobieren wollte, sie durfte es nicht sehen. Nur noch eine Weile, und dann ...

»Es ist Zeit«, sagte Kyrene. »Bereitet Euch auf Euer neues Leben vor, Beltan von Calavan.« Sie setzte die Spitze des Onyxdolches ein Stück über seinem Brustbein auf.

Nein, er mußte etwas sagen, um mehr Zeit zu gewinnen. Egal was.

»Küßt ... mich ...«

Der Dolch verharrte. Sie starrte ihn an, ihre glatte Stirn legte sich in Falten.

»Küßt mich ... während Ihr mich tötet ...«

Das Stirnrunzeln verwandelte sich in einen Ausdruck aus Lust und Heiterkeit. »Vielleicht ist das ja doch kein so großer Fall für Euch, wie ich dachte, Lord Beltan. Ja, wir werden ein großartiges Paar abgeben!«

Kyrene hielt den Dolch fester, dann senkte sie den Kopf und küßte ihn. Der Geschmack von Tod drang in seinen Mund ein. Sie verstärkte den Druck ihrer Lippen noch, dann stieß sie langsam mit dem Dolch zu. Die Klingenspitze durchschnitt seine Haut. Warmes Blut rieselte ihm die Brust hinunter. Ihre Zunge erforschte seinen Mund. Sie spannte den Körper an, um ihr ganzes Gewicht auf den Dolchgriff fallen zu lassen und die Klinge in sein schlagendes Herz zu treiben.

Jetzt, er mußte jetzt handeln.

Beltan zwang seinen Körper zur Bewegung. Die Anstrengung verwandelte sein Blut in Gift. Heiße Qual schoß durch seine Glieder, ergoß sich in seine Brust und kochte in seinem Schädel über. Er schrie auf und ließ sich vom Schmerz durchfluten, ließ ihn die Taubheit wegbrennen. Seine Arme waren schwer – es war wie die Bewegung durch geschmolzenen Fels –, aber irgendwie schaffte er es, sie anzuheben, das Gesicht der Gräfin zu ergreifen und sie von sich wegzustoßen.

Kyrenes Kopf schlug gegen eine Säule, das Krachen des Aufpralls hallte durch die ganze Gruft. Dieser Zusammenstoß hätte den stärksten Mann gefällt.

Die Gräfin taumelte, fing sich wieder und wandte sich ihm erneut zu.

Blut strömte ihr ins Gesicht, Wut verzerrte ihre einst so schönen Züge zu einem Antlitz des Bösen. Beltan konnte die eingedrückte Stelle an ihrem Schädel sehen, wo der Knochen beim Aufprall auf die Säule zerbrochen war. Trotzdem kam sie mit hoch erhobenem Dolch auf ihn zu.

»Sterbt für mich, Mylord!« Ihre Stimme war ein unmenschliches Kreischen. »Sterbt für mich!«

Sie warf sich auf ihn, um ihm den Dolch in die Brust zu rammen. Es blieb keine Zeit zur Gegenwehr, nicht mit der Steifheit, die das Gift verursacht hatte, das noch immer durch seine Adern floß. Er rollte sich von der Totenbahre herunter, und ihr Stoß ging fehl. Sie prallte gegen die scharfe Kante der Bahre, fiel unkontrolliert nach vorn und knallte mit dem Gesicht auf den harten Stein. Der Dolch flog ihr aus der Hand.

Beltan biß die Zähne zusammen und kämpfte sich auf die Füße. Kyrene wand sich mit dem Oberkörper auf der Bahre und beschmierte den Marmor mit Blut, dann richtete sie sich ruckartig auf. Ihr Kopf hing zur Seite. Ihr Antlitz hatte sich in eine blutrote Masse verwandelt, in der nicht mehr die geringste Spur von Schönheit oder Menschlichkeit zu entdecken war. Doch er konnte noch immer ihre Augen sehen, die in der Ruine ihres Gesichts wie zwei zerbrochene Edelsteine leuchteten. In ihnen stand Verlangen zu lesen. Sie hob die Arme und sprang auf Beltan zu. Worte zwängten sich zwischen den zerfetzten Lippen und den abgebrochenen Zähnen vorbei.

»Ich werde ewig leben!«

Beltan griff nach der Fackel und stieß das brennende Ende gegen ihr Gewand.

Kyrenes schrille Schreie hallten durch die Gruft. Und als wäre ihr Blut eine Art heimtückischer Brennstoff, sprangen die Flammen in die Höhe und woben die Gräfin in einen Feuerkokon ein. Jetzt stand Entsetzen in ihre grünen Augen geschrieben, und sie erschienen beinahe wieder menschlich. Sie griff mit der brennenden Hand nach ihm.

»Rettet mich, Beltan!«

Er ließ die Fackel fallen und stolperte zurück. Als er sprach, lag in seiner heiseren Stimme Trauer und Ekel.

»Das habe ich gerade getan, Kyrene.«

Sie fing wieder an zu schreien, taumelte und fiel auf die Totenbahre. Zwei graue Gestalten krochen aus den Schatten. Feydrim. Beltan tastete fahrig nach der Fackel, aber die Gestalten waren nicht seinetwegen gekommen. Sie huschten auf die Bahre und wanden ihre dünnen Arme um die brennende

Gräfin. Die Flammen leckten über ihr verfilztes Fell, dann brannten auch sie lichterloh.

Kyrenes Schreie endeten. Sie und die Feydrim waren in dem Feuer verloren. Beltan wich vor dem Inferno zurück.

Sein Fuß stieß gegen ein weiches Bündel. Er bückte sich danach. Es war seine Kleidung.

Als er in seine Sachen geschlüpft war, waren die Flammen in sich zusammengefallen. Sie entließen eine schwarze Rauchwolke in die Luft und verloschen. Auf der Totenbahre lagen drei schwarze, in eine reglose Umarmung verstrickte Hüllen. Beltan drehte sich um und humpelte aus der Gruft. Dabei schnappte er sich von einem der schlafenden Könige das alte Schwert.

»Tut mir leid«, sagte er. »Ich brauche das dringender als du.«

Er mußte Travis finden.

Kyrene war verrückt und böse gewesen, aber irgendwie wußte Beltan, daß sie zumindest teilweise die Wahrheit gesagt hatte. Ob der Fahle König ihn nun gefangengenommen hatte oder nicht, Travis schwebte in Gefahr.

Der blonde Ritter fing an zu laufen. Die Wände schienen zu pulsieren, und die Gänge dehnten sich in die Länge und zogen sich wieder zusammen. Eine Nachwirkung des Hexengifts. Seine Glieder waren noch immer steif, und er stolperte oft, aber das Feuer war zu scharfen Nadelstichen verblaßt. Er biß die Zähne zusammen und lief weiter.

Wo würde er Travis finden? Er zermarterte sich das Hirn, dann wußte er es. Im Großen Saal. Sie alle waren dorthin unterwegs gewesen, um beim Wintersonnenwendfest den Mörder zu entlarven. Er bog um eine Ecke …

… und blieb stehen. Aus einem Seitenkorridor flackerte ein unheimlicher Lichtschein. Er kannte dieses Licht, er hatte es auf der Flucht in die Tiefen des Weißen Turmes der Runenbinder gesehen.

»Phantomschatten«, flüsterte er.

Falken hatte gesagt, sie wären hinter dem Großen Stein her, dem Stein, den Travis bei sich trug …

Beltan stürzte sich in den Gang und auf das metallische Licht zu. Der Ritter vergaß seine Schmerzen, vergaß die Unbeweglichkeit seiner Glieder. Der grelle Schein wurde heller. Seine Quelle lag direkt hinter der nächsten Ecke. Beltan griff das Schwert fester, zwang seinen schlanken Körper vorwärts und setzte mit einem Sprung um die Ecke.

Das grelle Licht war verschwunden. Beltan kam stolpernd zum Halt. Bis auf einen schwachen blauen Glanz, der sich aus einer offenen Tür ergoß, war es in der Sackgasse ziemlich dunkel. Es herrschte eine bittere Kälte, hartgefrorene Schneeflocken prallten gegen seine Wangen. Er trat näher heran und erblickte in den Schatten neben der Tür eine zusammengekrümmte Gestalt. Sie schob sich in den blauen Schimmer hinein.

Beltan kannte sie: das alte Weib aus König Kels Festung. Aber wie konnte sie hier sein? Und warum?

»Das spielt keine Rolle, Ritter-Hüter«, sagte sie mit ihrer kreidigen Stimme.

Er erschauderte. Hatte sie seine Gedanken gelesen?

Grisla deutete mit dem Kopf auf die offene Tür. Er sah hin und keuchte erstaunt; der Atem erstarrte zu einem kleinen Dampfwölkchen. Jenseits der Tür lag ein verschneites Tal, das vom Mondlicht erhellt wurde. Scharfkantige Berge bohrten sich in den Nachthimmel. Beltan entdeckte Fußspuren in der Schneedecke, die bereits wieder von dem fallenden weißen Niederschlag aufgefüllt und unkenntlich gemacht wurden.

»Er ist dir vorausgegangen«, sagte die Alte.

Beltan sah sie an. »Travis?«

Sie zeigte mit einer verkrümmten Hand auf die Tür. »Folge

ihm, Ritter-Hüter, wenn dein Herz stark genug ist. Sein Weg steckt noch voller Gefahren.«

Beltan wollte den Kopf schütteln. Es war unmöglich. Diese Tür konnte es dort nicht geben, er mußte sich irren. Das alles war nichts als eine verrückte Vision, hervorgerufen durch Kyrenes Gift. Er atmete die kalte Luft ein. Es spielte keine Rolle, ob die Tür nun unmöglich war oder nicht. Travis war durch sie hindurchgegangen. Er mußte ihm folgen.

»Beeil dich«, sagte Grisla.

Der Ritter umklammerte sein Schwert und trat über die Schwelle in das dahinterliegende eisige Tal.

43

Schreie hallten durch Calaveres Großen Saal.

Grace konnte den Blick nicht von den spindeldürren Gestalten wenden, die sich durch die hohen Fenster schoben. Die Feydrim ließen sich von den Dachbalken fallen und rutschten an den Wandteppichen hinunter, die sie dabei mit ihren Klauen zerfetzten. In dem verzweifelten Bemühen, vor den im Saal landenden Kreaturen zu fliehen, liefen viele der Gäste einander einfach über den Haufen. Tische kippten um, Pokale und Teller landeten scheppernd auf dem Boden. Eine Gruppe Feiernder rannte gegen die Saaltür an wie eine Welle gegen den Strand. Aber die mit Eisenbeschlägen verstärkten Türhälften blieben verschlossen, als hätte man sie von außen versperrt. Die ersten der Adligen und Diener, die die Tür erreicht hatten, wurden gegen das Hindernis gequetscht, als weitere Gäste auf der Flucht vor den Feydrim nachdrängten. Von Trifkin Moosbere und seinen Schauspielern fehlte jede Spur – die ganze Truppe war verschwunden.

Neben Grace ertönte Gelächter.

Sie riß den Kopf herum. Logren betrachtete das im Großen Saal ausgebrochene Chaos. Seine Augen waren wie Steine.

»Das ist es«, sagte er. Er winkte den Feydrim zu. »Kommt, meine Hungrigen. Kommt.«

Ein wütendes Knurren ertönte. König Boreas. Er kniete zusammen mit Ivalaine und Tressa neben Emindas regloser Gestalt auf dem Boden. Kylar und Kalyn von Galt hatten sich zu ihnen gesellt. Die anderen Herrscher und Berater waren mit entsetzten Gesichtern aufgestanden.

»Seid verflucht, Logren, sie ist tot«, stieß Boreas zwischen zusammengebissenen Zähnen hervor; Blut befleckte seine Hände.

Logren richtete seinen leblosen Blick auf den König von Calavan und lachte erneut. »Das will ich doch hoffen. Selbst dieses laute Miststück dürfte es schwierig finden, mit einem Messer im Hals zu kläffen.«

Boreas entblößte die Zähne, dann sprang er mit einem Brüllen auf. Muskulöse Arme griffen zu, dazu bereit, Logrens Genick zu brechen.

Logren machte eine lässige Bewegung mit der Hand, als würde er eine Fliege abwehren. Ein Laut wie zerbrechender Stein ertönte. Boreas' Kopf wurde nach hinten gerissen, seine Arme ruderten durch die Luft, und er krachte mit einem Schmerzenslaut gegen die Hohe Tafel. Holz zersplitterte, der König stürzte zu Boden. Er stand nicht wieder auf. Kylar und ein paar Diener eilten zu ihm hin und hoben ihn aus den Trümmern. Er war noch am Leben, aber er sackte stöhnend in ihren Armen zusammen, die Augen geschlossen, das Gesicht blutüberströmt.

»Soviel zu dem Stier«, bemerkte Logren hämisch.

Grace starrte ihn an. Sie wollte etwas tun, wollte ihn aufhalten, aber Furcht hüllte sie ein wie in Watte. Sie konnte sich nicht rühren.

Nein, es war nicht nur Furcht – es war mehr als das. Vor ihr stand das Böse. Sie hatte geglaubt, sich dagegen zu behaupten, hatte geglaubt, es damals in der Notaufnahme des Denver Memorials getan zu haben, aber das war ein Irrtum gewesen. Boreas' Kraft hatte ihr Ehrfurcht eingeflößt, und Logren hatte ihn wie ein Stäubchen auf dem Wams weggeschnippt. Wenn Boreas das Böse nicht aufhalten konnte, wie sollte es dann ihr gelingen?

Noch immer hallten Schreie durch den Saal. Die Feydrim huschten durch die wogende Gästemenge. Hier und da versuchten ein paar Adlige oder Ritter, nur mit ihren Tafelmessern bewaffnet, die Kreaturen anzugreifen. Zum Dank für ihre Bemühungen zerschlitzten Krallen ihre Gesichter und verstümmelten Reißzähne ihre Körper. Einige wenige Feydrim quiekten auf und sanken mit einem Messer im Hals oder einem Auge zu Boden, aber an ihre Stelle traten sofort andere. Es gab zu viele dieser Kreaturen. Sie strömten schneller durch die Fenster, als Grace sie zählen konnte.

Von den vereinzelten Angreifern abgesehen ignorierten die Feydrim die Gäste. Sie huschten über die Tische und näherten sich dem Podium. Furcht verwandelte Graces Speichel in Blei. Die Feydrim wollten nichts von den Gästen – sie hatten es auf die Herrscher der Domänen abgesehen.

Die ersten Ungeheuer schoben sich auf das Podium. Sie waren zu dritt. Sie rissen die stumpfnasigen Rachen auf und griffen mit ihren dünnen Armen nach König Sorrin. In ihren gelben Augen funkelten Haß und Schmerz.

Das hagere Gesicht des Königs von Embarr war zu einer Grimasse des Entsetzens verzerrt. »Schafft sie von mir weg!«

Die beiden Ritter, die an der Hohen Tafel hinter ihm gestanden hatten, sprangen mit kurzen Messern in den Händen vor. Die stämmigen Embarraner verwickelten zwei der Kreaturen in ein Handgemenge; die Feydrim wichen zurück und zischten. Aber der dritte umkreiste die Gruppe, sprang einem Ritter auf den Rücken und grub ihm die Fänge ins Genick. Der Embarraner ging schreiend zu Boden. Der Feydrim biß zu, und Grace hörte Wirbel brechen. Die Gliedmaßen des Ritters trommelten unkontrolliert auf das Podium, dann erschlafften sie.

Bevor der Feydrim von seinem Opfer herunterspringen konnte, stand eine andere Gestalt hinter ihm: Ivalaine. Die Königin hielt eine Silbernadel in der Hand und versenkte sie im Fell des Feydrim. Er versteifte den Körper und stieß ein Zischen aus, dann erloschen seine gelben Augen, und er sank über dem toten Ritter zusammen.

Der andere embarranische Ritter stolperte zurück. Es war ihm gelungen, einem der übriggebliebenen Ungeheuer den Leib aufzuschlitzen. Aber diese Männer waren nicht daran gewöhnt, ohne Schwert und Rüstung zu kämpfen. Ein Krallenhieb des dritten Feydrims traf die Kniekehle des Ritters und durchtrennte die Sehnen. Mit einem Schmerzensschrei brach er zusammen. Einmal am Boden hatte der Feydrim leichtes Spiel. Er beugte sich über das Gesicht des Ritters, biß zu und erstickte seine Schreie.

Nachdem der Ritter verstummt war, hob der Feydrim den Kopf und entblößte seine blutverschmierten Reißzähne. Ivalaine wich zurück, anscheinend hatte die Königin keine weitere Nadel. Grace starrte die Kreatur an. Mit Travis' Hilfe hatte sie einst eine von ihnen getötet. Sie wollte nach dem Messer in ihrem Stiefel greifen, aber ihre Hand verweigerte ihr den Gehorsam. Der Feydrim erhob sich von der Leiche ohne Gesicht und hastete nach vorn.

»Helft mir, Olstin!« kreischte König Lysandir. »Bei allen Göttern, er hat es auf mich abgesehen!«

Olstin starrte den Feydrim an, dann wich alle Farbe aus seinem roten Gesicht, und er verdrehte die Augen. Er brach zusammen, während Lysandir Rotz und Wasser heulte. Der Feydrim streckte die Arme nach dem König von Brelegond aus.

Ein blauer Blitz blendete Grace. Ein unmenschlicher Schrei ertönte, gefolgt vom Gestank nach verbranntem Haar. Als sich Graces Sicht klärte, sah sie den Feydrim sich am Boden winden. Ein Netz aus blauen Funken hüllte ihn knisternd ein und brannte sich in Fell, Rachen und Augen. Der Feydrim starb, und die Funken lösten sich in Nichts auf.

»Sei verdammt, Melindora Nachtsilber!« brüllte Logren.

Lady Melia stand mit erhobenen Händen vor dem Podium; ihr wunderschönes Gesicht war zu einer harten Maske erstarrt, ihre bernsteinfarbenen Augen schienen aufzulodern. Ein blauer Strahlenkranz umschmeichelte ihren Körper. Grace starrte sie an.

Falken und Melia hatten unterhalb des Podiums den Widerstand gegen die Feydrim organisiert. Der Barde und ein Dutzend von Boreas' Wächtern hatten aus Tischen und Böcken eine Barrikade errichtet. Doch nicht die Messer der Männer hielten die Feydrim in Schach, sondern Melias Magie. Sie drehte sich um, und der Strahlenkranz gewann an Dichte, bis Grace kaum noch die schlanke Gestalt unter dem azurblauen Licht auszumachen vermochte. Auf der anderen Seite der Barriere schlichen fünfzig Feydrim auf und ab und fauchten wütend, aber sie wagten nicht, über sie hinwegzusetzen.

Logren trat an den Rand des Podiums. »Ihr seid eine Närrin, Melia, wenn Ihr den Kampf aufnehmt. Das gilt auch für Euch, Falken. Ihr beide wißt genauer als andere, welcher Macht ihr gegenübersteht. Ihr wißt beide, daß ihr sie niemals besiegen könnt!« Er hob die Arme, und seine Stimme dröhnte durch den Großen Saal. »Ihr alle, hört mir zu! Heute nacht kommt der Fahle König aus Imbrifale geritten. Bekämpft ihn, und ihr werdet mit Sicherheit sterben. Aber es gibt eine andere Möglichkeit. Schwört, ihm zu dienen, ergebt euch, und ich sage euch, euer Leben wird sich auf eine so glorreiche Weise verändern, wie ihr es euch niemals hättet träumen lassen.«

Die Festgäste standen geduckt da. Sie wußten, daß sie dem Saal nicht entfliehen konnten, und sie wußten auch, daß die Feydrim sie nicht töten würden, solange sie nicht gegen sie kämpften.

Logrens Gesicht trug einen verzückten Ausdruck. Grace

hätte sich am liebsten übergeben. Sie stellte sich eine Welt voller Menschen mit Herzen aus Eisen vor. Eine Welt ohne Güte. Eine in Eis erstarrte Welt. Nein, es gab in beiden Welten schon genug herzlose Menschen.

Grace konzentrierte sich, zwang ihren Atem zur Ruhe, und tastete mit ihren Sinnen nach der Weltenkraft. Sie war überall, ein Netz des Lebens, das sich durch den ganzen Saal spannte; sie war stark und mit einem Stich Furcht versehen. Grace sammelte sie, verwob sie mit den Fingern, so wie sie auf dem Webstuhl die Fäden zusammengewoben hatte, und erschuf ein Netz aus Macht. Plötzlich erstarrte sie. Da. In der Mitte des Netzes befand sich ein dunkler Punkt, eine leblose Stelle, an der es keine Energie gab. Sie zuckte angewidert zurück. Es war Logren.

Er fuhr herum, ein hämisches Grinsen im Gesicht. »Meine kleine Hexe versucht sich also an einem Zauber.« Logren setzte sich in ihre Richtung in Bewegung. »Aber Eure Magie kann mir nichts anhaben, Lady Grace. Habt Ihr das denn nicht begriffen?«

»Ihr könnt nicht gewinnen.« Die Worte lagen trocken wie Staub auf ihrer Zunge, bedeutungslos.

»Aber das habe ich doch schon.« Er sagte es ganz leise, nur für sie bestimmt. »Melia ist stark. Ich bewundere sie, so wie ich Stärke immer bewundere. Aber sie kann ihre Magie nicht länger aufrechterhalten. Seht nur, ihre Kraft schwindet bereits.«

Grace wollte seiner Geste nicht folgen, aber sie konnte nicht widerstehen. Ihr Herz erstarrte zu Eis. Es war die Wahrheit. Der blaue Strahlenkranz, der Melia umgab, flackerte, ihre Stirn war schweißbedeckt. Die Feydrim drängten sich der Barrikade entgegen.

Grace richtete ihre Aufmerksamkeit wieder auf Logren, ihr Blick verharrte auf dem perlgrauen Wams.

»Was ist, Mylady?« fragte er spöttisch. »Gibt es da etwas, das Ihr nicht versteht?«

»Eure Brust ...«

Das hämische Grinsen trat wieder in Erscheinung. »Und Ihr haltet Euch für eine Hexe, Lady Grace? Es ist kein besonders schwieriger Zauber, eine Narbe durch eine andere zu ersetzen.« Er berührte die feine weiße Linie, die seine Wange zeichnete. »Ich fand eine Hexe, die über dieses Talent verfügte, und als sie fertig war, stieß ich ihr ein Messer in den Rücken.«

Grace erschauderte. So hatte er also die Wahrheit verborgen.

Logren kam auf sie zu, und sie wich zurück, bis sie gegen die Steinwand hinter dem Podium stieß. Weiter ging es nicht.

»Ich stehe weit oben in der Gunst des Fahlen Königs, Lady Grace.« Logrens Stimme dröhnte in ihren Ohren. »Als Belohnung wird er mir sicherlich ein Königreich geben, in dem ich herrsche. Und wenn er das tut, werdet Ihr meine Königin sein. Es gibt in den Domänen niemanden, der sich mit Eurer Schönheit messen kann, nicht einmal Ivalaine. Nein, ihr dürft nicht zittern. Ihr werdet keine Angst verspüren, wenn die Zeit gekommen ist, Mylady.« Er ließ den Finger über den Ausschnitt ihres Gewandes wandern und zeichnete eine Linie zwischen ihre Brüste. »Ihr müßt wissen, ich werde Euch dieses schwache Menschenherz nehmen und Euch dafür eines geben, das Euch stark und furchtlos macht.« Seine Augen waren schwarze Abgründe. »Ihr werdet mein sein, Lady Grace, und zusammen werden wir für alle Ewigkeit herrschen!«

Grace blickte in seine leeren Augen, holte tief Luft und sprach dann die einzigen Worte, die in Frage kamen. »Eher würde ich sterben.«

Logren lachte. »Oh, Ihr werdet sterben, Lady Grace.« Er zog einen Krummdolch aus den Falten seines Wamses und hob ihn in die Höhe. »Sterbt und werdet als meine Königin wiedergeboren!«

Bevor er ihr den Dolch in die Brust stoßen konnte, blitzte etwas metallisch auf. Die Klinge flog mitsamt Logrens Hand durch die Luft und landete auf dem Podium. Logren schrie auf und riß den verstümmelten Arm zurück. Dunkles Blut spritzte aus der Wunde.

In Graces Kopf drehte sich alles. Hinter Logren stand eine in Rauchgrau gekleidete Gestalt.

»Durge!«

Aber wieso konnte der Ritter hier sein? Dann sah sie den klaffenden Riß in dem Wandteppich hinter Durge, der von dem Breitschwert in seinen Händen stammte. Hinter dem Schlitz schimmerte die Dunkelheit einer verborgenen Tür.

»Mylady«, sagte er heiser.

Der Ritter stand gekrümmt vor Schmerzen da. Sein Gesicht war blutverschmiert, genau wie seine Hände und seine Kleidung. Sein Umhang hing in Fetzen herunter.

Mit einem animalischen Wutschrei wandte sich Logren dem Ritter zu. Er drückte den Stumpf gegen sein Wams und tränkte es. »Du Narr! Was hast du mir angetan?«

Durge schaute ihn ernst an. »Etwas, das ich nun zu Ende bringen werde, Mylord.«

Der Ritter schwang das Breitschwert, aber seine Wunden machten ihn langsam, und Logren bewegte sich trotz der schrecklichen Verletzung mit unnatürlicher Geschwindigkeit. Mit dem blutenden Stumpf schlug er die Klinge beiseite, dann schoß seine andere Hand vor und traf Durge mitten auf der Brust. Die Augen des Ritters weiteten sich, er prallte mit einem schrecklichen Geräusch gegen die Steinwand.

»Mylady ...«

Seine Lider flatterten und schlossen sich, dann sank er zu Boden, wo er sich nicht mehr rührte.

Grace öffnete den Mund, aber ihr Schrei war tonlos. Nein!

Logren wirbelte herum. »Begreift Ihr nun, Mylady? Begreift Ihr, wie falsch es ist, sich mir entgegenzustellen?« Er packte den Stumpf seines Handgelenks, trat an den Rand des Podiums. »Ihr alle seid Narren, mir widerstehen zu wollen!« brüllte er in den Saal hinein.

Grace sackte gegen die Wand. Er hatte recht – sie konnten nicht gewinnen. Melias Macht schwand, und die Feydrim drängten weiter vorwärts. Falken und die anderen hieben mit ihren Messern zu, aber das würde nicht reichen. In wenigen Augenblicken würden die Feydrim die Barriere durchbrechen, Melia, Falken und die Wächter in Stücke reißen und dann auf das Podium springen, um das zu beenden, weswegen sie gekommen waren.

Sie schloß die Augen, der Lärm im Großen Saal verblaßte, Dunkelheit hüllte sie ein. Eine vertraute Dunkelheit. Das war nicht das erste Mal, daß das Böse sie in seiner Gewalt hatte.

Grace war ein kleines Mädchen. Sie lag stocksteif in ihrem Bett und fragte sich, ob in dieser Nacht sie diejenige sein würde, und glaubte – wie nur Kinder es können –, daß, wenn sie sich unter der Decke versteckte, die Ungeheuer ihr nichts anhaben konnten. Sie irrte sich. Die Decke bot keinen Schutz. Zuerst ertönten die leisen Schritte, dann leises Flüstern, und schließlich griffen Hände aus der Dunkelheit zu, kalte, harte Hände, die sich unter die Decke schoben, um zartes Fleisch zu berühren. Schmerzhaftes Stöhnen trieb in die Nacht und verschmolz mit den Rufen der Eulen.

Erinnerungen gerieten in Bewegung, veränderten sich. Ein älteres Mädchen stand im Herzen des Feuers. Überall schossen Flammen empor. Sie leckten die Wände und die Decke entlang, als wäre das Holz mit einem zähflüssigen Brennstoff durchtränkt. Schreie übertönten das Brausen der Flammen – die entsetzlichen, animalischen Schreie erwachsener Männer und

Frauen, die Qualen litten. Sie konnten ihren Zimmern nicht entkommen, denn irgendwie waren die Schlösser zerschmolzen, bevor das Feuer sie überhaupt berührt hatte. Ein heißer Luftschwall versengte das Gesicht des Mädchens. Es war Zeit zu gehen. Sie durchschritt das Inferno in Richtung der offenstehenden Tür, und es hatte den Anschein, als wichen die Flammen ihr aus und ließen sie passieren. Andererseits war es ihr Feuer. Sie hatte es gerufen, und es war gekommen.

Die Flammen verschwanden und wurden von kühlen weißen Fliesen und schmalen Metallschubfächern ersetzt. Ihre Hände bewegten sich wie von eigenem Willen beseelt und öffneten eines der Schubfächer. Er lag dort drinnen, unter der Plastikfolie erschien seine schwarze Haut ganz grau. Leon. Er schlug die Augen auf und sah sie an.

Du mußt leben, Grace. Sein Atem beschlug die Folie. *Begreifst du nicht? Egal, wie sehr es auch schmerzt, du mußt leben.*

Ein helles Licht flammte hinter ihr auf. Sie drehte sich um. Nun stand sie in der Notaufnahme, und die Türen glitten auf. Tragen rollten herein, Dutzende, Hunderte, sie alle trugen Verletzte, die vor Schmerzen schrien. Eine der Tragen hielt vor ihr an. Grace beugte sich darüber und zog die Decke zurück, um die Patientin zu untersuchen.

Die Frau auf der Trage starrte mit grün-goldenen Augen zu ihr hoch. *Ärztin, heile dich selbst,* flüsterte die Frau.

Die Vision zersplitterte wie Kristall. Wie ein Donnerschlag kehrte die Geräuschkulisse zurück. Grace stand wieder im Großen Saal von Calavere. Sie starrte den Gegenstand an, den sie sich vors Gesicht hielt. Es war Trifkin Moosberes Armreif. Der steinerne Talisman wirbelte im Kreis umher.

Es handelte sich um dieselbe Art Stein wie das Artefakt Malachors im Großen Saal.

Grace wußte, was sie zu tun hatte.

Sie zog Bilanz. Melia taumelte, der blaue Strahlenkranz flackerte wild. Falken griff nach ihr. Die Feydrim waren im Begriff, über die umgeworfenen Tische zu klettern. Die Wächter vor ihnen griffen die Messer fester.

Graces Blicke schweiften durch den Saal zu dem Artefakt, das in einer der Ecken aufragte: ein massiver Ring aus dunklem Stein, der auf einem wuchtigen Holzgestell ruhte. Der Steinring hing waagerecht dort, parallel zum Boden.

Ein saphirblaues Funkeln erregte Graces Aufmerksamkeit. Es war Aryn. Die Baronesse kam aus einer Seitentür gestolpert. Ihr Gesicht war schneeweiß, ihre Augen benommen. Sie stolperte vorwärts. Bevor Grace sich überhaupt bewußt wurde, was sie da eigentlich tat, hatte sie schon die Weltenkraft berührt, einen Faden gesponnen und ihn der Baronesse entgegengeschleudert.

Aryn!

Die Baronesse blickte auf; ihr totenbleiches Gesicht zeigte Verblüffung.

Aryn, kannst du mich hören?

Grace? Die Erwiderung war schwach, aber deutlich.

Alles in Ordnung mit dir?

Ein Zögern, dann: *Ich … ich bin bei dir, Grace.*

Etwas war geschehen, etwas Schreckliches – Grace konnte es fühlen –, aber es würde warten müssen.

Aryn, du mußt das Relikt ausrichten.

Was?

Das Relikt von Malachor. Dreh es, Aryn. Hol dir Hilfe dazu. Sofort!

Grace verspürte noch mehr Verwirrung. Mit Worten funktionierte es nicht. Sie zeichnete in Gedanken ein Bild und schickte es der Baronesse über das Netz. Begreifen floß zurück.

Ich habe verstanden, Grace.

Sie hatten keine Zeit mehr. Logren drehte sich auf dem

Absatz herum und bedachte sie mit einem lüsternen Blick. Grace wandte sich nicht ab und wich auch nicht zurück. Statt dessen schaute sie in das Antlitz des Bösen.

»Euer edler Ritter kann Euch nicht mehr retten, Hexe«, sagte er. »Keiner kann das.«

»Ihr irrt Euch, Logren.« Ihre Stimme war so kalt und scharf wie ein Skalpell.

Er runzelte beim Klang dieser Worte die Stirn, wollte etwas erwidern – und sein Kopf fuhr herum. Sein ganzer Körper wurde wie eine von einem launenhaften Puppenspieler kontrollierte Marionette herumgerissen, so daß er in den Saal blickte. Seine Füße rutschten über das Podium.

Auf der anderen Seite des Großen Saals standen Aryn und einige der Gäste neben dem Relikt von Malachor. Sie hatten den massiven Magnetsteinring in seiner Halterung gedreht; er stand nun senkrecht da. Grace warf einen Blick auf den Armreif. Der Talisman zeigte nicht länger auf Logren, sondern auf die leere Mitte des Artefakts.

»Nein!« sagte Logren.

Ein Schauder durchfuhr seinen Körper, seine Stiefel rutschten ein paar Zentimeter weiter über den Boden, als eine unentrinnbare Macht an ihm zog. Aus den Tiefen seiner Kehle stieg ein gurgelnder Laut empor, Blut rann ihm aus dem Mundwinkel.

Grace trat an seine Seite. Er sah sie aus dem Augenwinkel an und sprach in einem abgehackten Flüstern.

»Bitte, Mylady. Helft mir.«

Grace schaute in sein verzerrtes Gesicht und erkannte, daß sie Macht über das Böse hatte – und zwar nicht trotz des Leides, das sie erfahren hatte, sondern wegen ihm. Sie erwiderte seinen Blick.

»Ich fürchte, wir müssen operieren, Lord Logren.«

Seine Augen weiteten sich. Grace legte eine Hand gegen

seinen Rücken und schob ihn zum Rand des Podiums. Logren schrie auf, und seine Arme breiteten sich aus wie die Schwingen eines Raben.

Dann schoß das Eisenherz explosionartig aus seiner Brust und raste quer durch den Großen Saal auf die Mitte des Relikts zu.

44

Travis stapfte durch den jungfräulichen Schnee der Schattenkluft auf die messerscharfen Bergspitzen zu, die in der Nacht vor ihm aufragten.

Das Tal war still und kalt. Kein Windhauch wehte, die Luft war kristallklar und stach ihm in Nase und Lungen. Der einzige Laut kam von seinen abgestoßenen Cowboystiefeln, die die harte Kruste des Schnees durchbrachen. Die bittere Kälte schnitt durch seinen Nebelmantel und kroch in seine Brust, als wollte sie sein Herz anhalten. Selbst der Mond und die Sterne am dunklen Himmel schienen eingefroren zu sein.

Er vermochte nicht genau zu sagen, wie lange er gegangen war. Der Taubheit seiner Hände und den im Bart klebenden Eiskristallen nach zu urteilen, eine ganze Weile. Aber er hatte das Gefühl, daß die Zeit keine Rolle mehr spielte, nicht an diesem Ort. Dieser Moment würde so lange andauern wie nötig. Das klang zwar wie etwas, das Bruder Cy ihm gesagt hätte, aber er wußte, daß es stimmte. Das Tal wartete und beobachtete.

Die Berge ragten höher in den Himmel hinein und löschten weitere Sterne aus dem onyxfarbenen Firmament heraus. Wie weit er auch gekommen war, er war nun näher dran. Sehr viel näher. Das Runentor lag direkt vor ihm, eine gewaltige Fläche aus Eisen, so schwarz wie die Gipfel, zwischen denen es eingesetzt war. Mit jedem Schritt nahm das Tor mehr von seiner Sicht ein und verdrängte alles andere.

Mit steifem Nacken warf Travis einen Blick zurück über die Schulter. Er verfolgte die Spur seiner Fußabdrücke im vom Mond beschienenen Schnee. Es war schwer zu sagen, aber er glaubte an der Stelle, an der seine Fährte in der Nacht verschwand, ein kleines graues Rechteck ausmachen zu können. Das Tor zurück ins Schloß? Vielleicht. Doch noch während er hinsah, verschwand der Lichtschein. Falls es die Tür gewesen war, dann war sie jetzt verschwunden. Aber das war nicht von Bedeutung. Für Travis war nur noch ein Portal wichtig, und das lag vor ihm.

Nicht, daß er wußte, was er zu tun hatte, wenn er es erreichte.

Das Runentor wird sich öffnen. Nur du allein kannst es schließen, Runenmeister.

Dummerweise hatte er nicht die geringste Vorstellung von dem, was er tun mußte, um die Öffnung des Tores zu verhindern, und die Alte hatte ihm nicht den kleinsten Hinweis gegeben.

Dann geh und triff deine Wahl. Leben oder Tod.

Aber er hatte darauf doch gar keinen Einfluß, oder? Wie sollte er eine Entscheidung fällen können, wenn nichts davon in seinen Händen lag?

Travis wußte es nicht. Er wußte bloß, daß er zum Tor gehen mußte. Ob nun im Guten oder im Bösen, sein rastloses, zielloses Wanderleben hatte ihn hierhergeführt, in dieses mondbeschienene Tal in einer anderen Welt. Wenn er es hinter sich lassen wollte, mußte er es durchqueren. Das war der einzige Weg.

Travis wollte sich wieder den Bergen und seinem Schicksal zuwenden, verharrte dann aber. In der stummen Einsamkeit des Tales bewegte sich etwas. Die Gestalt kam näher, und Travis sog erstaunt die Luft ein. Er ging dem näherkommenden Ritter durch den Schnee entgegen.

Beltans Bewegungen waren steif, als würde ihn die Kälte – oder etwas anderes – behindern. Lange Beine stapften durch den Schnee, dann überbrückte der Ritter die restliche Entfernung zwischen ihnen. Er blieb stehen, seine breite Brust hob und senkte sich, sein Atem beschwor Eisgeister herbei.

»Beltan, was tust du denn hier?« fragte Travis.

Der Ritter bemühte sich, zwischen zwei Atemzügen Worte zu finden. »Ich komme mit dir.«

Travis fing an, den Kopf zu schütteln. Das war seine Aufgabe, er mußte sich dieser Gefahr stellen, er konnte niemanden darum bitten, ihm dabei zur Seite zu stehen. Dann zögerte er. Wie hätte Beltan ihn finden können, wenn es nicht so sein sollte, wenn sie nicht gewollt hätte, daß es auf diese Weise geschieht? Außerdem war er dankbar, seinen Freund an diesem einsamen Ort zu sehen. Travis lächelte – und das trotz der Angst vor dem, was man von ihm verlangte.

»Ich bin froh, daß du da bist, Beltan.«

»Ich habe dir doch gesagt, daß ich dich beschütze, Travis.«

Die beiden Männer umarmten sich, und einen kurzen Augenblick lang existierte Wärme in dem gefrorenen Ödland. Dann schob Travis seinen Freund weg. Beltan blickte sich um und erschauderte.

»Was ist das für ein Ort, Travis?«

»Die Schattenkluft«, flüsterte er.

Und er nahm seinen Weg durch den unversehrten Schnee wieder auf, und Beltan schloß sich ihm an.

Minuten vergingen oder gar Stunden – vielleicht war es auch weniger als der Bruchteil eines Augenblicks –, und dann waren sie an ihrem Ziel angelangt. Vor einem zerklüfteten Wall aus schwarzem Felsen blieben die beiden Männer stehen. Fal Threndur: die Eisenzahnberge. An seinem ersten Tag auf Eldh hatte Travis sie erblickt. Er hatte es damals nicht wissen können, aber selbst als er in die entgegengesetzte Richtung gereist war, war er ihnen nähergekommen. Vielleicht machte es sogar einen gewissen Sinn, daß die Dinge hier ihr Ende fanden.

In den Berg war eine riesige Eisenplatte eingelassen. Das Runentor. Der Zugang nach Imbrifale.

Wind und Zeit hatten die Oberfläche des Runentors rauh geschliffen, aber abgesehen von drei runden Vertiefungen von jeweils der Größe einer ausgebreiteten Hand war das Metall unversehrt. Travis wußte, was diese Vertiefungen einst enthalten hatten: die drei Siegel, die die Runenmeister vor tausend Jahren geschmiedet hatten. Aber *Krond* und *Gelth* waren zerbrochen worden, und jetzt suchte Travis den Boden vor dem Tor ab und fand eine weitere Steinscheibe im Schnee liegen. Er bückte sich und hob sie auf, aber noch bevor er sie berührte, wußte er schon, worum es sich hier handelte. Es war *Sinfath*, das dritte und letzte Siegel des Runentors, das ebenfalls zerbrochen war.

»Travis, sieh dir die Schatten an.«

Beltan sprach leise und alarmiert. Travis richtete sich wieder auf und blickte ins Zwielicht. Überall bewegten sich spindeldürre Gestalten.

Beltan zog das Schwert und ließ die Schatten nicht aus den Augen. »Was auch immer du hier erledigen willst, Travis, du solltest damit anfangen. Sofort.«

Travis trat einen Schritt auf das Tor zu. Er streckte die Hand nach der rauhen Oberfläche aus, und zog sie wieder zurück. *Was soll ich hier bloß tun?* Er wußte es nicht, und Grisla hatte es ihm nicht verraten. Eine Furcht, noch kälter als der Schnee, ließ ihn erstarren.

Die Dinge in den Schatten waren nun näher herangekommen. Gelbe Augen flackerten wie Flammen ohne Wärme. Mondlicht glitzerte auf grauem Pelz und gebogenen Reißzähnen.

Beltan stellte sich Rücken an Rücken mit Travis. »Bleib hinter mir«, sagte der Ritter.

Travis öffnete den Mund, brachte aber keinen Ton heraus, genausowenig wie er sich bewegen konnte. Das Runentor vor ihm war ein Abgrund aus Finsternis, und er stand genau an seinem Rand. *Was soll ich tun?* Aber er konnte nichts tun. Ein Schritt, und er würde für alle Ewigkeit fallen.

Die sie umgebende Dunkelheit geriet in wallende Bewegung, dann schoben sich die Feydrim in das Mondlicht vor dem Portal.

Ihre Zahl war nur schwer zu schätzen, sie glitten immer wieder in die Schatten hinein und traten heraus, was jede genaue Zählung unmöglich machte, aber das spielte auch keine Rolle. Denn eines war sicher. Es waren viel mehr, als zwei Männer bekämpfen konnten.

Die Feydrim kamen näher.

Beltan hieb mit dem Schwert zu, als eine der Kreaturen einen Sprung nach vorn machte. Sie wich der Klinge aus und huschte zurück in die Schatten; Haß funkelte in ihren Augen. Jetzt sprang ein Feydrim aus der anderen Richtung hervor – sie testeten den Ritter, schätzten ihn ein –, und Beltan drehte sich um, um ihn abzufangen. Sein Schwert durchschnitt die Luft, aber die Bewegung war steif und ungeschickt. Der Feydrim sprang zurück, um der Klinge zu entgehen, aber nicht bevor er mit seiner Klaue zugeschlagen hatte. Beltan sog zwischen zusammengebissenen Zähnen schmerzerfüllt die Luft ein. Eine dunkle Linie zog sich über seine Wange, und aus den Schatten kam ein gutturaler Laut, fast schon ein Schnurren. Sie mochten den Blutgeruch.

»Travis?« Beltans Stimme klang angespannt. »Travis, ich weiß nicht, wie lange ich sie zurückhalten kann.«

Travis wollte antworten, er wollte das Stilett aus dem Gürtel ziehen und dem Ritter helfen. Das Juwel im Knauf pulsierte blutrot. Aber er war zu einer Statue erstarrt. Er konnte sich zu keiner Handlung entscheiden.

Eine graue Gestalt sprang aus den Schatten neben dem Tor und streckte die Krallen nach Travis' Kehle aus.

»Laßt ihn in Ruhe!«

Der Ruf des Ritters zerriß die kalte Luft. Er stellte sich vor Travis und stieß mit dem Schwert zu. Der Feydrim stürzte quiekend in den Schnee. Er wand sich mit Beltans Klinge in den Eingeweiden, dann zuckte er noch einmal und blieb reglos liegen. Der Feydrim war tot, aber jetzt stand Beltan ohne Waffe da. Er wollte sich das Schwert zurückholen, aber zwei andere Feydrim fauchten und schoben sich auf allen vieren über die Leiche. Sie starrten den Ritter mit gelben Augen an, dann stießen sie sich ab und warfen sich auf ihn.

Beltan grunzte und taumelte unter dem Gewicht der Ungeheuer zurück. Sie griffen mit Zähnen und Klauen an, zerfetzten Stoff und Haut, aber er ging nicht zu Boden. Der Ritter stieß einen Schrei aus, der zugleich voller Wut und Schmerz war, dann grub er einer der Kreaturen seine Daumen in die Augen. Das gelbe Licht verblaßte, eine farblose Flüssigkeit tropfte heraus, und der Feydrim kreischte auf. Beltan schüttelte den Kadaver ab, dann legte er dem anderen die Finger um den Hals. Und noch während der Feydrim ihm mit den Hinterkrallen die Seite aufriß, zerquetschte ihm der Ritter den Hals mit bloßen Händen. Das Genick brach mit einem berstenden Laut, der an zersplitterndes Eis erinnerte, dann warf Beltan den erschlafften Körper beiseite.

Die Feydrim umkreisten die beiden Männer; sie waren vorsichtig geworden, aber sie zogen sich nicht zurück. Travis starrte den Ritter an. Beltan war unsicher auf den Beinen, er krümmte die Schultern. Mit einem Arm hielt er sich die Seite, während der andere schlaff herabhing. Sein Gesicht war blutverschmiert, genau wie seine Hände und seine Kleidung. Nicht alles Blut stammte von ihm, das meiste aber doch.

Beltan grinste ihn an.

»Ich habe sie geschlagen, Travis«, sagte er heiser. »Ich habe sie geschlagen.«

Dann verdrehte der Ritter die Augen und fiel rücklings in

den Schnee. Unter seinem Körper breitete sich eine Lache aus, die im Mondlicht wie schwarze Tinte auf Pergament aussah: eine allerletzte Rune.

Nein! rief Travis in Gedanken, obwohl kein Laut über seine Lippen drang. *Beltan!*

Er wollte zu dem Ritter eilen, aber seine Glieder hätten genausogut aus einem Eisblock geschnitzt sein können. Die Feydrim schlichen geduckt um ihn und den Gefallenen herum, und mit jeder vollendeten Umdrehung wurde der Kreis enger. In wenigen Augenblicken würden sie ihm die Kehle zerfetzen, ihn in Stücke reißen. Es spielte keine Rolle mehr. Nichts spielte eine Rolle mehr. Beltan war tot, und er hatte tatenlos zugesehen.

Der Kreis war vollendet. Die Feydrim streckten ihre spindeldürren Arme nach Travis aus. Er hätte sie beinahe willkommen geheißen.

Ein Knirschen ertönte.

Es war wie ein Donnerschlag, ein Laut wie das Verderben selbst, wie die brechenden Knochen eines Riesen. Travis fragte sich, ob die Feydrim ihm das Genick gebrochen hatten, aber er blinzelte und sah, daß die Kreaturen zurückwichen. Dann lagen sie zitternd am Boden, winselten und kratzten wie Hunde den Schnee beiseite, zugleich von Angst erfüllt und überglücklich, das Kommen ihres Herrn zu sehen.

Das Kommen ihres Herrn …

Travis blickte zum Runentor, und sein zu Eis erstarrtes Herz setzte einen Schlag aus. Eine Linie war auf dem Tor erschienen – ein dünner Spalt, der von oben und unten bis zur Mitte der Eisenplatte verlief. Fahler Lichtschein quoll durch die schmale Öffnung und teilte die Nacht in zwei Hälften, dann verbreiterte sich der Spalt und überflutete die Schattenkluft mit Licht.

Nach eintausend Jahren öffnete sich das Runentor.

Travis hob eine Hand, um sich vor der schaurigen gleißenden Helligkeit zu schützen, aber das war sinnlos. Das Licht durchbohrte sein Fleisch, seinen Schädel und seinen Verstand. Das war das Ende.

Ein anderer Laut ertönte. Er war leise – so leise, daß Travis ihn beinahe überhört hätte. Er schaute auf den Ritter hinunter, der zu seinen Füßen lag. Der Laut wiederholte sich: Ein leises Stöhnen kam über Beltans Lippen. Die Brust des Ritters hob und senkte sich. Der Atem war schwach und flach, aber es gab keinen Irrtum. Beltan lebte!

Aber nicht mehr lange, mein Sohn.

Es war nicht Jacks Stimme, die da in seinen Gedanken ertönte. Diese Stimme war so trocken wie ein Reibeisen, so süß wie Honig und so ungebändigt wie ein Blitzstrahl. Er versteifte sich.

In diesem Augenblick versickert das Blut des guten Ritters im kalten Boden. Und er wird bald selbst kalt sein. Es sei denn, du unternimmst etwas.

Travis schüttelte den Kopf. *Aber ich kann nichts tun.*

Das mußt du aber, mein Sohn.

Nein, ich kann es nicht. Ich kann nur Dinge zerstören.

Die Stimme war hart und gnadenlos und konfrontierte ihn mit einer Anschuldigung. *Ist das also deine Wahl?*

Die Kälte, die Travis erfüllte, wich blankem Zorn, der in ihm hochschoß. Es reichte! Er konnte es nicht länger ertragen.

Du verstehst nicht! schleuderte er der Stimme und sich selbst entgegen. *Ich war's! Verstehst du nicht? Ich habe sie getötet! Alice!*

Er wartete nicht auf eine Erwiderung. Die Worte sprudelten aus der Finsternis seines Bewußtseins, als hätte sich endlich ein von eigener Hand versiegeltes Tor geöffnet.

Meine Eltern vertrauten sie mir an, als sie nach Champaign fuhren. Sie war krank. Sie war immer so krank. Ich las die

Anweisungen auf der Flasche, aber ich brachte sie durcheinander, so wie ich immer alles durcheinanderbringe. Verstehst du nicht? Verstehst du nicht, was passiert ist? Ich verwechselte die Zahlen, die auf der Flasche standen. Ich glaube, sie wußte es. Ich glaube, sie wußte, daß das nicht richtig war, aber sie war so müde. Sie war so klein und so müde. Also gab ich ihr die Tabletten, und sie schluckte sie herunter, und dann sagte sie, sie liebe mich. Und wachte nie wieder auf. Die Verzweiflung war so groß, daß er glaubte, von ihr zermalmt zu werden.

Eine Pause trat ein. *Und was wäre geschehen, wenn du ihr die Medizin nicht gegeben hättest? Wäre sie dann nicht gestorben?*

Nein, darum geht es nicht! heulte Travis auf.

Doch, mein Sohn. Genau das tut es. Richtig oder falsch, Leben oder Tod. Wir alle müssen uns entscheiden.

Aber was ist, wenn ich mich falsch entscheide?

Und wenn du dich richtig entscheidest?

Dann war die Stimme verschwunden.

Das grelle Licht hüllte Travis ein. Auf seinen Wangen gefroren Tränen zu Eis. Es tat weh – es tat so unfaßbar weh –, aber nach all seiner Rastlosigkeit und dem ständigen Weglaufen erkannte er hier an diesem Ort am Ende die Wahrheit. Nur eine Sache war noch schlimmer, als sich falsch zu entscheiden, und das war, sich gar nicht zu entscheiden.

Ich liebe dich, Travis.

Ich liebe dich auch, Alice.

Travis schaute in das Licht und traf seine Entscheidung.

Einen erstarrten Augenblick lang blickte er durch den Spalt in die eisige Domäne Imbrifale. Jenseits des Eisentores wartete ein gewaltiges Schattenheer. Das Licht wühlte sie auf, sie entblößten Reißzähne, streckten Krallen aus, warfen von Haß und Qual geschüttelt gebogene Hörner in den Nacken. In der Mitte des Heeres erhob sich eine riesige onyxfarbige Bestie, aus deren Nüstern Flammen schlugen und deren gespaltene Hufe Funken aufstieben ließen, und auf ihr thronte eine furchteinflößende Gestalt. Er war groß und fahl und trug eine Krone aus Eis. Auf der schneeweißen Brust lag eine aus Eisen geschmiedete Halskette, in die ein Stein eingelassen war, der die Farbe seiner Haut hatte. In seinem Blick lag unendlicher, grenzenloser Haß.

Travis erwiderte den Blick, und er hätte zulassen können, daß er sein Herz erstarren ließ. Statt dessen griff er in die Tasche, holte den Stein hervor und berührte mit ihm das Tor.

Sei wieder unversehrt!

Es gab Licht und Donner, dann ertönte ein Wutschrei, der Travis' Knochen zersplitterte, seine Zähne zerbröckeln ließ und sein Gehirn zu Brei verwandelte.

Dann kamen Finsternis und eine himmlische Stille.

Travis blinzelte. Die Schattenkluft lag wieder im Zwielicht, aber jetzt fuhr Wind durch seinen Haarschopf, und obwohl es noch immer kalt war, hatte diese Kälte ihren Biß verloren. Am Himmel zogen die Sterne langsam ihre Bahn, und der Mond schwebte über dunklen Gipfeln.

Das Runentor war wieder verschlossen, eine glatte Eisenplatte ohne die geringste Spur eines Spalts. Travis betrachtete die drei Vertiefungen, die in das Tor eingelassen waren. Eine davon war nicht länger leer. Dort steckte eine Scheibe aus cremefarbenem Stein: *Sinfath*, das dritte Siegel, war wieder unversehrt.

Travis hielt den Atem an. Wo sich einst drei Siegel befunden hatten, gab es jetzt nur noch eines, aber er mußte sich mit der Hoffnung zufriedengeben, daß das ausreichte.

Ein Stöhnen lenkte seine Aufmerksamkeit von dem Tor ab.

Travis steckte Sinfathisar wieder in die Tasche und kniete neben Beltan im Schnee nieder. Unter dem trocknenden Blut schimmerte das Gesicht des verwundeten Ritters ganz grau, sein Atem ging stoßweise. Es blieb nicht mehr viel Zeit.

Aus den Schatten, in denen eben noch die Feydrim umhergeschlichen waren, traten schlanke Gestalten. In federleichtes Tuch gekleidet, versammelten sie sich, und der Ritter wurde in eine sanfte Helligkeit getaucht. Seine Augen waren geschlossen, fast als würde er schlafen. Travis strich ihm das helle Haar aus der blutigen Stirn. Dann streckten die Elfen ihre leuchtenden Hände aus und hoben den gefallenen Ritter aus dem Schnee.

45

Logrens leere Leiche kippte vom Rand des Podiums und landete zusammengesunken am Boden.

Grace konnte nicht verhindern, daß sich ihre Lippen zu einem skalpellscharfen Lächeln verzogen. *Soviel zur Unsterblichkeit, Mylord.*

Ein Schmerzensschrei hallte von den Dachbalken wider. Grace riß den Kopf herum. Logren war tot, aber die Sache war noch nicht ausgestanden.

Melias blauer Strahlenkranz flackerte wie eine ersterbende Kerze. Die kleine Frau taumelte und faßte sich an die Stirn, und Falken griff nach ihr. Die Feydrim fauchten freudig, dann kletterten sie auf die Kanten der umgeworfenen Tische, bereit, sich auf ihre Opfer zu stürzen. Die Wächter wichen mit erhobenen Messern und Furcht in den Augen zurück.

Grace streckte die Hand aus, aber da gab es nichts, das sie hätte tun können, um ihnen zu helfen. Davon abgesehen würden die Feydrim sie und alle anderen auf dem Podium in kurzer Zeit erreicht haben. Doch trotz dieser Erkenntnis verblaßte der Triumph nicht, der Grace erfüllte. Vielleicht hatten sie nicht gesiegt, vielleicht hatten sie das Böse nicht besiegt, zumindest nicht ganz, aber sie hatten sich ihm wenigstens entgegengestellt, ihm Schmerzen zugefügt und sich ihm nicht kampflos ergeben. Sie war sich nicht sicher, ob das etwas zählte. Sie hoffte es aber.

Melias azurne Aura erlosch, sie brach in Falkens Armen zusammen. Mit entblößten Reißzähnen sprangen die Feydrim vor …

… schrien vor Schmerzen gepeinigt auf und stürzten zu Boden.

Ungläubig verfolgte Grace, wie die Kreaturen eingeschüchterten Hunden gleich winselten, sich auf dem Boden wanden und sich selbst mit Zähnen und Krallen Verletzungen zufügten. Etwas war geschehen, etwas hatte ihnen Angst eingejagt. Aber was?

Die Wächter verschwendeten ihre Chance nicht, indem sie auf eine Antwort warteten. Sie traten vor und stießen den Feydrim, die es über die Barrikade geschafft hatten, die Messer in die Körper und töteten sie. Überall im Großen Saal hielten die geladenen Gäste einander fest, während sie die geduckten Kreaturen anstarrten.

Grace fühlte ein Kribbeln. Auf der gegenüberliegenden Saalseite fiel ihr ein weißes Oval auf, Aryns Gesicht, in dem sich Furcht und Staunen abzeichneten. In der Mitte des Artefakts von Malachor neben ihr schwebte das Eisenherz, das sich noch vor wenigen Augenblicken in Logrens Brust befunden hatte. Grace nahm die Worte, die über einem Faden der Weltenkraft vibrierten, wie aus weiter Ferne und doch klar wahr.

Woher hast du das gewußt?

Später, Aryn. Ich erkläre alles später.

Die Bedrohung durch die Feydrim hatte aufgehört, aber Grace verspürte eine neue Angst und trat vom Rand des Podiums weg. Ein anderer benötigte dringend ihre Aufmerksamkeit. Die Herrscher und Berater warfen erstaunte Blicke in ihre Richtung, aber sie ignorierte sie. Sie ging zu der Gestalt in Rauchgrau, die verkrümmt an der Wand hockte.

»Durge«, flüsterte sie, als sie neben ihm niederkniete.

Der Kopf des Ritters war nach vorn gebeugt, sein braunes Haar und der Schnurrbart waren blutverkrustet. Zahllose Risse in der Kleidung zeigten Schnittwunden. Seine Hand lag still – schrecklich still – auf dem Griff seines Breitschwerts.

Grace wollte ihn untersuchen, verharrte dann aber. Was

sollte sie tun? In ihrem Hals bildete sich ein Kloß, ihre Augen brannten so sehr, daß sie ihn kaum noch erkennen konnte.

Was soll ich bloß tun?

Sie konnte es nicht verstehen. Sie behandelte die Verletzten und Gebrochenen immer mit kühler Effizienz. Aber jetzt war ihre Hand wie erstarrt, ihr Kopf leer.

Dann erkannte sie den Grund. Nie zuvor war die verletzte Person vor ihr ein Freund gewesen.

Sei Ärztin, Grace. Du bist seine Freundin, aber wenn er eine Chance haben soll, mußt du jetzt Ärztin sein. Sie atmete tief durch und zwang ihre zitternde Hand dazu, an seinem Hals nach seinem Puls zu fühlen.

Nichts. Nicht das geringste Flattern. Sie verspürte einen Stich der Furcht. Sie legte die Finger ein Stück tiefer. Vielleicht war es das Blut oder die Position seines Kopfes oder …

… ihre Finger verharrten. Unter ihnen pulsierte der Rhythmus des Lebens langsam und beständig.

Sie stieß einen Seufzer der Erleichterung aus. Jetzt war sie wirklich Ärztin, und sie untersuchte ihn mit schnellem Geschick und erstellte einen Katalog seiner Verletzungen. Es waren viele, aber nur wenige der Wunden waren sehr tief, und keine davon befand sich in der Nähe einer lebenswichtigen Stelle. Ja, er würde genesen, sie mußte die Wunden bloß sauberhalten, sich darum kümmern, daß es zu keiner Infektion kam …

Er schlug die braunen Augen auf, nur einen Spaltbreit, aber er war wach. Grace unterbrach ihre Untersuchung und musterte ihn mit zusammengepreßten Lippen. Seit über zwanzig Jahren hatte sie nicht mehr geweint. Jetzt strömten ihr die Tränen die Wangen hinunter.

»Weint nicht, meine Feenkönigin«, sagte Durge heiser. »Bitte weint nicht. Bin ich tot? Bin ich also ins Zwielichtreich gereist?«

Grace mußte lachen, obwohl ihre Tränen weiter flossen, es war unmöglich, aber wunderbar, wie Regen aus einem sonnigen Himmel. »Nein, Durge. Ihr seid am Leben.«

Der Ritter schien über ihre Worte nachzudenken, dann seufzte er. »Oje.«

Grace warf die Arme um ihn.

Ein tiefer Laut hallte durch den Saal, eine eisige Böe fuhr durch Graces Haar und ließ alle Fackeln flackern. Die Gäste keuchten auf. Grace erhob sich und atmete sauberen Schneegeruch ein.

Die Flügeltür des Großen Saals hatte sich geöffnet. Dahinter lag kein steinerner Schloßkorridor, sondern ein kaltes Tal, das von einem Mond erhellt wurde, der über zerklüfteten Bergen schwebte. Grace sah verzaubert zu, wie sie hochgewachsen, schlank und strahlend durch die Tür glitten.

So sieht das Feenvolk also aus.

In ihren Armen trugen sie eine scheinbar schlafende Gestalt. Es handelte sich wohl um einen Mann, aber es war nicht eindeutig festzustellen, da das weiche Licht, das von ihnen ausging, die Sicht erschwerte. Begleitet von einem leisen, hellen Klang, der an ein Glockenspiel erinnerte, durchquerten die Abgesandten des Feenvolkes den Saal. Die Menge teilte sich vor ihnen. Melia war erwacht und stützte sich gegen Falken. Der Barde und die Lady betrachteten die Lichtelfen nachdenklich.

Boreas hatte sich mit Kylars und Ivalaines Hilfe auf die Füße gekämpft, seine Augen waren schmerzverschleiert, aber er war bei klarem Bewußtsein. Tressa hatte Emindas Leiche mit einem Umhang zugedeckt. Jetzt stellte sich die rothaarige Hexe neben ihre Königin. Alle verfolgten gebannt, wie das Feenvolk auf das Podium schwebte. Die Lichtelfen bückten sich und setzten ihre Last zu Graces Füßen ab. Dann richteten sie sich wieder auf, und Grace blickte in Augen, die wie uralte silberne Sterne aussahen.

Ja, sie verstand.

Sie kniete neben der Gestalt nieder. Es war Beltan. Er war schwer verletzt, das erkannte sie sofort. Der Riß in seiner Seite war sehr tief. Selbst auf der Erde wäre seine Prognose unsicher gewesen. Hier, auf dieser Welt, hätte er tot sein müssen. Aber die Blutung hatte aufgehört, und seine Atmung war tief und beständig. Grace berührte ihn und fühlte es mit absoluter Sicherheit: Es würde seine Zeit brauchen, aber der Ritter würde wieder genesen.

»Das Runentor ist wieder verschlossen«, sagte eine Stimme. Sie war nicht laut, erfaßte aber den ganzen Saal. »Der Fahle König ist wieder gefangen.«

Grace stand auf. Mitten in der unfaßbaren Tür stand ein Mann, der mit einem schlechtsitzenden Wams bekleidet war; sein Haar und der Bart waren zerzaust, der Blick hinter der Nickelbrille ernst. Er betrat den Saal, dann hob er einen Gegenstand in die Höhe, einen graugrünen Stein. Sinfathisar. Er flüsterte etwas – es hörte sich an wie die Worte *Seid geheilt* –, dann strahlte der Stein hell auf. Alle hoben die Hände, um die Augen zu schützen. Das Licht verblaßte wieder, und die Anwesenden senkten die Hände und blickten sich in erneutem Staunen um.

Die am Boden kauernden Feydrim waren verschwunden. An ihrer Stelle standen seltsame Leute mit gespaltenen Hufen und Geweihen auf der Stirn, schwanhälsige Frauen mit Libellenflügeln und kleine grüne Männer mit Bärten aus Blättern. Das Kleine Volk. Weitere seltsame Wesen traten aus den Schatten, angeführt von einer kleinen Gestalt in Gelb und Grün.

Die Mitglieder des Kleinen Volkes traten vor und hoben die verkrümmten Leichen der toten Feydrim auf. Auf ihren seltsamen Gesichtern vermengte sich Trauer mit Freude. Die Lichtelfen schwebten zu Boden, um sich zu ihnen zu gesellen.

Grace hielt den Atem an, als ein Paar haselnußbraune Augen ihren Blick erwiderte. Trifkin Moosbere nickte ihr zu, in seinen uralten Augen lag Verstehen. Ein glänzender Laut wie Glockenklang ertönte, und das Kleine Volk und die Feen waren verschwunden. Die Türen des Großen Saals schlossen sich. Grace wußte, daß, wenn sie sich wieder öffneten, ein Schloßkorridor dahinterliegen würde und kein verschneites Tal.

Der zerzauste Mann in dem zu großen Wams senkte den Stein und stolperte vorwärts.

»Travis!« rief Grace freudig aus.

Er blickte auf, sah sie und grinste. Seine Lippen formten ein Wort. *Grace.* Sie sprang vom Podium und rannte los. Er rannte auch, und die Menge teilte sich, um ihnen Platz zu machen. Sie trafen sich in der Mitte von Calaveres Großem Saal und fielen einander stürmisch in die Arme.

Die lange Winternacht war vorüber.

46

Am nächsten Morgen, dem Wintersonnenwendtag, trat der Rat der Könige zusammen, um über das Schicksal der Domänen zu entscheiden.

Im Ratsgemach nahm Grace ihren Platz an Aryns Seite ein. Sie drückte der jungen Baronesse die Hand, und die junge Frau erwiderte den Druck und lächelte. Aber dieser Ausdruck war so zerbrechlich, wie er lieblich war, wie ein feines Netzwerk aus Frost auf einem herabgefallenen Blatt. Die Baronesse trug nicht wie gewöhnlich Himmelblau, sondern ein Gewand von der Farbe eines Winterabends.

Grace musterte die Freundin. Etwas stimmte nicht, etwas war gestern abend mit Aryn geschehen, über das die junge Frau nicht gesprochen hatte; die Ärztin in ihr wußte das instinktiv. Nur daß es sich hier um keine sichtbare Verletzung handelte. Was konnte es sein? Graces Diagnosefähigkeiten waren überfragt. Aber was auch immer es war, es konnte warten, zumindest eine kleine Weile. Heute lächelte Aryn, und der neue Tag über Calavere hatte kalt, aber hell begonnen.

Es ist vorbei, Grace. Wir haben gewonnen. Genießen wir es, zumindest für heute.

Adlige blinzelten und gähnten, als sie das Ratsgemach betraten, so als wären sie gerade aus einem Traum erwacht. In gewisser Hinsicht schien das auch zuzutreffen. Der Große Saal war am Morgen ein Durcheinander aus umgestürzten Tischen und zerbrochenem Geschirr gewesen, das Vermächtnis der Schlacht am Vorabend. Allerdings hatten keine Türen an Orte geführt, die sich nicht im Schloß befanden, es hatte nicht die geringste Spur von den getöteten Feydrim oder dem Kleinen Volk gegeben. Selbst Trifkin Moosbere und seine Schauspieler waren nirgendwo zu finden gewesen. Grace und Travis hatten sich zu früher Stunde zu ihrem Gemach begeben, um sich bei ihnen zu bedanken, aber sie hatten nur einen leeren Raum mit an den Wänden vermodernden Wandteppichen vorgefunden. Staub und Qualm hatten die Bilder fast verblassen lassen, aber Grace hatte mit einiger Anstrengung schlanke Baumstämme und sich windende Zweige ausmachen können. Sie und Travis hatten sich nur angesehen und gewußt, daß Trifkin sie verlassen hatte.

Aber die Geschehnisse im Großen Saal waren kein Traum gewesen. Wächter hatten Logrens Leiche nach draußen geschleppt und sie außerhalb der Schloßmauern verbrannt. Der Erste Berater von Eredane war nur noch ein Häufchen Asche, aber sein eisernes Herz hing noch immer in der Mitte des Relikts von Malachor – ein Relikt, dessen uralten Zweck sie nun kannten.

Logren war nicht das einzige Opfer. Grace ließ die Blicke durch das Gemach wandern, aber da waren keine scharfen smaragdgrünen Augen, die sie beobachteten; es würde sie nie wieder geben.

Die Herrscher hatten bereits ihre Plätze am Ratstisch eingenommen. Diesmal blieben zwei Sitze leer, der Stuhl Malachors und der Stuhl Eredanes. Grace fragte sich, wer die Domäne Eredane wohl nach Emindas Tod beherrschen würde. Sie dachte an ihren Politikunterricht am Kamin zurück, den Aryn ihr erteilt hatte. Beinahe hätte sie gelächelt. Dies schien schon so lange her zu sein, und sie hatte in der Zwischenzeit soviel gelernt.

Soweit sich Grace erinnerte, hatte Eminda zwei Kinder – eine Tochter und einen Sohn –, aber beide waren noch keine sieben Winter alt, und ihr Ehemann, der das Land seit ihrem Aufbruch zum Rat angeblich regierte, war der allgemeinen Meinung nach ein sabbernder Idiot. Grace wußte, daß keines der Kinder jemals auch nur in die Nähe des Throns ihrer Mutter kommen würde. Diese Domäne steckte in Schwierigkeiten, und wenn die Geschichte der Erde ihr eines beigebracht hatte, dann die Tatsache, daß an solchen Orten immer starke Hände die Kontrolle an sich rissen. Zweifellos würde irgendein Baron Eredanes bereits mit Plänen beschäftigt sein, die Krone in seinen Besitz zu bringen. Würde dieser König aufgeklärter als Eminda sein – oder gar noch unwissender?

Grace versuchte nicht, über die Antwort auf diese Frage nachzudenken. Sie betrachtete das Sonnenlicht, das durch die hohen Fenstern hineinströmte, und lauschte dem Gesang der Tauben.

Stille kehrte in das Ratsgemach ein. König Boreas stand ungelenk auf. Er sah so massig und eindrucksvoll wie immer aus, aber unter seinen Augen lagen dunkle Ringe, und der Rand eines prächtigen Blutergusses zog sich von seinem Bart die Wange hinauf.

Vom ersten Augenblick an hatte Boreas Grace Furcht eingeflößt. Der König von Calavan war ihr stets so unbezwingbar erschienen, so vollkommen. Jetzt wußte sie, daß das nicht stimmte. Boreas konnte Schmerzen erleiden wie jeder andere auch. Das hätte den Respekt, den sie für ihn empfand, eigentlich schmälern müssen, aber das tat es nicht. Statt dessen machte es ihr Boreas nur noch sympathischer.

»Wieder hat Falken Schwarzhand die Bitte vorgetragen, vor dem Rat der Könige zu sprechen«, sagte Boreas ohne Einleitung mit seiner dröhnenden Stimme. »Seine Bitte wurde ihm gewährt.«

Ein Murmeln ertönte, aber diesmal war es keine Verachtung, sondern gespannte Erwartung. Falken stand in der Nähe des Ratstisches. Boreas nickte ihm zu, und der Barde kam näher. Er trug dieselbe von der Reise abgenutzte Kleidung wie an dem Tag, an dem Grace ihn kennengelernt hatte: ein verblichenes grünes Wams und einen Umhang von der Farbe tiefen Wassers, der von einer Silberspange gehalten wurde.

Für gewöhnlich fand man immer Melia in Falkens Gesellschaft, aber an diesem Morgen war die Lady nicht anwesend. Sie pflegte Beltan, ihren Ritter-Hüter. In der vergangenen Nacht war er mit Hilfe mehrerer Wächter in Melias Gemach getragen worden. Melias Gesicht war sehr angespannt gewesen, und obwohl Grace das eigentlich für unmöglich gehalten hätte, war ihr in diesem Augenblick klargeworden, daß die majestätische Frau Angst hatte. Das hatte Grace überrascht. Melia war immer so kühl erschienen, so abweisend.

Vielleicht sind ja deine Instinkte nicht immer so zutreffend, wie du glaubst, Grace. Vielleicht hast du sie falsch eingeschätzt.

Grace hatte Beltan untersucht. Er lebte und war wach, aber er war noch immer ernsthaft verletzt. Vor allem die Wunde in der Seite bereitete Grace Kopfzerbrechen, denn sie hatte das Bauchfell durchstoßen. Schon auf der Erde war ein Fall von Peritonitis ernst zu nehmen. Auf Eldh würde er tödlich verlaufen. Aber jedesmal, wenn Grace dem Ritter ihre Hände aufgelegt hatte, hatte sie mit absoluter Sicherheit gewußt, daß das nicht geschehen würde, daß er leben und nach einiger Zeit gesunden würde.

Sie hatte entschieden, diesem Instinkt zu glauben. Kyrene hatte ihre Fehler gehabt, aber die Macht, die sie Grace enthüllt hatte – die Weltenkraft –, kannte so etwas nicht. Sie repräsentierte das Leben. Grace würde ihr vertrauen.

Sie hatte Melia einen Kräutertrank mitsamt genauen Anweisungen gegeben und war dann gegangen. Ihr letzter Blick hatte ihr die Lady gezeigt, wie sie am Bett des schlafenden Ritters saß, vom Licht einer einzelnen Kerze beleuchtet, während ihr die Haare nach vorn ins Gesicht fielen, weil sie den Kopf gesenkt hielt. Melias kleine Hand hatte auf Beltans so viel größerer gelegen, und ein leiser, rhythmischer Laut war ertönt. Es war ein Gebet gewesen, und Grace hatte die Tür hinter sich geschlossen.

»Schon einmal hat dieser Rat meinen Worten gelauscht und sie ignoriert«, sagte Falken nüchtern. »Ich bitte darum, daß er mir noch einmal zuhört. Die vergangene Nacht war die längste Nacht des Jahres, und wir haben sie überstanden und die Morgendämmerung erblickt. Jetzt kehrt die Sonne zurück. Von diesem Tag an werden die Tage länger, und das ist ein Grund zum Feiern. Aber der Winter ist noch nicht vorbei.«

Falkens Stimme hob sich, bis sie das Gemach ausfüllte. Die Zuschauer auf ihren Bänken lehnten sich vorwärts. Die Herrscher ließen ihn keinen Moment lang aus den Augen, als er um den Tisch schritt.

»Das Runentor ist versiegelt worden. Der Fahle König wird nicht aus seinem Reich geritten kommen. Das ist Anlaß zum Staunen. Aber wagt nicht zu vergessen, was letzte Nacht geschehen ist. Der Fahle König ist besiegt, aber er ist nicht tot. Er hält noch immer Gelthisar, den Stein des Eises, in seinem Besitz. Seine Diener streifen noch immer ungehindert durch die Domänen. Und wo einst drei Siegel das Tor nach Imbrifale verschlossen, gibt es jetzt nur noch eines.« Der Barde ballte die schwarz behandschuhte Hand zur Faust. »Nein, dieser Winter ist noch lange nicht vorbei.«

Falken betrachtete den Rat, dann verbeugte er sich. »Das ist alles, was ich zu sagen habe.« Er ging zu seinem Platz zurück.

Boreas sah nacheinander jedem Herrscher in die Augen. »Ihr alle kennt die Angelegenheit, um die es geht. Dieser Rat wird jetzt seine endgültige Entscheidung treffen.«

Er leerte den Lederbeutel mit den weißen und schwarzen Steinen in seiner Hand. Jeder Herrscher erhielt je einen Stein von jeder Farbe. Sie trafen ihre Wahl unter dem Tisch, dann streckten sie die geschlossenen Hände aus. Grace verstärkte den Griff um Aryns Hand.

»Krieg«, sagte Boreas und öffnete die Hand. Der Stein auf seiner Handfläche war weiß.

Kylar nickte. »Krieg«, sagte der junge König mit fester Stimme und enthüllte seinen weißen Stein.

Persard, Sorrin und Lysandir öffneten die Hände: überall nur weiße Steine. Graces Herz machte einen Freudensprung. Sie hatten endlich zugehört, endlich glaubten sie. Die Abstimmung war gewonnen. Dann hielt sie den Atem an, denn es mußte noch ein Stein geworfen werden.

Alle Blicke wandten sich Ivalaine zu. Die Königin von Toloria sah mit unbewegtem Gesicht nach vorn, dann öffnete sie die Hand. Dort lag ein weißer Stein.

»Krieg.«

Die Zuschauer atmeten erleichtert auf. Boreas erhob sich zufrieden.

»Der Rat hat eine Entscheidung getroffen«, sagte er mit einer Stimme, die die Turmwände erzittern ließ. »Die Domänen werden die nötigen Vorbereitungen treffen, um gegen den Fahlen König und seine Streitkräfte in den Krieg zu ziehen. Wenn wir das nächste Mal zusammentreffen, wird es sein, um die Aufstellung unserer Armeen festzulegen. Bis dahin vertagt sich dieser Rat.«

Herrscher und Zuschauer erhoben sich, aber Grace blieb sitzen. Sie konnte den Blick nicht von der zerbrochenen Scheibe im Mittelpunkt des Tisches wenden: die zerbrochene Rune des Friedens. Hätte sie ein Gebet gekannt, hätte sie wie Melia eines gesprochen.

Die Adligen gingen auf dem Weg nach draußen an Grace und Aryn vorbei. Falken grinste sie an, und unwillkürlich mußte sie zurückgrinsen. Nicht weit hinter Falken kamen Ivalaine und Tressa.

Ivalaine nickte Grace und Aryn knapp zu, dann wandte sie den Kopf wieder nach vorn. Die eisfarbenen Augen der Königin von Toloria leuchteten. Sie hatte den Krieg gewählt, aber die Hexen planten noch immer etwas. Aber was? Grace war plötzlich ganz aufgeregt. Vielleicht würde sie es ja herausfinden. Und dann?

Aber das konnte sie entscheiden, wenn – und falls – der Zeitpunkt gekommen war.

Tressa lächelte Aryn und Grace zu. »Wir werden euch bald wiedersehen, Schwestern.«

Dann waren die rothaarige Hexe und ihre Königin gegangen. Grace fühlte, wie Aryn ihre Hand fester umklammerte. Dann vergaß sie die Hexen, als sich ein Mann näherte.

»Durge!«

Sie wollte aufstehen, aber er schüttelte den Kopf.

»Nein, Mylady«, sagte er in seinem düsteren Tonfall. »Eine Herrin darf sich nicht vor ihrem Diener erheben.«

»Ihr seid nicht mein Diener, Durge.«

»Aber ja doch, Mylady. Und ich bin dankbar dafür.«

War er wirklich dankbar? Grace musterte den Ritter und sah, was ihm seine Dienste für sie eingebracht hatten. Sein faltiges Gesicht war mit einem Dutzend Kratzer versehen, die gerade im Begriff standen zu verschorfen. Seine Hände waren noch weitaus mehr in Mitleidenschaft gezogen. Und das leichte Nachziehen seines Fußes, das er zu verbergen versuchte, war ein deutlicher Hinweis auf weitere Verletzungen. Doch irgendwie war er allein gegen fünf Feydrim angetreten und hatte sie alle getötet.

Wie? hatte sie ihn vergangene Nacht gefragt. *Wie habt Ihr das geschafft, Durge? Ich hätte aufgegeben, selbst mit Eurem Breitschwert.*

Nein, Mylady, hatte er erwidert. *Das glaube ich Euch nicht. Ich glaube, keiner von uns gehört zu den Leuten, die den leichteren Weg wählen. Sterben ist einfach. Es ist das Leben, das uns herausfordert.*

Sie hatte ihn bloß erstaunt anstarren können. Leon Arlington hätte es verstanden.

Trotz seiner Wunden verbeugte sich Durge. »Kann ich etwas für Euch tun, Mylady?«

Sie streckte die Hand aus und berührte seine Wange. »Ihr könnt Euch ausruhen, Durge. Eure Wunden sind zwar nicht tief, aber Ihr habt viel Blut verloren.« Sie hob einen Finger, um seinen Protest zu ersticken, dann schlug sie einen herrschaftlichen Tonfall an. »Nein, Sir Durge, ich werde in dieser Angelegenheit keine Diskussion tolerieren. Schließlich seid Ihr mein Diener.«

Er starrte sie an, und obwohl sie sich später dessen niemals hundertprozentig sicher war, glaubte sie zu sehen, wie seine Mundwinkel amüsiert zuckten.

Durge nickte noch einmal und ging, allerdings verweilte sein Blick vorher einen Moment, und nicht auf Grace. Doch die junge Frau in Nachtblau starrte bloß niedergeschlagen geradeaus. Dann war der embarranische Ritter verschwunden.

Von dem Strom der Adligen waren nur noch ein paar Nachzügler übrig. Das Gemach war fast leer. Ein Mann in Schwarz kam auf Grace und Aryn zu. Sie standen vor ihm auf, allerdings fiel es Grace rechtzeitig ein, keinen Hofknicks zu machen.

»Lady Grace, ich danke Euch für Eure Hilfe in diesen letzten Monaten«, sagte Boreas schroff. »Aber ich habe noch eine Bitte an Euch, und ich erwarte, daß Ihr sie mir nicht abschlagen werdet.«

»Euer Majestät, ich …«

Er hob eine Hand und wischte ihre Worte wieder einmal beiseite.

»Unterbrecht mich nicht, Mylady. Im Schloßverlies ist noch immer Platz.«

Grace fing an zu lachen, hörte aber schlagartig auf, da sie sich nicht ganz sicher war, ob er dies als einen seiner Scherze gemeint hatte.

»Der Barde hatte recht«, fuhr Boreas fort. »Der Winter ist noch lange nicht vorbei, und es wird lange dauern, bevor die Straßen wieder passierbar sind. Darum ersuche ich Euch, daß Ihr an meinem Hof bleibt, zumindest den Winter über, und danach so lange Ihr möchtet.«

Grace war sprachlos. Boreas trat einen Schritt näher an sie heran.

»Was sagt Ihr, Mylady? Werdet Ihr diesem König Gesellschaft leisten?«

Grace starrte ihn an. Und bevor sie wußte, was sie da tat, warf sie die Arme um ihn und begrub ihr Gesicht an seinem dicken Hals. Das war garantiert nicht das richtige Benehmen bei einem König. Zweifellos würde er seine Wächter herbeirufen. Er tat es nicht. Statt dessen nahm er sie in seine starken, zärtlichen Arme. Dann schob er sie zurück.

»Guten Morgen, Mylady.«

Mit diesen Worten ging der König.

Eine Hand legte sich auf ihre Schulter. Grace drehte sich um und blickte in azurblaue Augen. Die Baronesse erschien älter, und Grace stockte der Atem. Aryn war nicht länger hübsch. Sie war wunderschön.

»Kommst du, Grace?«

Sie schüttelte den Kopf. »Geh voraus, Aryn. Ich komme gleich nach. Ich muß nur ... ich möchte noch einen Moment hierbleiben.«

Die Baronesse lächelte – wieder war das Lächeln zugleich fröhlich und traurig –, dann drehte sie sich um und verließ das Ratsgemach. Grace atmete tief durch. Sie mußte einen Moment lang nachdenken, um alles zu verarbeiten, was passiert war. Sie nahm die Stille des leeren Gemachs in sich auf – sie war allein.

Aber das entsprach nicht den Tatsachen.

Ein Mann in einem schäbigen Wams und Cowboystiefeln löste sich aus den Schatten und ging auf den Ratstisch zu. Er legte eine Hand auf den Steinkreis.

»Nim.«

Das Flüstern hallte durch den Raum. Der Tisch glühte auf und verblaßte wieder. Grace schaute verblüfft zu, dann trat sie an den Ratstisch heran.

»Was ist das?« fragte sie.

Er drehte sich überrascht um, richtete die Brille, dann lächelte er.

»Grace.«

Sie fuhr mit der Hand über die weiße Scheibe, die in der Mitte des Tisches eingelassen war. Sie war wieder in unversehrtem Zustand, von dem Riß, der sie gespalten hatte, fehlte jede Spur. In ihre Oberfläche waren drei silberne Linien eingegraben.

»Du hast sie verändert«, sagte sie. »Es war die Rune des Friedens, aber jetzt ist es etwas anders. Was ist es?«

»Die Rune der Hoffnung«, erwiderte Travis nachdenklich.

Grace sah zu ihm hoch, dann nickte sie. So lange sie lebten, gab es Hoffnung.

»Was wirst du jetzt machen, Grace?« Seine Stimme war leise.

»König Boreas hat mich gebeten, auf Calavere zu bleiben.«

Sie trat einen Schritt näher an ihn heran. »Ich bin sicher, du könntest auch bleiben.«

»Ich weiß.« Er seufzte; sein Blick glitt in die Ferne, dann richtete er seine Aufmerksamkeit wieder auf sie. »Nun, wir sehen uns noch.«

Sie nickte wortlos, dann streckte sie die Hand aus, um die seine zu nehmen, aber es war schon zu spät. Er drehte sich um und verließ das Gemach. Grace sah ihm nach.

»Er will nach Hause gehen«, flüsterte sie. »Zurück zur Erde.«

»Wo ein Wille ist, ist auch ein Weg«, sagte eine krächzende Stimme hinter ihr.

Grace drehte sich um. »Vayla?«

Die Alte nickte. »Das ist einer meiner Namen, mein Kind.«

Grace bekam eine Gänsehaut. Da war etwas Seltsames an der alten Frau, das an die Hexen erinnerte oder an das Kleine Volk oder sogar an Travis, wenn er Runen sprach und band. Trotzdem war sie anders als sie.

»Was meinst du?« fragte sie.

Die Alte legte den Kopf schief. »Hast du so schnell vergessen, mein Kind? Jeder von euch besitzt eine Münze, die die Macht besitzt, euch an den Ort eurer Wahl zu bringen. Begebt euch an einen magischen Ort, nehmt die Münze in die Hand und schließt die Augen. Wenn ihr sie wieder öffnet, werdet ihr dort sein, wo ihr am meisten hingehört.«

Grace dachte über das gerade Gehörte nach, dann sagte sie leise: »Ich gehöre hierher.«

Die Alte fixierte Grace mit ihrem einen Auge.

»Das tust du, Tochter. Das tust du.«

Dann war die alte Frau verschwunden, und Grace stand allein in dem leeren Gemach.

47

Travis hätte die letzten Tage für nichts eingetauscht – für gar nichts.

Nicht, daß er viel getan hätte, aber vielleicht war es gerade das, was diese Zeit so besonders gemacht hatte. Seit dem Augenblick, in dem er durch die Reklametafel gegangen war und Eldh betreten hatte, war er beschäftigt gewesen. Zuerst war er mit Falken nach Kelcior gereist, dann mit Melia und Beltan weiter nach Calavere, dann hatte er die Runenmagie studiert und schließlich Grace und dem Kreis des Schwarzen Dolches geholfen, im Schloß das Mordkomplott aufzudecken. Erst, als er darüber nachgedacht hatte, war ihm aufgefallen, wie beschäftigt er gewesen war und wie schnell die Zeit vergangen war. Valdath war gekommen und gegangen, und nun war es Geldath, den die Bauern den Eismonat nannten. Es war schön, endlich Gelegenheit zum Nichtstun zu haben, einfach nur Mensch zu sein und jeden verstreichenden Augenblick zu genießen.

Er verbrachte einen großen Teil seiner Zeit mit Spaziergängen durch das Schloß, bei denen er seine Türme und Zinnen erkundete, begab sich in den Garten oder auf den Unteren Burghof. Dort sah er dann Kaufleuten, Dienern, Bauern, Rittern und Adligen zu, die sich an Ziegen, Hühnern und Schafen vorbei ihren Weg durch den halb aufgetauten Schlamm bahnten. Manchmal konnte er ein Lächeln nicht unterdrücken. Eine Feudalgesellschaft mochte streng nach Klassen unterteilt sein, aber keiner kam umhin, durch denselben Matsch zu laufen.

Ein paarmal wagte er sich aus den hohen Mauern Calaveres hinaus und besuchte die darunterliegende Stadt, und einmal ging er zur alten tarrasischen Brücke, die den Dimduorn, den

Fluß Dunkelwein, überspannte. Er schaute dem Fluß des Wassers zu, das wie seit Jahrhunderten unter der Brücke vorbeiströmte, und dachte an all die Leute, die sie überquert hatten, wo sie wohl hingegangen und was ihre Geschichten gewesen waren. Seine Füße waren nur ein weiteres Paar in der endlosen Prozession, die diesen Weg benutzt hatten und ihn benutzen würden. Irgendwie war das ein tröstlicher Gedanke.

Travis verbrachte einige Zeit damit, an seinen Runen zu arbeiten, aber eigentlich bloß Melia und Falken zuliebe. Dann saß er am Kamin in ihrem Gemach und malte Symbole auf seine Wachstafel, während Melias Kätzchen fauchte und seine Knöchel bearbeitete. Aber oftmals ertappte er sich dabei, wie er in die Flammen blickte, die Tafel vergessen auf seinem Schoß, und sich gedankenverloren die rechte Hand rieb.

Er war sich noch immer nicht hundertprozentig sicher, was Jack mit ihm gemacht hatte – vermutlich würde er es nie erfahren –, aber langsam kam er zu dem Schluß, daß er zumindest einen Teil der Wahrheit erahnte. Jack war tot, daran kam er nicht vorbei, aber die Stimme, die in Travis' Bewußtsein gesprochen hatte, war Jacks Stimme gewesen. Vielleicht war es in gewisser Weise sogar Jack. Oder zumindest ein Teil von ihm. Vielleicht war es das, was Jack ihm in diesem schrecklichen Augenblick unter den Räumen des Magician's Attic gegeben hatte.

»Ich vermisse dich, Jack«, murmelte er dann und richtete seine Aufmerksamkeit wieder auf die Tafel mit den Runen.

Einen großen Teil seiner Zeit verbrachte Travis damit, Beltan zu besuchen. Seit sie ihn in der Nacht der Wintersonnenwende in Melias Schlafgemach gebracht hatten, war der Ritter dort geblieben, um sich von seinen Verletzungen zu erholen, und jeden Tag wurde in dem kleinen Raum eine Schlacht ausgetragen. Jeden Morgen drohte Beltan aufzustehen, und jeden Morgen stieß Melia Drohungen aus, um ihn im

Bett zu halten. Sie sagte nie konkret, was sie tun würde, um das zu erreichen, aber für gewöhnlich machte sie ein paar webende Bewegungen mit den Fingern, und Beltan riß die Augen auf.

»Das würdet Ihr nicht wagen!« sagte er dann.

Worauf die Lady dann mit hartem Tonfall erwiderte: »Laß es drauf ankommen.«

Bis jetzt war Melia aus jedem Kampf als Siegerin hervorgegangen, aber es war nur eine Frage der Zeit, bevor Beltan die Oberhand gewinnen würde. In den ersten Tagen hatte die Haut des Ritters einen grauen Farbton aufgewiesen, und er hatte viel geschlafen und sich wenig bewegt. Doch Grace kam täglich vorbei, um die von den Feydrim geschlagenen Wunden zu untersuchen, und sie heilten langsam. Im Verlauf der Zeit saß der Ritter immer öfter aufrecht, und seine Augen blickten hell und klar. Obwohl trotz seiner Beteuerungen selbst eine so simple Handlung wie die Benutzung des Nachttopfes ihn so sehr erschöpfte, daß er an allen Gliedern zitterte und sich zurück auf das Federbett sinken ließ.

Es ist schwer für einen Ritter, schwach zu sein. Das hatte Travis eines Nachmittags begriffen, als er bei Beltan saß. Aber vielleicht gewann man ja an Kraft, wenn man seine Grenzen kennenlernte.

Sobald Beltan öfter wach war als er schlief, verbrachte Travis jeden Tag mindestens ein oder zwei Stunden bei dem Ritter. Sie unterhielten sich dann über ihre Reisen oder die Erde – ein Thema, an dem Beltan ein offensichtliches Interesse entwickelt hatte. Der Ritter stellte Travis unzählige Fragen – wie war die Geographie, wo lebten die Menschen, wie verteidigungsfähig waren diese ›Wolkenkratzer‹ –, und Travis gab sich alle Mühe, sie zu beantworten und so exotische Dinge wie Autos und Fernsehen und Mikrowellen-Popkorn zu erklären. Er war sich nicht sicher, was Beltan von all dem hielt, aber manchmal nahm der Ritter einen nachdenklichen Ausdruck an, als versuchte er, sich das alles bildlich vorzustellen.

Sie unterhielten sich nicht immer. Manchmal spielten sie mit Spielsteinen aus polierten Knochen ein Spiel, das Beltan ihm beibrachte und das er zur Bestürzung des Ritters meistens gewann. Oder sie schwiegen, damit zufrieden, einander Gesellschaft zu leisten und sich den Himmel draußen vor dem Fenster anzusehen. Wenn Beltan dann die Augen zufielen, zog sich Travis lautlos zurück und überließ den Ritter seiner Ruhe.

Von all seinen Aktivitäten beschäftigten Travis die Spaziergänge am meisten. Einige nickten ihm zu, wenn sie ihm in den Korridoren und Hallen Calaveres begegneten. Vielleicht hatten sie ihn gesehen, als er im Ratsgemach die Rune des Friedens zerbrochen hatte. Aber die meisten schenkten ihm nicht mehr Aufmerksamkeit als irgendeinem Diener. Allerdings trug er noch immer dieselben abgetragenen Bauernkleider wie auf der Reise nach Calavere. Aryn hatte ihm angeboten, ihm von den Schloßschneidern ein schönes Gewand anfertigen zu lassen, aber er hatte höflich abgelehnt. Das gestohlene Wams, das er trug, war kratzig und zu groß, aber es war warm, und er hatte viel damit durchgemacht.

Seine Cowboystiefel waren da schon eine andere Sache. Die Spitzen hatten angefangen, bei jedem Schritt aufzuklaffen, also hatte er Aryns Angebot für ein neues Paar Stiefel angenommen. Der Schloßschuhmacher war gekommen und hatte seine Füße mit einem Stück Schnur gemessen, und am nächsten Tag fand Travis ein Paar Wildlederstiefel mit weichen Sohlen vor der Tür stehen. Er hatte sie angezogen und gestaunt, wie sehr sich das butterweiche Leder an jede Wölbung seiner Füße anpaßte. Er ging mit den neuen Stiefeln im Gemach umher und fühlte sich dabei, als könnte er eine ganze Welt zu Fuß erkunden. Er nahm sich vor, sich bei der Baronesse zu bedanken. Das war ein wirklich großartiges Geschenk.

Alles in allem konnte sich Travis nicht erinnern, wann er jemals im Leben an einem Ort so glücklich und mit sich selbst im reinen gewesen war. Aber es gab auch Momente, in denen er auf den Zinnen des Schlosses stand, das Gesicht in den kalten Wind hielt und sich bei dem Gedanken ertappte, wieder auf die Reise zu gehen. Doch der Ort, von dem er träumte, war weiter weg, als ihn Stiefel, egal wie großartig, hätten hintragen können. Dann seufzte er und kehrte in die verqualmte Wärme des Schlosses zurück.

Eines Nachmittags betrat er das Gemach und überraschte Falken und Melia bei einer Unterhaltung.

Das war nichts Ungewöhnliches. Der Barde und die Lady schienen die Köpfe immer in einer Unterhaltung zusammenzustecken, und das hatte sich seit den Geschehnissen bei der Wintersonnenwende nicht geändert. Der Rat der Könige trat noch immer regelmäßig zusammen, allerdings hatte man ihn in Kriegsrat der Könige umbenannt. Die Herrscher arbeiteten gemeinsam an einem Plan, um die Verteidigung der Domänen zu stärken, und Falken und Melia dienten als Berater.

Travis hatte es schon vor langer Zeit aufgegeben, etwas von den Worten des Barden oder der Lady aufschnappen zu wollen. Er warf den Umhang aufs Bett und kniete dann vor dem Kamin nieder, um ein Holzscheit nachzulegen.

»… daß Travis die Fähigkeit schon die ganze Zeit hatte.«

Er verharrte, als er Falkens leise gesprochene Worte vernahm.

»Wo sollte er es deiner Meinung nach versuchen?«

»Ich glaube, ich kenne den richtigen Ort.«

Travis stand auf und stöhnte. Manche Dinge änderten sich nie. Die gemurmelten Worte entfuhren ihm aus reiner Gewohnheit.

»Nie sagt mir jemand, was hier eigentlich vor sich geht.«

»Ich werde es tun, Travis.«

Er blinzelte, drehte sich um und starrte die dritte Person an, die das gerade gesagt und die er bis jetzt übersehen hatte. Sie hatte am Fenster gesessen, und der Barde hatte sie verdeckt. Jetzt stand sie auf und trat einen Schritt vor.

»Grace.«

Sie lächelte ihn an.

Sonnenlicht strömte durch das Fenster und verlieh ihrem aschblonden Haar und dem violetten Gewand einen goldenen Schimmer. Wie immer dachte er bei ihrem Anblick, wie schön sie doch war, wie majestätisch. Grace behauptete, keine Herzogin zu sein, aber Travis wußte es besser, selbst wenn sie bloß eine Assistenzärztin aus dem Denver Memorial Hospital war. Erhabenheit konnte man nicht einfach so ausstrahlen. Entweder man hatte sie oder nicht. Und es gab im ganzen Schloß niemanden, der mehr Erhabenheit als Grace gehabt hätte.

Er hatte sie in den letzten Tagen nur selten gesehen. Sie war mit König Boreas und den anderen Herrschern beschäftigt gewesen. Alle Schloßbewohner wußten, daß Grace bei dem Fest Logren besiegt hatte, oder waren sogar dabeigewesen. Dafür wußten nur wenige über die Rolle Bescheid, die Travis in dieser langen Nacht gespielt oder was er in der eisigen Abgeschiedenheit der Schattenkluft vollbracht hatte. Aber das war ihm auch recht so.

»Was ist denn, Grace?«

Ein trauriger Zug berührte ihr Lächeln. »Du kehrst nach Hause zurück, Travis.«

Er konnte sie bloß in sprachloser Überraschung anstarren.

An einem klaren, kalten Tag Mitte Geldath versammelten sich alle in dem Kreis aus Steinen. Obwohl nun Mitte Winter, war es auf der Welt schon lange nicht mehr so kalt wie noch zur Wintersonnenwende. Am Rand des Kreises scharrten die Pferde im Schnee, und ihr Zaumzeug klirrte in der frischen

Luft, während sich die sieben Freunde in seiner Mitte versammelten.

Travis nahm sich einen Augenblick Zeit, jeden von ihnen der Reihe nach anzusehen. Graces Wangen waren von der Kälte gerötet, aber ihre Augen beschworen noch immer das Bild eines Sommerwaldes herauf. Aryn stand neben ihr, in einen dicken blauen Reitumhang gehüllt, ihr hübsches Gesicht so weiß wie der Schnee. Hinter den beiden stand der Ritter Durge. Eiskristalle vermengten sich mit dem Grau in seinem Haar und seinem Schnurrbart, und seine Miene war so düster wie immer. Trotz der Kälte hatte er sein Kettenhemd angezogen, und seine behandschuhten Hände ruhten auf dem Griff seines Breitschwertes vor ihm. Melia und Falken standen ein Stück daneben. Der Barde hielt seine Laute, und in den bernsteinfarbenen Augen der Lady lag ein nachdenklicher Ausdruck. Beltan stand neben ihnen. Er hatte an diesem Tag zum ersten Mal das Gemach verlassen, und Travis wußte, daß der Ritt hierher ihm Schmerzen bereitet hatte. Aber der Ritter stand aufrecht da, und der Wind blies ihm das Haar aus der Stirn. Als er Travis' Blick bemerkte, lächelte er, und in diesem Augenblick war sein Gesicht so ansehnlich wie das eines jeden Königs.

Falkens Stiefel knirschten im Schnee, als er auf Travis zutrat. »Bist du bereit?«

Travis wollte nicken, dann schüttelte er aber den Kopf. »Kannst du einen Moment warten? Da gibt es noch etwas, das ich vorher erledigen muß.«

Falken legte den Kopf schief, dann nickte er. Travis verließ den Kreis. Er ging zwischen zwei der verwitterten Steine vorbei bis zu dem dunklen Waldrand. Er blieb vor dem dichten Unterholz stehen, griff in die Tasche und holte einen Gegenstand hervor. Er ging in die Hocke und hielt ihn den Schatten im Wald hin.

Es war die Eisenschatulle, die Jack ihm gegeben hatte.

Er lauschte dem Pfeifen des Windes, und dann hörte er es: kristallklares Glockengeläut. Die Schatten neben einem Baum gerieten in Bewegung, zwei kleine grüne Hände kamen zum Vorschein. Travis hielt ihnen die Schatulle hin. Kurze grüne Finger schlossen sich darum. Sie berührten Travis – eine kurze, federleichte, wissende Berührung. Dann verschwanden die Hände in den Schatten und nahmen die Schatulle mit. Travis seufzte, aber er wußte, daß der Stein hier sicherer war, bewacht von dem Volk, das im Dämmerwald hauste. Er stand auf und kehrte zu dem Steinkreis und seinen Freunden zurück. Falken nickte ihm zustimmend zu.

»Also dann«, sagte Travis. »Ich bin bereit.«

Grace schüttelte ihm die Hand. »Weißt du noch, was ich dir gesagt habe?«

Travis nickte und lächelte sie an, und sie trat zurück. Er atmete tief durch, dann warf er einen letzten Blick in die Runde.

»Nun«, sagte er. »Lebt wohl.«

Diese Worte waren so wenig angemessen, aber die leuchtenden Augen der anderen verrieten ihm, daß sie verstanden.

»Paß auf dich auf, mein Bester«, sagte Melia.

Es war soweit. Travis griff in die Tasche seines Wamses und zog die halbierte Silbermünze hervor, die Bruder Cy ihm gegeben hatte. Er hob die Münze in die Luft, dann verharrte er. Beltan trat mit ein paar langsamen Schritten auf ihn zu. Dann kniete sich der Ritter mit steifen Bewegungen vor Travis in den Schnee.

»Komm zu uns zurück«, sagte er.

Travis brachte bloß ein Nicken zustande, ihm fielen keine Worte mehr ein. Dann schloß er die Finger um die halbe Münze, schloß die Augen, und sah keine Finsternis, sondern Licht.

Er konnte es nicht mit Bestimmtheit sagen, aber er war für den Rest seiner Tage davon überzeugt, daß ihm Lautenspiel folgte, das Falkens leise gesungenen Worte untermalte.

»Wir leben unser Leben, als wär's ein Kreis,
wir wandern drauflos und voraus.
Dann, nach Feuer und Staunen,
enden wir wieder dort, wo alles begann.

Ich reiste südwärts,
im Süden weinte ich.
Dann reiste ich nordwärts,
dort, ich vergaß es nie, lachte ich.

Eine Zeitlang verweilte ich
im östlichen Lande des Lichts,
bis ich weiter nach Westen reiste,
allein in schattenerfüllter Nacht.

Zur Frühlingszeit ward ich geboren,
im Sommer wurde ich stark.
Aber der Herbst dämpfte mein Augenlicht,
damit ich den langen Winter schlief.

Wir leben unser Leben, als wär's ein Kreis,
wir wandern drauflos und voraus.
Dann, nach Feuer und Wundern,
enden wir wieder dort, wo alles begann.«

POSTSKRIPTUM

Dieses Buch konnte nur dank der Hilfe vieler Menschen entstehen, und sie halfen alle auf die unterschiedlichste Art und Weise. Ein Roman entsteht aus dem, wer der Autor ist und war. In dieser Hinsicht ist dieses Buch ein Resultat all jener Leben, die im Verlauf der Jahre meines berührten, ob nun im großen oder kleinen. Ich kann unmöglich alle nennen, die mich zu dem gemacht haben, was ich bin – im guten wie im schlechten Sinne. Aber ich möchte diejenigen erwähnen, die ihren ganz besonderen Beitrag zu dem Werk geleistet haben, das Sie gerade in Händen halten und – vermutlich – gerade gelesen haben. Es ist auch ihre Geschichte.

Ich danke:

Carla Montgomery für ihren unerschütterlichen Scharfblick und die Inspiration.

Chris Brown für seine Unterstützung und sein bedingungsloses Verständnis.

Den Mitgliedern des Central Colorado Writer's Workshop für ihre Kritik und Kameradschaft.

Meiner Mutter und meinen Geschwistern für ihre Liebe und ihre Gesellschaft.

Anne Groell, meiner amerikanischen Lektorin, dafür, daß sie genug an dieses Werk glaubte, um es noch besser machen zu wollen.

Shawna McCarthy, meiner Agentin, die mutig genug war, ein Buch zu vertreten, das sich noch im Anfangsstadium befand.

Danny Baror, meinem Auslandsagenten, der dabei half, dieses Buch in andere Länder und zu neuen Lesern zu bringen, die es sonst niemals erreicht hätte.

Enya und Loreena McKennitt, für die Magie ihrer Musik, die mich bei guter Laune hielt und dafür sorgte, daß meine Finger nur so über die Tasten flogen.

Aber am meisten von allen möchte ich jenen danken, die mir das Geschenk machten, dieses Buch zu lesen, und die diese Welten mit ihren Menschen zu ihren eigenen machten. Mögen wir alle lernen, die Rune des Friedens zu sprechen.

Mark Anthony
Denver, Colorado
Am Wintersonnenwendtag 1997